月儿飘在故乡

yueer piao zai guxiang

齐延龄 著

天津出版传媒集团

百花文艺出版社

图书在版编目（CIP）数据

月儿飘在故乡 / 齐延龄著 . -- 天津 ： 百花文艺出版社，2024. 12. -- ISBN 978-7-5306-8954-7

Ⅰ . I247.7

中国国家版本馆 CIP 数据核字第 2024V7M520 号

月儿飘在故乡
YUEER PIAO ZAI GUXIANG

齐延龄　著

出 版 人：薛印胜　　　　　　　责任编辑：张　雪
装帧设计：西穆设计　刘昌凤　　特约编辑：李　路
出版发行：百花文艺出版社
地址：天津市和平区西康路 35 号　邮编：300051
电话传真：+86-22-23332651（发行部）
　　　　　+86-22-23332656（总编室）
　　　　　+86-22-23332478（邮购部）
网址：http：//www.baihuawenyi.com
印刷：三河市元兴印务有限公司
开本：880 毫米 ×1230 毫米　1/32
字数：274 千字
印张：10.625
版次：2024 年 12 月第 1 版
印次：2024 年 12 月第 1 次印刷
定价：89.00 元

前言

故乡常常在梦中。

之前，老家有个传说，白石泉塘后面有个苍翠的小山峰，夜半，皎洁的月亮从山的背面徐徐升起，直至与顶峰相映。

这月亮激发一代又一代有梦想的人，往小山头跑。总想"会当凌绝顶"，摘下月亮，但小山有些怪，愈往上愈望不到顶。我问过很多人，大家都摇头不语，迄今没人抵达顶峰。有人说，一位姓齐的大画家到达过，我翻阅齐氏族谱、附录，可惜没找到这个辉煌的记载。

从小我也向往小山峰。

起初，我跟唱戏、跳舞、画画、吟诗赋曲的人一路走。他们关切地问，你捎什么去见月亮？我愣住了。想起有人在孤寂时，独自带一把二胡，往屋后的小山走去，身后流淌着低沉、悲怆和怅惘的音符，长长短短地渗透到时间和风的毛孔，浑身瑟缩，一路上冷冷清清；有时快乐地拉着二胡，飞扬着明媚欢快、吉祥喜庆的琴声，飘入阳光和溪水之中，整个天地间充满愉悦奔放。想了一个冬天，哦，我要收集那些宛如沾有露水般清新、披洒银辉般圣洁、带着泥土气息且泛着绿意的枝枝叶叶一般的小故事，它们散落在白石、晓霞山和花石之间。

我乐此不疲，每天脸上似涂抹着阳光，与一群有趣的人结伴而行，在澄澈又飘浮着白云的蓝天下，蹚过湍急的溪流，踏过密集的茅草，穿过茂盛的树枝，越过坎坷，一路伴随山歌、戏曲和笑语，经过桃花乍开、夏荷艳丽、果香弥漫、冬梅绽放的不同季节，我被眼前的一切深深迷住，走走，停停，歇歇。

刹那间，传来了一个洪亮又亲切的声音：等等，后面还落下一个人呢？

众人一阵哄笑。

女的浅浅笑了笑，朝我招了招手：看你头上，月儿又大又圆了。

男的也向我挥手：快点跑啊，小山头开始长了，不然月儿要落在山后。

看一路又一路乘车、骑马、跑步的人远远地把我甩开，背影在皎洁的月色下缩成一个个小黑点。我焦急万分地疾走，满头大汗。等我走近小山头，仰望夜空，看满天星辰，月儿隐去……

四十年一直在奔跑，没登上小山头见到心中的月亮。

但我拾到了快乐，收获了同路的人成功的喜悦。

目录

金 风

　　洛口，涓水与湘江交汇处，水流一浊一清。一排排木楼，粮店米铺药栈等鳞次栉比连成南方最大的药材和粮食集散地。繁华小街，意气风发的商人、裸着上身的搬运工和黝黑又发亮的纤夫等，匆忙步履，糅杂车马之声，响在狭长又弯曲巷子的石板路上，向码头延伸，随江流漂往东南西北全国各地。

　　瞄着正泰码头的街口，一个店，很怪，招牌金风李，专做米粉，每天早上吃粉的人排成长队，味道美极了。老板娘叫金风，漂亮，且不苟言笑，还有一个不知疲倦的小伙计，打下手。

　　这店，原先不是"李记米铺"吗？

　　…………

　　天宝八年，"李记米铺"木屋二楼的油纸窗，被一线暖暖的阳光穿透，射入雕花木床边。昨夜，他疲倦地沉睡过去。那三寸金莲的小脚踏上木梯，叮叮声传来，柔软似春风。他弹起来，哎呀，金风，看我多贪，太阳晒屁股了。没事，想躺就躺一下哩。下了床，想下木楼洗脸漱口，见弥散热雾的脸盆和盛满了水的瓷杯置在小桌上，心中涌上一丝愧意。盥洗后，抬头一掠，金风笑吟吟地坐在小桌边，热气腾腾的米粉散发出葱姜蒜、酸豆角和咸萝卜的味儿。选在她的对面落座，端起碗，一缕一缕的香气弥漫，想起米粉爽滑入口，辣、酸、香、微甜等各种味儿在舌尖上来回荡漾，胃被诱惑得跃跃欲试。他把头贴近碗边，故意嗅了嗅，香啊，极好的手艺！别夸啊，你教我做的。金凤，不对，这人间的佳肴是你慢慢用心悟出来的。

金凤望他，嗔了一句，看你这甜嘴。

抬头，深情地凝视金凤，吃了吗？

伙计早就吃了。

他知，每早等大家吃完，她才拿上筷子。

金凤，金凤……她瞅他搛了一筷粉条，走了过来。心突突地跳，站起身往窗口走，故意躲过，依窗一望：平静的江水点点帆船，或远去，或入港；码头两边杨柳枝条弯成月牙形，从嫩黄叶隙传来一阵又一阵婉转又悠扬的鸣叫声，欢乐又愉悦，她美美地想柳叶间一定藏着亲昵甜蜜的两只鸟，脸淡淡红了起来。踅回桌，勾头，俯身静听楼下叭叭的脚步声，小伙计搬米袋转到码头的船上，慌乱起来，手轻轻地捂住胸口。

金凤，你来坐。

金凤脖子发红，又坐回到桌边。

金凤，你张口哩。

她头摇了摇，不自然后退。一筷米粉悬在空中，粉的汁液不断滴在她脸上。想拒，可他太坏，不移开筷子。你你……再喊，也没办法，拗不过，只将头往后仰，张开小嘴接上了一口。他瞅着她，像小孩傻傻地笑起来。又搛了一筷，她想躲，往左边一扭，别，自己吃吧。不，我喂你，金凤。又把头往右边一转，她嗔怨，心里说，好吃，你就多吃点，马上随粮船顺江而下，长沙、岳阳、武汉、九江、南京、安庆、镇江、上海等，两三个月才打回转。好，好，我吃一口。她看着他嗦了一大口，如酷坏嘴的孩子，心里乐。金凤，好吃，粉丝洁白光亮，细而柔，细幼而软，滑润而柔韧，像什么来着？她急切地追问，说呀，快点说，像什么呀？他就不说，故意卖关子，盯她的脸呆了会儿，扑哧一笑。她一下悟到他要说什么，脸泛羞意，抿着小嘴，不问了，转而说，好吃，那你多吃吧。

不，你吃。

老不正经哩。虽埋怨，但心里甜。哎，你说，我做得好，明年给你开粉店。

好，天天有米粉吃，金凤。不过，你到哪里找帮手呀？

这，你放心啊。她就是不把他想的意思说出来。她看了他一眼，欢快如柳叶上的那对鸟，灵犀一闪，对呀，先开个粉皮坊。整套工艺烂熟于心，大米—淘洗—浸泡—磨浆—蒸粉—压片（挤丝）—复蒸—冷却，每个环节不难。

金凤，没粮怎么做皮子？

多收粮啵。

对，金凤，今年说不定会大涝，湘潭县是产粮区，湘江、涓水、涟水等被洪水淹成汪洋。我走后，你多收粮食，说不定明年后年天旱，米贵如金，到时缺粮，米行也要停板子。有粮，不怕没生意，把牛头岭的仓库填满，还要租几栋房子，多囤一些。好，我听掌柜的。她瞪着圆圆的眸子瞅着他，点了点头。

恍惚间，想到他去年走粮，慌了起来。有日，夜深了，啪的一声惊醒，朦朦胧胧，纤细的手往右边一摸，被单空空的，马上往左边一摸，还是空空的。心慌了，身子一抖瑟瑟的，吓得睁开惺忪的眼睛。起身，用洋火擦亮一盏煤油灯。一只拳头大的老鼠从横梁上掉在木板上，白色的肚皮朝天，慌忙地翻转，一梭从木踏板钻进了床底。青石街上远远地响起了木屐的叮叮之音，轻柔地划破巷子的寂寥。披衣倚窗，一丝寒风袭来，噤了下。推窗一眺，墨黑天穹，没有星和月，江面上，走夜的船只亮起桅灯，还有几点渔火，谛听江涛拍码头，嘭嘭之声，如雷鸣。街末，又传来幽幽远远的哭声和悠悠长长的敲锣声，随后，《孟姜女》和《哭皇天》的曲子，凄婉及孤冷地传来。同时，唢呐又吹出"寡妇上坟"那传统的打墓调，哀婉又揪心，如刮雪的风啸声，响在巷子上空，响在她的心上，惊悸起来，一阵紧上一阵，她剧烈地哆嗦。巷尾何记粮行门面，燃起一堆闪烁的火焰，在焚烧纸扎船、纸钱、祭文，望着冲天火光，湿润的眼睛幻出何老板和一个跑船的人影。噼啪噼啪的爆竹声，吓得她毛骨悚然，昨天才运回从长江口打捞起的他们的尸首。走粮人的艰难和不测，洪水、浅滩、暗礁、汹涌、浪涛，都可将人、船、粮食葬送鱼腹……

陡地，金风变了一副小鸟依人、楚楚可怜的样子，两手一把拽住他背后的衣角，嘟嘟嘴，不，不，我不让你走粮。只见她泪水从眼角滚了下来，痴痴地愣在那里。没事，我走了十几年的粮，大风大水、浅滩暗礁、涡流浪涌哪样没经过？江河湖泊内海哪路神仙没会过？他看到她还在提心吊胆，猛烈摇动她的身子。金风，不急，你肚子里不是有了？等你生下来，长大，接我跑粮运，到时，我闲下，跟你做米粉。

说得轻巧，要等哪时啊？起码二十年，不过，说到孩子，甜蜜和幸福从她心头涌来，一波又一波往她忧虑的心上覆盖。

瞬间，一想，聚的日子少，能让他在我面前戏闹一番，让他有些快乐的情趣，多好！她甜蜜地笑了。随他怎么闹，也要逢迎。她把嘴张开。你一口，我一口，一碗吃完。瓷碗里只剩下了汤汁，还不放过，酸，甜，辣，多可口啊。过了今天，还不知多少天，才能吃上这样的米粉。

金凤起身，说，等一下，下楼再去煮一碗，让你吃饱。

不了，饱了，他掀起短衫，露出白白圆圆的肚皮，拍打几下，啪啪地响，呵呵笑，像个傻里傻气的大小子。

真不吃了？她睨着他，嘴含矜持和幸福。

他随即反悔，说我还吃一口。瞅着她细嫩又泛红的脸，狡黠地笑了起来。

她朝桌上的青瓷碗里觑了一眼，汤汁被他舔净，哪里还一口哩？心生疑窦。

她也没想到，他会扑上来狠狠地往自己脸上咬一口。

想迎上，手有点不听使唤，理开了他的头，可还是迟了点，发烫的脸上留下一个湿漉漉的牙印。

你，还真敢？楼下有伙计。

我不怕！他朝她死皮赖脸地坏笑起来。

四月春暖花开，柔风轻扬，码头两边垂下的柳枝泛起了绿，摇摆出各种妩媚之姿。她送他，码头净是走粮人、走药人和船工，还有熙熙攘攘的背货汉，一袋又一袋谷和米往七桅船上装，从北方运回来的中药材，一捆又一捆从船上卸下。一条接一条装满粮谷和白米的船只等在正泰码头。起航了，同去的伙计站在船头，挥着手。船老板撑起篙，喊，李老板，快上船。他跑起来，江风拂过，吹起黑色绸缎的长袍，像一面旗帜。回头，看她浅红色的旗袍，罩出婀娜的身姿，小脸仍红扑扑，一股甜丝丝的温馨又在心底荡漾。她站在码头，扬手挥舞，目送七桅船远去，影影绰绰的船帆，慢慢变成一点，直到消失……

六月的早上，打开店门，晨曦的光线从外面射进，耀得金凤眼花。她走出门，湘江的水往涓江倒灌，混浊又泛黄的洪水淹没了码头，朝青石板的石阶往上涌。她惊起，啊哟哟，涨水了，心想，掌柜说对了，今年真的大涝。

眨眼间，不见码头，滔滔的江水向陆地扩张，不见岸堤，江面汹涌又汪洋。洛口街面，一片水茫茫，浮起死狗死猫和冲洗的树丫及各种杂物，挂落在木楼的屋角和墙根，恶臭和泥腥味四处弥漫。跟着水漫过了门店。金风在水边长大，闻惯了，不觉恶心。只是焦急和心乱，面、米、玉米、豆子等皆浸水了，他在，不急不乱。

三年前那次涨水，刚嫁过来，一袋米没来得及转运，急得她眼泪汪汪。他安慰，金风不急。她叹了一声，咋不急？晒干，也卖不出去。他笑了笑，金风，这可以晒干，碾成粉，做糊糊。对呀，怎么就没想到啊？她打了下自己的胭脂脸，转愁为喜。真做了一大锅米糊糊，吃不完，又舍不得丢，想晒干，又怕糊面干不透。联想红薯片，何不刮成薄片？什么时候吃，什么时候再煮。晒了片，又耐藏。一七后，粉片沸水煮，加个佐料葱、蒜及肉丝，吃了后，他拍手叫好，小伙计也夸味道好极。无意之中，她做出了香软可口的米粉……

焦虑间，洪水吞噬了李记米铺。

金风的小脚蹚在混浊的黄水中如白鹤轻快地点了点，嗞呀嗞呀的水声被伙计慌乱又忙碌的哗哗水响淹没。想起伙计还没吃早餐，他们不吃包点，喜欢吃她做的米粉。要去厨房。小伙计说不吃了，抢运的大米要紧。她过意不去。

县衙杂役打锣巡视，催促人员带着钱财撤离。

老板娘，你走吧，这里有我。小伙计催她。

金风不走，汗水和泥水混凝在浅浅淡淡的胭脂上，这怎么得了？掌柜一走，这么多米和物件就毁在我手里。

笑筐和簸箕、算盘浮在水面。旋即，一只笑筐随浊水漂出店门，向码头方向漂移，被一根高处的柳枝挂住。她跟上，惊了下，一条小肚圆鼓黑色的蛇，从露出几片绿色的柳尖逃命似的游去。一只被惊呆的恐惧的小鸟瑟缩地立在上面。不知为何？金风看到这一幕，心陡地一凉。恍惚了下，又追笑筐，往前，水近腰肢。小伙计说老板娘，别去，很危险。她不听，继续朝前。刹那，混浊的大漩涡把她卷入了汹涌的浪涛，又一股推力，好似有人拽她往河底拉。喝了一肚子水，眼前全是黑的。想了想，不行，不能这样走了，真走了，掌柜回来，看不到我，会四神无主，一旦他吃不到我做的米粉，会寝食不安，那日子就不幸福了。猛然，一股洪荒之力，使她往上蹬脚，冲出水面，露出了头。小伙计手快，搭了金风一把。

洪水退去，生意照常，金风没心思了。遵掌柜的叮嘱，囤了许多谷子。

等了三个月。西斜的夕阳从巷子街面悠悠移到下坡的码头，又缓缓落入江面，波浪撞击金色的晚霞碎成了一片又一片，飘向粼粼的水波，又散成一河的金星。每到这个时辰，她雷打不动，独自一人，迈着懦弱的三寸金莲走到正泰码头。顺流而下的江水中，帆船、七桅船陆续地入港，也有渔筏回港。从泊在码头的船只走出来的人，没有一个是她最想念又担心的。

一晃又半年，世局混乱。江霸、土匪、险滩、汹涛各种凶险等着生意人。尸首不见，杳无音信，经常发生。金风问过走船、走粮、走药材的人，皆摇头不知。有个人说一粮船在安庆沉没，再问，说是武汉的老板。她又一次跌落在码头的石板上，恍惚间，一哀鸣声从柳叶间传来，仰头，一只黑头白羽的孤鸟头朝江面。她心生悲怆，小眼湿了又干，干了又湿……

没人走粮，李记米铺撑不下。急坏了伙计们。金风不管米店，一切皆心死,仅一丝念想,掌柜在木楼吃米粉的情形。她对小伙计说，李记米铺转行。小伙计吓得哀求老板娘，我可跟你去走粮。小伙计说得有道理，去年，他跟掌柜下过上海。金风摇摇头，一滴泪从眸上滑下，浸湿她那凉凉的脸。

小街出现第一家做米粉的，生意异常红火。

每天，清晨，金风做好第一碗葱花肉丝的面粉，端到正泰码头，倒入江水。洛口镇上的人惊叹，可惜了！惹来无限猜测，第一碗一定精致又味道出奇。一个药老板闻声，愿出五两银子。她不愿，小伙计怨她，傻乎乎，可摸不清她的心思。谁人不知她为何糟蹋？只有码头边柳枝上那只孤零零的鸟知道这个秘密⋯⋯

红袄女人

一

秀梅，保长捎信说明天走。

哎，明天？小女人眸子顿时大了，显出了惊讶和失措。哎，这是女人叫自己男人的昵称，声音小，但有一丝疼爱的软绵，如棉花糖一样甜蜜。他瞥了一眼女人，摇了摇头，后悔了，不该说。女人小巧的脸上如桃花，无法掩饰初婚的羞涩和娇艳。女人头上扎着洋绳，身上穿着锦缎的红袄，耀眼的红。他舔了舔嘴唇，我的女人真是好看！

她想挽留他，哪怕一天。从她的怨艾眼神中，明白她恨他。洞房花烛夜才两天，依照花石的旧习，新婚三天，不让新郎出门，何况是远门？出去不是做小贩，而是去打仗，一点闪失和差池，让她无法想象。

其实，她想说的还有许多，她怯虚男人，不敢说。要不是她才嫁来，会骂他。是呀，按照抽丁的规则，独苗不应当兵。即使他有兄弟，凭他刘家在古镇的富有，乡长也不会抽到他。可他就是蠢，别下娇妻和父母。

她眼角很红，依偎在他胸前，画出一道娇景。她半晌不言，等他一摸胸口，湿了一大片。

秀梅，你别难过了，赶走日寇，不过两三年。

哎……她眼睛模糊，该说的都在泪水中。

夜晚，古镇。窄窄的小街，极黑，冷冷清清。贴着花红剪纸的窗棂，映出了一点橘红。室内弥漫着好闻的新颖家具的油漆味和清香味。烛光下，红色的女人静默地坐着，惆怅地望着窗外。男人出去辞别亲戚、街邻，还有一些从小的玩伴。麻石的小巷寂静，偶尔传来几声"哒—哒—哒—"沉重的木屐音，将夜幕划破，落在女人的心上，嘈嘈滋滋地乱。细雨仍下，缠缠绵绵。白天呢喃的忧伤，清清晰晰，往女人脑子里袭来。镇子空落又潮湿，被雨夜抹过一遍又一遍。

次日，仍然毛毛雨。

他要走了，她送他，没撑油纸伞，任毛毛细雨在身子上飘。睫毛滴水，脸庞淌水。他不知道，哪里是她的泪水？只是凝视眼前的人，灯红一身，让他有些微微的感动。

他走到观正桥，停在桑椹树下，枝繁叶茂盖了半边桥。她在桥的缘栏边踌躇不前，石栏上镂刻着活灵活现的狮、象、兔等动物。他靠上桥栏，若有所思，手摸索着象雕，一遍又一遍。突然，她问了一句，你会记得这些石狮、石象、石兔吗？他点了点头，心中有些哽咽。半晌，彼此无声。她目光痴痴迷迷，人在雨中淋，冷冷凉凉的。

他不忍心，眼睛发红，往后快走了几步，把伞给了她。

哎……我不要。她耍了小脾气。眼窝盈的水更多。

他爱怜地相峙，眼神中流露出一些伤感。就这样过了桥，不知何年何月才回来？

突然，她像一条疯犬，暴发地扑向他，往他的胳膊上狠狠地咬一口。

秀梅，秀梅，国难当头。

她抱着他的大腿，号啕大哭。想让他长记忆，又嫌自己下口太重了一点。他的衣袖，一线红色。虽然疼痛，却没有骂她，知她心里苦。

他扶起她，用袖子给她擦了泪水，摸了摸她清秀的小脸，说，秀梅，你咬得好！别难过，记住国在家才在！

秀梅一下坚强了。说，哎，你去吧，到时记得回来。

他默默点了头，弯了腰，向她鞠了一躬，就义无反顾地快步跨过了观正桥。

二

她哪知他的情况啊？

他到了部队。在南京保卫战中，杀得异常艰难。敌我力量悬殊，血流成河。一个个战友从他身边倒下了，他心里坚信一条：不能死，他答应了秀梅。上天真不让他死，一颗流弹炸中了他，晕死了两天，又活过来了。很幸运，全排只剩下了他。

他当了排长，打到了长沙、常德。三四年中，每到夜间，做着同样的梦：一个身着红袄的女人痴痴呆呆地站在故乡的观正桥上，摸索着桥栏上的石象，眼含泪水，遥望远方。过桥的人问，秀梅，你在等你男人？嗯。问的人，长叹一口气，摇摇头，离开了。可她笑了笑，又说，你不懂，哎，答应了我。那人走远，她大声喊起来，哎，快回来啦！生怕那人听不到。那人回头，看到秀梅的可怜，叹息，世间怎有这样痴心的女人……醒来，他虚汗淋漓，感觉胳膊有点酸痛，那是她咬他的伤又在复发。

他想早点结束战争，早点回来。前晚的梦中，见到了母亲。她老人家提了盛有香烛的竹篮，又拉着秀梅，去观正桥下给他烧点冥纸和香烛。可秀梅流着泪，说，娘，我不去。母亲怨她，妹子呀，五年了，连个音信都没有，早就战死了，唉，这是命，我们婆媳俩有什么办法啊。娘，娘，哎，没死。他走时，答应了我，会回来的。母亲感动了，紧紧抱着她，多好的儿媳。婆媳在桥边，拥抱一起，号啕大哭……醒来时，他发觉是梦，眼角还有点红。

日本人投降了。他脱下军装，想走。团长骂他，你小子当上了营长，以后团长师长都等着你，你还有啥牵挂的？秀梅，他眼睛湿润地念叨，我答应了她。团长哈哈一笑，你小子，还算男人，也有想女人的时候，好，打完了这仗，老子派人把她接过来，到时，你爱咋整就咋整呗。可是仗稀里糊涂没完没了。怪了，一仗又一仗败下来，他所在国军如山崩水溃，从东北退到了南方。不到一个月又被赶到海边，身不由己，他跟着队伍坐船过了台湾海峡，来到岛上。

他虽然是团长，但没有回大陆的权力。岛上，熟悉的只有他的兵和他的上司。山山水水，树木和花草，一片陌生，找不出像故乡的观正桥，也寻不到桥栏的石狮石象石马，让自己亲密又热爱的东西。岛上小镇的街道，弥漫的鱼腥味，叫他厌恶和呕吐。整日无精打采，伤心忧郁。他想散散心，走出营房，一个人偷偷来到海边，可遥望渺渺茫茫的海面，绝望了，再也别想回到秀梅身边。他埋怨昔日的团长现在的师长。师长骂他，天下女人都一样。可他心里认为秀梅就不一样。故乡的小镇回不去了。无可奈何，他卸了军装，终日以酒度日……

三

八年没他的消息，父母要秀梅另嫁。她眼眶红了，说不，我要慢慢地等，他会回来。一年又一年，等得桃花红了，梅花又谢了。

新中国成立后，小镇的家被人占住了，秀梅被逼到街尾的牛栏屋。晚上，贫协会的队长找上门来，正好也是单身，想跟她要好，嫁给队长，她又可重新回到临街的大屋，过上好日子，他的父母也有了依靠。母亲看见了，含泪劝她：不要把他儿子放在心上，会苦你一辈子。她笃定地摇了摇头。次日晚，那队长又来了，她还是不依。队长正要动粗，她发疯似的吼一句：哎，他回来会毙了你。吓得队长扫兴而去。

她每天颠着小脚，下田，挑粪，打牛草，挣着工分，供着他的父母。她劳累回来，还要挂黑牌，挨斗，游街。沿街不懂事的顽童，骂她私通海外，是黑五类，是特务婆。她吞着泪，不服，我怎么是黑五类、特务婆？哎，到部队是打鬼子，保家卫国。她忍辱负重，天天盼他回来，能在世人面前还她一个清白。

等的那些年，她代他，送走了他父母，家中只留下孤零零的她。日日月月年年，不知她穿着新婚的红袄，在桥上徘徊多少次，心里骂过他多少次。说不过二三年，可整整是四十春秋啊。岁月让她情怀衰晚、朱颜暗变。

她老了，背也驼了，无生活来源。一天到晚，拾破烂，上街颠到下街，汽水瓶、碎铁屑、旧报纸等装进一个水泥袋子。有人问她，秀婆，今天捡了多少？她抬头，缺着牙的嘴，笑笑，卖了两毛钱。然后，她弯腰又去捡废纸，乐此不疲。

20世纪80年代初，一天，同街的一个小朋友叫她回去，说有人找她。她回来，邮递员叫她签字。她见那名字是他，她喜得流下了泪，幸福地说了一声：哎，终于回来了。她发疯般地喊，喊声喜悦又悲怆，传遍了小镇的街巷。她手拿个破塑料袋子在街道上，边寻寻觅觅，边自言自语：我说了吧，哎，死不了。哎，死不了。碰上街邻，总说，哎，要回来了啰。秀婆，这下就好了，终于盼到了你老倌了。她乐得像小孩，洋溢着喜悦。这样，过了半年，他还是没有回来。从此，她变得沉默寡言了。捡破烂时，她不再自语。那天，她把他寄的两万元钱，捐给街道办。街道办的主任想着她一生寒寒酸酸的，说秀婆，你生活也艰难，拿回去。再说，也是他的心意，对你几十年的补偿。她不接，摇摇头，蹒跚着出门。街上的人都说秀婆傻啊，放着这么多钱不用，还去捡破烂！

过了两年，临街的大屋，又归了她。空空落落，不见人往。入夜，她穿着心心念念的红袄，点燃了红烛，一个人静坐在昔日的新房里。恰好，一阵夜风吹来，窗格子新糊的皮纸，晃动了一个高大的人影。哎，真是你。她心颤了下，激动起来，不顾一切，推开了门。可门外的街道什么人影也没有。她失落了，脱下红袄，慢腾腾回到竹凳上，心更加慌得厉害。

与他一路当兵的人，陆陆续续的又回到古镇。她找上门去打听，有的人说不知道。只有一个人说话支支吾吾。她露出了喜色，有线索了，在那边一定看见他，再问，那人又一口否定。一年又一年，满怀信心，到头来只是多了一把眼泪。

看见她的人，就问，秀婆，"哎"快回来了吗？

她抹着眼角，瘪着嘴微笑说，哎，快回了。

晚上，她又翻出五十年前新婚时的红棉袄，色彩有些陈旧，袖面还有几处碎烂而脱落。她仍然兴奋地披在身上，眼前闪现他走的那晚情景：哎，喜欢看着她穿这件红色的衣服。她颠着小脚，拿着纸钱和香烛又来到观正桥边。回大陆的老兵撞见了，再也忍不住了，秀婆啊，该回来的都回来了，你就不要再苦等了。话说到这个分儿上，她应该晓得，他在那边安置好了，有了家小，不便回来。但她还是那么固执，说，不会的，不会的，哎，答应我了，哎，不是那样的人……

　　那晚，她在桥上徘徊很久。她还把观正桥石栏两边的石狮石象石马等，摸了一遍又一遍。

　　清早，人们在桥下的河水中发现浮起的红袄，涓江的水浸得格外鲜艳的红。

油菜花

林子在畦地汗流浃背荷锄开荒。

春月站在坡上抿了小嘴笑。林子舞锄的样子，是把庄稼手，好看。

林子懵懂，春月，笑么子？

春月还在咯咯地笑，哎，拼死的干，为啥呀？

林子停了锄，憨厚地笑，娶老婆呀。

春月甜蜜，脸蛋淡淡地泛起了红晕。

月前，林子被媒人领着去春月家。春月中意，两家一合计就定下来。当时，林子喜悦，什么也不顾，大胆地问春月，几时到我家？春月羞红了脸，嗔怪起来，催得这急。要不是春月娘替春月说了明年花开时，林子会尴尬的。其实，等一二年，也可。晓霞山的人家，一个坡上一个坡下，见个面容易，勤勤腿，几步到家。可是，那年月，世面太乱。

春月想到那些，心里急。时间不等人啊，我春月不会嫁个木头人。春月急起来，就有自己的小点点。今天，假意在坡里碰上，其实是春月事前想好了。婚前不了解，不知林子心中想了啥。要不然，林子这番话她哪听得到？春月既满足又陶醉，抬眼看到一棵树梢上，一只小鸟惊慌一掠，飞上湛蓝的天穹，春月美好的憧憬也随小鸟而飞。

林子，种什么？

林子说，种油菜。

春月喜悦地蹦了起来，拍着手，油菜花好，我喜欢。

林子冲春月憨厚地笑，等明年花开，摘一朵最好看的给你戴上。

春月想起娘说的话，满是幸福，林子，真的哩？

林子放下锄头，靠近春月身边，瞅了瞅，春月，到时，我把油菜花插哪里？

你想插哪里就插哪里呗。春月笑，桃红的脸更灿烂。

林子调皮地蹲了下来，端详着春月。春月，你的脸开了一朵，胸前也开了两朵，真好看。到时，你要我插哪里啊？没地方了。

春月忙乱摸了摸脸，脸烫手，再摸摸胸，触到了什么，嗔怒起来，林子你坏，坏死啦。

林子掩嘴而笑，心里说，谁叫你把我想成木头人呢？

…………

静悄的夜晚，林子随姐夫去了那个让年轻人青春蓬勃的延安。走的时候，林子说春月，明年油菜花开时等我。春月噙着喜悦的泪说，好，花开时，回来接我。

冬去春来。

畦地那片油菜花开了，金灿灿的。春月激动地拉来了娘。娘，你看，油菜花开了。娘说妹子，每年，到这个时候都开，这有什么新鲜的。春月嘟着嘴，娘，娘，你忘了。春月娘，轻拍自己的额头，"啊"的一声，想起春月的嫁妆，妹子，你看我这记性。娘知道春月的小九九，妹子，不急，我跟你早就准备着哩。春月不好意思，羞红了，小碎步地跑开。娘看着春月的背影，幸福地摇摇头，女大由不得娘啊。

那段日子，每天，春月都要到油菜地里。春月看见油菜花，大姑娘像个小孩子似的，跳着蹦着，闻闻嗅嗅，香啊，温馨的芳香，散发出湿漉漉的春气。春月置身于花丛，心旷神怡。春月采撷一朵朵油菜花插满了头，兴高采烈地跑到小溪旁，矮下身，让清亮亮的溪水映照自己，瞧啊瞧，看不够，又转身，又侧面，仰起脖子看，越看越脸红。不觉，被顽皮的小妹觑见。姐，漂亮啊！林子哥，偷看你哩。春月吓了一跳，慌乱地把头上的油菜花乱丢一气。等春月定了神，抬眼看是小妹，嗔怪，鬼妹子呀，要吓死姐啊。但春月，心是醉的。小妹一走，春月重新摘了油菜花戴在头上，又回到清澈的溪边，照照又看看，林子，好看不？空荡的山谷，没有回声。春月怨起林子来，把头上的油菜花，取下来，放在手里捏碎，丢在水中。眼前只有飞着的蝴蝶和嗡嗡的蜜蜂。

几天春雨后。庄上正走兵，所有的人，深山逃命。春月没去，心系着油菜花，此时，花朵凋落，她失了魂似的徘徊在畦地。

不巧，遇上三个游离的日本兵。倭寇见到春月，如饿狼，扑了过来。春月没有退路，不慌不忙，慢慢地折一朵油菜花，插在自己的发髻上，又摸了摸，说林子你没时间回家，我代你插了。鬼子蜂拥般上来，大叫，花——花姑娘。高个儿的鬼子甩了枪，追着春月。春月眼里溢满了泪，牙齿一咬，从容地跑进了油菜地。高个儿的鬼子脱了衣，也跟进了油菜地，一会儿，只听高个儿鬼子的"哇哇"痛叫。两个鬼子意识到不对劲，提了枪也跑进了油菜花丛中，后来，随着"嘣"的一声，传来一声惨叫，那声音，震落了油菜花……

林子记得春月的事，赶了回来。也凑巧，耽误半月。坡地，连朵凋落的油菜花也没有了。春月，我来娶你！激荡的喊声，划破晓霞山的天穹，没有人应，只有空落的回声。

桃　花

三月，春来了，摇醒了草，摇醒了树。红花、白花、绿花、紫花、蓝花争先绽放。

晓霞山区的人家前前后后，桃树一片红。在这个时节，桃花这妹子忙得疯疯癫癫。一下跃上桃树，掰下枝丫，将花儿一朵朵采摘下来，闻闻温馨的香气，好像在感悟春天。桃花闻厌了，又一朵朵撒在田头和小溪旁。一下又折弯树枝，摘了花儿，插了满头。欢快如小兔一样，逢人便问，我好看不？

桃花，你看你，糟蹋了这么多桃树。

桃花嘟着嘴，不高兴，一鼓气跑到山上，不回家了。

娘拉她。拽不动，她委屈得像个小孩。也怪不得桃花，整个晓霞山，没有一个人说桃花好看。那时，桃花不小，有十八了。恰是妙龄，又有艳艳红红的花儿点缀。在桃花心中，自己是山中的仙女。

桃花认为娘疼她爱她。

桃花不停地问娘，我好看不？

妹子，你莫傻了。娘抚摸着桃花的头发，眼眶淌下了泪水。

桃花使了性子，娘不说，我不走。

那段时光，桃花落寞。

那日，山区来了一个皮货郎。桃花急不可待地追着皮货郎问，我好看不？

皮货郎笑了笑说，好看，我走过了整个山冲，算你最好看。

真还有一个人，说她戴了桃花好看。桃花蹦了起来，一脸的幸福。桃花把皮货郎接到家里。山里人家好客。桃花也好客，给客人拿了竹凳，又泡了一满杯的春芽，还拿出了山货，花生和板栗。在皮货郎心中桃花这妹子亲近，皮货郎见桃花淳朴得像山泉一样，感动得他把外面的故事讲给桃花听。桃花觉得新鲜，十分向往。从那时，桃花跟在皮货郎后面，走西家，串东家。那些日子，桃花笑嘻嘻的，快快乐乐。在桃花眼中，山区的天没有比这时更蓝，山区的人没有比皮货郎更好。

一天，走在山中，桃花又折了好多的桃花，串满了全身，问皮货郎。皮货郎笑了笑，没答。皮货郎的眼睛，四处望望，山中只有静静的林子和清亮的鸟声。皮货郎放下担子，叫了一声，桃花你太好看了！桃花笑起来，拍起手，说还是皮货哥哥好。皮货郎说桃花，女人最好看的是什么？皮货哥哥，我不晓得。皮货郎嘻嘻地笑起来，动手解了桃花的上衣。桃花扭扭捏捏，羞怯地吐着舌头，皱了眉，我娘不让。皮货郎不高兴了，说，桃花，如果让我看你最好看的，下次带金桃花给你。桃花犹豫一下，嘴角流了许多的涎水，还是禁不住金桃花的诱惑……

三个月后，桃枝上挂满了青涩的小果子。皮货郎又来到山区。桃花在山径中，拦住了皮货郎。皮货哥哥，给我带来了金桃花不？皮货郎说，桃花，带来了。从箩筐内拿了镀铜的金桃花。桃花喜欢得不得了，说，皮货哥哥，真好。我给你看最好看的。桃花轻呼，柳眉含笑，醉了皮货郎。皮货郎看桃花，越瞅越呆迷，感慨起来：桃花美啊。皮货郎看够了，快活一阵，挑着担子又要走了。桃花有些依依，跑到高高的山尖目送皮货郎。

从那以后，皮货郎再没来晓霞山了。

又是一年春，桃树又红了。桃花每天腆着大肚子，攀上一棵大桃树，头上身上挂满了桃花，样子像个胖乎乎的花妇。路过树下的山里人，怜悯一声，唉！傻桃花。

桃花目光呆滞，嘴边淌下两线口水，把眼前的枝丫都折断了，朝一条进冲的蜿蜒山路张望，口里念着：快来了。

一天，春雨绵绵。桃花站在树丫上，她盼望的那条山路，一瘸又一瘸走来一个衣服破烂的男人，没有挑货担子，嘴角挂满了笑容。桃花疯了般地下了树，欢快地叫了起来，我的皮货哥哥回来了……

小　静

　　三月南风一吹，沉睡一冬的草木和虫鸟皆醒了。

　　小静回了一趟家，同窗好友小海在微信问她，小静，现在在哪？

　　她发了个笑脸，随即一组照片：天空的蓝，万里无云。田垄和菜土金灿灿的一片，春风柔软吹拂，一波又一波黄色的浩瀚浪涛，朝小静轻微地撞击，不经意间被浪花淹没，又不经意间被波起的浪花托起，飘起白地蓝花的连衣裙格外显眼。一波又一波美在心底的景色，冲击小海的视觉。

　　美啊，景色真美，小海惊艳起来。

　　小海，这些油菜花好看吗？我爸种的，全村人种的。

　　好看，还有连衣裙也好看！

　　小静的心柔了下，羞红了小脸。没回话。

　　小海生在城里，电视里看过的油菜花，没小静的视频里那广袤又似海洋的油菜花好看，也没有自己动过心的青春妩媚的小静，人和花镶嵌，自然画面至美至纯，迷惑又向往。

　　小静，我要过来啊。

　　小静故意说，乡村虽美，但泥巴、牛粪、汗臭和乡下人一口土不呐叽的乡音。这些都不适应你，小海……

　　小静，不会的，即使那样，我也喜欢。

小海开一天一夜的车，抵达这里，兴奋不已。蓝天之上，像清水洗过的澄清和透明；不知名的鸟群黑点似的朝这边飞来。新楼栋栋耸立在山坡下，错落有致；叽叽喳喳的燕子沿着屋檐低飞滑翔。平整又宽敞的水泥路，往田野往小镇上延伸。

眼前油菜的浪花在温暖的春风拂动下像起起伏伏的金色海洋。彩色的蝴蝶如跃起的鱼儿，追波逐浪，嗡嗡的蜜蜂也不示弱，在这片浪花上穿梭飞舞。欢悦的小静如一条小海豚在油菜花的海洋里劈波斩浪或潜水前行。小海后面追，清新的香味似无形的空气，到处弥漫，小海稍不留神，吸入鼻孔，沁人心脾。眨眼间，小静遁迹。寻呀寻呀，拨开鲜嫩的油菜秆儿和灿烂的花朵，不见身影，只闻一个声音在前方轻柔的召唤。小海急了，看一群蜜蜂绕着自己嗡嗡鸣叫，灵机一动，惊叫起来，小静，黄蜂想蜇我……小静吓坏了，怕城市长大的小海有闪失，挟带一身清新又温馨淡淡的菜花香出来，看小海呵呵地讪笑，生着气，冷冷地催小海，看了一天就足了，你走吧！

小海愣了下，说不，我不仅迷上这里的油菜花，还爱这里一山一水一物，还有眼前的人。

这一年三月，小海没走。每天，缠着小静带他观赏油菜花，游在黄色的海洋中，追逐，嬉戏，打闹，彼此眉来眼去，缠绵又情意浓浓。小海玩儿得有点累，不知足又憧憬似的说，若有一张床多好，可歇息。小静嗔怪，你想得美，我爸和村民还指望打菜子油。小海涨红了脸，傻傻地不说话了。

等到四月，上海的一家上市公司催小海回去。他依依不舍对小静说，明年，油菜花开的时候，再来这里向你求婚……

次年阳春，小山坡上、田野上所有的油菜花又盛开了。小静每天来到这里，想起小海的那句话，小脸红了，心又扑扑跳……徘徊几天，几次想发信息提醒小海。望着那条进入乡村的水泥路，没有汽车没有熟悉的人影空空荡荡的，一声叹息，惊飞了一只冲向天空的小鸟。

恰好，小海打来电话，小静，新冠病毒肆虐，全城都封了。

小静泪水汪汪涌出，说，小海，你挺住。我等着你，明年……

春　妮

一

绵绵细雨。院子弥漫了一股潮湿的春气。

春妮囚在后院柴房，像只乱窜的鸟，在房里到处扑腾。清早，她用纤细的食指捅开了窗纸，踮起了小脚，桃红小脸贴上来。一阵南风拂来了清香，如水一泓又一泓地流到她的鼻尖。香啊，香死哩。她吮了吮鼻，欣喜又舒畅。一下，她干脆闭着眼侧着耳，静静地聆听。霎时间，她睁开眼，看到了屋角的土娃蹑手蹑脚地走来了。她在柴房的木窗边，又蹦又跳，欢快地喊着，土娃，我听到油菜开花的声音了！

我的小姐，你想油菜花想晕了头，庄稼地离这好几里！

土娃，我真闻到花香了。

我的小姐，你别嚷，好不？土娃看见了春妮，很惊喜。春妮这一叫，他又害怕了，管家听见怎么得了？只好叮咛春妮。

王老爷的掌上明珠，本来不会锁在小屋。不巧，春妮同土娃好上的情景，被管家发现了。这还了得，哪有下人想着府上小姐的？小姐去年定了亲，马上嫁到门当户对的周老爷家。怪不得，一提到周家少爷，春妮马上笑容遁去，面色忧郁。一见到土娃，笑声和欢

025

快就洋溢起来。想起这事，王老爷就气。于是，就把烦恼的土娃赶出门。

今又偷偷地溜进院子，实在牵挂春妮，又答应了春妮，庄上的油菜花绽放时，带她去欣赏。就在这几天，油菜花盛开了。

春妮，老爷也太狠了，这事也不能怪你啊。

土娃，快放我出来。

我的小姐，轻点声，好不？别急，我正在打锁。

我才不管，我要看油菜花了。春妮任性。

二

坏就坏在前天。土娃和春妮两人没提防，管家竟然躲在回廊的后角，那个位置可将柴房的前前后后看得清清楚楚。

当时，土娃光着上身，筋骨凸暴，还流着汗水，在后院的柴房前坪劈柴。春妮如往常一样，穿着粉红色的旗袍，扭动着细腰柳枝，笑着甜着，脸上的小酒窝也灿烂着，从闺房走来。每次，土娃不自然地停了手中的活计，欣赏这番美景，免不了一阵沉醉和痴迷，总是春妮欢喜地轻悄地走到他面前把他喊醒。今日，怪了，春妮刚走几步，显得慌乱，小脸羞红，转头掩眸，像是失态。土娃惊奇了，低头看了自己，哦呀呀，原来是自己这副俗相惊吓了小姐。他忙从柴堆上，捡取粗布短褂穿上，望着春妮，呵呵地傻笑：受罪，我真不晓得，小姐会来。没事，又不是外人。土娃，我找你问事哩。好，小姐你说。土娃殷切地候着。

土娃，油菜开花了？

小姐，没哩。

开了，我闻到它的花香了。

小姐，离开花还差三四天。昨天，我在庄稼地，油菜刚冒小小的花蕾。

怪不得春妮，没出过院子，哪晓得油菜花开花落的季节。书读了不少，《四书》《五经》《三从四德》。闲时，又看透了《红楼梦》。满脑是黛玉的养花、赏花、葬花。关于油菜花，只听土娃吹嘘过。不过，眼前幻出缥缥缈缈很好看的油菜花……一大片，一大片，黄灿灿的。春风一吹，油菜花一浪接着一浪，像丰收稻谷的金黄。那种美感，浩浩荡荡，如金色的海洋，无边无际。

土娃，我不问了，你欺我没去地里干过活。春妮双腮抹红，嘟起了小嘴。

好好，小姐，是我看错了。

真的吗？

真的，刚才我是骗你的，油菜正吐着花蕊，盛开黄黄的一片。土娃不忍心春妮不高兴。

土娃，你带我去。春妮很兴奋。拉着土娃的手，就要走。

我的小姐，不行。你没看我正在劈柴。到时，管家看见了，又会说我。

要去，要去嘛。春妮散发着娇气，无限妩媚。

好，为了我的小姐，我豁出去。土娃看着春妮娇娇滴滴似雨打的花蕾，更加怜爱。于是，高兴地丢下了斧头。

两人偷偷地跑出院子。

走进了前院的花园，一片春花灿烂。

小姐，就在面前。

火红的，是芍药花；洁白的，是梨花。土娃，这里哪有黄花？

小姐，不急，再走几步。

没看见油菜花呀？春妮认真在前面寻觅。土娃深情地注视着春妮，等她回眸，四目相对。她茫然，感觉了什么，摸了下脸发烫。土娃，你坏呀。小姐，你就是油菜花，在我心中比油菜花都好看。怪不得他一直那样看她，原来是喜欢她，她赶紧用双手捂上。她又羞又气，随即，追着土娃，抬起了手，说我打死你！

小姐，饶了我吧。土娃故意跑了几步，蹲了下来，双手抱头，让春妮打。

那算什么打，给土娃挠痒痒。当然，春妮也舍不得，不会下手太重。她知他是戏她，看出来他有意让她打。这样的人就是坏，看他木木的样子，心里还鬼得很呢，春妮偷偷地想。

好好，春妮，算我错了。我发誓，到了油菜开花时，我带你去。

春妮才收住手，憧憬般地抿笑。

哪晓得两人的打情骂俏，被管家跟踪，又尽收眼底。

三

两人逃出院子，这回土娃牵着春妮，一直往庄稼地走。

走进田野，一望无际的油菜花，金灿灿。喷出一股清新、朴实的香气，被春妮的鼻孔吸入，一溜烟似的沁人心脾。春妮像一只蝴蝶，展翅扇翼，一会儿贴在花蕊上吸蜜，一会儿又轻临花上吮露。或是戏花，或是兴味盎然地观赏。

进来啊。土娃在油菜丛中催促，生怕让人看见。

好哪。春妮进了花丛，迷恋着自然的美景，把王老爷的想法忘到脑后。

春妮从没来过庄稼地，王老爷不让她来。香粉抹面，细腰柳肢，灵巧小脚。这样的金枝玉叶，怎能舍得让她踏上庄稼地，沐浴泥土和粪味？今日一来，感觉眼前如画，心旷神怡。

土娃，真的美啊！春妮十分亢奋。

春妮，那你多瞧瞧啊。

土娃，我不走了。这里安静，听呀，花在细语，花在歌唱哩。

是啊。土娃侧耳谛听。一股小风吹来，花海轻荡。春妮，花儿还在载歌载舞地欢迎你哩。

春妮灿烂了，春光漫上了脸。她喜欢花这种欢迎的仪式。她的脸已贴近了花尖，轻轻地吻，悄悄细语。她随手摘了一朵最大的，飘溢着清香、泥土和浓浓的春味。她闭了眼睛，好像在享受。之后，她放肆起来，把花朵捧到土娃的鼻尖。

你闻闻？

香，如你一样清香。

春妮听到了赞美，更欢了，把花插在头上。她颠着小脚来到水沟旁，照了下，自己真像花姑娘了，心里暗地欢喜。她不知足，又看了水中几遍，独自欣赏。水影中，仙女临池，桃红拂面，温柔清秀。她轻移莲步，至土娃前，嗔声一笑，好看不？

好看！土娃又给春妮插了一朵，瞅了一眼春妮，娇艳无限。

春妮陶醉了，说这里多好，自由又欢乐。

土娃，我让你陪我哩。春妮在心爱的人面前撒起了娇。

好。我愿意陪你，天天陪你。土娃梦想，也渴望。

在油菜花丛里，你放蜂，我赏花，快快乐乐过一辈子。春妮心花怒放。

好，我的小姐。

别小姐不小姐的，土娃，我是你的油菜花。

对，你是我的油菜花。

我真的这么好看？春妮想起，前些天，在院前花园，土娃真心地嬉她，说的那番话，现在都是甜滋滋的。

真的好看，土娃盯着春妮说，你是看不厌的油菜花。

那你闻闻我，香不？

香，像油菜花味道。土娃心怦怦地跳，头没动，随口夸了。

土娃，管家说你愚你木，一点也不，心里头净小鬼鬼。

土娃你老实点，闻，你闻闻？不对，闻我的头。

香！土娃隔老远，吮吸了一下鼻子，动作木讷。

春妮觉得甜蜜，一下醉了，眯上了眼睛。

再闻闻我，再闻闻我呀。

好，香死哩！土娃战战兢兢，第一次与女人近距离接触，真还有点怕。

又耍滑头。我没感觉到你的热气。

闻哪里？土娃又亢奋又慌乱，眼睛四处瞅。

春妮嗔怪，你看呢？她把胸口小袄的布扣，已经解开了，露出红色的小肚兜。

好，土娃血液激荡，手颤动，头也跟着晃动起来。土娃脑子，闪现出柴房和管家来的情形。我，我不敢！

唉，真木，我是油菜花。

…………

突然，土娃叫了起来，不，不，是小姐。他一下醒了似的，刚才是梦，春妮和他都在做梦，像孩童，虽美满和甜蜜，但不现实。怎么能让油菜花永远开下去？他是庄稼把手，知道油菜花花期很短，到时凋谢，到时结果，到时被收割。

顿时，春妮无语，眸子发红。那感觉，是一下子从云间坠落万丈深渊。

四

第十天，清早，油菜花好像遭了一场冰雹，稀稀疏疏的花朵，蔫黄和枯萎，景象一派凋零。土娃蹲在油菜地的旁边，心情沮丧。恰恰，前边的土路上，一队迎亲的人抬着红红艳艳的花轿，吹吹打打，喜气洋洋，拥向周庄。熟人拍了下土娃的肩，说，发什么痴，跟我去瞧热闹。周庄最有钱的周老爷，今天娶儿媳，新媳是你家王老爷的千金。热闹啊，听说请了县城的花鼓班子，准备唱三天三夜。还听说客人多得要开流水席，从县长到商会会长，士绅和名流，都请到了。土娃没说话，站在那里也没动。熟人走了，他抬了一下头，正巧看到，轿子里面的新娘撩开轿帘望着油菜花地满面泪花。那是春妮啊！土娃惊叫一声，心如一陡墙塌了下来。

土娃发了疯，冲向土路，去追那迎亲的队伍，向红色的花轿泪流满面地唱起来：

> 油菜花开黄金金，
> 芝麻开花一条心。
> 千万个妹我不爱，
> 单爱小姐一个人。

杏 儿

杏儿每日中午回家吃饭。

她在县妇幼保健医院工作,单位离她家正好两条街。跨过两条街,不过五分钟,眨眼间的工夫。县城的跑跑车多,既便宜又方便,坐完了,掏出一元钱。杏儿,就怕坐跑跑车。

杏儿很美。她的美,来源于自然,并不需涂脂抹粉。杏儿的美不属于超女般的靓丽和时尚,她的美在于她身材的苗条,配上长方形又白里透红的脸蛋儿,也有那桃花初绽淡淡艳艳的红,配上少女婀娜的胸脯均匀得如天仙女般的魔鬼身姿。点上溪水般纯真的眼睛,灵动一下,鲜得像润了露水的花蕊儿。

杏儿一走出医院的大门,跑跑车一下就围拢过来。当然,这都是为了抢生意。另一个原因是男人们的共性:喜欢欣赏艳丽的花朵。可这开车的男人,许多是看过杏儿一面,或者是拉过杏儿几回,知道她是这医院的第一美人。他们一下就如蜜蜂一样,嗡嗡地涌了过来。杏儿最怕那些眼睛,射出一束贪婪和饥饿的光,从她脸上扫过,又扫她的胸脯,然后,又把目光落在她脸上,像吸吮花露的蜜蜂一样。一个开跑跑的抢到了杏儿,高兴得如拾了一个元宝。开了一条街停住了,杏儿还以为车抛了锚。那人笑得欢,有些放肆。他回头欣赏杏儿,瞅着瞅着,目光呆滞。县城这一段路曾发生过一起抢劫,还伤过一个女人，好似这阴影又从杏儿脑袋瓜里蹿了出来，吓得杏儿脸儿苍白，蜷缩身子发抖。本能地喊出：你干什么呀？开车！那人回了下神，抹着涎出来的唾水，嘿嘿，嘿嘿地笑，一阵感叹：姑娘，你真是美人儿。

杏儿到了家，余惊未定，抹了抹胸窝，吓死我了，吓死我了。杏儿妈听了，问杏儿，是不是差一点被车撞上？杏儿没吭声，一屁股坐在红绒沙发上喘气。杏儿妈还以为真是那样。就怨杏儿没听她的话，这么多的好人家不同意，不然，有一个家安在医院，吃中饭也不用走来走去。杏儿见妈唠唠叨叨，就嗲声说，妈呀，你又来了。早盼我安家，想赶我出去吧。杏儿，哪里呀，妈为你好呀，早成家早幸福嘛。杏儿妈也坐在沙发上，开心笑着，快把脸凑在杏儿眼前了，杏儿，别不高兴了，妈告诉你件好事。杏儿马上用手捂着耳孔，不听，不听。她赌气出去了。

杏儿走下了楼，心里仍是不服气，我凭什么不能自己找呢？人生的婚恋，难得就这么一次啊。

杏儿下了决心，自己去找。杏儿也想过，找高中大学的同学，或找医院的同事，却觉得开不了这个口。自己主动，人家会认为你没有人要，想便宜处理自己。我好歹是大学毕业，又有一份工作，凭什么要让人看不起？杏儿把这种想法打消。杏儿也听说过，有一些男女青年网上聊天聊出了感情，后来，还真结了婚。杏儿想了这事，从网上找有点荒唐，不觉自个儿发笑，轻轻地咬了下嘴唇，好像嘴唇也害羞，世上还有这事，真是奇了怪了。

杏儿不领她妈的情，她妈忙着帮她找人家的心也渐渐地淡下来，亲戚和朋友也看杏儿的眼角高懒得去麻烦。杏儿也觉得省心，不然每天一到家就传来妈的唠叨声：张阿姨问你星期天有没有时间？说是某某的儿子又如何优秀。昨天，表嫂打来电话，她娘家有个局长的远亲，权力如何大？有一个儿子，看明天什么时间下班……这下，杏儿回家安宁了。杏儿上班也不累，给婴儿办出生证，一天没几个。她心闲，现在的年龄也不大，不和那些大龄的青年一样，很焦急，天天盼着寻个理想的伴侣。

去年三月，气候春寒乍暖。杏儿边工作边在网上闹了一天。一天来和几个陌生的网友聊。可是，没有一个投机又趣味对口的。要么就是一个痞子似的男人，一开口，就说，好一个靓妹？我好想你啊！想什么呀？刚见面！要么，有些网友知道杏儿说话的口气，细腻又温柔，猜她是妹子，没聊上两句就要求视频，说我想看看妹妹那漂亮的脸蛋儿。这不正跟她妈介绍的官宦富家的子弟差不多，杏儿能不来气吗？这不是在相亲，相亲才瞧个脸的，不像个事。我凭什么要让你瞧？真是，乏味。就这样，一天下来，心情有些添堵。

快下班时，一个叫伟壮的人上来了。打开对话框，就问：姐呀，你还没下班？对方如神仙一样，知道她在工作。杏儿一听话语亲切随和，与往常网上任何一个陌生的男人不同。尤其那一声姐呀，叫得甜心。杏儿想一个小弟弟这么唤我，不和他说话说不过，礼尚往来，于是，杏儿就和伟壮聊了起来，聊小学，聊中学，聊大学，聊工作。两人聊起来，什么话都说了，也很随意，彼此不设防。杏儿天天像一只蜘蛛，趴在电脑上。杏儿和对方说起来，心里有一丝甜蜜，那种蜜意一直徘徊杏儿的工作中，连晚上躺了下来，梦中也是甜滋滋的。

杏儿原认为在网上找朋友是无稽之谈。伟壮一上来，她就觉得真还有那么一回事。杏儿了解伟壮这个人，二十出头算起来比她大一岁。应叫他哥，但杏儿没有叫他哥，她听惯了姐呀姐的，觉得心安理得比他大。伟壮在湘北赤壁市电视台干编辑工作，这一点，杏儿了解证了。伟壮这个人的文字功底不错，干编辑都有好的文笔。他们在交谈时，伟壮写出的话，辞藻华丽，如姑娘的女红一样，一件件绣出来，打心眼儿比别人的格外秀美。当时，杏儿怕自己在甜言蜜语之中把握不了分寸，留了一个心眼，要伟壮把一篇新作传过来。杏儿将伟壮的文字，读了几遍，都认为是好得不能再好的文章了。杏儿不知是出于慎重还是显耀的心理，拿了伟壮的文章给市作协的骚人看了。骚人看完，惊讶又羡慕，杏儿，看不出你小小年纪，有支行云流水的笔。杏儿没说话，脸红得像桃儿，把几页上面有伟壮文章的稿纸握紧、贴在胸前捂着，生怕外面的风冻坏了……

杏儿不愧为聪慧，了解伟壮的才华之时，还没放过考查他的相貌和身高。

谈了几天，说话越来越投机。先是伟壮提出要视频的想法，杏儿有意说，不行，姐长得不好看，姐怕吓了你。伟壮安慰她，不要紧，心美也是一样。杏儿知道男人为了目的，净说些掏心的话。故意装出一丝担心和顾虑，到时候，我露脸，你会被吓跑。杏儿说话时，有意哑了声，像是一个被抛弃的女人在说话。伟壮说，杏儿姐，你看我伟壮是那样的人吗？你早了解我。姐，我想，我们谈得来，不看一下对方不好吧，以后，遇到也不相识，会后悔的。杏儿想了一想，伟壮呀，你说的也是，只要你不嫌姐，姐答应你。你先来吧。杏儿点了视频窗，之后，一张英俊又帅气的面孔显现在杏儿的面前。杏儿一怔，怕有一米七五的个儿吧，高大英武，比她想象的还要潇洒。杏儿在惊喜中，回了神，看了对话框：杏儿，你的倩影呢？杏儿灵机一动，伟壮呀，我不知怎么搞的？我的摄像头出了问题。伟壮等了一阵，以为真那样，就说，姐，出问题了没办法，以后再视频吧，我们来日方长的。杏儿自个儿乐起来，以为伟壮幼稚地相信了她。不过杏儿看了伟壮的相貌，又想了他的才华，心里那个乐啊，像开春园子的鸟儿喧闹似的。

接下来，杏儿开始网恋。杏儿先不知，咋叫网恋？后来，那个被她哄过的伟壮，对这方面蛮内行。初来，杏儿还羞羞怩怩。杏儿，我这几天，梦中想死了你！杏儿第一次看到对话框这些内容，脸颊红了，一下不知所措，还慌里慌张把眼睛转向后面，看办公室的门关好没。好一阵，才送出了一个羞赧的图形过去。这样的情形持续两周，后来杏儿想，网幻中的爱情，反正是玩儿，玩儿就玩儿个痛快吧。杏儿从没想过，也像新新青年一样，从网中找出合意的伴侣。杏儿只是觉得，一旦心和情一齐投入，感觉不但刺激而且快意。由于伟壮的诱导，自个的体会和悟性，慢慢历练，两人配合默契。就出现下面的情形。

…………

姐，我想你了。

弟，我也是。

姐，我想到你那里去。

你来吧。这么遥远的路。

…………

姐，我来了。我的心飞你身边了。

晕！在哪呀？我的弟。没看见啊？

姐，在你的后面，你回下头呀。我看你一个人坐在电脑旁，孤零零又有些寒意，想给你披件衣。

好啊！只有我的弟疼爱我。

姐，你看见了我吗？

弟，没有呀？哦，我看见了。你的发丝像黑色的瀑布一样飘逸。

姐，你抬起你的头……姐，你的脸真美！你的眼睛真水灵，如一潭汪汪的溪水。

…………

姐，我心里长出一双手好痒呀，想摸你。

你摸吧。

姐，我摸了。我会轻轻的、轻轻的。

…………

姐，我想吃了你。我真想张大了嘴，一口想嗑下姐。

你想吃就吃吧。

姐，我还是有点舍不得，吞下你，这么好的姐。姐，你张开口啊，我想吃你的舌。

你想舔就舔吧。

…………

姐，我还想亲你。

亲吧！

姐，我还要亲你的胸口。那儿软。

来呀，弟……

正是时候，县城的电停了。一片漆黑，杏儿的心沸腾，起伏不定，既有远处的激情又有断电时失去情感高潮的失落。杏儿坐在电脑前默无声息，只有脸上如火烫过一般。

次日，杏儿很想见伟壮。开了电源，就想上线。杏儿一想，在工作的办公室，一聊，领导和同事看了，这些姐姐爱弟弟的话，会被批评或被取笑。等到晚上，杏儿和伟壮就聊上了。伟壮等了一天，有些猴急。昨天夜里机会来了，没有深入，他大骂自己倒霉。今晚，他想抓住机会,还要进一步,达到实实在在见到杏儿本人。男人最坏,就是不在于做最好,而是在于做最后。杏儿禁不住甜言蜜语的引诱,答应见一面。杏儿虽然喜悦的,但女人家说上这事,心里敲边鼓的一样跳,不愿轻易答应。杏儿一想,网上感情本是虚拟的,可慢慢的向现实中走来。每晚夜深,外面静悄悄,一个人独在电脑旁,格外孤凉,往往这个时候,挡不住一句暖暖的关心。所以,长时间的关心和呵护,伟壮在网上在她心里已生根发芽。杏儿想,如果走进现实,又这么心有灵犀,个人问题不解决吗?想到这,心微微动了一下。见面可以,不过,条件是伟壮来杏儿这里,男求女吧。

会面的日子,选在某月的第一个星期六。地址就在县城的步步高。杏儿想这里名气大,便于伟壮找到。两人早留了电话,到时候互相联系。估计伟壮下午两点才能到县城。

杏儿在家吃了中餐。杏儿比平时吃得快,平时,慢慢腾腾地像吃糙米饭一样,难于下咽。杏儿饭刚吃完,又忙于梳理,还换了一件昨天买的纯蓝色大空衣,一看青春跟衣服在飘荡一般,脸上还搽了香粉,一间屋都是香喷喷的,忙于往步步高赶。杏儿妈,看了杏儿所做的事反常,喊住了杏儿。她妈在杏儿面前用鼻孔吮了吮,香呀,想了想杏儿是从不抹香,杏儿不喜欢介绍,应该自己找好了。杏儿,你把男友带回来,让妈看看?妈,你说的什么呀,八字还没有一撇。杏儿撒娇地红了脸,趔转身就跑。

杏儿走到约定的地点,没站一会儿,就想到了一个问题,非常严重。单位一个同事老公的店子开在步步高后面。不能在那见面,杏儿拍了一下脑门儿,算幸运,还先想到了,不然就坏了事。杏儿想到了步步高后面的一条小弄口,杏儿走到那,望了望,没一个人走，好静，就换这个地方吧。杏儿在县城生，在县城长，在县城上小学、初中，在县城工作，熟人多。巴掌大的县城，难免不碰到熟人。

伟壮说他就到了，在步步高前面小孩玩儿的电车旁边。杏儿就在附近，看到了一个比较矮小的五十多岁的中年男人。那天阳光很好，清晰度高。杏儿窥视男人的头发很乱，像长了一片杂草。戴一金丝眼镜，如卡通上的人物。颧骨突出，面色苍黑。越看越像一个来自乡下流浪街头要饭的老乞丐。杏儿看后一惊，好似有一股冷飕的风刮来，吹到心底透凉。杏儿慎重一想，不会吧，伟壮那么有才有貌的，说话很文雅。步步高门口，人来人往，也难免不看走了眼。杏儿在电话里问，你看到我了吗？我在步步高后面那街口的弄堂里，那条弄堂有一个"和氏"米粉店。好，姐，我找一找。一会儿的时间，在杏儿的眼前像是一天的日子那么久。姐，对，有一个"和氏"米粉店。杏儿有些激动说，我就在那个弄口。那儿静，没有人走。我在前头，你看到了吗？杏儿虽心里不相信那人是伟壮，但她还是留了个心眼，为以防万一。杏儿并没走进，而是在口子边，找了一个能看清弄堂又能隐蔽的地方。杏儿发现就是那个在步步高门旁看到的人。她震惊了，一阵晕眩，好在伟壮要跟她视频，以各种巧妙的理由拒绝了。不是那人打来电话，她还不敢相信。姐，没看见？杏儿气冲脑门儿，你还骗我，把我戏得团团转，就是这样才子帅哥，原来是一头老牛了。恰好，一只发出哼哼叫声的老母猪大大咧咧慢慢悠悠地走了过来。这几天，县里闹禽流感，鸡有人防控，可猪就没人管。那人有点急了，说姐，没看见？你能不能说具体一点？杏儿不耐烦了，说在前面。姐，前面是一头母猪。杏儿把手机一关，骂了一句，这就是你要会的小妹妹。

杏儿回来，又躺在红丝绒面子的沙发上，大气都不出。她妈问，人呢？你没把他带回来？杏儿说了一句，妈，你不要操这份心好不好？好，好好，随你，杏儿妈摇了摇头，唠叨了起来，你的事我不管。

杏儿说完了话，眼泡儿红肿。

小女孩

从对面向阳美发店路过。

先前我没有注意，店里一个细个儿的小女孩。总是坐在一个竹凳上，圆形的脸，几分苍白，双眼灰暗，如要下雨那个浑沉的天色，待在那里，不言不笑，也不动，远看就是一个雕塑。

我又从理发店过去，有意停了步，留意到那木呆的雕塑。小女孩从竹凳上艰难地起来，迎着一位浓黑胡须的中年男人。小女孩脸泛桃红，面带笑意，站在男人的面前，等男人上旋转椅子。小女孩的笑让我好奇，有种难得的久雨后的晴，但我没有过多地去想，一般手艺人都有这番心情。后来，看着她剪着剪着，理发的那个男人不高兴了，嫌弃女孩的手法什么的，朝里面大喊。小女孩脸上的笑容远去，一白一红的，非常尴尬。受了惊吓似的，差一点推剪掉在地上。一会儿，里面走出了一个绿色头发的女人，打着呵欠，懒洋洋地伸着腰肢，故意扭转着圆圆的腚部，对着那一脸不顺意的男人一颦一笑，慢慢贴近，再抛一个温柔的媚眼过去，春心荡漾。绿头发的女人，轻浮起来，捏了捏男人的肩膀，不时挠男人的痒痒，男人忍不住反手往那绿头发的女人胸前掬了一把，"噫"一声，绿头发的女人打了那男人的手，说，揪痛我了，晓不晓得疼人？那男人浪笑，我还没抓着。绿头发的女人嘴唇快要含着那男人的耳梢了，明知故问，什么没抓到？小白兔啊。绿头发的女人怨道：你还真坏呀……一番打情骂俏后，绿头发的女人才拧开电剪，边理边说，嫌她了？她的手法粗，哪像你。绿头发的女人，停下剪发，点了下那男人的额头，不是吧。你们男人哪个不喜欢那点荤。这下如一把锋利的剪刀戳到了男人的痛处，顿时，男子脸上颧骨的一块肌肉上不自然地动了一下，不说话了。别责怪人家了，只能慢慢来，她还是小姑娘呢。

此时，小女孩退到一边，难堪地低下头，有点无地自容。跟在绿头发的女人后面，看绿头发的女人一番似云雨前的温柔。小女孩慢慢张大了口，小嘴惊恐得半天没合拢。来这镇上第一次才看到，理发之前，有这个暧昧的小插曲。她脸蛋微微羞红，像是启蕾的杜鹃花从深山来到喧闹的城市，半是含羞半是新奇。她多么想学如何理发，但她瞅到这一幕，又让她看不下去了。有几次，偷偷地抬起头，又暗暗地调转头。她走到刚坐过的那个竹凳上，闷坐着，眼睛朝着门外的街面，街头人来人往，车流不断，微风拂起尘灰。她发呆，想着未来的日子，要学这些乡村不屑的东西，她眼睛满是忧郁。

一连几天，我总看到女孩那般情形。

我觉得奇怪，想到向阳理发店去看看究竟。我一般不要女人理发的，但这个小女孩郁闷的表情吸引我。我不去理发，梳梳头发也好。

我走进店内，那小女孩堆起怯生生地笑，生怕我不喜欢。

您是来理发？

对，我答了一声。

小女孩也想学绿头发的女人，理发前来一个段靡靡的曲子，男人都喜欢的那种。她温柔地笑，想抛过妩媚的眼色。不过，她如何放开手脚，总是抹不掉乡下姑娘的纯情。她想动动手，还没动，胸脯一伏一起蠕动起来，看得出脸色的惊慌和手的忙乱，怎么也不像熟练又顺其自然的那种放浪情形。

我坐上旋转椅子，看着她苦笑。

本想梳下头，可看到这一幕，不剪头，会更挫伤她向上的信心。坐上人家的椅子了，不剪头不好吧。她觑了我一眼，看我不喜欢她的表演，显得委屈。

您不喜欢我给您剪。我叫我师傅来，师傅会合您的心意。

没，没有。我语无伦次。心里想，我不是那种男人。

听到我的话，她灿烂地笑，好似遇到开心的事一样。笑容像爆绽的映山红，在我面前越开越艳。知道她如释重负，将沉沉的顾虑从心里蒸发掉。来理发的男人，也不是个个要温柔的前奏。她先站在我面前，后来围着我绕，她心底挺喜欢我这个人。从来没有小女孩像她这样看着我笑嘻嘻的。

我说你来吧。

您就不怕我剪坏您头发？

不相信你，我就不会让你来。

她很激动，似乎我是她得到一件欣赏品，目光亮亮地盯着我的头看。

她先没有动手，只是动眼睛。她眼睛仔细，那种仔细有一种欣赏的味道。她瞅着我的头发，看呀看，细心地发现什么？呀，你有根白头发。这个小女孩子很实诚，不像那些净拣好话恭维的人。我也被这句话惊吓了，叹气说，哎，我老了。她浅笑一下，说，不是，是累的。后来，她轻手拔了那根白发。

良久没吭声，闭着眼睛坐在椅子上，感觉到她的手有一种手艺人的细腻，此时，从颈脖到额头有只母性的手一直在抚摸，麻麻痒痒之中感到一种清爽和舒服。

理完粗发后，她要我去洗头旋转椅子离洗头池四五步路。我惊奇注视到这个小女孩一拐一瘸地走着路，我震惊了。也许先前那个男的不要她理发，就是这个原因。

我的发型，她是花了许多工夫，最后，她为难地说，我不会剪，看看把您的头发剪得这样了。我没在壁镜上看一下自己，就随口夸了一句，理得很好。看她又得意又甜蜜笑了，我付了钱，很高兴地出了门。

等我回家，看清自己的头发，一窝鸟毛的凌乱，额头前面还有一个小缺口。我才发现这个小女孩手艺真的不那么好。

有一天，我又从向阳理发店经过，她手托着下巴，望着店外面的天穹发呆。当时天色灰沉，暗淡又显得闷郁，好像有暴雨来临。店里男男女女修发和烫发的坐满一屋子。绿头发的女人，忙不过来。我没留意那些人。我只看着她，样子可怜巴巴。眼前，出现她那一拐一瘸艰难的脚步。我的心隐隐在动。于是，我走进店里，指名要她理发。屋里坐着的人，听到我的声音，惊愕起来，一齐把目光投向我，看稀奇动物一样怪异地瞪着眼睛。

她脸一阵红一阵白。

看来，一屋的人等着看她的笑话。

她只是生气说，你剪了才几天呀。

我来这里，是顾客。她奈何不了我。

当着一屋的人，她动剪刀，很慎重，剪一下要看好久。可由于动剪刀少，生疏，每下一剪刀都显得别扭和难看。我发现她的手，有些紧张，微微地颤，额头上冒出细微的汗珠。所以，怎样修修也不怎么理想。到我起身的时候，几个人看了我的头型，忍不住哈哈大笑。我也想到这一点，故意站起来，停留在镜子前面，照了照，轻松地说，剪得不错，我要的就是这个发型。我的话刚出口，笑声戛然而止。

我看到她，站在那里，感激地望着我，眼眶湿润。

连着几天，她都坐在那竹凳上，我天天经过她那里，天天看到她没有跟人理发。我在想，来店的男人女人，为什么不让她锻炼锻炼啊？不过，她心情比以前好了许多，眼睛不时看外面的人来人往。每次，她发现我，就一拐一拐走过来，朝着我笑。

记得，那天特别的冷清，小街上往来的人稀少。那个店的绿头发没在，她一人在那里，默默呆坐，她像孤鸟一样落在屋子里。看着我走进来，坐在旋转椅子上。她一脸的不高兴，说，你又来了。我说，我来剪头发。她瞪着眼看我，你才理了几天，你钱多了不是？我听了很感动，这个小女孩，脚不方便，心还蛮好的。我慢慢退了出去。想到，我这种帮助，对她来说是一种多余。

又有一次，经过店门时，她喂喂地喊我。我一怔，以往，她与我打招呼就微笑一下。今日，是什么原因？她说，你这人，多难得的好人，我会为你理一次最好的发。我说，你剪的发，不是剪得好吗？她不顾我怎么说，一味说了下去，可能是五年以后，可能要十年以后。我看到她眼睛里那分忧虑。就劝她，今天怎么啦？你不相信自己啊，你现在就理得好。不，我得不到练习，就难熟能生巧。她叹息着，目光中流露出一分忧虑，眸子湿润。我老板说了，明天，没人找我理发，就叫我回去。就是这个原因，她头次喊我。我惊慌起来，不自然抖动了一下，不过，我还是宽慰她，放心，明天，会有人找你理的。一直为她担心，希望有一个人找她。可次日我出差了。

第三天，我赶了回来，径直进了向阳理发店。绿头发的女人坐在摇晃椅子上，悠闲跷起二郎腿，门面冷冷清清。

绿头发的女人见我进来，懒洋洋地起了身，指了旋转椅，让我坐下。来她这里，不来理发，又能做什么？

我不是理发，是找人。

这店子就我一个人。

我说，我找你员工理发的。我习惯于她的手法。绿头发的女人怔了下，尴尬起来，抬头又对我一番审视，说，你这人真有意思。尔后，又朝我头发看了一眼，好像她从我的头发上看出了什么，呵呵冷笑。你就前些天，她帮你理发的那个人啊。这般年纪了，别枉费心思。

我装作不明白，大声喊了起来，我找那个小女孩来理发的。

早走了！

听到冰冷的声音，我后悔起来。怎么也没有想到第二天打发一个人去找小女孩。

一连几天，我经过那店子，朝里一望，只有一把旋转的椅子，我的心情一下涌出一丝落寞。站在街道，眼前出现一个微笑的小女孩，走路一拐一瘸的……

每次离开之后，眼角，总是热热的，湿湿的。

吴满郎中

一

清末年间，袁世凯的幕僚江南才子杨度的母亲杨氏突然得一种怪病，整日整夜地咳。只咳嗽，不吐痰，也不咯血。咳了一个冬日，地方郎中久治不愈。至第二年春，杨度从燕京回来省亲，亲闻母亲之苦，托地方绅士访县内名医。多方打听，一个叫吴满的人走入杨度的视线。

吴满郎中出生在县城郊外，拥有一家杏林。医德医术，湘县一流。

吴满以脉象预测病症十有九者被言中而闻名。对症下药，愈者极高。神奇的是能预知病人可愈之日，可预知危重病人在生之期。

杨度冲着吴满郎中的神奇而来。在乡绅的引领下，找到了吴满郎中。吴满年轻气旺，名声远扬。当时，吴家门前患者数十人，排队等候，后面还有川流不息的人。乡绅领杨母插队。

之前乡绅想，以为自己的名望，吴满会给足面子。心想好好在杨度面前露一露脸，没想到吴满不让。乡绅擦了一鼻子灰，阴沉着脸，后又抬出杨度，这下总可压一压吴满了，天是袁大总统的天，不看僧面看佛面，也不怕你不给。可没量到，吴满笑了笑回绝，来者皆是求医之人，没有贵贱，先来先看。乡绅怒火冲天，丢了一句，吴满你架子也大了一点。杨度愕然，用眼角扫一下乡绅叫他莫起性子，又挥手让乡绅退去。反而欣喜，看来这个年轻郎中不畏权贵，难得有身傲骨。于是，拥母待一旁看吴先生切脉写方。吴满看了三十个病人。杨度发现吴满这个人真有些怪，没钱的一概不收，有钱的随给。弄得那些出不起钱的病人心里难受，又感激又磕头。那场景壮观，让杨度看惊了眼。

等到杨老太太，吴满看了老太太舌苔和脉象，就断言：按他的处方吃药，一个月之内准好。杨度佩服吴先生的医德，可对他医术半信半疑。况且，他夸下的海口和人们传闻他的神奇。杨度拿起吴郎中的处方一看，橘红 10 克、杏仁 10 克、大海 10 克、前胡 12 克、党参 15 克、粉草 5 克。他笑了笑，所开的方普通不过。再看引方：一匙蛋清冲水剂饮服。一天两次，早上起床没洗漱之前服一次；晚上睡前服一次。引方和服法有些奇特。回家后，杨度还亲自按吴郎中的嘱咐，服侍老母。果然，一月之后，老太太痊愈。

杨度觉得吴郎中才德双齐是可交之人，在回京之前，又来了一趟吴家，带了重礼面谢。吴满这次见了皙子，忙起身，亲自拿凳沏茶。打发病人一边等候。杨度从吴满倒茶起，看出郎中待他与上次来有些变化，当然，杨度知道吴满被什么打动。坐了半个上午，杨度发现吴满这样的人没有内人，感到奇怪。于是就问，敢问贤兄，嫂夫人呢？

吴满羞愧地答道：杨先生，小弟不曾有。

杨度啊一声，说，以贤兄之才德人品，娶一个贤淑、温良、漂亮的夫人唾手可得。

吴满浅笑，拱了拱手，兄长高抬小弟。

杨度关切道，贤兄，这个家哪能缺女人呢？哪个女人能嫁给贤兄，是这个女人的福气。

吴满谦逊起来。兄长，言重了，现在，鄙人，无才无德，又无事业建树，不是害了女子？

杨度嘿嘿一笑，贤兄，以你的人品，以你的医术，也算一方名医。怎么说出害她之言？

吴满有些为难，说，恕不相瞒，兄长，鄙人打算等自己条件好了，再谈婚姻。到时，女人跟了我，也不会受苦。将来，儿女来世，也活得有滋有味。

哈哈，杨度大笑，贤兄啊，你想得远啦，儿孙自有儿孙福。杨度心想，吴郎中这人凡事都好，就是娶个女人，还要替儿女打算，想得太远了。

吴满嘿嘿一笑，让兄长见笑。

杨度也不讳言，吴兄，断病如神，今日，愚弟也给断言：你这想法会害苦儿女。

吴满惊讶，后又平静下来，挤了挤笑，心里想杨先生虽是大官之人也像个杞人。几十年的事，也敢跟我断？他想冷笑，但看着这位宽宏又博学的袁世凯红人忍住了。

杨度与吴满品茶闲聊，谈笑风生，相聚融洽。

杨度敬重吴郎中为医为人。去燕京之前，亲自书写"吴满郎中"四个字，落款皙子（杨度字），请人制作了一块的匾额，雇人送去。吴满仔细看了看，字迹苍劲有力，又不失飘逸，行云流水。合乎自己的心意，十分欣赏。他自己也想打造这么一块牌子，让儿子受用无尽。

有了"吴满郎中"这招牌，吴满的医名更不了得，传到百里开外的几个县。每天病人车水马龙，朝圣般涌来。吴满不爱钱财，以救命治病为根本，收取薄利，但是，薄利也能富裕。

在杨度病逝十年后，也就是民国二十二年（1933年），吴满年满四十五岁，在京广马路边，建造一栋二进的大瓦屋，甚是豪华，吴满认为万事俱备只差家眷。就娶了一方周姓的小女子，贤淑又勤俭，还生育了一儿一女。

吴满儿子，少年想去读医大，吴满就责怪儿子，我学了郎中，你就不必学了。儿子年少聪慧，听吴满这样说，甚喜，无所事事，就游手好闲。其女整日跟在吴满前后，耳闻目睹吴老医术精湛，偷学了不少。后远嫁他乡，另谋缝纫。

吴满从不注重培养后人只看重牌子。吴满这招牌越来越响，看病的不要直接找本人，找到这块牌就行。吴满老了，坐在诊桌前。对来来往往的病人，欣慰不已。他愈到老愈喜欢问远来的病人，你是看了这牌子才进屋的？病人都按他意思说是，吴老。找到这牌就能找到您。吴满满意地抚了抚下颔的白髯，微微地笑。有时，坐在软椅上，想起旧事，当然想起了杨度的好，跟自己太投缘了。不过，又叹息这智慧之人想得不远。人无近忧，必有后患。

吴满被轿子接去出诊，家里只有徒弟了，前来看病的人多得不得了。病人对吴满的弟子说，吴郎中你给我瞧瞧。弟子忙摆手，我不是师傅，我是吴郎中的弟子。不嫌我，给你们瞧瞧。要我师傅看的，请等候。病人以为吴满谦虚，口里不说，可心里一个个都把他当吴郎中了，切脉处方拿药。吴满回来，弟子一五一十都跟他说了，吴满兴奋地说，这下，我更放心了。

吴满走时，八十有三，是吃食堂饭前一年。吴满还剩下最后一口气，不放心去。吴满儿子就问，爹，你还有什么不放心的？吴满深陷的眼睛，呆呆地望了外面，儿子就把吴满抬到外面。吴满还没落气，又呆呆地望着大门的上面。儿子发现那块杨度书写的招牌，说，爹，你放心不下这块招牌。我一定收藏好。儿子刚说完，吴满眼睛一闭，就断了气。

二

乱时，吴满郎中这块牌子算是资产阶级的产物，吴满儿子害怕极了，就把匾藏了起来。二十世纪七十年代末，有贩文物的，找上门来。吴满儿子想起父亲临终之情形，就要了个高价。收藏的人，二话不说，把钱给了吴满的儿子。吴满儿子喜滋滋地数着钱，说怪不得爹放心不下，原来是块好东西啊！

八十年后，中医行业掀起"祖传"和"秘方"之说，一些病人受了影响，找吴满郎中的老牌子。当然，只能找吴满后裔。

吴满之女，鼻子灵敏，自诩得吴满的真传。自然一些病人找上她。吴满之女本不行医，见人找她看病，在父亲身边偷学的一点东西还奏效。可她家地处偏僻之乡村，找她的人不方便。吴满之女，想到父亲的旧居，正好在马路旁。吴满儿子，当时也没想那么多，姐要租房，维持生计，这份情还得要给。吴满之女，租了她弟之屋，如鱼得水。几十年吴满郎中影响之大，余晖映照下，日见火红。

吴满儿子，二十多年，漂流在外，凭脑瓜子好使。行过骗，跟人跑过腿，赌博坐过庄。过得艰辛，饱一日饥一日。近日赌运不佳，老是输钱。闲下来，没事干，一想发现自己的运气不济，不该把父亲看重的招牌卖了，后悔不迭，心情不好。当看到姐的红火，分外眼红，跟姐闹僵。吴满之女没办法只好搬回去。

哪晓得有病人不去吴满之女的山村，而是找到吴满旧居，问吴满郎中的后裔在不？也凑巧，问到了吴满儿子。吴满儿子嗓门儿大，声音粗，说我是吴满的儿子，我不治病。病人本来心里烦，听了，不舒服，说，你这人，问一句又没伤你哪根筋，不应发火啊？

病人以为找错了，以为吴满的后代不为医。一传十，十传百。再也没有找吴满的女儿了。吴满之女在家没事干了，收拾家什，打扫卫生，搞搞茶饭，带带孩子。

有一天，吴满儿子放骰子回来，高一脚低一步踉跄，慵懒又呵欠连天。三天三夜没合眼，眼珠子血红，衣兜底朝天，又累又饿。输完了，去哪里找下餐呢？正好，有一个姓马的游医也是个江湖郎中，找吴满儿子商量：用吴满的招牌，条件是聘他。工资可观，每天的工作就是吆喝一下病人。吴满儿子喜欢不得了，请人写一块牌：吴满郎中之子。正正经经地站在前坪迎接病人，高呼：我是吴满郎中之子，要看病，进屋哟——吆喝几日，不见病人进屋。就没有耐心，拿了马游医工资赌博去了。马游医不是一盏省油的灯，不做赔本买卖，脚板擦油一走之。等吴满儿子输了回来，发现失掉了现成的"衣食父母"，一下子就瘫在床上。

吴满儿子没钱了，不去赌还可以，没饭吃就没办法了。到了这步，必乞讨不可。吴满儿子游离在县城的宾馆、饭庄、超市门口。此时，吴满儿子脸上起了灰痂，锅墨般，穿得烂烂落落，好远就闻到从他身上散出一股又酸又臭刺鼻的气味。服务员瞄一下，看他那样子就恶心，捏着鼻孔叱道：去去！走开，走开！好心的客人问了一下，哎，这是哪家的小子。店主说，是吴满的儿子。啊哟，哪知吴满郎中一生荣光后辈这般窝囊？

好心的客人，招手让他把吃剩的菜端过去。吴满儿子端起菜碗，踉跄了几步，边用乌黑的手抓起菜就往口里送，边嬉着脸皮，嘿嘿，嘿嘿地笑。

爱情桥

一

夕阳的余晖刚刚抹去，湘潭板塘的夜色慢慢降临。

他从口袋摸出一张纸条，一下茫然，第一次接了纸条。湘纺往左到国道，再往前500米有一座桥，桥下是一条泥泞的小路，两边盛开着木棉花。我在那等你，小梅。

印象当中，小梅不太说话，虽脸形端正，但每天都是那一件陈旧的白色工作服，有些俗气，在他眼中没那种迷人小女子的清秀。

那时，他不得了了。三十不到的年龄，指挥百几十号女工，是纺纱车间的主任，人高大帅气，又大度、宽容。说话一道道的，富有弹性，声音如歌，女性入迷。有时，小姐妹费尽心机，以博他一笑为荣。以他的情况轮不上梅子，随便约一个最美的厂花，一起遛遛街逛一下公园，轻而易举。

他和她是同乡，先不知道，一次闲聊中，互相惊讶，原来都来自僻远的花石镇。由于那层关系交往多一点，接触中，发现她朴素勤劳。但，他没过多地去想，别说把她放在心上。她不同，他的影子，时刻在她眼前晃动，包括梦中，挥之不去。他是她心中的主任。他的名字早捂在她的胸口许久许久了，现在一摸还发烫。

二

他没想那么多，很随意，老乡叫他嘛。

来到桥下，拂面而来一股温馨的花香。他借朦胧的夜色，发现桥墩下一片橙红的木棉花，鲜艳和灿烂。对对恋人，闪在花丛中，映照出亲密的依偎和呢喃，火红的花朵就像火红的爱情。他欣喜又艳羡，从没悸动的心如石头激起了平静的水，泛起小小的波澜。他想起传言，板塘铺一处温馨的风景，恋人走到这里，爱情能天长地久。青年恋人的出去原来在这座桥下。他从没想到，桥下原来有这样美丽的景象，花香鲜艳，相恋快乐，恋人们度过欢乐和幸福的时光。

他心情极好。在木棉花中，找到小梅，眼睛一亮：小梅打扮一番，穿了一件白底紫色的花格子连衣裙，黑发向后飘逸，两腮红润，一对小酒窝，笑起来甜甜蜜蜜，透着一丝温柔和灿烂。他呆住了，面前的小梅温香又清秀。平主任，我以为你不来了呢？他愣了一下，才笑，小梅，你找我，不能不来啊。小梅狡黠含笑，扭扭捏捏。平主任，明天，我爸要我回去相亲。小梅，这是好事。出于关心，既是老乡又是同事的他没多想。平主任，可我心中有人了，她落寞地伤心起来。然后，偷偷地觑视一眼平主任的反应。爱慕之人就在眼前，激动和倾心如火红的木棉花，热热烈烈在她目光中绽放。既然这样，明天，那就不回去了吧。他没想到，小梅还有小心思，随意一句，小梅笑开了，脸上洋溢着花般的鲜艳。他恍然大悟，才知道她为什么约他来。

他也没想到，就是这句话，小梅把他绕进去。

她看他犹豫，咬了咬嘴唇，轻轻说，我没别的本事，可让你一生幸福。

这是一个女孩的一生承诺，这是第一次听到海誓山盟。他心甜蜜地颤了起来。

两人相爱，下了班，又往小桥走。有人撞见笑他，平主任你也去爱情桥？是啊，看看风景，随意答了一句。但他没想到，犯了一个小小的错误，忽视了小梅，没说是跟亲爱的女友散步。惹她自卑，他哑口了，愣在那里。本来，对于小梅来说，是个不高兴的结。望着红色的木棉花，悔意已生，小梅不错，赢得她今生今世的相守，是我前世的福气。以后，每到桥下，看看木棉，第一件事就拉起小梅，在桥下立誓：一生爱你，永不分离，甘苦同尝。他的话如星斗，句句璀璨，她陶醉于他的誓言之中。

三

结了婚，她很爱他，家事不让他染指。她脱了工作服，打起飞脚，去菜场买菜，回家做饭、洗碗、拖地。当她艰难地腆着大肚，他想上前帮助。她就喝住，哎呀，快放下，那是女人事，一个大男人，何况你还是我的大主任。他就笑，说夫妻之间，哪有什么主任的，这是在家里。她嘟了一下嘴，这样惯着他，让他闲着无事。读报，下棋，跟老少爷们儿闲聊，跟车间的姐妹们去舞厅疯狂。他的妈来时，看不顺眼，说了她，哪有媳妇这么惯着儿子的？可她放肆地一笑，心头藏有自豪和幸福。

这样，他更无所事事。那段时间，只在家吃三餐饭，再看不到他的影子。晚上专去舞厅，兴趣颇高，半夜回来。车间传闻，他与一位叫春的女孩子好上了。她心知肚明，没事似的，总是这样，忙完了家事后，不管多晚，一直等他，给他打水，给他泡茶。有晚，一个好姐妹为她抱不平，拽着她来现场，指着让她看平主任跟时髦女子打情骂俏的镜头……那个女人，就是春。她看到自己一直珍爱的人，迷上春的娇艳和温情时，心被什么刺了一下。不过，很快，她就平静了。自我安慰，男人都像猫一样，猫的本性沾腥，让他去吧。没气愤，也没跑上前去撕咬。气得小姐妹跺脚，人家抢你男人，还不闻不问。她笑了笑，还是那样自信，男人偷吃几口，会回来的。世上怎么有这样的傻女人，不把男人惯坏才怪？

这些话又传到他的耳边。

漫步桥下，木棉花开。他瞅到一朵火红的木棉花，黄色的花蕊上落了一只相思鸟，孤单地唧啾。她触景伤情，目光忧郁，心里说，我不要这样的凄美，一种相思的苦。一颗心天天日日在等在盼，想另一颗心港口的回归。他触动很大，猛然一醒，决定放弃春。他惭愧了，这段时间让她孤单，让她的心承受着寂寞。他低头含泪，说，小梅，我做得不对。

别说了，我的主任。她依偎在胸前，好似是她的错。

他晚上再也没出门。她仍然把他看作主任，心中的主任，让他饭来张口，衣来伸手。在家里，他像个小孩跟着她。她喜欢她心中的主任站在面前，看她做事，看她笑。时刻沉浸在做女人荣耀的脸面之中，觉得那日子幸福。

四

不巧，湘纺改制，主任那耀眼的光环消失。他自囚于房子不吃不喝，也不跟人闲谈，整日一张愁云似的脸。小梅急了，怕他憋出病。拉他散步，从厂子到爱情桥，逗他开心。密封的心愁，也被她一阵风似的吹走。尤其到了桥下，看那些木棉，枝繁叶茂，花朵火红，生生不息，一对对的恋人在缠绵在倾心相诉在憧憬未来的美好，每张脸呈现出热切的渴望。竟然，他心情开朗，生活的信心如泉水般从心头奔涌。

他们回花石镇重新就业，开了一家好吃店，妻唱夫和。平日没锻炼，是个生手，想帮一帮，好像是给小梅忙中添乱。他怨她，小梅，就是让你养尊处优把我惯成今日这样，肩不能挑，手不能提，什么都做不了。她就笑，你能做多少就做多少吧，不能做，我也不怪，你在一边看着，我的主任。她还是那样宠他，好像她是为了实现自己的诺言。天没亮，她起火开门，送儿上学，整天忙碌，买菜、洗碗、服侍客人。打烊了，先安抚好儿子，然后，一杯茶和一盆洗脸水送到他的面前。有时，他嬉笑，小梅，你要这样做一辈子啊。我的主任，再苦再累也要疼你一生。令他感动不已。万家灯熄，他家独亮，那景，格外美丽啊！有时，梦中醒来，看见她还在搞卫生，洗衣抹地。心里热乎着，轻轻地唤她，小梅，睡吧！她向他笑了一下，脸上洋溢着日子的满足。

万万没想到，儿子出事了。中专毕业，在南方打工，怎么贩起毒来？这一份快乐的牵挂，一下变得伤心和沉痛。他脑子又是一片空白，心如刀割。他不想让她知道，起了个早，赶到镇上的车站。当车缓缓离开时，她来了，眼眶红肿，面色苍白，一下变老了许多。他车上看到这一幕，哽咽了，想哭，好在没有哭出声来。他将手伸出车窗，她快跑紧紧攥住了他的手。他感觉到手中多了一份刚毅和坚强。

从南方回来，他变了一个人似的，整天喝闷酒，不出门，不与人说话。又是她，把他解救出来。她对他说，平，我带你去一个地方，散心。他没理她，继续沉在自责中，半世的寄托和希冀，如一只青花瓷坛的古董，不小心掉在地上，碎成一地。

她见他沮丧，看不到生活的未来，哄他到湘潭，五年没来爱情桥了。她选了个阳光暖和的白天，桥墩下，虽是凄凉的秋天，满目的落叶，但这片木棉茂盛又浓青。桥上的柏油路扩宽了，但有时，这里迎来一时的清静和安宁。触目之处，熟悉和亲近，眼睛模糊了。她看了他舒展了眉宇，问他，二十五前，你在这说过什么？他如小孩似的，泪流满面，紧紧抱住她，温热的身体传递那响彻云霄的誓言：甘苦同尝。

五

回去以后。其乐融融。她忙前忙后，他在后面跟着，遇到小事，想帮一手。她就说，你歇歇，我的主任。生怕他累了，像护孩子般宠他。

那天，他比以往起得早，到了门面。他震惊了，小梅倒在案板前，已晕迷了多时。他慌了神，乱了手脚。邻居帮他叫了诊所的医生，给她打了一针。虽醒过来，但是，病情并没好转。每天，只能躺在床上。他关闭了店子，一个独在屋角边哭，怕她听见，只好捂着嘴抽泣。他带她到市医院检查，结果是"晚期肝癌"，让他脑子天旋地转。他不相信，这么好的人，天不应妒忌。可到了长沙，同样的结果，让他欲哭无泪。

那段日子，他学会了做饭洗衣。与她端水送饭，擦身捂脚。他想偿还她对自己所做的一切。小心翼翼，体贴入微。闻到一丝的响动，他就丢下事，跑到床边，问她要什么，是不是想起什么来了？她摇了摇头，眼眶盈泪：我的主任，我想让你一世过上舒坦的日子，可我的身体不争气啊。小梅，快别说了。他听到了，伤感而泣，抱着病恹恹的小梅。你好好养病吧，一切有我。前半世，是你照顾我，后半生，换我来照料你。不是她的后悔，而是他的惭愧。她久久攥着他的手不放，平实的话如一团火，在她心中燃烧。

下午，细小的声音颤颤巍巍地传过来。他急忙跑进房间，将头贴到她的耳边，倾听，闻她的呢喃，只见她很艰难地噏动了嘴唇，小梅，你说吧。她没力气了。她的脸，既干瘦又苍黄，但很幸福。她塌陷的眼窝，盈着两颗晶莹的泪珠，看着她心中的主任，含泪地笑了。他悟到了她要说什么，她也晓得他心有灵犀……她很想念板塘铺那座桥。他抚摸着她，用脸轻轻蹭着她的头发，说，好，小梅，我去准备。

他找好了汽车，回屋，兴奋叫起来，小梅，我们就走吧。

没有回音……

小梅，我的小梅。他从没有这样呼天抢地般号哭过。她是他的依赖，是他心中永远的太阳。他的生活，要她这个太阳时刻在心中照耀。

孤独地立在桥下。阳春，寒峭的细雨。恋人的身影远去，只有怒放的火火红红的木棉花，如此热烈。他一阵肃穆，忆起与小梅在桥下，面对木棉那般山盟：一生相爱，永不分离……他恨她，抛他而去。小梅，你说我是你心中的主任，要宠爱我一世，可是转眼，你把一生一世的承诺，悄悄地画上了句号……

冬 至

一

　　阳光明媚的冬至下午，单瘦的秋月扭动细腰收捡晒干的黄灿灿的谷子，六龄儿子蹦跳着向秋月走来，暖融的太阳爬上秋月的脸庞绽出灿烂的笑容。今年，秋月家收成不错，水塘青鱼草鱼捕上卖了，水田的湘莲逢了个好价钱，养猪养鸡没病没瘟膘肥体壮。冬瓜跟着二哥在沿海打工也邮回了十多万元。秋月的日子如挂在墙壁上串串的山辣椒，红红火火。

　　妈，爸会赶回不？会的，昨天你爸来电了。秋月想，冬瓜不可不回吧。花石这一带，时兴"贺冬"，习俗源于汉代，盛于唐宋。冬至前后，君子安身静体，百官绝事。到了冬至这天，在外经商做官打工的，皆会赶回来。

　　妈，那你赶快做糍粑。好喽，会让你和你爸吃个够。秋月想到了孤单的二嫂，对儿子说，叫声二妈过来。

　　儿子点了头后，转身一蹶子跑起来在她的眼前像云一样飘飞。冬日没有什么好玩儿的。蚂蚁回窝了，蜜蜂归巢了，青蛙入泥穴，蝴蝶收翅遁迹。可今天杀猪的人家多，一家接一家的，整个村子猪叫声鸡叫声和村民的欢笑声还在闹腾。儿子正去赶热闹把秋月的嘱咐忘到了脑后。

二

秋月把摊晒的谷子收进了粮仓，开始打糍粑。

二婶细皮嫩肉的手插在袖筒里，晃悠了大半天，游到秋月家，蹑手蹑脚四下偷觑。

秋月在隔房听到轻悄的脚步声，好快呀，心欢喜，娃儿真能做事了。走出门问，二嫂，你看啥啊？

二嫂倚门两手拢着袖，"哧"的一声笑，我好像听到你屋里有"啵咚啵咚"响声。

打糍粑哩，二嫂。

不像，是男人的脚步声。

没哪，糍粑声。

秋月，你还骗我。

二嫂啊，你把我秋月看成什么人了？进来，快进来看喽。二嫂愣了下，轻悄地迈入，看到秋月正打糍粑。二嫂，这下你总算看清了。秋月嗔怪地重重回了一句。二嫂哈哈一笑，秋月，急什么眼，我又没说，"啪哒啪哒"脚步声。哎哟，二嫂，你是说冬瓜啊，早点明说不是？这遮遮掩掩，看你把我吓得。秋月，不能怪我呀，谁叫你冬瓜走路像打糍粑？亏二嫂记得，有次，秋月和二嫂在屋里闲扯，陡然，二嫂说秋月，院外有木头滚动的声音？不，是脚步声。来客了？秋月。秋月笑而不吭。随着声音渐近，二嫂想催秋月，怎不起身迎客？秋月坐在凳上自信地说，二嫂，这是我家哩。二嫂不信伸出头一瞧，进来真的是他的小叔子。秋月，你家那口子的脚步声都了然于心，怪不得我家小叔子被你牵着走。秋月羞涩一笑，我冬瓜走路有点特别，脚步碎又重"啵咚啵咚"地响。秋月朝二嫂抿笑。之后，心里说二嫂，你就不细心，不关注二哥。二哥风风火火的人，说话大声如雷鸣，走路急促，脚步咚咚的像敲大鼓。你不从细节上了解自己的男人，不是个好女人。

二嫂看不成秋月的笑话，揪住不放，盯着秋月的脸庞和眼神左看右看。秋月，让我瞅瞅。二嫂，你这是干什么呀？我秋月也没你白。秋月想，二嫂保养好，细皮嫩肉的。二嫂弄饭，不烧柴草，怕熏黑了脸。更不熏腊味，害怕烟火。手也不直接浸水，怕冻坏手，一年四季戴个皮手套，不像自己雨淋风刮日晒烟熏。

秋月，你喜成这样，瞒不过我的眼睛。

冬瓜会回吗？

二嫂，我不晓得。秋月故意装迷糊，怕说出真话伤了二嫂。

秋月，你又骗我。

·············

秋月，不想冬瓜？不想。真的不想？真的不想，秋月嘴硬。二嫂不饶，两手从秋月的身后一抱抄插到她的胸口，轻轻探了一下，嘻嘻嘻，秋月，胸部翘翘的，心儿跳跳的。秋月红了脸，嘴就软了。二嫂，我怕你了，行了吧。

二嫂见秋月告饶，止住了手。

秋月，女人都贱，你也不例外。我一下看出来，你也想你家冬瓜。秋月心里嘀咕，哪个女人不想自己的男人？你不想二哥？秋月，不过，你比菊嫂和吴嫂要好点。我刚从上屋来，碰到菊嫂的春伢子手中扬着一张红票子，一路蹦跳欢唱：我爸回来了，我有钱了！当时，奇怪，菊嫂平素抠得很，她家的春伢子别想要走她五块钱。这下，怎么就大方了？于是，走到她家的晒谷坪，见菊嫂家的大门虚掩……啊哟哟，原来打发春伢子出门，避开儿子的眼目，两人亲热。二嫂扑哧一笑，说秋月，你看菊嫂就这么急，男人没落座啊！出去不过四月就饿得不得了。秋月不言羞红了脸，好像二嫂在说自己。

秋月，还有吴嫂也贱。下午，村子到处都是爆竹声，女人多数出来瞧热闹。前后不见吴嫂，奇了怪了，去探个究竟。她家的堂屋热气弥漫。看到吴嫂煮出的桂圆、莲子、红枣、鸡蛋、党参、枸杞等补品，端在手里，和男人你一勺，我一勺，互喂对方，那亲昵劲儿不说，话还肉麻：不回来，别怪我……秋月，你听听，笑死我了。

秋月怪二嫂这张嘴，净拣些东家长西家短的，不说些家里的愉快和美好，也难怪二哥不愿听，嫌她烦，婆婆妈妈的。一个女人不盼男人回家，不想男人，自己男人回来不亲热，咋像个女人呢？男人在外餐霜露宿劳累一年，回家，当然要好好犒劳，做好吃的，把男人身子补回来，这有什么不对？心里说二嫂，你要学学人家，为什么人家女人能牵住男人？又想，二嫂可能心生妒忌，看到这场面受到刺激，心又柔了，可怜的二嫂。

秋月，你怎么啦，不说话了？秋月惊了一小跳，斜了二嫂一眼，还好，二嫂没觉察她的想法。

二嫂见秋月爱理不理也没兴趣了，望了望门外，暮色徐徐地降临，狗吠声引来了汽车的喇叭声，此起彼伏回荡在欢乐的村间。二嫂假意"哦"的一声，秋月，我得回去收衣服哩。秋月知道二嫂在撒谎，自从二哥两年没回来"贺冬"，就没"晒冬"了（晒冬，花石习俗）。二嫂心不坏，人懒，爱洋气，不关心二哥，还有这张嘴碎，尤其这两年，净笑话村上的女人，连我也不放过。想告诉她二哥明天会回来，看她这个坏毛病，也不想说。秋月想请二嫂吃糍粑，一瞧，二嫂几扭几扭地走远了。

三

幸好刚才二嫂提示，秋月记起早上拿出的衣服、褥垫、被子见阳光，晒去霉味和潮气。冬至晴，正月雨。说不定，年前无晴日。

秋月收好了衣被，不自然爬上自己屋前斜坡的高处，遥望了一眼，不见人影。秋月心里就念叨起来，冬瓜真是，昨夜不是说好了吗？唉，也怪不得二嫂笑话，瞧瞧自己这般焦急等待的样子。不好意思，脖子红了起来，想折转可腿脚挪不动，又待了一阵，瞧了瞧，还是一样，不免有些失落，才回屋给破过的鱼肉斩杀的鸡肉、狗肉及猪心猪肝猪耳等撒过盐，等两天上烟火，熏至焦黄。男人回来，有下酒菜。冬瓜就好这一口，特别这天，至少要弄四盘腊味，吃得嘴里油光水抹兴致高涨。凭这点，她有把握。二嫂不同了。几年前，冬至傍晚，夜色朦胧，冬瓜叫她去二嫂家叫二哥一起喝酒，听到争吵声，没进屋，抬头望到屋顶没有像乡间弥漫的炊烟，踮起脚尖在窗外瞅了一眼：二嫂家，灶冷，茶杯空。秋月叹了一声，哎哟，二嫂啊我的二嫂。又伸出头看了一眼，二嫂白嫩的手上托上几扎钱，紧着脸追问二哥，还有哩？什么还有？钱。二哥摇了摇头吸了一口冷气说，外面开支大。我不信，你不赌又不抽烟。你，你，别乱想。声音如雷，惊得秋月缩了头，在外面急眼了一巴掌拍在大腿上，哎哟哟，二嫂啊，你怎么能这样？二哥回来不嘘寒问暖。还这样苦逼二哥，怀疑二哥瞒了钱在外养小三。二哥在外面没女人，这不是逼着二哥去找女人吗？秋月想叫住二嫂，话到喉咙又咽了回去。二嫂，你赶紧掀开火门盖，让煤火旺起来，烧开水。客人来了还要喝一杯茶，何况自己的男人一路车船劳顿。更让秋月蒙怔，二嫂盯着二哥咄咄逼人，你跟我说说，一年来，从不打电话，是不是有外心了？坏了，坏了，秋月狠狠地跺了一脚，叫苦不迭。果不然，二哥愤愤撂下话，不同你讲，越说越烦。二哥气冲冲地把黑色手提包往椅子上一丢，去了茅厕。秋月一拳砸在手掌上冷气抽抽的转身往家跑，责怪二嫂，真是没救！二哥在家没落座，只见咚咚之声进了我家的门。二嫂像跟屁虫一样后脚就跟来了。二哥连正眼也不瞧二嫂，与冬瓜猜拳喝酒，兄弟闹腾起来，喝得兴致。冬瓜高声嚷叫：秋月，去，去整几个像样的腊味，二哥好这口。秋月乐颠颠地去了厨房，当当切起了腊猪心腊猪腰腊狗肉，油煎火烧炒完菜端上桌。二哥啧啧之声不断，"好吃"，"秋月手艺好"，"弟妹的炒菜一流"。夸得秋月心里乐融融的。冷落的二嫂脸色难看，不服气自个儿嘟嘟咕咕，女人做菜，天生就会，有什么夸的？秋月没反击二嫂，而是埋怨二嫂，晓得二哥喜欢吃，何不学会做一点。前年，我不是叫你也熏一些腊味吗？可你就是不做，怕熏黑了脸。

秋月忙完去蒸糍粑。在灶膛眼添上了柴火，看到蒸笼上面热气升腾，又想冬瓜了。秋月庆幸，刚才，好得没让二嫂看到蛛丝马迹。二嫂不走还真麻烦，她那张嘴收不紧，喜欢四处乱说，会说秋月这个女人，男人不在家熬不住。一旦散出去，不管是捕风捉影还是空穴来风，听者都会信以为真。二嫂一走，心放了下来。其实，秋月有她的理解，对于自己的男人，我秋月怎么想就怎么想，怎么做就怎么做，天马行空，这都是什么年代了。熄了柴火，秋月回卧室躺在床上，想眯一下眼，又静不下。

秋月睁开眼，看着静悄悄的手机屏，又想起二嫂刚才的小见闻，羡慕菊嫂和吴嫂。今天她们的男人都赶回来，亲亲热热一团和气。可冬瓜现在还不见影子，一个电话也没来。记起前年过冬至，二哥不但不回来，也没有一个电话，二嫂起了怀疑，忙打过来，电话不通……秋月一下子紧张起来。

秋月忐忑又恐慌地拿起手机一拨占线，她惊了一下。秋月心有些焦急、慌乱。踉踉跄跄走出门，走到屋前斜坡的桐子树前张望了很久，那条蜿蜒的水泥小道上不见冬瓜的人影。秋月心头涌上怨气骂冬瓜，男人没有一个好东西。气恼后，稍后一想，一向冬瓜讲话还算数的。

想起昨天与他视频电话，气就全消了，甜蜜的情形在重演。

…………

冬瓜，明天，什么日子？

秋月，冬至啊。

回不回？你。

秋月，回，回，跟二哥一起回来。

外面快活，咋记得啊？秋月心里怎么也不顺畅，埋怨冬瓜。晓得明天要贺冬，为何不给她打电话？不主动，心里就没她，这就有问题了。

秋月，你说哪处了？没看我心早飞回来了。冬瓜不像个木头，也不像他的小名冬瓜。鬼点子还多，风趣又幽默。

少来这一道，油嘴滑舌。秋月抹脑地骂一句。平时，喜欢他那般长不大的玩性，今天反感。冬瓜，你一口尽假。我不是你儿子，随便由你哄得住。秋月心里不饶，以往会饶，可今天不会。

秋月，你急什么眼呀？明天晚上不赶回，再说也不迟。

看你这个样，不急行吗？真要等你变成你二哥？

哪里的话？二哥又不坏。

冬瓜，我问你，你说你二哥的心不坏，怎么这两年冬至没回来？

你想多了，你又不是不晓得二嫂对二哥。二哥有二哥的苦衷，刚才，二哥要我陪他喝酒，他想家了，同我说起家乡的糍粑、腊菜和贺冬的热闹亢奋不已，越喝越多。唉，是呀，冬瓜说的一点没错，二嫂就是不懂二哥，秋月心里叹了一声，语气又缓了下来。

冬瓜劝劝你二哥。

我劝不住，好像他还有很多的苦水要吐。

哦……秋月心里也埋怨二嫂，做女人要懂男人体贴男人，还要了解男人喜欢的口味。

秋月，要是二嫂像你一半，二哥也不至如此。

冬瓜别给我涂蜜，蒙我的心。

冬瓜仔细端详秋月后，说秋月，你瘦了，脸色这么苍白。他想把话题岔开，缓和一下刚才的气氛。我瘦了，不关你的事。秋月不依，怨气又上来了。

秋月，我知道你在家辛苦。

家里一点也不苦。秋月说的是气话，又是实话。只要男人心里牵挂她一点就不觉得苦，反而快乐。女人的累在于心，担心男人在外衣服没人洗、饭菜吃不好；揪心男人到了他乡看到时尚和开放的女人，觉得新鲜禁不住诱惑，像他二哥。

秋月，明天我会赶回。冬瓜聪明，秋月唱哪出戏？晓得她其中的故事。

秋月，二哥也要跟我一起回来。

你二哥，不是外面有家了？

谁说的？

两年不回家，多半有外心。

秋月，你也跟二嫂一样。二哥不是那样的人，别瞎猜。

秋月听了冬瓜的解释，心结散去了一半，听冬瓜说了真话，不好再说他了，冬瓜在外也不容易，一个建筑工身不由己。同时也为二嫂高兴，二哥回心转意了。

秋月，给你买了东西，明天捎回来，你一定会喜欢。

什么呀？快拿给我看，冬瓜。秋月的心又热乎起来，冬瓜还挂念她。

女人的。冬瓜不去拿，故意吊秋月的胃口。

吃的？还是搽的？

秋月，你猜？

冬瓜，我不猜了，你们男人的心我猜不透，特别是你，我发现你越来越像二哥。秋月怪罪冬瓜不听她的，还说半句藏半句。

秋月，秋月……

儿子刚还问我哩，爸明天回家不？我说，不回来了。你不回家好，还哄我，我不是你儿子。出去才一年就变了，你在哪里学的？是不是跟你二哥学的？

秋月，你又来了。别总是二哥二哥的，刚才不跟你说了。不跟你讲了，快叫儿子来。

不在，到村头疯去了。

秋月顿了下，又说冬瓜，刚才二嫂来了，一个人快快乐乐如你儿子一样无忧无虑。

真的？秋月，冬瓜惊喜。

你怕你二哥不回来，二嫂过得不快乐？错了，女人没男人一身轻。

秋月揪住冬瓜不放。

哟，你看你又来了……冬瓜吓了一跳，秋月不饶他。

冬瓜，我叫了二嫂，跟我们一起吃糍粑。

好啊，告诉二嫂，明天二哥回来，让二嫂惊喜。

秋月得意地拧开电灯，屋子雪亮，用手机摄了影，将美图发给冬瓜，并留言：冬瓜，我给你准备这么多啊。

秋月，馋死了呢。我一天到晚都想家乡的腊味，腊狗肉的香，腊猪耳朵的脆，腊肠的油软。也盼着能咬一口你打的糍粑，甜又软嚼起来又筋道。喝你做的汤圆，入口稀稠又软柔。吃你煮的水饺，滑润又甜心。吃你炒的素菜，鲜活又鲜嫩。

冬瓜这还差不多，没坏良心。还有呢？冬瓜。

南瓜粑粑，又甜又糍，如今齿间留香。

还有哩？冬瓜。秋月心里不知足。

秋月，我饿死哩。

冬瓜，那里的饭菜，不合你的口味？秋月担心，异乡口味，哪像家乡的饭菜啊，有荤有素，麻辣喷香，又添腊味。

不是，公司带来了厨师。

冬瓜，那是怎么了？秋月的心提到嗓子眼儿。

我想吮奶。

外面不是有牛奶卖吗？

不，你的……

…………

秋月，秋月。

坏，坏东西！

…………

秋月心跳，面红，嗔骂一句，无语了。霎时，胸部有一种鼓胀感，一股一股暖暖的泉流在体内奔突和直撞，随即，她的头一阵晕眩。她把手机的视频一关倒在床上，眼泪幸福的甜蜜的一滴又一滴溢出。平静后，替村里留守女人叫屈，譬如刚才，自己想控制都控制不住。

············

秋月慢慢回味完，看冬瓜不接电话，心中涌上无名的落寞和惆怅。手机的叫声又骤然响起，秋月猛地坐起。

喂，冬瓜。

秋月，你刚打电话了？

你，你怎么不接？

我有急事。

快说呀，你到了哪里？秋月的心又提起来，想是不是二哥的小车抛了锚？

秋月，回不了了。

秋月一下紧张了，霎时，心被什么抛在空中一线悬挂起来。又打，通是通了，就是不接。怨恨冬瓜又不接电话了。到底发生什么情况？连我也不能说？

只听那边很吵，"啵哒啵哒"急促的脚步声被"谁是家属？"的声音埋没，"来了来了！"好像是冬瓜紧张又恐惧的声音。

喂，喂……冬瓜？一阵盲声。

儿子直冲进屋，望着案板上一笼热气腾腾的糍粑。想伸手，看见秋月，问了声，妈，爸快回来了吧？

你爸，不回来了。秋月气不打一处来，向儿子发闷气，你哪里疯去了？

我在村里转。妈，三叔家杀了，菊叔家也杀了，只有二妈家没杀猪，村上杀了十几头大肥猪。我还看见木哥买了新车，开回来了，黑亮亮的。容姐也买了新车，全是白色的，如雪，好看极了。妈，村上鞭炮噼里啪啦响成一片，菊婶家放了，吴婶家也放了，只有二妈家没放。

别叽叽喳喳，快去叫二妈。

儿子摸了摸后脑，把这事还忘了。妈，是不是二妈来了，我们就开始吃糍粑？

对，去去。秋月把心中的无名火发向儿子。

好，儿子惊得缩回手，唱着叫二妈，叫二妈，蹦跳而去。

儿子一走，秋月心一下空落，泪水行行。

一脸汗的儿子进了屋，说，妈，二妈的大门上锁了，屋里黑洞洞的。

算了，我们吃吧。

⋯⋯⋯⋯⋯

嘀嘀，嘀嘀……手机又叫了。秋月抓着手机贴在耳边。

喂，喂，秋月。

你这死冬瓜，到底发生什么事？秋月拿着手机不自然颤抖，心跳了起来。

秋月，二哥昨晚酒喝多了，从二楼的脚手架上摔了下来，刚才昏迷不醒。急死了。

现在怎样？

还好，医院送得及时，经抢救现在脱离了危险。

冬瓜，我不是要你劝劝二哥。秋月抹了抹胸脯心落了地。

秋月，二哥我劝不住，他又烦又忧。二哥思乡，想到二嫂一口一杯地倒；我劝了他，说这次回去，二嫂肯定会改好。我把二哥扶进了棚房。

你这死家伙，在二哥身边还让二哥出了事。回来，我不会饶你。

秋月你冤了我，我看到二哥睡下，哪晓得一个人起床又到了工地？守材料的老人看到他摇摇晃晃地上了二楼的脚手架，口里冒着一股浓浓的酸馊气，嘟嘟囔囔：安全我放不下，我得看看。一会儿，守材料的老人听到嘭一声巨响，什么东西跌了下来……

哎呀呀，让二哥遭这样的罪。冬瓜，我不管！

秋月，秋月，这怎么能怪我啊？

…………

四

秋月气得挂了机，抬头望到窗子外倩影晃动，心又紧了一下。

蹑手蹑脚紧紧张张地走出来。秋月看到二嫂贴在窗子边头发落上一层白霜。她足足吓了一大跳，该死！怎么二嫂一直没走啊？

秋月瞅着痴痴的、泪流满面的二嫂怔了下。

二嫂咋不进屋？外面冷。

秋月，我不配做你二哥的女人，我对不起你二哥……

二嫂，你都听见了？

秋月，你二哥在外不容易啊。

对，对，二哥不容易。

二嫂猛然紧紧抱住秋月，含着泪说，秋月，我后悔以前没跟你学。秋月感觉二嫂一身的冰凉。

外面拂来一股冷飕飕的北风，吹凉了秋月的全身，一阵寒抖，她紧紧地搂抱着二嫂。二嫂，别回去了，我们吃糍粑。好。秋月，明天赶去沿海那家医院。好，二嫂我跟你一起去。秋月想着到了冬瓜那里，看一看冬瓜给自己买的啥？对呀，我要转给二嫂，还不忘说是二哥买的。秋月甜蜜一笑，感觉今年冬至男人不回来，贺冬的味道特别暖人……

荷花恋

1945年7月，王震和王首道奉命率领八路军三五九旅南下支队进入湖南湘潭，驻扎在盐埠，爱民拥军之中，演绎许多动情的故事。

一

七月，湘潭县盐埠枫树村山冲里的田绿了，塘里的水暖了，山坡飘着淡淡的花香，一波又一波地越过荷花的水塘，弥漫在一块绿草茵茵、红花点缀的硕大的平地。这里迎来了对歌的日子，村里的妹子、小伙子、媳妇还有老人孩子都来了，外村外乡闻着欢腾的歌声也赶来了，现场感受一年一度对歌的氛围。里三层外三层围得水泄不通，人山人海，热闹纷繁。

小莲子也不例外，站在水塘边想凑热闹，只想往人海中钻，挤上去瞧一瞧，哪个姐姐的山歌唱得最好？哪个小伙子对得最妙，腔声、词句、音韵赢得姐姐喜欢？忽闻一声，"土匪来了！"枫树屋场的警钟，每年总有那么几次敲响，响声心惊肉跳如一阵厉风一下子将人海吹没了。枫树屋场留在家的人，惊慌失措，锁门就往山上跑。小莲子的娘想起花季女儿，急坏了，跑到水塘边喊："妹子啊，快进屋，把你的脸抹一抹。""娘，我不抹，抹了黑不溜秋的，丑死了哩。"

小莲子从小就爱美。开春时，跑到山上采红的黄的野花如杜鹃、老虫花等，插在娘的瓷瓶内。娘就责怪她："妹子这花插不活，你就是长不大。"小莲子不服气，捧起插花的瓷瓶，举在娘面前嘟了嘟嘴："娘，娘，你瞅瞅你闻闻啊。"娘没办法了，只得顺着女儿，瞅瞅又闻闻，的确艳丽和清香，满屋子弥漫着春气。立冬时，小莲子要一块银元。娘问她："拿去做什么？"小莲子娇声娇气说："娘，你别管啊。"她怀揣着一块银元，出门一路小跑，去五里外的盐埠街买大红袄和红洋绳。红色的洋绳扎在头上别有一番喜气。红色的大袄穿在身上，又红又艳。走在上下屋场，走在小路上，一路晃，左邻右舍的妹子们瞅见，眼馋心妒的。小姐妹羡慕地追着小莲子欣赏："姐姐，真好看，哪里买的？""街上。你也要买一件啊。"小莲子快乐了，越跑越快，好像自己要飞起来，和天空的彩云一样美丽。不过瘾，有意又从打鞋底和绣花的媳妇们面前晃动，红红艳艳的身影在她们的眼前飘来飘去，使她们惊艳叫好，"小莲子穿红衣太美了。""看呀，小莲子想对山歌坐花轿了。"小莲子青涩的脸上透出一丝红晕。那时，小莲子只有十五岁，说大也不大，稚气还没脱胎换骨，玩性未改，停在媳妇们的面前，故意将袅娜的身体转了转，翘腚又扭肢，惹得她们又一阵欢笑和嬉闹。这下她更高兴，故意问她们："我好看不？""蛮好看，像个新娘子。"小莲子听到赞美，又疯了般地旋转，转成了一团红，在女人笑浪中飞舞……

娘想到了小莲子爱美爱俏，说："妹子，不抹就不抹，你也赶紧跑啊，再不跑就来不及了。"

"娘，我不怕。"小莲子撅着嘴巴，一个箭步跳到水塘的石板上，又跃了起来，画了一个优美又轻盈的弧线，恰好落在塘边的筏子上。水塘很大，近百亩水面，百年不干，水里有菱角、水草、水藻、浮萍、湘莲。湘莲的荷叶长出来了，绿油油一望无际。她竹篙一撑，筏子如箭，荷叶"沙沙"地响。"娘，你马上会看不见我了。"

"妹子，你不能去啊。"娘拍着大腿，后悔没有叫住小莲子。小莲子站在筏子上向娘笑了笑，说："娘，你放心，没事。"小莲子笑嘻嘻地摇着橹，那般从容和淡定。

"哎哟，你看你呀。到时候，后悔来不及，妹子。"

娘不急不行。枫树屋场这地方背临晓霞山，是匪窝。每年，要遭罪几次。兔子不吃窝边草，可这般匪，不守常规。三月前，又来扰了一次。鸡呀猪呀和粮食抢了不少，还掳了四伯的满女。四娘失了女儿，哭哑嗓子，变得疯疯癫癫。四伯整天愁容不散，偶尔哼点山歌，唉声或忧伤。想起这些，娘的腿泛软了。

娘望着水塘，夏风起伏，荷叶晃动，花朵轻摆。小筏子渐渐地从她的眼中慢慢地远去，听不见小莲子的声音了。她一屁股坐在塘边，目光呆痴。村上两个逃命的后生见势，急着把小莲子的娘架走。

二

这时，小莲子的筏子在水中央撑不动了。她低头一瞧，成团的水草和扭成麻绳的荷秆儿，把小船缠钢筋一样绕了起来。她汗珠直冒，使劲地划呀划呀，越急越乱。其实，前面五尺是密密叠叠的荷叶丛，那一片绿叶的海洋。节骨眼儿上，就是这该死的水草。从没遇过事的小莲子，随着由远及近"嘣，嘣嘣"的枪声，慌得坠入水中。蜂拥而至的土匪看到一个红色的小姑娘像只羊羔困在水里飘出一团红，美艳又耀眼，疯狂又亢奋地跑向塘边，争先恐后地向水中扑来。

···········

一阵后，小莲子做梦般又回到筏子上。

她抹了抹湿漉漉的长发，低头看着贴身的衣服，水淋湿透，映出前胸，小巧丰盈。她惊觉自己的胸部大了，两腮泛红，慌乱地用双手使劲捂住前胸。无措之间，发现一个持枪的小青年，她身子不停战栗，惊叫："啊，土匪！"不自然地往后趔趄了几步，随之，小筏子摇摇晃晃。小筏子另一头的小青年也愣了下，第一次看见身材袅娜的小姑娘，红润的脸像初绽的荷花清秀又含羞，他心有点乱。听到小姑娘那声尖叫，回了神，慌了手脚。其实，他不会把她怎么样。可是这个场景，如何让小姑娘相信？他没这方面的经验，急了就朝她走去，想上前安慰。"别，别，别过来啊。"小莲子歇斯底里地尖叫。吓得他不敢移步。小莲子过分惊慌，情绪又偏激。他失措了，不停地搔着头，忙着向小莲子说明："小妹妹，我是黑蛋，是八路军南下支队的，不是土匪啊。"

小莲子闪地抓起那木橹，双手握着，橹柄对着小青年，还仇视地瞪着。"别怕，我是黑蛋。"黑蛋耐心地又说了一遍。小莲子还是不相信，低头警惕地盯着他的双脚，只要他动一下，她就要做出惊天动地的反击。

两人对峙好久。小莲子见小青年没恶意，叫他不动就不动，一脸的羞意，才放松了警惕。其实小莲子不怕事的，只是事来得太突然，变数太快。明明看到一群土匪扑上来，怎么又冒出了眼前这个小青年？明明自己坠入水塘，怎么又到了小筏上？不过这下放心了，他不是坏人，真是土匪早就对自己动手了。她偷偷地打量了一眼：小青年俊秀，面色白嫩，一脸的青涩。便放下手中的木橹，顽皮的心态又显了出来，"哧哧"地笑，"叫黑蛋？骗人吧。""咋了？我就是黑蛋。"小青年拍了拍胸脯，信誓旦旦。小莲子捂嘴又笑："看你，脸蛋像雪膏，白得像妹子，怎么说自己是黑蛋呢？不信，不信。""哎哟，"小青年憋出了一身汗，红着脸："我咋会骗你？黑蛋真是我，骗你我是狗。"小莲子掠了一眼看到小青年坦诚的样子，惹笑了她。想逗他，青嫩的小毛头，又不忍心。小莲子乐开了花，自言自语地唠叨："这小八路，真有意思啊"，"咯咯，咯咯"又放声地笑起来。她撑开小船，像箭一样射出了两线水波。黑蛋在筏上没站稳，摇摇晃晃，歪歪倒倒。小筏靠在塘边时，她才发现他的手臂涌出鲜红的血液，一线水似的漫向五个指。她知道是救她时，没注意被丝草划破了皮。心隐隐地动了一下，想告诉他，刚要张嘴，可黑蛋已跳上岸，回头朝她憨笑，说："信不信由你，我不跟你争了，部队要集合了。"

小莲子望着远去的黑蛋，后悔了，我怎么就这样粗心？应替他包扎一下。小莲子朝那个叫黑蛋的小八路大喊："黑蛋，你等等啊，等等啊。"

黑蛋一走，小莲子的心像一块石头，"嗵"一声，跌落了。

停了枪声，娘放心不下，像匹野马从后山坡奔驰而下，直扑水塘边。到了塘边看到了眼前一幕，小莲子水淋淋地站在筏子上，悬着的心才落下。

"妹子，你急死我。"娘热泪盈眶。

小莲子回过神，见是娘，跳上岸，娇声娇气地说："娘，娘，我说过了，不碍事吧。"娘一把抱住了小莲子，似乎失而复得，只怕她跑了似的，说："我的小莲子，没事就好。"娘见小莲子的眼睛还望着前方，指着离去的影子问："刚才救你的是个当兵的小伙子？好人啊！""娘，娘，又说些什么呀？"小莲子羞红了脸，不该娘问，嗔怪地把脸转过去。

翌日，小莲子起床，第一件事就是到鸡窝里捡蛋。不巧，撞见了娘。

她惊慌地把捡鸡蛋的手移到背后，假意向娘赔着笑："娘，我看一下母鸡今天下了多少蛋。娘，你看平日，不可能这么少啊？"家里的母鸡不多，只有二十只，下蛋的仅十只。蛋是娘的宝贝，要拿去集上换盐，那时盐贵。小莲子平常对鸡蛋一点也不关心，即使鸡窝的蛋满了，也不去捡一下。娘想说，鸡蛋不少都被你捡去了，想问她捡了蛋干什么去。娘还是忍住了。当什么事也没发生，借故走开。她看见娘离开的背影，重新又捡。哪晓得娘又转了回来，躲藏门后。这时，小姐妹来看小莲子，因小莲子昨天受了惊吓。她进屋撞见小莲子捡鸡蛋的一举一动，咪咪地笑，姐姐，爱美了，拿蛋换小女人的装饰。娘一把拖住小姐妹，叫她别吱声。小姐妹捂着小嘴，小心看，小莲子捡得那么认真，要做一件神圣的大事一样。毕竟与小莲子是小姐妹，了解她，在小莲子娘面前跟她开脱："婶，姐姐是去换红洋绳。"莲子娘停顿了一下，想起昨天小八路救小莲子的情形，摇了摇头，神秘地笑了笑。

小莲子捡完蛋后，脸上洋溢着笑意，提着小篮子出了门，往枫树大屋场走去。

娘故意对小姐妹说，妹子呀，你看看小莲子是不是去盐埠街上了？

小姐妹站在门槛望了望。小莲子没往盐埠街上，而是去二里外的黄家大屋场黄氏公祠。"哦？"小姐妹想了起来，上月三十日，那里驻扎了八路军南下支队。想到这，一脸赤红，对小莲子的娘羞涩一笑。

小莲子欢快地进了大屋场的四合院子。直往院子里闯，门口两个哨兵挡住了她。她站在原地，急切地朝院子里张望。小哨兵见到懵里懵懂的细妹子向前迈了两步，在老一点的哨兵耳边嘀咕："好像在说，这个丫头有点像黑蛋在水塘救起的那个划船躲匪的小莲子。"

老哨兵又扫了一眼，故意摇了摇头，说："不像，她的头发没长成小莲蓬。"话声未落，小哨兵捂着嘴，弯着腰"哈哈"地笑了起来。老哨兵没笑，说："倒像小荷，脑顶才露尖尖角。"小哨兵收了笑，奇怪地端倪小莲子的头上。

"看什么看？"小莲子顺便摸了一下头，没有什么，狠盯了小哨兵一眼，大着嗓音："我来找黑蛋。"小哨兵还是忍不住，又笑了，说："哦，还知报恩啊。"小莲子的脸腾地一红，心想，该死，这事都知道了？到了这步，不可回去。她又斗胆地骂了一句："关你什么事，操空心。"

这一声吓得小哨兵不轻，张大了口，退回了原处。这时，老哨兵抬头瞄了一眼小莲子，人清秀，可野性不小，是个不怕事的丫头。装腔作势似的吼了一声："部队一般都有名字的，不叫乳名。"

"我不管，黑蛋是你们部队的。"

"部队没有黑蛋。你这丫头。"

小莲子不信，她将头探进门内，向院子四下张望，高声大叫："黑蛋，黑蛋，你出来！"

老哨兵想来个下马威，不管用，又向小哨兵眨了眨眼。小哨兵会意，说："小妹妹，别嚷嚷了，我们部队真没黑蛋，我们班长不会骗你的。"

"谁是你家小妹妹？"小莲子轻蔑地看了一眼小哨兵，清瘦，矮小，没有成年的个儿，青涩的脸，更不服气了："嘻，自己还是小兵蛋子哩，屁大点，还叫人家小妹妹。"

"我才不是屁大点，我有十七了。"小莲子的伶牙俐齿把小哨兵惹火了。

老哨兵看到他们争了起来，狡黠一笑，想添把火，说："不愿叫小妹妹，那就叫小媳妇吧。"

小莲子又羞又急，第一次有人叫她小媳妇，她知他们是北方人，北方人把老婆叫成媳妇。我明明是妹子，没出嫁，怎么就叫媳妇了？气不打一处来，往里冲。

小哨兵见老哨兵一句搔了她的痒处，哈哈大笑，故意大喊："黑蛋，你小媳妇送鸡蛋来了。"

"你真是死皮赖脸的，不吼就不行吗？姑奶奶自己会进。"小莲子狠狠地瞪了一眼小哨兵，然后，仰头大阔步。

小哨兵想逗，又于心不忍了，说："班长，让她进去算了。"

"不行，除非是当地老百姓。"

小哨兵疑惑了："班长，如何证明她是哩？"

"当地人，都会唱山歌。你叫她唱一支呗。"

小莲子识破他俩合伙逗她："我凭什么给你们唱？我又不是戏子。"

小莲子带着一肚子火气，跨进门，正好与出来的黑蛋撞了个满怀。"是你呀，小妹妹。""嗯。"小莲子一怔，红了脸，见了救命恩人火气自然消退。"黑蛋，我来送鸡蛋。"话还没完，小眼神就像惊慌的小鹿，四下里乱撞，又碰上了哨兵的目光，看他们的眼睛追着自己与黑蛋亦步亦趋，紧紧地盯着，好像发现了她与黑蛋的秘密。小哨兵还咯咯地嬉笑，真把她看成了黑蛋的小媳妇了。她又慌又怯，心如跑马，咚咚地跳。心里骂他们，讨厌死了，净跟自己过不去。她哪敢久待，将小篮子塞给黑蛋，转身飞跑。"小妹妹，部队不兴这个。"可人已经走远了。黑蛋拿着篮子，赶了几步，追不上，朝她的后背嗔怪："小妹妹，你跑什么呀？"老哨兵笑了起来，原来小妹子也怕羞。"黑蛋，你小子福气，有人疼你。"黑蛋臊得满脸通红。

小莲子跑了一阵，回过头，没见人影了，才放心地蹲在路上。她最怕人叫她小媳妇，尤其当着黑蛋的面。小莲子蹲了一阵又后悔，跑得太快，忘记了事儿，理应问问黑蛋，手臂上的伤好了没？她骂自己，好没出息，慌什么慌，又没做什么见不得人的事。

三

转眼仲夏了。

傍晚，小莲子去池塘边浇丝瓜。七月的太阳像一把火，把丝瓜的藤枝绿叶"吱吱喳喳"地烧蔫了。尤其三十多天来，一滴雨未下。小莲子全家急坏了，小莲子也担心青菜被干死。

她挑着木桶，到塘中挑水淋菜。恰好这个时候，黑蛋来了。

她又惊又喜，上次有很多话要说，有要紧的事要问，可好不容易见了面，连句感激话都不敢说，就是那两个一大一小的哨兵，坏心坏肺的，从中添乱。今日倒是幸运，又遇上了他，心里喜了又喜。她抿了抿嘴唇，深情地朝黑蛋瞅了一眼，满眼的甜蜜。她叮嘱自己，这回一定要抓住机会。她站在那里，有意等黑蛋走近。但是，人到了身边话又咽回去了。她骂自己，没出息，人家救了你，还受了伤，说一两句好话，难道就会说坏嘴？她特意打量了一眼黑蛋的手臂，还好，伤好了。黑蛋先开口："小莲子，我来跟你挑水？"小莲子急了，说："你是客人，这怎么行？""没事。""不行。"小莲子故意不让。黑蛋也急了，说："还是我来，我是男子汉，骨头比你粗，年纪也比你大，我累坏了不要紧，你累坏了不好长身体。""你，你也说我小啊？"小莲子气呼呼地挂起了脸。小莲子最不喜欢有人把她看作小姑娘了。小哨兵说她小，她向人家吼起来。还小吗，上次落水上来，看到自己像个丰满的大妹子。当时，黑蛋也贼眼似的瞅她，要不是黑蛋救了她，她会让他好看。"好了，算我说错了。"黑蛋发现自己的话惹小莲子不高兴，软了语气。"小莲子，你是大人了，但挑累了总得歇一歇吧。"小莲子这才转怒为笑，依了黑蛋，把水桶让给了黑蛋。小莲子快快乐乐地跟在黑蛋后面，不时，唤着："黑蛋，歇一把吧。"黑蛋转过身，朝小莲子憨憨地笑："我不累。""怎么不累？汗流满面，汗水都渍满了眼睛。"小莲子望着黑蛋嗔怨起来。她从衣袋中掏出了手巾，心想，黑蛋一停下来，替他擦一擦，可是这个黑蛋劲头十足，干活不要命了，傻呀，没给她的机会。浇完后，小莲子过意不去，想说感激的话又说不出来，只好摘了莲子、丝瓜什么的，塞给黑蛋。黑蛋就让，说："上次你送来的鸡蛋，我都送给伤员了。"小莲子一味地塞，黑蛋固执地让。小莲子不高兴了，说："没看过你这样的人，这些都是土里的东西，又不是什么黄金和珍珠。好了，不要推了，我不是送你的，是送给你们部队的，总行了吧。"不用说了，那是小莲子的一片心意。

小莲子意想不到，从塘里的水面上传来了山歌声……

妹屋门前一口塘
塘堤边上搭瓜棚
南瓜结得箩筐大
丝瓜结得扁担长
送给情哥把新尝
…………

歌声入耳，小莲子羞怯起来。看到了荷叶丛中闪出一个人影，随手捡了块石头，打了过去，说道："偷我家的莲子不说，还骂人。"那人说："我没偷你家的莲子，是八路哥哥。"小莲子面若桃红，又喜又气，跟那个人急了，连扔石头："看我，不打死你！"石头过后，人躲得不见踪影。

黑蛋也惊吓了，哪会想到水塘里藏人。两人只是一起挑水淋菜，又没做什么事，看了也无碍。不过，歌声迷人，心里欢乐，好像被蜜润过一遍，说："小莲子，山歌美啊，我喜欢听这里的山歌。"小莲子含羞起来，脸如七月的荷花。她四下看了一眼，发现那人走了，才说："那你就留在这啊，学唱这里的山歌。""好啊，到时候，小莲子，别嫌我这个学生啊。"我怎么能教你呢？小莲子好后悔，不该说。小莲子是不怕累的，没有什么事能累坏她，不过，教山歌这事，辣手又烦恼，让她为难。这当口，让小莲子防不胜防，池塘荷叶中又传来了那打笑的歌声：

你看路上那个妹
恋上哥又不怕累
一问一答笑语多
情意绵绵多有味

小莲子后悔死了，以为那人走了，哪晓得那人在偷听他们窃窃私语。幸好不是村上多舌的妇人，不过，小莲子想了想，也没什么，听了就听了，笑一下就笑一下，只要黑蛋不别扭，随他去。其实，小莲子心里甜蜜。

过了一天，黑蛋又来了。在水塘边找到挑着水桶的小莲子。黑蛋跟在她后面，一脸憨笑，摸摸头又不好意思。小莲子望了一眼，心喜了一下，调皮问了一句："来干什么呀？"黑蛋没说话，只是低着头，嘿嘿地傻笑，紫铜色的手在衣袖上漫不经心地摩擦。小莲子不高兴了，嗔怨地把扁担往黑蛋身上一扔，说："你是来帮我挑水的吧？"黑蛋没吭声，接了水桶，便默默地挑水去了。黑蛋忙了一阵，淋完了丝瓜和南瓜。这时，黑蛋才慢腾腾地说了一句："小莲子，今天来，我想学山歌。"小莲子"啊"了一声，红了脸，勾着头，故意装着没听见。心里说，黑蛋我可没答应你啊。也怪不得小莲子，叫她怎么能答应？唱山歌，这里的年轻人，打小就会，不需要学。这里的山歌不兴妹妹教哥哥的，只有年轻的男女对唱，对上的，就定了情，打发媒人提亲。媒人是过场，对歌才是最重要的，只有郎情女爱，情投意合才行。黑蛋见小莲子的嘴没动，以为她没听见，大声求着："小莲子，说好了，你教我。"小莲子心紧了下，惊吓得没有吱声，心里怨道，黑蛋你也真是，我怎么能教你？到时，娘会怎么说？邻居嫂子们会怎么说？说我不要脸面了？黑蛋瞅了一眼小莲子，急坏了，想上前拉住小莲子的手，问个究竟。哪晓得小莲子不理他，跑开了。黑蛋痴在原地，傻傻地望着小莲子的背影。

小莲子对这事一直放心不下，想帮也帮不上。

过了一段时间，小莲子碰上小姐妹。见面，小姐妹拉着她的手，亲亲密密的，谁叫她们是小姐妹呢？她们之间，心与心相贴，没有不说的话，没有不谈论的事。上屋的姐定了亲，男家下了多少彩礼。只要谁知道，一阵风似的，传遍全屋场。怪不得她们是一个鼻孔出气。她们神秘兮兮的样子，脸色惊讶和不屑的神态，就知男家的彩礼是多少。下屋的妹子来了相亲的小伙子，她们都要私下念一念。一个问："是不是去年阳春对上歌的那个？"一个说："是呀。那个小伙子，人帅，灵泛，唱的山歌好听。"满眼羡慕，欢乐爬上了她们的脸。

小姐妹热乎后，就贴近小莲子的耳梢，悄悄地说："姐姐，黑蛋学会唱山歌了。"小莲子喜了一下，几乎惊出了声，好得在喉咙里压住。看了看小姐妹的脸色，还好，小姐妹没觉察她的反应。她故意问："是哪个黑蛋？我不认识。""嘻嘻，姐姐，你真不认识？还是故意装着不认识？你送鸡蛋给他的那个呀，帮你挑水淋菜的那个呀。"小姐妹揭了她的谜底。小莲子脸似桃花，摇着头。小姐妹会信吗？自己抓鸡蛋时，小姐妹看见了；黑蛋帮自己淋菜，坏心的洗冷水澡的人撞见了，还唱山歌笑话她。是啊，现在，每天傍晚，黑蛋都跟她挑水浇丝瓜。想到这，小莲子的心快要跳出来了。她怨死了小姐妹，害怕哪壶提哪壶。要不那样，她还想问一下黑蛋跟哪个学唱山歌？小姐妹看着小莲子不高兴，马上哄她："姐姐，算我瞎猜。姐姐，黑蛋学歌可认真了，每晚都到枫树屋场来，跟四伯三公们学歌，一唱一个大晚。"小莲子高兴坏了，只是不敢表露，只好轻描淡写地说，"黑蛋学歌跟我有什么关系。""姐姐，这真的吗？"小姐妹瞥了一眼，暗笑，趁小莲子不注意，摸了一下她的心窝："姐姐，你心里不是这样说的吧？嘻嘻。听说，黑蛋学会了，还想跟姐姐对歌。""谁说的呀，我撕了她的嘴。"小莲子不高兴了，挠了挠小姐妹的腋窝，痒了起来。"哈哈，姐姐。哈哈，姐姐，你放过我吧，当我没说。""我才不饶你哩，就你小嘴乱摇。"小莲子话虽这么硬，但还是收回了手。不过，小莲子心里可欢了。

四

晚上，枫树林传来沉闷的知了声。七夕前后，天气酷热。小莲子刚好洗了碗，趋近窗前，她似乎听到了上屋四伯家飞来的歌声。

侧耳倾听是山歌。歌声圆润，甜美，春一样的活力非常迷人，不像四伯那般苍白和嘶哑。小莲子猜到是黑蛋唱的。小姐妹不是说黑蛋正在四伯家学山歌吗？黑蛋跟四伯学歌，想不到黑蛋学得这么快。她站在那，心突突地跳，额头上的汗珠如雨下，上衣湿透，粘住了胸。她不顾，贴近了木窗，偷偷地用食指从口里蘸了一下，往窗纸上轻轻一点。优雅又轻盈的歌声漫过窗纸洞，好似飘过来，在小莲子的心中，潮湿了一片，透心清凉。小莲子沉醉了，不知有人绕到她后面，抬头，惊吓成一个大红脸。见是娘，缓了一口气，轻轻地拍了拍胸窝，还好，娘没发现她的举止。她转过身来，对着娘娇声娇气说："娘，你看我热啊。"娘看着小莲子汗流浃背，笑了笑："妹子，那你就去坪前吹一阵风吧，凉快。"小莲子就等娘发话，撒腿跑到屋外面。离四伯家近了，有山歌声在耳边萦绕：

> 妹妹门前一条河，
> 哥喂金鸡妹喂鹅。
> ⋯⋯⋯⋯⋯

山歌如空旷的古箫声，越过高山，浸入明澈又清亮的溪水，带着乡村的清新，披着夏日的凉爽。朝小莲子拂来，甜美又亲切。她激动了，无比快乐，自言自语地感慨起来：黑蛋，不错呀，三天不见，把山歌唱得那么悠扬动听。心里被春雨滋润过似的，小莲子不由得跟着黑蛋的山歌哼了起来，声音小，似一股细细的山泉水，在心里欢快地流畅。

> 哥喂金鸡难下水，

妹喂白鹅游下河。

....

这不是在对歌吗？小莲子慌了阵脚，觉察自己出格了。不是在七月，不是那个对歌的日子。自己又不是对歌年龄，明年才十六。幸好在哼，声音细，没人听见。听见就不得了，村上的妇人爱说长论短，文雅的会说你春性早临，没教养的会骂你不要脸，到时，闲言杂语满天飞，娘就会不客气。小莲子惊吓得不小，摸了摸自己发烫的脸，从没有像今晚这样魂不守舍。小莲子想了一下，自己得马上离开，别让咬舌的女人看见了。

五

小莲子刚要往屋里走，夜色漆黑，不料后面闪出一个人。小莲子惊得跳了起来，不想让人撞见，还是撞见了。那人没出声，横腰抱住了小莲子。她想是黑蛋吧，不可能，这不是粗臂大手的。她触摸到一双手纤细、小巧，皮肤细腻。她想挣扎，又喘不过气。顿时，毛骨悚然，她要大喊时，那人松了手。可又把她的嘴严严实实地捂上了。这下可好，小莲子想叫都叫不出，快要窒息，身子瑟瑟地抖动。好得那人只捂了一会儿，放开了。那人闪到她的前面，喊了一声姐姐。小莲子才发现是小姐妹。"哎呀，你要吓死我啊，我还以为是土匪哩。晚上又没月亮，你就不怕土匪摸下山，把你这小妖精捉去当压寨夫人？你就忘了四伯家的满姐？""姐姐，记得，记得哟。我怕什么呀，你也不出来了？"小姐妹这一句不打紧，狠狠地堵住了小莲子对她的责怪。小姐妹瞟了一眼，得意起来，咯咯笑："姐姐，你听黑蛋哥的山歌听痴了吧，是不是错把我当黑蛋哥了？瞧你刚才那个高兴劲，盼着黑蛋哥这样抱你，现在发现是我，失望了。呀呀，是妹妹的不对，打扰了姐姐的美梦。"小莲子又气又羞，追着小姐妹，说道："不知羞耻，我打死你，我打死你呀。"欲挥拳又不能。今晚快乐，她被山歌陶醉了。再说，小姐妹之间的嬉闹，打也是白打。

"妹妹，你也在听黑蛋唱山歌？"

"是啊。"

说起黑蛋的山歌，小姐妹兴趣盎然。

"姐姐，黑蛋的山歌唱得真好。歌声传出来，整个村都静了。夜色、晚风、花草、虫蛙都醉了。高坡上的山莺平日这个时候鸣叫声悠扬和悦耳，现在也不叫了。每晚，狗吠过不停，今夜没一点动静。还有更怪的，老人听了黑蛋的歌，忘了睡眠；细伢子听了黑蛋的歌，忘了看书写字；小媳妇听了黑蛋的歌不停地拍大腿，自己对歌太早，后悔得要死，甘愿等一年或者几年，跟歌者对对，也不枉费来生；小伙子听了黑蛋的歌，不服气，山歌本是山里人唱的，一个来自北方外乡人唱得这么不赖，哪咽得下这口气啊？就想走出堂屋跟黑蛋比一比；大妹子听了黑蛋的歌，绣花时，针尖走神进了皮肉，见了一点红，平日会大呼小叫的，而今夜如此镇静和成熟。那歌似三月的春阳和雨水，湿润了土地，好像要在心中，发芽、长绿、拔秆、开花……"

小姐妹夸黑蛋时，一脸欢笑。流露出一丝倾慕。

小莲子瞅了小姐妹一眼，她的心堵了一下，空空落落。

但小莲子没失态，往常一样地问小姐妹："你来了多久？"

"姐姐，我吃了饭，就出来了。"

"哦……"小莲子听出那意思，小姐妹一直守着黑蛋。她轻轻地回了一声，脸色黯然，转身回屋。

小姐妹惊了一下，看出自己坏了姐姐的心情。

小姐妹悔之不及，在姐姐面前夸黑蛋的山歌唱得好，有些放肆。姐姐比自己更了解黑蛋，因姐姐跟黑蛋亲密。于是，上前亲昵地拉着小莲子的手有意倾下身子像平日一样毫无顾忌地把头依偎在她的肩膀，亲密无间："姐姐，去看看你的女红呗？"小莲子狠心地甩开小姐妹的手，生硬地丢了一句："我还没做！"

小姐妹"啊"了一声，停了脚步。

小姐妹望着小莲子的背影，想着刚才的话惊得捂了自己的嘴巴。

小姐妹愕然。对于姑娘家的，这不是小事。过几个月，就是明年的春了。女人的活，不是想做就能做出来，不是一两月能学成的。她想了一下，姐姐不可能还没有学会，村上小她两岁的小妹妹，也做了起来，有的针线如走蛇龙，早就出彩了。几年前，她看小莲子就独去盐埠街上买彩线了。买回来，不可不做。看来姐姐是哄我，不想让我去观赏。

小姐妹明年也是十六，比小莲子小三个月零两天。十六岁前，枫树村的姑娘都学会了针线活。对了歌，怎得拿一件自己"出彩又精美"视为心爱之物，当作留念。让它留在自己最喜欢人的手里，让他不忘自己。女红做得好的，能得到姑娘和媳妇们的好评，嫁出去，婆家喜欢，很有面子。小姐妹们之间，谁的针线做得好，也是炫耀的资本。所以，小姐妹们多了一项趣事，看彼此的女红，显摆自己的绣花，如围巾、手帕、鞋垫、鞋面。随时拿出来，晒一下。那技艺，那线脚，那构思，那花案。尤其那花案，菊花黄得金灿，桃花红得似火，荷花鲜得滴水；鲤鱼呀，活得像在水里游；白兔灵捷，像在土畦里啃菜。那些生动动物和鲜活花草，像出自枫树村女红数一的小莲子娘之手。她们凑在一块，你看看，我摸摸。"妹妹呀，你那线脚细腻。""姐姐哦，你的构图精致，美死了。""送给你那中意的人，叫他爱不释手，日思夜想。""嘻嘻，嗬嗬。"

小姐妹想到女红的事，心情变得欢畅。

而小莲子相反，心里堵着东西似的，不顺畅。小姐妹不考虑她的感受。明明知道自己对不住她，还假惺惺地贴着脸要和她一块亲密无间。是不是她心里早就有了小九九？

小莲子进屋时，往后瞟了一眼，"呸"往地上吐了一口空痰。

过了几天。

临夜，雨倾盆而下。屋檐下、阶基上白练般的水柱，在地面汇成滔滔的水流。夏季的雨水说来就来，没有先兆。下午还是烈日当空，热浪滚滚。晚上雨声混杂着隆隆的雷声。多日沉闷，一下变得凉爽。小莲子看了一眼门外的大雨，高兴了，傍晚不要挑水淋菜了。担水浇青，忙活了半个月。蔬菜和红薯、玉米等作物，还是缺水，再不下雨，只得枯死。雨下得又急又猛，她家的衣服还在外面晒着。好在她家的谷子已经晒干，日落前入了仓。她走出屋，收好衣服。想到四伯家人手少，四娘有病，谷子来不及收完。随即，她打了把油纸伞，朝四伯家的晒谷坪跑去。不远，越过几块菜土，穿梭两条壕基沟，到了四伯的晒谷坪，她的身子全湿透。她看到四伯家的谷子随着水流四处漂浮，又急又心痛。她埋怨雨来得急了，还好，有几个人冒着大雨在帮四伯收谷。雨下得忒大，坪里成了小湖。她赶紧拿上谷耙，捞水里的稻谷。不料她发现了黑蛋，喜了下，眼睛被雨水潮湿似的，心里暖乎乎的。

随后，小莲子一惊，看见了一个影子站在黑蛋旁边。不喜欢看到的影子，如幽灵一样出现了，她恨不得马上赶跑。她碍于这个场面,不能闹。不敢茫然出声,她控制了情绪。外面响着雨声和扒谷声,还有人声。人声熟悉,她尖着耳朵在听。

"黑蛋哥,快完了,你先躲雨去吧?"

"不行,还没收完呢。"

"去吧,剩下的我们来。"

黑蛋没走,低着头在忙碌,淋成了落汤鸡。

忙了一阵,打湿的谷子收完了。

黑蛋走前,小姐妹欢欢喜喜地跟在后面说:"黑蛋哥,你把衣服脱了,我帮你洗。"

"不要,部队都是自己洗。"

"黑蛋哥,到我家去,正好我家摘了一些甜瓜。"

"好啊,正好,我也口干了。"黑蛋笑了一声。

…………

小莲子身子颤了下,怅然若失。

那时,四叔准备了干的手巾和茶水,放在桌子上。四叔招呼:"快点进屋,擦一下,别感冒。"

黑蛋和几个帮忙收谷的邻居说:"好!"

黑夜,雨雾纷纷。小莲子又急又气站在雨水的坪中紧盯那模糊的影子。威武的影子朝堂屋走去,又一个纤小的影子紧贴上来。屋里点了一盏灯,萤火般暗淡的光闪闪烁烁,有些暧昧。

此刻,小莲子耳边萦绕着像蚊子嗡嗡的声音。弄得她烦恼,只好捂着耳朵。正好迎来了一场更大的雨,她想来个淋漓尽致,让雨从头淋到脚。张开了口,雨水落到她的口里又涩又苦。她走在晒谷坪外边,弯腰拾了一块石头,紧紧握着,用尽力气,向远处扔去,似乎要打死那只讨厌的蚊子。"咚"的一声石头落地，响了一下，空空闷闷。她甩了甩手臂，轻松多了。

黑蛋在四叔家喝了一杯茶水，拿着干毛巾擦了下头，急匆匆地向黄家大屋驻点走去。这时，小姐妹看了黑蛋远去，急了，追出门说："黑蛋哥，你怎么就走了呢？不是答应去我家吃甜瓜？"

小莲子看了那远去的模糊的影子暖了下，心中的不安又被风吹去。

次日晚上，小莲子心里有事牵挂着。早早吃了晚饭，她去了四伯的屋后，一片枫树林，绿叶繁密。她心上心下猫身在枫树林里穿梭。估计能看清四伯家时，她停住了脚。遥望到四伯的堂屋点着灯，三个人围着灯光而坐，其中有个人影好像黑蛋。她惊喜得几乎失了态，撞上一棵大枫树，弄响了树叶。四伯家的狗，灵性，一蹿如箭般射进林子。走到了小莲子的身边，亲热地蹭了她几下。小莲子吓得跳了起来，快要尖叫了。当她发现是黑狗，才镇静地蹲了下来，温柔地摸了摸它的头，细声地说："黑狗，你不要告诉黑蛋，我来了。"黑狗听懂了小莲子的话，用舌头舔着小莲子的手指，摇了几下尾回去了。小莲子目送黑狗后，想回去，怕人看见。看见了，不好，一个姑娘家的躲在林子像什么事？她想起昨天夜里的事，又不甘心。小莲子越想越气，也就越紧张。起风了，枫树叶子飘动起来，模模糊糊，四伯屋内灯光下又晃动一个女影。她疑心是小姐妹，气就来了，骂了一句："小妖精，恬不知耻。"她的怒气冲晕了头脑，想冲进四伯的堂屋，甩小姐妹几个耳光。那刻，女影又舞动起来，闹腾不停。突然，走出一个男人把女影拖了进去。她才想到是四娘。四娘一发病，又跳又舞。"哎呀呀，差一点吓坏了我"。她拍了拍胸脯，暗自庆幸，幸好没冲动。

她听了一阵黑蛋唱的山歌，愉悦又陶醉。怕娘喊她就回去了。她到家不到九点，上床又没睡意，她还是后悔自己回来太早，有件事让她放不下心。

转天清早，小莲子堵住了洗衣的小姐妹。通往水塘边只有一条窄小的土路，平时行走只能过两人。看小姐妹来了，她拦在前面。小姐妹走右边，小莲子挡住右边。小姐妹走左边，小莲子又挡在左边。

"姐姐，你这干吗呀？不让我走了。"

小莲子没说理由，脸色严峻，审查似的："昨晚，你去哪了？"

小姐妹望着小莲子的举动，有些恍惚，说："没去哪。"

"到了四伯家不？"小莲子提醒小姐妹。

小姐妹恍然大悟，明白小莲子的意思了。"姐姐，听了几夜的山歌，我爸不准我晚上出来了，说什么，怕万一土匪摸下山。姐姐，你说，我爸真是胆小，现在这里驻了八路军，怕什么呀。"小莲子"哦"一声，心里悬着的一块石头落地了。小姐妹偷偷地看了看小莲子，琢磨了一会儿，坏坏笑了："姐姐，黑蛋哥让我今晚去四伯家给他指导，姐姐，你说我怎么指导啊？我不会唱山歌，又不懂得欣赏，我更不是姐姐啊！"小莲子刚刚舒畅的脸又乍现愁云，心想，晓霞山下的妹子不晓得唱山歌，骗谁啊？这不是故意说出来气她嘛。她心里恨死了黑蛋，怎么随便邀请小姐妹去听山歌啊？这样说来，还能怪小姐妹吗，人家邀她的。再找小姐妹的不是，也是自讨没趣。于是，她让开了小路，沉着脸，一句话也没说，一个人走到挑水的石板上，蹲下来。小姐妹拿着木盆，瞟了小莲子一眼，捂着嘴，在一边乐。"姐姐，你不拦我了？姐姐，没事了吗？我洗衣去了。"小莲子没有回应。"姐姐，别往心里去，我是逗你的。"

小莲子根本没听，反而小姐妹的一句玩笑话她记在心里。

到了晚上，小莲子有意守在去四伯家的路上。天色朦胧，百鸟落窝。黑蛋去四伯家，碰上小莲子，惊喜地跑上前，喊着小莲子。小莲子气咻咻，绷着小脸，一声不应。黑蛋故意问："是不是小莲子啊？"小莲子闪了一下身子，恨恨地转过去。黑蛋想，小莲子故意耍娇，不理他。于是，他向前跨了几步，轻轻地拉着小莲子的手又温柔地握着。可小莲子一反常态敏捷地抽出手，又用另一只手狠狠地抹了抹抽出的手，嫌黑蛋手脏似的。往常可不这样，哎呀，小莲子有心事，不高兴了。于是，便安慰她，想到了一首山歌：

> 金竹笋子嫩苔苔，
> 我妹哪点不开怀？
> 妹遇烦恼不欢颜，
> 窄处想到宽处来。

黑蛋吟唱完，反而小莲子更委屈了，眼睛变红了。黑蛋看不清小莲子的表情。

黑蛋以为自己的山歌似清甜的小溪，滋润了高山、森林和花草，也顺畅了小莲子的心情。他兴奋得话也多了："小莲子，我的山歌唱得还像样吧？不用到明年七月，我的山歌，应是一等一的好。"小莲子淡然地说："你唱得好，关我什么事？"黑蛋没生气，说："小莲子，你这就错了，等到明年七月七，在荷花水塘边吗？到时，我就把最好的山歌唱给你，让你觉得我是你们枫树村最好的山歌手。"不知黑蛋的话轻抚了她，还是她向往明年，陡地，她的心温柔般悸动，好像掠过一丝的甜蜜……

小莲子本来想问黑蛋，现在不好启口了。不过，她的怨气，还没有完全消失，起身小步跑进了小树林。黑蛋见状，跟随而至，喊道："小莲子，别走啊，正好一路去四伯家。"小莲子想，前几天不邀我，你做什么去了？今晚才邀，我才不去哩。黑蛋进了林子，找小莲子。哪里能寻到啊，树木葱茏花草丛生。"小莲子，你生我的气了。"小莲子在一棵大枫树下说："我不敢啊，你是八路军。"黑蛋从声源的地方摸过去，扑了空，哪晓得小莲子又闪到另一棵枫树后。"小莲子，在哪儿？"小莲子说："我敢去哪儿？"黑蛋又沿着声音摸去，摸着的又是大枫树。黑蛋又说："小莲子，我找不到你了。"小莲子气鼓鼓地说："有小姐妹了，你会找我？鬼都不相信。"小莲子耍起小性子，想惩罚黑蛋。她对这片林子熟，故意逗黑蛋，在枫树林穿插，闪来闪去，来去自如。可黑蛋摸东摸西，四处碰树。突然，"咯咚"一声，随即又传来了"哎哟"的呻吟声。她心里咯噔了一下，是黑蛋跌倒了。她想去问候，又在气头上。不过，又生出一丝莫名的后悔，自己不应让他在黑黝黝的林子里转悠。于是，小莲子想了下，不耽搁黑蛋的时间了，还是让他离开跟着四伯去学歌，说了一声："我回去了。"黑蛋懵懂了，不知哪里得罪了小莲子？

小莲子回到屋里，想起刚才的事，过瘾，暗暗笑了，心里说，黑蛋如果有下次，看到或听到你和小姐妹往来，我就不理你，叫你后悔死了哩。

娘问一声："妹子，你去哪儿了？"小莲子笑了笑："没去哪儿，就在禾坪中走了走。"娘信自己的女儿，再没说什么了，去了厨房忙收场洗碗。小莲子走进自己的房间，点亮了一盏清油灯。屋里光亮，她的快乐消失了，随之而来的是心中落寞。她后悔对黑蛋做得有点过分。

她急切地走出房门，来到了堂屋，欲跨出大门。她犹豫了下，想再回四伯家，那像什么话，让黑蛋更加看不起自己。不去吧，欠他一点什么，心里有丝惆怅。她问自己，今天是怎么啦？

这时，四伯家传来了"呼……呼呼……"的枪响。随着，又闹起狗吠声，叫声急促。"土匪打劫了"，恐惧的声音，笼罩着整个村子。枫树屋场的人声喧嚷，慌乱一团。男的拿刀和鸟铳往外冲，年轻的女人都习惯了忙着往脸上抹锅灰，穿男衣。娘丢下手中活，慌慌张张地寻着小莲子，小莲子站在大门坎上心神不定。

娘看到了小莲子急死了。"妹子，土匪下山了，你还站在大门口显眼。快去跟我躲一下。"娘攥着小莲子的手，往后门拖。后门连着山，密布丛生的树枝、绿叶、茅草。

"娘，没事的。不是有驻军？"小莲子站着，还沉入刚才的情绪之中，磨磨蹭蹭的。

"妹子，你不要逞强，上次差一点点了，要不黑蛋来得及时。"

娘把小莲子死死地拖出了后门，爬上山头，拽到树丛中，躲藏了起来。

村子闹了一阵，安静了。

外面躲藏的人，才往屋里赶。刚进屋，娘就催小莲子去睡。

小莲子这几夜来耽搁了睡眠，迷迷糊糊就睡去了。

这时，四伯来敲门，说："莲子婶，不好了，出大事了。"莲子娘一惊，以为土匪又打回来了，披衣起床。打开大门，见四伯颤颤巍巍地进来，说："一个小八路被打死了。"莲子娘吓白了脸，腿脚软了下来，叹了一声："这如何得了啊？"呆在那儿。四伯见状，认为自己闯了大祸，拼命地打了自己一拳。说："这事怪我，小八路击毙了三个匪兵后，其他的土匪见势就撤，小八路还紧追不舍，跑不到二十步，被散弹击中。唉，要是当时，我拉住小八路，不让他去追，黑灯瞎火的，子弹不长眼啊……"莲子娘鼻子一酸，眼角湿润了。想起像黑蛋一样好的小八路，就怨起了四伯："四伯呀，你怎么不拦住？"

四伯一走，小莲子醒了："娘，四伯刚才找你？"

"对呀。四伯告诉我，刚才土匪来了，幸好撞上了八路……"

"娘，娘，刚才四伯不是说，青年小八路打死了？"小莲子吓得张大了口，身子哆嗦，眼前闪现之前提着鸡蛋去找黑蛋被两个哨兵挡住，是不是那个为难她还笑话她的小哨兵？只有那个小哨兵才是小八路。唉，虽叫自己出丑，但小哨兵都如黑蛋一样好，八路军都是好人，心中泛出一丝凄凉的失落。

不过，她也想到了黑蛋，她恨死他了，现在还有一肚子气没消。黑蛋惹她不高兴。她越想越气，谁叫他不真心啊，三心二意。他有过三长两短，也是自找的。不过，说是这么说，还是担心，放心不下。她狠狠地揪着自己大腿上的一块肉，把怨气发泄到自己身上：我叫你狠，心变得这么硬。黑蛋哪一点对不住你啊？在枫树村的日子哪一点不好啊？想起黑蛋刚才还在枫树林找她，她就紧张又害怕，心蹦到心尖。

娘看小莲子一眼，愣了下。

"娘，小八路没死吧？"小莲子不相信。

娘没说话，眼圈发红。

"娘，四伯看错了，小八路是受了伤。我就要去四伯家问问。"可娘抹了一下眼眶，向她喝道："女孩家家，别过问这些血雨腥风的。"

"娘，你真霸道。"小莲子怨起娘，她心事揪得更紧。

这下更急坏了小莲子。她下了决心，等明天，亲自去驻点。不管怎样，一个人打跑了一群土匪，是个大英雄啊。这样的大英雄留在枫树屋场，就不怕土匪了……可她一想到驻点，那一老一小两个哨兵，喊她小媳妇，脸就发烫，不得不打消动身的想法。

一连几天，小莲子打听到是牺牲了一个小八路。她听到大家口气一致的说法，不说具体的人。她怕人家骗她，就去问四伯，是不是小哨兵？是不是黑蛋？四伯摇头。她知道四伯不会骗她，这下才放了心。不过，她更怨气了，黑蛋应该来找她，这件事不就一清二楚了吗？犯得着自己这般忐忑不安？

六

时间真快，又到了荷花盛开的季节，枫树村男女青年对歌的日子又临近了。

小莲子紧张又喜悦。每天上床睡觉前，脑子涌现那样的画面：对歌那天，黑蛋像枫树村的小伙子一样，高高兴兴地来到塘边，在姑娘们的队伍里寻找她，朝她亮起最好的嗓音，声情并茂地唱起山歌。到那时，对了歌后，总要向黑蛋赠点东西，表示一下心意，送什么好呢？思来想去，不觉心跳脸红。几月前，不是小姐妹要看自己的绣花嘛，丢了半年的女人活，自己又重新做起来。一向不摸针线的她，偷偷做起女红。还好，学时认真，做时又长，拿起来不显得生疏，加之，手巧心细，绣的荷花线脚均匀，样式精美，图案栩栩如生。小莲子拿着针线活问娘："娘，好看不？""好看。"娘笑了笑，觉得女儿大了。"娘，你骗我，一点都不好看。""我的小莲子，针线活不做则已，一做比娘都强多了。"娘的女红，在枫树屋的女人中数第一。小莲子喜得心里欢腾，羞得眼睛里含情脉脉的，在娘的后背擂了几小拳，撒起娇来："娘，你胡扯呀，我怎么比得上娘。"娘高兴了，喜中有点急迫。上次差一点被土匪捉上山，险些坏了事。对这事再也不能马虎。"小莲子，等你对了歌，娘就请媒人。"小莲子动眼就知娘的心思，面似桃红，娇气地嘟了嘴："娘，我不急。"其实，小莲子怨娘，不懂她的心，她早就有喜欢的人，对歌对她来说只是一种形式，请媒人也多此一举。小莲子看娘还在端详自己绣花的手帕，一把抢了去，捧在手心，轻轻地吹了吹，生怕这手巾被摸坏，生怕惊吓她喜欢的人。娘知道是她的爱物，做给她喜欢的人，故作生气地说一句："你不是要拿给娘看的吗？好，娘不拿，免得你怪娘，娘不拿行了吧。"娘当然晓得，小莲子借事生气，不想让她瞎操心，不想让她破坏心中那层美意。其实，她深深爱着一个部队的人。娘想起了什么，眼角一下红了，走了出来，怕女儿看见。

对歌是枫树村最热闹的日子。池塘边，水田旁，站满了人。男的女的不分老小，邻村的人也来了。小伙子吊吊嗓子，对着美丽的姑娘跃跃欲试。姐妹们挤在新媳妇前面，个个喜气洋洋。看了小伙子这架式，姐妹们发现小莲子还没来，一下紧张了，慌乱地四下张望。正好，小莲子挑一担水桶来了，口袋里揣条自己绣的小手帕，精致别样，黼黻之美。小姐妹一把拽住小莲子，说："姐姐，你来得正好，快把我急死了，姐妹们都在等着你。"小莲子是她们的救星，她是枫树村姐妹中唱得最好的，她一来，才能压倒不可一世的小伙子的气势。她一来，对歌才会精彩。可小莲子瞅了下对面，从小伙子中找呀找，发现一个人没来，怅然若失，一下挣脱了姑娘们的手，独自地跑了出来。只见小莲子一个人跑到塘边的石板上，伤心地坐在水桶上。小莲子她今天是怎么啦？姑娘们见这情景，面面相觑。幸好，小姐妹看到了，知道她要找谁了，心里"咯噔"一下，眼角淡淡地红了。小姐妹转身，背对姐妹们，用手帕擦拭几下，不想让姐妹们看出自己的伤感。她擦干了眼泪，也跟了出来。小莲子知道小姐妹跟来了，不理她，连正眼也不瞧她。但小姐妹也没往心里放，亲密地挽起她的手："姐姐，就要开唱了，怎么又跑了出来啊？"不说还没什么，一说，就触到小莲子的伤心处。心里怨小姐妹，你还好意思？背着我早就跟人家心连心了。只是淡淡地说一声："我不想唱了。"

"姐姐，你冤枉我了。我怎么会呢？姐姐所爱，做妹妹的喜欢，也不会夺姐姐所爱啊。再说，黑蛋哥心中一直是姐姐。黑蛋哥学山歌，为的是今天和姐姐对歌。"小姐妹不跟她计较，晓得小莲子等人等得心慌，有点小怨小恨的她也能理解。

小莲子不愿听小姐妹解释，挣开她的手，转了身，背对着她，一副深仇大恨的样子。

"姐姐，不急。黑蛋可能有事耽误了，你想想，他是部队的人，哪像我们啊？"

"我不听。"小莲子还在斗气。

其实，小莲子喜欢听小姐妹这样的解释，合乎情理，也合自己的心意，她就是不想在小姐妹面前流露出来。

小姐妹看着小莲子还跟自己较劲，想着法儿，让她高兴，挠了挠她的腋窝："姐姐这一走，黑蛋哥来了，跟谁对歌啊？"

"跟你对，你不是想着盼着嘛。"

"姐姐，你说这样的话，做妹妹的有冤无处申了。"

小姐妹好话说尽，没办法让小莲子归队。小姐妹后悔，那晚八路牺牲的事，不应瞒着小莲子，把真实情况告诉她，早知道，早断了念头。

小姐妹一走。小莲子站了起来，对枫树屋场大院的据点，望眼欲穿。后来，她耐不住了，干脆丢了水桶，跑去赛歌的队伍，跃到筏子上。水塘边，夏风和暖宜人，水波清漾，一眼见底。鱼虾浅水，漫游嬉戏。小荷翠绿，枝枝点点。小莲子触景生情，想起去年的炎夏，在荷花盛开的时候，黑蛋救了她；想起黑蛋跟她家挑水浇菜；想起摘了莲蓬和丝瓜送给黑蛋，被人看见，自己那般羞涩和甜蜜……

是呀，小姐妹说的没错，黑蛋是部队的人，有事耽搁了。他也是没办法，他一定会想方设法地赶上这个非常珍贵的赛歌会。我应等一下黑蛋，她一蹭，又跃到石板上。

这时，那群小伙子中，有个亮起嗓子。

急坏了姑娘们，都向她招手："小莲子，快来呀，开唱了。"

小莲子没动，站在石板上，心想，她一定要等到黑蛋。我不是来赛歌的，我是来和黑蛋对歌的。

娘发现姑娘中没有小莲子，在周围找了一阵。娘看到小莲子独自忧郁站在塘中石板上，娘知道小莲子的心思。娘走上前拥抱了小莲子，安慰她："妹子，听娘的，莫等了，部队昨天就开拔了；听娘的，还是去对歌吧，你从小就练歌，不就为了今日吗？大家都等着你，你的山歌是枫树村唱得最好的，姐妹们还指望你去压阵，快去吧！""娘，我不去。"小莲子红着眼很坚决。"妹子啊，你女红做得那么好看，不就为了今日，对了歌送人吗？妹子啊，枫树村的女人，最幸福最难忘的，就是这对歌的日子。一年中，过了这丘，没那丘。"小莲子含着泪，头摇得像拨浪鼓一样："娘，我不听。娘，我要等！"

小莲子知道部队要走。黑蛋也会来找她，离别一叙。他说过，他喜好这里的山歌，学会了，会在七月七日跟我对歌。

娘还是劝她:"妹子啊,等也是白等,部队开到哪里,打到哪里,全国这么大,何年的何月才会来啊?"娘还是没把实情告诉小莲子,觉得小莲子苦。小莲子喉咙哽咽,说:"娘,不管黑蛋打到哪里,明年,或者后年的对歌会,黑蛋会请假回来。"娘摸了摸小莲子的头发,眼睛湿润,说:"妹子啊,你真傻呀,黑蛋在四伯家里就牺牲了。""娘,黑蛋没死。"小莲子愣了一下,五脏六腑都掏空似的,眼泪像开了闸门的溪水哗哗流……小莲子把手帕扔了,把水桶踢飞了,头发弄乱了。她又把上衣脱了下来,拿在手上疯舞……

此刻,唱山歌的姐妹们停住了,惊骇地瞅着这边,好像小莲子女红上的荷花,一朵朵鲜活起来了,在水塘里,开得红艳和娇滴。又好像小莲子进入了水塘,把红艳的荷花采摘在手上,一瓣又一瓣地捏碎,撒在塘边,丢在小路旁。路上紫色、红色的花瓣,像一路闪闪的星星,恍得小莲子失了神。小莲子痴了,疯了,唱了起来:

八路哥哥咯样好呐

打走土匪救了莲子哩

妹摘朵荷花送给哥

黑蛋哥哥摇摇头

说我要走呐

…………

关镇的小人物

瘦　猴

涓江从关镇慢悠悠地流过，碧清的江水穿入两千年的汉城桥。这座石拱的汉城桥连接着两边狭窄又弯曲的麻石街。街道两边全是明末清初的木楼和青瓦火墙的院子。街道右边有个院子叫万寿宫江西人的会馆。新中国成立后，万寿宫被一陡墙壁隔成两半，一半归了关镇的国药店，一半归了关镇区农副产品的收购站。

收购站新调来一个站长，姓易，修过"三线"铁路，半老头，尖颌条脸，小眼睛，嘴边无须，肤色黑褐，活像一只衰老的瘦猴子，头天来就被大刘赏了一个外号"瘦猴"。瘦猴会说，死的能说活，哄得三十一个职工团团转。说这个转正，说那个入党提干，剩下的调往县城。

瘦猴早起，洗脸漱口后，热天摇着一把心形的棕扇，在走廊上慢悠悠地走；冷天披一件袖子磨光的黄色军大衣，踱来踱去。喜欢叫职工起床，嗓音细而尖，像半吊子女人发出的。

快起来啰，天亮了！

喊几声。小冰和八爷开了房门。

后来他又回到自己的房间。

104

瘦猴来关镇收购站就把煮饭老头换成附近的吴姐。

吴姐包菜头，圆脸，细腰，虽四十挂龄，皮肤白嫩，身段曼妙，不仅人俏，手艺还不错。蔬菜洗得干净，荤素油煎火候到位，尤其豆腐汤细嫩、滑腻，吃得肚里爽口。吴姐喊人亲切，也舍得嘴，老八兄弟，小冰妹妹。对站里每个人一脸春风。仅来几天，就给八爷做媒，介绍一个尖下巴的女教师和一个圆嘟嘟脸形的女营业员，要不是嫌八爷年纪大一点，早成亲了；还时不时地掏出几颗糖粒或几口酸梅给小冰，馋了小冰的嘴。她对瘦猴更好，见面媚眼含笑，一声易站长绵长又甜蜜，叫得瘦猴咧开尖嘴呵呵笑，有时，弄得他魂不守舍。

从吴姐早晨进院子那刻，瘦猴就整天泡在厨房，择菜、洗菜、掏炉灰、添煤等收拾完，两人坐在一起，喝茶聊天。当然，瘦猴也鼓励吴姐好好干一年后给她转正，弄得吴姐心痒痒。

八爷见两人说笑颇有情趣，故意躲开。小冰也避开，吃了饭不在厨房逗留。

过一段时间，吴姐想上进，打算住进院子，正好木楼也空了房间。

吴姐回去跟赶鸭的男人说。男人不心疼她不体恤她起早贪黑，还死活不同意。

她男人小气，提上这事更有疑心。每天，不放鸭守着吴姐，腰身上吊一个打鸟弹弓。瘦猴见了她男人的打鸟弹弓，也不敢靠近吴姐。站里人对吴姐男人腰里挂着东西觉得怪，纷纷猜测，八爷说放鸭怕野狗狼祸害；大刘否定了老八，说不是，放鸭时闲着无事打打鸟玩儿，两人猜来猜去没猜出结果。也发现吴姐男人瞎了一只眼，替吴姐惋惜，好花插在牛粪上。吴姐与男人关系也不好，男人怕吴姐，虽守着，只要吴姐给点脸色，男人就灰溜溜儿地走开，沮丧地一个人蹲在墙壁的角落，狠命吸烟。

　　一个男人白天不去劳动，时刻守着老婆，这像哪门子事，好似我们是一群饿狼。这是堂堂正正的单位，一个家属怎么能有这种想法？瘦猴气愤地同吴姐说。次日，她男人又来，吴姐眼睛一瞪，男人转身离去，从此不踏进院子。

　　吴姐做事细致，吃完晚饭，还要在灶面清洗锅碗瓢盆，然后接上白色的软水管冲洗地面，冲洗几遍后厨房清清爽爽，一尘不染。

　　吴姐回去很晚，走在狭长又弯曲的走廊上，地面潮湿沁出无数的水珠；蜘蛛网织在陈旧的墙角，几只残翅断腿的苍蝇和蜻蜓挂在摇摇晃晃的蜘蛛网上。走廊中间一口长满绿色苔藓的天井，里面老鼠乱窜，拖着一条银光的滑泥虫和弯成S形的小蛇在爬行。夜深没亮，走廊里一片的黑暗和阴森。电灯几年没换，发出黄色又暗淡的光线。站里人走多了也就习惯了。新人来头几天，摸着两边的墙壁瑟瑟发抖。自从吴姐来，瘦猴将走廊的灯全换下。灯一亮，天井里跳出一只蛤蟆，也能看清它背皮上的青色。

　　那天晚上，男人没接吴姐。忙完一天事，回去，刚穿过一段明亮的走廊，陡地一声脆响，像打坏一只水晶的琉璃杯。好像惊了窗外的小偷，响起踩在落叶败枝上沉重的脚步声。也惊起外面涵洞一只吱吱叫的老鼠，慌乱蹿出，又撞上吴姐的小腿。黑晕晕的，又毛骨悚然。吴姐惊恐地尖叫：易站长，快来，灯泡炸了。瘦猴屁颠屁颠地打着手电过来，说别怕，我就换上。八爷不知，入了梦乡。小冰这个人精，早就被小小的吱吱声弄醒，悄悄探出头，一言一行，皆入目入耳。

　　八爷早起，出门看到瘦猴站在楼梯上换灯泡。

　　吃早餐时，小冰碰到八爷，抬起头诡秘地说，八叔，走廊上的

106

灯又坏了。

不会吧，瘦猴清早就换上了。

小冰不信，随手扯了一根拉线灯泡亮了，又扯一根后线另一个灯光也是雪亮的。呵呵，笑得意味深长。

八爷懵懂摸不着头脑。

翌日八爷又看到瘦猴在换灯泡。易站长，这灯泡怪呀，每到晚上就坏呢？

瘦猴不答，"唉"的长叹一声。

有天，八爷正准备去睡。走廊上啪嗒一声脆响，接着又啪嗒一声。小冰吓了一跳，忙拿着手电筒俯身一瞅，电灯泡碎了一地，急扯拉线，不亮。手电光射到八爷。八叔，呵呵，走廊灯又不亮了。

八爷骂了一句，该死的瘦猴！

一晃一个月，又到吴姐晚上回去的时间，路过走廊，闻到窗外急促的脚步声像踏在落叶败枝上发出嘎嘎的响声。后来，吴姐的独眼男人持一把锃亮的菜刀，发飙地叫骂着：姓易的畜生，今天我要宰了你！追到瘦猴门前。

幸好八爷拦腰抱住。吴姐脸色干白，吼住了咆哮的男人。

事情闹大，关镇满城风雨。县公司知道后派了一个负责工会的任主席下来处理。任主席本地人，瘦猴就是接她的站长，情况熟，处理起来得心应手。任主席先调查常住院子的小冰和八爷。小冰什么也不说，羞涩地扭过脸。八爷耿直，把事情原委和自己的推测，竹筒倒豆子一点不剩。

晚上吴姐还在厨房搞卫生，走廊里又传来啪嗒一声脆响。八爷没睡，兴奋地大喊，任主席，易站长又在打灯泡。任主席正在询问瘦猴，手里拿着瘦猴给她的一张纸冲出来。任主席不小心，那张发黄又皱巴的废纸从手中掉落。八爷以为是瘦猴写给吴姐的情书，捡起来一看是医院开出的伤残证明。瘦猴修三线时下体被石头击坏，开具的时间为1965年4月5日。八爷恍然一怔，彻底被瓷片狠狠在心上刮了一下，又疼又痒的滋味。

又是一声啪嗒的脆响。任主席跑出走廊，抓到一个用皮弹弓打灯泡的人。

押到光线下一看，原来男人是一只独眼。

八　爷

关镇农副产品收购站的四合院内总响起急促的走路声，啪啪啪地响，像两只大拍板拍打着地面。走近一瞧，一米八的个子单瘦，走路两腿扒开像个八字。收购站人爱起小名，头天赐了个诨名"八爷"。

八爷三十二岁顶职，怕超龄，小报十二岁。珍惜工作的来之不易，干事勤快。春收金银花、金针，夏收辣椒、菜籽油，秋收辣椒、湘莲，冬收百合、油茶籽等。收购上来的农产品用麻袋灌包或打捆。人家打一个捆半小时，他仅用一刻钟。站长还派一个女职员小冰给他打下手。小冰比他早来一年，是县公司经理的千金，商校毕业，二十佳龄，嘴甜，八叔长八叔短地喊。每次货物装包打捆，小冰都能说出它的科属、种植、采期和食有药用的价值。八爷听得一愣一愣的，夸小冰一肚子的墨水，是当干部的料。小冰就嘻嘻浅笑，八叔，你喜欢拿我开涮。八爷怜惜小冰细皮嫩肉，粗活累活重活不让她干，如踩压和压捆，仅让她拾取货物、添包。八爷没弯弯肠子，直言快语，不但与同事融洽，还讨得站长喜欢。喊他干什么就干什么，听话。

八爷进站的次年，换了一个又瘦又矮的易站长，大刘叫他瘦猴。瘦猴吃了晚饭没事，在窄窄长长的走廊两头逛来逛去。有天，想与八爷闲聊。八爷的房间在院子左边木楼的二层。瘦猴人轻，登上木梯踏在木板的地面上叮叮响。闻声八爷激动，站长亲自关心和教诲，看来遇到了好领导。瘦猴鼓励八爷好好干，许愿两年后给他入党，三年后给他提干，四年后接自己的班。八爷折手指，瘦猴今年五十六退休不正好四年啊，发现没哄他，想到自己快要当单位的头，心里的甜蜜。但一琢磨，不对呀，到时我当站长，那小冰当什么哩？副站长？会计？不行，除了块头和年龄，她什么都比我行。还有大刘，是个有主意的人。

　　八爷想进步，递上了入党申请，工作上更卖力，不过，他有个毛病，爱睡，晚上十点上床，次日早上八点才起来，入睡时鼾声特别大，哼——哈，哼——哈像雷响，半栋房子都有摇动的震感。

　　太阳晒屁股，八爷还在打鼾。送货上门的人不免有怨气，门擂得更响。

　　收购站辐射的山区盛产桐油、菜籽油、茶油、金针、辣椒、八合等农副产品。半夜三更点灯装货，用布袋、麻袋、纤维袋、竹篓、箩筐等装好后，肩挑背背或打土车运送。一只手电照着，赶上十里夜路，抵达收购站的院子时天才麻麻亮。卸货声、木车声、吵闹声、嬉戏声叽叽喳喳，不时夹杂着一阵又一阵咚咚咚的敲门声。瘦猴睡得警醒，稍有响动就起床。

　　原有个烧饭兼打扫卫生的老头，开门接待，每晚把门面房间左边角落一只白铁皮的茶桶换上一次开水和新茶叶，又把靠墙的两条磨得光滑的长木凳擦拭得光亮和干净，让迎进来的送货顾客坐在上面喝喝凉茶抽袋烟歇会儿，等职工上班称货结算。瘦猴来站头把火就将老头换成了吴姐。吴姐住在附近，每天烧饭走来走去。站里半边户多，每到下班，胯下骑一辆旧单车回家。双职工少，都住在对象的单位。真正长期宿在院子木楼的除了八爷只有小冰。小冰起得早，不方便天未亮时与素昧平生的山里人打交道。瘦猴就安排八爷开门接待，可八爷习惯睡早觉。瘦猴起得早，一般五点不到，洗脸后就叫醒八爷。八爷对瘦猴这个站长佩服得五体投地，和大刘说，瘦猴能当站长，有毅力，睡得早起得早，打死我也做不到。大刘抹抹下颌，抿嘴笑笑，不言语。

早上，瘦猴喊了一遍起床，八爷惊醒后，翻身一滚又睡过去。

瘦猴等不及，又噔噔地上楼，踹开八爷的房门。老八，你还想不想入党？

八爷被这久违又敏感的话吓得弹了起来，慌乱地披衣下楼。

八爷开门接待完，准备吃早饭。大刘昨夜没回去，对八爷说，老八，你不叫一声瘦猴？

不要叫，站长早就起来了。

老八，不一定。

八爷没反应过来。大刘推搡着八爷走进瘦猴的房间，隔门听到小小的鼾声。

老八，你听听。

八爷一愣，又踮起脚跟把耳朵贴上。

老八，你这人容易被表象蒙蔽，瘦猴不是神，他也是人啊。

吃了饭，想起递上申请书快两年了，不见通知他入党宣誓。八爷对瘦猴说的话产生了怀疑。

自从换了煮饭的吴姐，瘦猴就不进他房间。他理解新人更需要领导培养。不过，一年半载挤出一两次的时间瘦猴还做得到，八爷也需要瘦猴站长对他进一步培养。现在他很努力，清早按时接待送货上门的顾客。八爷有些情绪，有天截住瘦猴，问个准信，得到回复：快了，等县公司党委研究。

八爷信以为真。

又半年过去了。

八爷想找瘦猴，大刘一把拖住，老八，你真幼稚，小冰还没入党哩？

八爷一想，小冰确实比自己优秀，不过站长亲口对他说的。

大刘诡异一笑，鬼才相信。

岁暮，县公司分了一个加薪指标给站里，以往四到五个，今年独份。晚上，单位召开职工会，除小冰休假全部到会。八爷惴惴不安觑视了一下会场，他是唯一的一个四年未加薪的职工，不自暗喜。经民主评定，一致推举了八爷。八爷得意地站起来双手合一，感谢在座的人。大刘向八爷摇头，示了一眼。八爷看着铁定的事实摆在面前，没理会。霎时，瘦猴那干瘪的条脸慢慢绷紧，瞪着八爷，然后威严地扫了一下会场，说，老八工作肯干，应该加薪，但公司领导的意思，想让他再历练历练……会场似打了个惊雷，八爷愣落在座位上，刹那懵懂。

散会后，纠结的八爷非得要刨根问底。

惹怒了瘦猴，怼着八爷一顿批评：虽是后备党员，可你的思想一直没提高。

憋屈的八爷实在止不住，逮住瘦猴说，易站长我打听一下有错吗？

瘦猴火气蹿了上来，跳起来甩手敲八爷。八爷一闪，躲过。老八，你怎么就想不明白？没有公司，哪有我们站，没有经理，哪有我这个站长？有站，就有我这个站长，有我这个站长在，明年还少得了你的指标吗？

八爷觉得理是这个理，但心里那个疙瘩怎么也抹不平。

大刘抱不平说，老八，你不要信瘦猴的，明年也不一定轮上你。想想，快三年了，你入党吗？

一下戳到八爷的心窝，又疼又委屈又气恼，说，我要去公司反映。

大刘一把按住。老八，闹不过，你的爹又不是公司的经理。

八爷把大刘和瘦猴的话一起琢磨顿时恍然大悟，哦，原来单位评的是小冰啊，这个瘦猴为何藏着掖着？早对我实说了，不更好。想起小冰八叔八叔的喊，又甜又可爱。心里的憋屈一下子释然。

女牛人

任红十六岁，一米七的个儿，大块头，一年四季剪个短发，走上关镇街头给人的感觉利利落落。她力气大得很，当大队支部书记，一马当先，挑土挑谷随便二百多斤。掰手腕，能掰倒两个一齐上的男人。

关镇农副产品收购站，贴出告示，面向社会招收一个职员。任红闻讯报名，参加考试的一百多人全是初中生、高中生、师范生，远远超过她的学历。可凭借在老师那里学到过硬的本领，过关斩将，拔得头名。

任红的老师是女诗人刘季子，原在武汉大学当教授，"反右"时回家办学，继承母业。她母亲胡书煌民国时期的教育家，筹办过崇实女校，曾竞争国代表。父亲托人把任红放在刘季子身边求学。任红家穷收入仅靠几只母鸡，不够买盐巴和日用品，哪有钱买笔和纸？刘季子给她一张格子纸，她写一遍擦拭后又写。胡书煌看在眼里疼在心里，告诉她，在涓江河捞一筲箕细砂，铺到自己的房间当纸。她一一照办，用一根树枝，在沙面写字，写了又可抹，抹了也可写，果真好，仅读四年书，识字几千。

任红住在刘季子家，一张大竹板床铺，横的竖的睡了五个小女孩。古稀的胡书煌帮着照看。五个女学子中，任红为头。一天，一个俏皮的女孩与另一个胖女孩产生了小隔阂，俏皮的就把一坨稀软的泥巴偷偷放在胖女孩换洗的小裤衩里，恰巧被任红发现，气不打一处来，上前一手揪起顽皮的女孩，轻巧如燕举过头顶，悬在半空的俏皮女孩吓得哇哇大哭。胡书煌撞见很惊讶，将任红拉到一边，和风细雨地说，教育人不能只凭拳头，而要以理服人，让她意识到自己的错误，下次才不会再犯。任红霎时醒悟，点了点头。

任红进了收购站，先干收购员，后干两年出纳又接会计，十五年后站长退休她成了站长。也就是那年，商校分配来一个壮实的小胡，行武世家，受父影响酷爱习武。一天早上，任红走出门，看小胡在走廊的天井边裸露上身举石锁，一次又一次举起，肌肉一鼓又一鼓的。而单位女职员小冰倚着墙壁偷看小胡锻炼，两眼痴迷。任红不想打扰小胡，欣慰地转身离去。

不过，这个小胡也不是省心的货。他看上了邻近国药店未婚漂亮又贤淑的女药剂员，迷得不能自控，不管女的烦他辱他，一厢情愿地上门，三番五次地骚扰，还厚着脸皮到处嚷嚷：女药剂员是他女朋友。女方单位领导出面，做小胡工作。可小胡有些不理智，挽起衣袖，亮出精精鼓鼓的胳膊肌肉，向女方领导一步步逼近。女方领导看这阵势，惊恐不已，借着解手一溜烟儿跑了。此后，小胡更加放肆，扰得女药剂员无法正常工作和生活。小冰出于关爱对小胡长说短说，劝不住。关镇不大，丑闻进了任红的耳朵，加之，小冰憋了一肚怨气也告了小状。任站长坐不住了，叫八爷通知小胡来她的办公室。小胡两手各举着八十斤的石锁耀武扬威进来，不坐，还武人一样下了马步桩。吓坏门外的八爷，心提到嗓子眼，转身想去叫来几个职工。这时，小冰闻声喘着粗气跑过来，惴惴不安拽住八爷，两人挨挨挤挤紧张盯着办公室。任红望着小胡那目中无人的样子，不生气，缓慢走近小胡身边轻松从小胡手里夺过石锁，托了几下，又举起来，石锁在她的手里游刃有余。八爷看得惊呆，悬着的心也落了地。小胡见任红抓石锁的手臂不抖不软，像个练家子，霎时愣住，气势早遁入千里之外。任红把石锁轻巧地放在地上，望着惊讶又尴尬的小胡笑了笑，小胡，你这是干什么呀？习武在晨，不在上班时间。望望门外的小冰，又说，小胡，站里鼓励你习武，以后，早上，你还要带着站里的年轻人搞搞锻炼。小胡唯唯诺诺说，好好，任站长我听您的，上班时不举石锁。任红再涉入正题，问起小胡个人问题，说着说着，劝小胡找对象不单凭自己喜欢，要两情相悦。一下点到小胡的死穴，他脸色一红一白。任红见到了火候，又话锋一转，小胡，你这副好身手，早有姑娘暗暗仰慕，你小子就大爷们似的视而不见。小胡望着门外，陡地醒悟，激动泪流满面。小冰抹了抹胸脯，舒了一口满是雪花膏的香气，朝小胡嫣然一笑。从此以后，小胡再没去找那个国药店的女药剂员。

转眼快到端午节了，涓江河耍龙舟。当地的村有支龙舟队，不成文的规矩：所在单位，不管公司站店，皆是募捐的对象。每年龙舟队上门讨要赞助，去年收购站捐 500 元，隔壁国药店捐 1000 元。任红对前来的队长又是村长说，今年在去年基础上增加 100 元，捐

600 元。村长朝任红脚下连吐了两口痰，呸呸，姓任的，把我们像打发要饭似的，没门，我们龙舟队不是乞丐？任红压住火气，说，村长，捐是自愿的，捐多捐少是人家的客气，天下没有逼着人家捐多少的。村长说不过，依仗自己是地头蛇，跺了下脚，丢了一句狠话，姓任的到时莫怪我们不客气！八爷气愤朝走远的村长骂一句，还要耍横，太没素质。唉，这帮地头蛇得罪不起，大刘对八爷一声长叹。任红听着议论，也不想与村上搞僵关系，又打发大刘将钱送到村长家。村长不收，还把任红祖宗十八代都骂了一遍。

果然，五月初五晚，龙舟上岸，村长一声号令，十八壮男把龙舟抬到收购站的院子大门前，挡住了出路。以八爷为首的少数职工愤愤不平，认为欺人太甚，主张报案。以大刘为首一方，不赞同，这下会结下梁子，低头不见抬头见，倒霉的还是我们站，不如拿钱消灾。

那天，正好任红去县公司。次日回站，望到大门前横摆的龙舟，怔了下，无奈地摇了摇头后，平静如水般跨过龙舟，不急不慌叫上小胡。两人走到龙舟前，在龙舟头抓住船边，先试了试。八爷大刘等十多人围拢来，立马行动，上前想帮一把。任红摆了摆手，叫他们站一边去。这下，凑热闹的人们包括附近的村民都往这边拥挤，一阵兴奋和骚动，眼睛不眨想瞅任红和小胡的真本事，或者瞧他俩出洋相。只见任红在船底和船沿瞧了瞧，而小胡那只结茧的拳头敲着船身梆梆地响。然后任红对小胡示意了一眼，两人一鼓作气，龙头徐徐翘起。顿时又一阵骚动，哦哟——哦哟哟——啧啧声不断。小冰挤开人群，激动得心跳，朝着小胡尖叫。叫好之际，任红和小胡两人抬着龙舟头又是一旋，转了 90 度，龙舟横在窄小又拥挤的麻石街道，这一堵，别说汽车和单车，连人来往都成了问题。

任红一个电话打给关镇主管城管队的副镇长，说要帮村上的龙船刷一遍桐油，请求派两个城管队员在收购站门前维护两天秩序，接着又叫八爷去喊街尾一个姓石的漆匠。八爷不想去，村长做得忒过分了，再说请漆匠单位还要出桐油和工钱。任红劝老八，也算做好事，想想村长他们组织龙舟队也不容易。八爷不情愿请来了石漆匠。任红对关镇街上的匠人熟，还知石漆匠有个小毛病，一旦熬桐油，咯咯咯咳似唱歌。她叮嘱八爷帮石漆匠熬油。八爷不乐意，心想熬油就咳，不如另请。任红开了口，也没办法。八爷架起几块红砖，拿一个不用的生锈铁锅，点燃柴火。石漆匠捂住嘴，咳咳的，只能在几米处指挥。操手全是八爷，石漆匠喊大火他就添柴，喊小火他就抽燃木，喊搅拌他就手不停。大火炒土籽和樟丹，尽了水分与二十斤生桐油一起熬炼。当油沫呈现黑褐色，石漆匠走过来，咯咯唱歌似的看火候，叫八爷将炼油滴在凉水中，不散珠又下沉，即熬成了。忙得八爷汗水湿衣，可熟桐油出锅，深咖啡色，黏稠，上等的好桐油。八爷豁然，发现石漆匠还真有本事。

　　正好两天，任红在出纳手中支了600元叫小胡和八爷一同带去，又特意叮嘱小胡带上石锁。小胡疑惑，任站长，这不是早上，任红笑笑说小胡，走路也闲着，不如带上锻炼锻炼。小胡明白任红的意思，转身去房间拿石锁。八爷看小胡走开，说，任站长我就不去了，叫小冰去吧，年轻人合伴。好好，叫小冰。小冰喜颠颠跑过来跟在小胡的后面。走过汉城桥，拐过巷子就是村长家。望着敞开的大门，村长正悠闲又自在地抽着纸烟，屋里烟雾缭绕。小冰用白皙的小手扇走眼前一缕一袅的烟圈，仗着小胡在后面，尖着嗓子大喊，村长，任站长叫我们来报信，你们龙舟挡了街道，镇政府要收缴你们的龙舟。村长站起来，仰头哈哈大笑，说我们龙舟又没挡在街上。一想，不对了，刚才一个村民绘声绘色汇报了任红和小胡两人抬龙船的情形。拍了一下脑袋，从凳上蹿起来，慌神地说，坏了坏了。小冰鬼精，嘻嘻笑，村长，不坏，龙舟还挡在我们的门前，刚才，我是吓您的。村长一下背着双手迈着官步在堂屋踱了起来，又轻笑一声，这事不能怪我们，是你们任站长，敬酒不吃吃罚酒。对对，村长，任站长知道错了，特叫我们道歉。小冰将600元放在村长家的饭桌上，又说，村长，我们任站长说了，我们单位小，赞助不多，礼轻诚意在，您还是收下吧。村长见还是600元，气得一把抓起桌上的钱，想往小冰脸上撒，抬眼望到小冰后面举着石锁的小胡怔一下，手颤抖地往回缩，转而迎上一副笑脸，好，好，任站长太客气，我马上组织人员去抬龙舟。

　　大刘和八爷走出院子站在门口，见到小胡光着膀子举着石锁，汗流浃背大步走在前面。小冰手臂弯里托着小胡的一件白的确良衬衣，小碎步随后，洋溢着甜蜜的笑脸。又看到村长领着一群人在龙舟的船身摸了摸，瞧了瞧，龙舟清清亮亮，焕然一新。村长感动得抬手向大刘八爷作揖，谢谢你们任站长！然后挥手，十八人一齐哦了一声，欢快地抬起龙舟离去。大刘感慨地对八爷说，任站长，真行啊！

老兵三叔

一

　　那严寒冬天的上午，刚开完"土改"会。村上出现了怪事，消失六年的三叔回来了。他穿着破烂又泛黄的旧军衣，褴褛的前胸落满灰尘结了一层油滑的污痂，脸上留下一条蜈蚣似的长疤，面呈凶相，又胡须拉碴，哼唱着"雄赳赳，气昂昂，跨过鸭绿……"的歌声快乐往家走。快到家门口，挺胸迈着正步。看到鬓角花白的奶奶正倚门盼望，陡地鼻子一酸，眼泪如泉涌。刹那奶奶眼睛放亮，颠着小脚跑上去一把抱住三叔，声音颤抖，是我的三伢吗？娘，娘，是我。想向娘打个立正，磕过头，没来得及。娘摸了摸他破相的脸颊，心疼，噙泪说，三伢，答应娘，不走，跟你大哥和大嫂待在家。娘，我不是回来了吗？这时，大伯闻声从房间奔出，激动得朝三叔喊道：三弟，这些年你到哪去了？快急死大哥啦。三叔忙从奶奶的怀中溜出，转身笑着向大伯立正，打个手势，报告大哥！我我……然后摸摸后脑勺儿，呵呵傻笑，看看这记性，不记得了。又将右手重新举在头顶。大伯看滑稽又傻乎的三叔，一愣，三弟，你这是做么子？大哥，我给你敬礼呀。快把手放下来，盯着三叔的疤痕脸，越看越不对劲，脑子和脸一样被人弄坏了？想起三弟离开自己时是个半大孩子，在外不知受了多少罪，他有些自责用力擂了一下自己的胸窝，嘣咚一声，惊骇得三叔怔了下。

伯母在灶屋忙碌，闻声，惊喜跑出，喊着，三弟回来了哟。大嫂，三叔喊了一声，立正又行军礼。伯母看看这高个子的三叔，回来就成了大人，高兴地想到上午刚结束的会。突然，哎哟一声，三弟，你早回半天就好了……伯母话还没完，大伯狠瞪着她，怎能这样说话？三弟活着回来，比什么都好。伯母吓得不敢言语，她人实在，没别的意思替三弟着想，三叔能分到两三间房和几亩田土，今后生活无忧无虑了。他没在意伯母的话，心里早有酝酿好的事，没跟去倒茶的奶奶说，疾步往王红家里赶，转头朝伯母笑，嫂子，没赶上没关系，天无绝人之路。看到三叔说话平淡，伯母反而一脸尴尬。他乐呵呵，转了话题，大嫂，艳霞家好不好呢？伯母一下惊醒，明白三叔的意思，愣了下，瞬间紧张，不过，还是照实说，三弟，苦啊，划了我村唯一的地主，刚分了她家的房产。大嫂，艳霞家不是地主，她家是军属。

三,三弟，你，你别乱说，她，她男人是个伪连长。伯母吓得张大了口，结巴起来，惊慌得左右觑了一眼，幸好周围没外人，只有蹴在地上抽旱烟的大伯。

敏感的大伯往石头上磕了几下烟袋，站起，呵斥道:老三别发神经，你给我站住!

大哥，我没乱说，艳霞家的成分真划错了，三叔仍铿锵地重复着那句。然后，不管不顾朝艳霞家走。大伯望着喝不住三叔，哎哟一声，你这头犟驴，不想过安稳的日子。伯母惊慌地跟在三叔后面，悄悄地蹑手蹑脚走到艳霞家的窗下，静听老三与艳霞说话。三叔嘀咕几句，艳霞嘤嘤地哭。

看那场景，伯母的脸色吓白了。

二

翌日，三叔拎了半条印花的破被子，又搬来一个缺了角盛旧衣服的橱子放在牛栏屋。早几天还是艳霞家拴牲口的地方，现在空荡且清冷，哞哞声销声匿迹，不过，那浓稠的牛臊味仍留在房间弥漫不散。熏得蚊子早遁得没踪影。可他没事似的打扫和清洗，把牛栏屋收拾得像模像样，之后，取来稻草，铺好了床铺。

安家后，他不知搭错哪根神经，与孤儿寡母走得近。也难怪，隔壁两间房就住着艳霞和她六岁孩子。每天，随意出入艳霞家，还愉快地跟她家挑水、劈柴、种菜，除晚上不睡一块，看似一家子。外面议论纷纷说，老三，在外几年，加入了国军，得到艳霞的老公王红的照顾；有的还说，老三在外流窜，沾上流氓习气，兽性不改，连反动的地主婆都不放过。杂七杂八的闲言，灌入伯母的耳中，她怕坏了三叔的名声，过话给大伯。顿时，大伯火冒三丈，跑出去，逮住三叔就骂，三弟你脑子进水了，这不要命了，人家躲还来不及，你可好，甘愿做她家的长工，赶紧给我搬回来。大哥，别听人家嚼舌头，邻里邻居的又是孤儿寡母怪可怜，帮帮她，有什么错啊？在安源煤矿，你常教我这些做人的起码道理。大伯气得吹胡子瞪眼，又奈何不了他得体又天衣无缝地回驳，只得找来我奶奶阻挠。奶奶颠着小脚，哭哭啼啼来到牛栏屋，骂三叔鬼迷心窍。怒气未消，又踅转身，站在艳霞的门前，不点名道姓破口大骂：妖媚的狐狸精，专祸害好人；不怀好意、拖人下水的臭婊子……咒着咒着又哭，哭着哭着又嚎，喊着不要命，半个村庄皆听见。咒得十分恶毒，这一哭一闹……艳霞没见过这阵势，吓得缩在屋角身子瑟瑟发抖，直到奶奶赶着三叔离开，她惊恐之状才稍微平复。她望着三叔远去，发了一阵愣，委屈得一滴又一滴冰冷的清泪从眼眶滑落，似乎冰水滴在心上，透心的凉。

三叔被拽回，仅住了两天，又溜回牛栏屋。

那个黄昏的下午，三叔转进艳霞屋后的茅厕掏粪，被艳霞看见，猛地从三叔手里将粪勺子夺过，扑的一下泪水婆娑。哀求道：他三叔，不要帮我们母子了，这样下去，会害苦你的。三叔把粪勺轻巧地拿回，当成枪，胸脯一拍，怕啥？唱起"雄赳赳，气昂昂……"一副视死如归的架势，样子滑稽，逗得艳霞又直笑。

三

有一次，大队开会批斗艳霞。积极分子情绪激昂，高喊打倒地主婆，跳上戏台，挥拳欲打，吓得台上的艳霞双手护头，全身哆嗦，缩成一团。三叔急红了眼，跃上戏台落在被情绪点燃的人面前，伸展胳膊如翅膀似的护着艳霞，大喊，艳霞不能打，她不是地主婆，她是志愿军王红的家属。这下炸窝了，还了得，公然为反革命分子翻案，正要抓这样的典型。于是，把三叔押至乡政府，紧急突审。三叔外出六年有说不清的历史，或在伪军、或在三青团、或在土匪中干过，镇压过无数革命英雄残害过数不清的老百姓，说不定血债累累。后来，三叔熬不过，竹筒倒豆子似的一五一十坦白：

一九四七年六月，十五岁的我跟着大哥去安源挖煤。

次年的那日下午，天色灰暗又阴沉，我偷偷摸摸跑到小镇上玩耍，遇上一群地痞，头头牵一条灰色的哈巴狗，看我人单力薄，强迫我入伙。我不同意，地痞的头头抽出水果刀往我脸肚上一划，嘶的一声，血液咕噜往下滴。他看着我流血的脸狰狞狂笑，不停地甩着带血的水果刀，恐吓道，再不答应，看我割下你的小耳朵喂狗。随即，只见他的腿下蹿出一只露出獠牙又两眼冒着绿光的凶哈巴狗往我面前扑。恰好，老乡王红和两个兵在街上闲走，看到我惊叫一声，王三。又看出地痞在欺负我，掏出枪，对着地痞。刀被枪逼走。救下我后，又把我带到国军驻地的卫生所包扎，就这样留宿在王红的部队。哪晓得王红所在部队半夜开拔河南，没来得及与大哥告别。第二年他所在的师部又投诚，三年后一个寒冷的夜晚，起义部队跨过鸭绿江。1952秋，我们135团奉命占领了上甘岭的597.9高地。王红是我加强连的连长，在炮火连天硝烟弥漫的战壕，我打着枪，斜眼看见中弹的王红血肉模糊，不下火线，被卫生兵强行抬下山……

三叔讲到这里时，戛然而止。有意隐瞒王红对他最后的嘱托。

王三，你会编故事，一出又一出的，净是光荣和革命的，蛮精彩嘛。审讯人不信。三叔说我怎能说假话？在家有物证。押着三叔回牛栏屋。当三叔从破烂的衣橱抽屉里翻出印有中国人民志愿军标识的一件军衣和自己的退伍证及荣誉证时，审讯人员傻眼了。不敢相信，马上外调，电报打到三十八军一三五团政治部。对方说我团加强连二排原三班有个战士叫王三，是个党员，荣立三等功，退伍了。身份得到证实，三叔被释放。可他赖在办公室不走，说我的得到证实,可王红的身份也得确认。审讯的人不耐烦,拍着桌子咚咚响,说王三,别得寸进尺。无奈之下,只得把三叔交给乡武装部的刘部长。吵着闹着要刘部长给王红平反。刘部长倒了一杯茶给三叔,心平气和地说,王三,不能单凭你讲王红是志愿军的连长就是志愿军的连长,要部队的证明材料。三叔懵懂了,哪里拿出这些材料?望了望灰色又茫茫的天空,怅惘往回走。

四

三叔时来运转,乡政府把转业军人的三叔安排在乡锅厂上班。

清晨去,日头偏西回。在家换下工作装,就跟艳霞做家务。三叔好像欠艳霞的人情无能为力还不上一样,在她面前抬不起头,似乎只有帮忙来赎买自己的亏欠。

奶奶看老三二十挂零,适婚年龄还黏腻活寡妇,想起几次都没拆散,又气又急,和大伯、伯母商量。

三叔条件好,可脸有点破相。穿鞋袜上班,轻松,不需日晒雨淋,也不要下田。听奶奶要替三叔娶媳妇,邻居女人抢着做媒,未婚的雪儿想傍个香饽饽,绕弯儿找伯母探口气。

不知三叔心底的深浅,雪儿壮着胆儿,央求伯母引荐。伯母带着雪儿兴高采烈踏进牛棚,不料三叔不跟雪儿打招呼,还独自出门。这般冷遇,惹得伯母耐不住性子,追到三叔问,三弟,雪儿哪一点不比艳霞强?黄花闺女,成分好,身材苗条结实,贤惠又懂事。三叔眉宇紧锁,跨步流星,往后瞟了一眼伯母说,大嫂,你莫费心了,我真不想找。三弟,你是不中意还是有其他想法?告诉嫂子。大伯看到这情形,两手一横,截住三叔,骂他,你还嫌雪儿,嫌过屎哩,看看你自己一脸破相，大龄，人家不嫌你就烧高香了。三叔不恼不气，笑着躲开。后来，伯母还以为老三眼高，嫌雪儿泥腿子，又忙里忙外找代课女老师、找副业厂的女工还有供销社吃商品粮的女营业员。三叔就没正眼瞧过对方，态度不屑一顾，拒之门外。

伯母一直不解，想揭开这个谜。从艳霞身上寻找原因。当晚留心，鸡鸣三遍时，守在艳霞窗外静听。几个时辰过去，也没捕获什么动静，回房又不甘，赶紧叫醒大伯，叫他夜闯三叔的牛栏屋。门没闩，进去时见光膀子的三叔一个人躺在床上鼾声如雷。弄醒后，三叔坐起身来，惊讶地问大伯，大哥，这时来，有急事？大伯淡淡一笑，睡不着，想跟三弟拉拉家常。三叔见没事，哦了一声，眼睛一闭又睡去了。狗吠声响起，鼾声骤然而至，混合起来的声音在静谧的村庄喧闹起来。大伯看着又沉眠的三叔无奈地摇了摇头，转身出来撞到门外焦急等待消息的伯母，两人同时一声长叹。

五

七十八岁的奶奶躺在床上油尽灯枯，望着过了而立之年婚姻没着落的老三，咽不下最后一口气，嘴巴艰难地翕动。立在床前的大伯扯了下旁边三叔的衣袖，老三，娘问你哩。老三急忙跪在地上，含含混混说，娘，娘，您放心，我知道了。奶奶又艰难地移动羸弱的目光，转向大伯和伯母，看到他们点头后，两滴眼泪从眼角滚出来，才闭上眼睛。

有一天伯母对大伯说，哎，我们得改变观念，咋不遂了老三的意？他不是喜欢艳霞？艳霞是个好女人，贤良、能受委屈，顶着地主婆的帽子挨批挨斗，不怨天怨地养育孩子，除了和老三的事外，也没有闲言。大伯想起娘去世前的托付，心想也只能这样，至少老三这辈子不会打光棍。于是，跟三叔讲。三叔猛摇头，大哥，使不得，这样做，我对不起红哥。大伯惊诧后生了气，老三，你对艳霞没兴趣，就不要替她养家，没见过像你这样傻帽儿的男人。大伯脸色不好地丢了一句狠话，气呼呼地走了。见状伯母拉他都没拉住，心里揣个疑惑，至夜，她就问大伯，老三的身子是不是被人踹坏了？大伯发脾气，骂她蠢婆娘，老三身子坏了，会有这浓密的胡子？伯母听了愧得不吭声。

三叔的婚事没进展，可他不急，也不孤寂。快活如常，如屋梁上叽叽叫的春燕。每早出操，唱着雄赳赳，气昂昂，跨过鸭绿江……嘹亮的歌，迈着正步去锅厂上班。下午回来，去艳霞的菜园。出门碰见大哥，喊他，不应。大伯心气一直不顺，三叔心里有点歉疚。

转眼几天，晚霞落去，炊烟从乡村的屋檐上升起。艳霞悄悄拉着往家走的伯母，低头抿嘴，轻声说，嫂啊，有一件事我想讨你的想法。艳霞，你说呀？别羞羞答答。嫂啊，可我，又怕呀……没什么，伯母瞟一眼，悟出艳霞甜蜜的小心思。呵呵，这是好事，这媒归我做。顿时，艳霞羞涩又甜美的笑在脸上荡漾开去。

东边的日头刚徐徐升起，三叔又去上班。伯母拽住他，三弟，你喜欢艳霞，她也有这意思，托我跟她牵线。男女有意，择个良日把酒席办了。大嫂，不行啊。三弟，咋不行哩？总不能这样不明不白吧？三叔挣脱伯母的手，边走边笑，大嫂，你对你叔子不了解。哦，艳霞想嫁，我没意见。伯母惊讶瞪着三叔，三弟，你这是不负责啊。

大嫂，你把你三弟弄糊涂了，我老三，一直对恩人的妻子没有非分之想。呃，三弟，你想想，天天往艳霞家跑，哪个男人还敢娶她？你设身处地想一想。大嫂，你又想哪处了？

125

伯母想起那夜问过大伯，语气缓了下，想到唯一的原因，是在王红身上。三弟，到底王红临死前向你交代什么？跟大嫂说说。三叔狡黠看了伯母一眼，呵呵一笑，摸摸后脑，大嫂，没有什么，真的没有什么。

三弟，不是大嫂说你，在大嫂面前还藏着掖着，你不说出来，对不起艳霞啊。大嫂，我没骗你。三叔坦然一笑离开，丢下愣在原处的伯母。

六

三叔悟透了艳霞，一向不去她家。这也促使他作出重大的决定，上潭城反映王红牺牲的情况。

那段日子，艳霞怀着心事，忐忑不安。留心起三叔的动静，发现他出了远门。艳霞不停揣测，他到底去哪里？连续三天，在三叔落锁的牛栏屋门前徘徊，因牵挂，心头上不时地涌出一种慌乱的孤寞感。

第四天下午，三叔疲惫又低落地归来，像一件大事没办成似的。艳霞欢悦地迎上，三叔故意低头避开。艳霞追上且堵住说，他三叔，我问你，去哪里了？唉，别问，仅说一句，再也不吭声。你狠啊，丢下我们母子不管了。好，我们饿死，也不让你踏我的家门。三叔惊怔下，心里隐隐作痛。可嘴唇一咬，便硬下心来，向艳霞苦笑一下，快速擦身而过。

翌日天气多变，上午倾盆大雨，下午又见烈阳。菜土泥泞，蔬菜该是施肥的节点。三叔回来，见艳霞挑一担尿水去浇菜，滑了一跤，跌倒在地，半天没起来，尿桶全打翻，污水泼了一身。见状，心疼地上前搀扶，又把臭味浓烈的艳霞往屋里背。一路上，泪水涟涟的艳霞在他的肩上不消停，擂他，掐他，骂他，你放手，死了，也不要你管……三叔知她委屈任凭发泄，忍住，不作任何解释。

等到艳霞的儿子在县城读高中的那年，三叔捧回王红的烈士证。中饭时分，他高兴地在艳霞家喝了米酒，一个人喝得有点高，手舞足蹈，兴奋地对艳霞说，谁说你地主婆？嗨嗨，艳霞你是军属你是烈属，你是我们大英雄的妻子，嗨嗨……艳霞摩挲着烈士证，多年罩在头上的帽子摘掉了，又看着三叔第一次在她面前这般得意忘形，她扬眉吐气，忍不住号啕大哭，喜泪满面。

吃完饭后，三叔背着锄头跄跄跄跄走进菜园。伯母听到这个喜讯，到艳霞家祝贺，路过三叔牛栏屋，见大门没关，心想趁着这喜气的氛围，把他们拴在一块，进屋顺便取了三叔的衣裤搬到艳霞家。三叔收工回来，一声不响把衣服拎出。不料被伯母瞧见，抱怨老三脑子不开窍，气不打一处来，想说几句，瞥见艳霞红着眼泡忧忧郁郁倚在门楣，只得压住，上前扶着艳霞的肩膀安慰起来，老三，就是这般傻乎乎。艳霞没搭话，远远望着头发半白的三叔驼了背弓着腰走路，泪水不断涌出。艳霞别难过，怪他自己好好的青春不珍惜。嫂子，我对不起他，三十多年了，他为我付出太多太多了。艳霞别急，慢慢来，我就不信开化不了他的内心。艳霞揉了揉湿漉漉的眼睛，感激地向伯母苦笑。

三叔不愿住艳霞家，仍帮艳霞做田土功夫，替艳霞儿子读书四处筹钱。趁三叔出门劳作时，艳霞溜进屋，把他的脏衣服偷偷地拿到水塘边浆洗，这一幕又被路过的雪儿看见，羡慕似的向她打招呼：艳霞姐，给老三洗衣呢，艳霞愉快地点头，又向雪儿回笑，心里像涂了蜜。当雪儿怅惘地离开，她不免心里酸酸的，多好的雪儿比自己强多了，老三就是那般固执。唉，你说他把心放在我身上，又好似不像……想着想着，唉声叹气。后来，她琢磨，这事或许自己主动，老三观念才会转变。在心里试了几次，可拿不出行动的勇气。心里矛盾，毕竟自己是女人。

又拖了一年，艳霞分了责任田。三叔包揽了艳霞的水田。他田里功夫不错，耕地、育秧、播种、插田、施肥、双抢、秋收样样是把好手，年年余粮，生活又富裕。艳霞的儿子也大学毕业，分在武汉一家国企。艳霞没什么压力，顺畅的日子越来越好，如欢乐的流水。想着三叔临近天命之年，为自己这家耗费大半生，感激之情愈来愈浓，那种回报的冲动在艳霞心底如潮水般涌出。

艳霞干脆一不做二不休把自己换洗衣裤往牛栏里放，住了进来。三叔惊诧地蹲在地上，仰头向艳霞瞪大了眼，木呆了半天，缓了下神，站起来，笃定地撵她出门，故意对她绷紧了脸。艳霞记上伯母的话，厚着脸皮，不管不顾。三叔见赶不走，随她去，出门到集市买回一个长竹凳。两人吃住在一起，久而久之，慢慢屋里有说话声，温馨又人气的样子，像家了。艳霞很快乐，心想大嫂的话没错。可到夜晚，艳霞躺在三叔的床上，望着沉睡在竹凳上的三叔鼾声如雷，辗转反侧，独自吞泪。

伯母惊喜看到牛栏屋出双成对的场景，心里终松一口气，老三总算有个热脚暖背的人，多年心愿有了着落。可她进门一看房间多了一个放置烂被的长竹凳，骤然，一口凉气直戳心底。

七

时间一晃又二载。下着毛毛细雨的那天，三叔突发性腰痛，艳

128

霞陪他在县人民医院检查，CT诊出肝癌晚期。艳霞看到这结果，如五雷击顶，头晕目眩。要不是三叔一把拽住她，险些瘫倒。三叔极平静对她说，有什么怕的？人嘛，总有要去的这天。好像世间的事他都完成了，没一丝遗憾，内心泰然，反而表现出一种欢欢喜喜。

三叔入院治疗，艳霞陪护。在医院住了一段时日，病情愈来愈重。弥留之际，伯母来医院看三叔，见到艳霞陪他说话，喂药端水，细致又耐心，欣慰地喊着，三弟，你醒醒，看看艳霞对你多好啊。三叔深陷的眼珠动了下，苍白又干瘦的脸颊露出一丝久违的笑意。伯母陪坐了一会儿，想起多年的疑惑，忍不住问了一声，三弟，大嫂心中一直有个谜，今天，该说说了吧？三叔的眼睛亮了下，精神又恢复了，似乎回光返照，欲坐起来。艳霞一把将他拉住，怕他费劲。伯母忙说，三弟你躺下说。好，大嫂啊，我是快要死的人，有什么隐瞒的？

咱们加强连，在上甘岭597.9高地打阻击战，打退敌人第十次进攻，我们只剩下五个战士。全神贯注处于高度状态，我一直握着枪，紧盯前方。突然，叽——一声尖厉的长啸，离我五米远的王红发现一枚炮弹正向我飞来，转身大叫，王三，快卧倒。看我没反应，他一跃扑过来，把我扑到三米外的战壕里。轰隆一声，石头开裂，石块和焦土炸飞溅十几米高。透过弥漫的硝烟，看到我站的位置炸开了一个大窟窿，惊怔地吐着舌头。石子、尘土和硝烟覆盖王红身上。他起身，刚拍了拍身上的土渣和碎片，不料，一颗子弹不偏不倚射入他左胸，顿时，血流不止。我弹起，一把拽住又抱着他的身体，喊道：连长你挺住，我叫卫生员来。霎时，他从我怀中慢慢瘫软下去，身子像一条柔软的虫子，头无法支起。他呼吸困难，奄奄一息，声音细微：别，别，我我不行了。我我死不可怕，战战争哪有不死人

129

的？只只是老老婆和儿儿子……红哥，你挺住，你不能死啊。老……老……三，一大口血喷出，落下了气，可怎么就是不闭眼？我知道，他在等我的答应……

三叔讲到这里时，艳霞号啕大哭，流泪不止。艳艳霞啊，别别哭了，你要感激的是红哥，我只是答应他，履行他的义务……伯母被这故事感动，眼睛越来越湿润，说三弟原来你这条命是王红换来的，知恩图报，你做得对。此时，没有三叔的回声，伯母忍不住紧紧搂着艳霞哭出了声，两人成了泪人。艳霞，老三虽固执，但有情有义。看着晕迷过去的三叔，又摇了摇头，唉，艳霞，可老天就是不佑好人啊。

恰好，艳霞儿子从武汉赶回，推开病室的门，走到三叔的面前，俯下身，头亲亲地贴在老三的耳际，声音颤抖，喊了一声爸。伯母在一边激动地噙着泪大声喊道：三弟，你醒醒，看看，你儿子来看你了。三叔气力微弱哦了一声，艰难地向左移一下手臂，像是指着病床边的床头橱。艳霞会意，揩下了眼泪，抽出抽屉，一层灰色的帆布裹着几件东西。艳霞双手捧着这些慎重地交给她的儿子时，忽而传出哭腔：爸，爸，我会好好珍藏！三叔好像听到了，晶莹的温热的泪珠从他眼角一颗颗滚落，滴在泛黄又枯皱的脸颊上，一丝灿烂的笑容也显了出来。悲悯又凄凉的医院上空响起"雄赳赳，气昂昂，跨过鸭绿……"那浑厚又嘹亮的歌声。随后，三叔彻底闭眼了。

那年，三叔 52 岁。

天马山的歌

一

周末，去茶恩寺南大门商场探亲。三门游渌口，经过巍峨又苍翠的天马山。

天马山是南岳七十二峰之一，峰形似飞奔的天马。脱缰而去，鬃毛竖立，奋蹄腾空，似遨云驾雾。山腰山脚散落着三个村，村民多数姓胡。传闻这个地方两个奇特之处：一是女人的山歌，婉转甜美，闻者欢悦，外地人欲亲临其境；再是舍身崖，崖壁陡峭，下面百丈深渊，上千年岁月的长河中，几个烈女和怨妇在此粉身碎骨。

过天马山有两条小路可通往茶恩寺。一条细长的小径沿山坳直穿天马山，路面狭窄凹凸，不好走；另一条砂石路，稍微平坦宽敞，绕天马山的山脚呈蛇形而上，至山腰又蛇形而下，树木葱郁，路窄很少有阳光照射，显得阴森森的，其间经过舍身崖。没有同伴，不敢走这条路，想着舍身崖，凄怆又悲惨的故事蹿到脑际心惊肉跳般萦绕，心里不时出现一种毛骨悚然的感觉。

习惯走小径，常骑在单车上四下张望天马山，美轮美奂的春夏秋冬的景致，一览无余，顿时，人的感觉就欢畅和惬意。

那次雨过天晴，一路上，放眼过去，春意盎然的美景。酝酿已久的想法，像鸣叫的鸟从脑子里蹿出来，想谛听当地醉人的山歌。天马山文化底蕴丰厚，胡姓女人聪慧又酷爱诗书，又是开创湖湘学派胡安国胡宏父子的后裔，秉承先祖的文化基因。女人的山歌随口而出，歌词贴近生活，歌声甜美。每逢正月十五、三月踏青、四月春插、五月端午、九月重阳和秋季丰收喜庆之际，歌声都会在山上山下山坳山头此起彼伏悠扬飘荡。之前，我经过无数次，但，从没遇过这欢歌的场景。

单车爬了有一里泥泞的斜坡，链条被石子泥草卡死，用力蹬车，咔嚓一声断裂。下车，用手接了几次未接上。苦于没工具，急得四下瞅了瞅，山间除苍翠的油茶竹丛中的鸟鸣和脚底悬崖下潺潺的泉流声之外，不见人烟。汗流浃背驮着单车走，呼呼喘粗气，脚乏人困又渴得要命，一步挪一步走上半里路，实在不能前行。陡地，眼前一亮，山路的右边十米远出现一户人家。忙着把单车靠在山路一兜柽木树旁，沿狭窄的岔径走，见一栋白墙青瓦的房屋，水泥禾坪中铺着饱满又滚圆的油茶粒，干净清洁的阶基上方横一根竹竿晾晒着腌制的灰色芥菜。紫红色的大门敞开，堂屋没鸡狗窜动。主人不在，走在阶基前停住脚。

耳边响起四平八稳的脚步声，乐坏了，主人终于回来，可讨口水喝。转身看到放单车的地方出现一个披着中山装像村干部模样的男人，横着走八字步，朝这家踱来，右手夹着燃烧一半的烟头，两只空空荡荡的衣袖毫无顾忌地摇甩。这阵势立马让我虚惊，倘若他高呼一声：捉贼。响应云集，即使未进屋，冤屈了也辩不过。人生地不熟，还得提防，怯生生后退。须臾，一个清秀的女人从左边的菜地走上来，身姿优雅站在禾坪边的桂花树下，遥望对面深渊下面一条蚯蚓小路，发现自己熟悉的人，喂——哟的一声，没等回应，就唱起来：

> 坡下那位叔
> 肩背长扦竹
> 砍柴不赶早
> 怕要深山宿

婉转悠扬的歌声如柔软的波澜在山谷中起起伏伏，好像风在吹动音符，一波又一波，在心中跳跃和抖动。终于享受了这盼望已久的愉悦。随着社会变革，山歌这种传统的地域特色慢慢在岁月中退化，变得越来越珍贵和稀罕。陶醉间，惊奇的目光沿山歌走，越过对面郁郁苍苍山崖下那条蚯蚓路上，一个背着扦担握着一把雪亮弯刀的老汉，进入山沟。不料，让我看到褐色的陡峭悬崖，惊叫，那不是那条沙石路边的舍身崖吗？想起，上次和篾匠爹一起同路经过时，蹑足崖边欲瞅个究竟，俯瞰一眼鬼斧神工刀削般的崖壁，深渊幽静，心悬起来，虚得腿不自然地发晃。篾匠爹一把拉住我，嬉笑，小伙子别讨这个彩，坠落的全是女人。惊骇得踉跄后退。看我有点疑惑，慢慢跟我讲述：

很久之前，山背上那胡家大户的闺女，爱上了小长工，偷偷摸摸来往，缠绵间激情来了，没把握住，怀上了，提心吊胆过了冬天。夏至，衣服单薄，肚子就暴露出来。被人戳了脊梁骨，没脸见人，来到舍身崖凄凄惨惨哭了一天一夜……

还听说，清朝嘉庆年间，胡家的新寡妇，男人得痨病殁了。很不幸，屋漏又遭连夜雨，悲哀中又被一个力大粗蛮的无赖盯上了，趁着朦胧夜色，夺门而入，强行要成好事。妇人死活不从。打晕后才得满足……妇人清醒后，发现失身，当晚，就拖着伤痕累累的躯体，爬上舍身崖，哭啼中怨着新亡的男人不带走她，不顾一切从岩石跳下……

当篾匠爹说完，心里寒噤了一下，心情像遭遇一场冷冽的北风。

二

幸好，故事绝迹于百年前。山中的女人们，思想从愚昧走向开化，迎来新风尚。此时，冒出那点回忆，已被现实中清丽的歌声所湮没……

思绪又回到眼前。

女人用山歌召唤老汉，老汉是歌者，曾无数次与女人对唱。我渴望山歌对唱，憧憬那碰撞和欢乐的场景。等了下，还是让我失望。哎哟，老汉没丝毫反应。是耳背听不到吗？不可能，山坳有洪亮的回音。猜想他年老不感兴趣，倘若年轻一定不会错失。

惊讶的是站在禾坪中的男人旋即也哼起来。声音嘶哑又是破嗓子，音调还走样。女人唱完，他也哼完。猛然高声尖叫，好，金雀子。随后响起了啪啪响的掌声。女人对他的狂热叫捧视而不见，趔身快步来到晾衣的竹竿前。这下，他不敢放肆了，脚步放慢，小心翼翼向女人挪近。可女人却对他不屑一顾，专心收竹竿上或大或小的孩子们五颜六色的衣裤。窥视一番，女人身材颀长，衣着干净又时新，圆脸不瘦不胖又白里透红，鼻梁高挺耐看，前胸丰盈诱人。优美和动听的山歌声一直在脑海萦绕，谁相信山里有这般优秀的女人？无意瞟了那男人满是敌意的眼神，一怔，我竟然被他盯上了。我形迹可疑、图谋不轨吗？不过是对女人感觉不错，这也自然，常言道，好花要人赏，好女使人悦。没看过这般狭心眼的男人。但我还是笑着挥手向他打招呼，可他视而不见，头高高仰起。热脸贴到冷屁股上，我尴尬至极。好在被女人发现，微笑相迎。

嫂子，讨一杯冷水喝。

好啊，进屋，进屋。她把收拾着满手的红色绿色衣服放在靠背竹凳上，跨进门，顺便拿出一只靠背红漆木凳，说，小兄弟，坐啊。

走到她家的阶基边，不敢贸然进屋。想起，篾匠爹讲的那个力大的无赖闯进小寡妇屋里，心紧了下。男女独处，多有不便，况且那男人站在禾坪中一直注视我的一举一动。

依门户伸头往堂屋瞧：屋中摆一张暗红色的高脚桌子，桌面铺一层橘红色的塑料布；白墙上几处黄渍的水印凸出快脱落的墙皮，下面镶嵌一个猪红色的神龛，台面上放置一只小香钵插着没燃完的三根小香棍，烟雾袅袅，沿着长方形的木框缭绕，影影绰绰中显现出西装的年轻男人的半身遗像。陡地，想起舍身崖的那个新寡妇，好像她那个逝去的男人骤然而至，心一阵冷噤，涌上一丝悲悯。心里长吁一声，可惜了，这么年轻。也怪不得漂亮大方又客气的女人，不搭理那男人，是有根源的。从厨房出来，见她端上一杯热茶拿出一盒相思鸟的香烟，走出大门。没觉察出我表情的沉重，递给热烫的绿茶，然后，又抽了一根烟给我。回过神，受宠若惊地摆摆手，说嫂子，不抽。她笑了笑问我，小兄弟，去哪？到茶恩寺，老婆在南大门上班。哦，小兄弟，看你从花石镇来的哦？对对，嫂子，给你添麻烦了。没事，出门在外，不容易。一口水，不花钱，只要你不嫌弃。

我猴急地猛唉了一口，烫了舌，说，嫂子，有冷的不？冷水也行。

有，有，她趔进堂屋，回头催我，你怎么不进屋？我满头大汗回头掠了一眼有点犹豫。女人浅笑向我招手，没关系，进屋哦。在女人盛情邀请下，忐忑不安蹑足前行。

抵临厨房，谨慎又拘泥地站着，等她从一把白瓷壶中倒水过来。

冯云，你出来啊。那个男人高声叫喊。

我手抖了一下，茶水溅了一地。女人温和地看我一眼，喝吧，别管他，这人喜欢叫。

又一声哀求，似乎催得更紧。冯云，冯云，我有事找你哩。

喊什么喊，没看我来客了。女人好像生了气，声音微带尖厉，比那男人还高。

喝了四杯冷茶，怕那男人误会，急匆匆地出来。女人跟在我后面。那男人看女人出来，耷拉着头低声下气地说，冯云，冯云，困难补助金我跟你领回来了。

说了多少次，我的事叫你别操心。女人的口吻，很硬，怼得那男人哑口无言。

息了汗在禾坪站住，想起自行车要修。回头见女人板紧着脸。男人讨了个没趣，沮丧低头。顿了下，我还心有顾虑，这个时候不宜开口。女人看出我欲言又止，爽朗地笑，小兄弟，别理他，尽管讲，我家有的，尽量给。嫂子，真不好意思，又要麻烦了。没事，别理他。嫂子，单车坏了想借一把剪丝钳和一把扳手。哟，这个嘛，我家那死家伙票子没留下，倒是工具箱还留了一个，我也没打开过，一直闲置。小兄弟，需要哪样自己去挑吧。女人重新引我进入厨房的旮旯处。

回头见那男人摇头叹气，一脸落寞，不知什么原因，我的心情一下爽快了。

掀开那个生锈没上锁的铁箱，找出需要的两件东西时，只听咚的一声巨响，惊得我拿工具的手颤了下，被女人晾在一旁的男人生着闷气，自己捡一个旧竹凳，往禾坪中间用力一蹾，又孤零零地坐在上面，一副恼羞成怒的样子。我惊怔了一下，便急忙将工具提出来。

女人表情平淡地跟我出了房间。那男人见女人出来，马上从凳上起身，雨转晴似的换上一副殷勤的笑脸，点头哈腰迎上。

不想理会他们的恩怨和纠葛，走到放单车的地方，我操起扳手和剪丝钳修车，五分钟把链条衔接好。

看着女人把脸一别，不理睬他。那男人停下脚步，一动不动地呆站在那里如一尊木偶。女人视而不顾捡起地上的禾梳翻动坪里晒着的茶子，看着这沉甸又结实的油茶，想起今年冬季又是丰收的年景，脸色舒展，眉宇高高扬起，情不自禁地吟出声：

茶籽摘来圆叮当
树上摘来箩中装
难为满妹做早饭
吃了早饭去岭岗
…………

滴溜溜儿像云雀鸣叫出悦耳动听的声音，浸润我的心灵，此刻，我像置身于清心又愉悦之境，宛若炎暑的六月从喧哗又烦躁的小镇走进寂寥和宁静的大山，悠然地感受到树木的绿荫、花草的清爽和鸟鸣的怡人。

刚才，男人还木呆，闻歌活跃，尖起耳朵仿佛欣赏天籁之声，拍着手跟着节奏摇头晃脑，刹那间，高叫一声，好。又情不自禁地跟唱：难为满妹做早饭，吃了早饭去岭岗。女人鄙夷地朝男人瞪了一眼，男人身子紧了一下，像起了鸡皮疙瘩。也怪不得女人的不屑，让人反胃，山歌从他口里哼出，余音像木器刮在铁块上发出嗞呀嗞呀的响声，比老乌鸦聒噪的叫声还难听。

还工具时，我走到禾坪愣了下，看到那一幕：男人随手从裤兜里掏出了几张红钞票，冯云，你数一下，这是一千元的救济款。你走，拿回去，我冯云再穷，不要你来施舍。冯云你听我说好不好？这个是县民政局给你的，不是村里的，也不是我马荣。叫马荣的人伸手往女人手里塞，她用力一打，啪，十张百元票如飘落的红纸，一张张掉落在禾坪的茶子上。想拾，不谙其因。马荣不顾羞辱，尴尬地蹲下，一张一张拾起。看到这一幕，我小声哼了一下，不知有多高兴。还了工具，转身就走。女人笑了笑喊我，小兄弟，以后，路过时，进屋歇歇。好。我有意向马荣斜了一眼，故意大喊一声，我会来听嫂子的山歌，真好听啊。女人点点头后，她灿烂的脸笑成了一朵迷人的花。

三

一年之后，我经过天马山时碰上篾匠爹。发现篾匠爹就是那位让我失望又独自走在山沟不与冯云对山歌的老汉。

我向篾匠爹打听冯云。

篾匠爹说冯云唱山歌是他一手带出来的，前年我不唱了，老了啰。心想，怪不得，不跟冯云对唱，我惋惜不已。

冯云的山歌唱得一等一的好。这一带，都喜欢听她唱歌，吐字清晰，声尖，音圆，纯正。山里的男人只要她的山歌响起，就魂不附体，心被她的山歌牵走，丢下手中的活计，竖起耳朵望着悠悠的白云，欢悦又狂癫用手拍打着节拍，不管山高不管水远，都会被这山歌聚拢过来。村主任马荣更甚，每次被她的歌声迷倒，几乎成了她的铁杆粉丝。

唉，她命不好，头两胎是丫头片子，男人想接后要个带把儿的。村里乡里不让她生，尤其是村支书，时时守在她家里捉她结扎。她男人买一辆二手三轮车带她跑出了天马山，村支书抓不到人很恼火，带人卸了她家的门板，抬出她家三张床、二门衣柜、一高一矮的两张桌子，准备抬上车拖走。村主任马荣不忍心，就跟村支书说，总不能让人家站着吃饭，睡觉滚地吧。理由充足又有人性，得以留下一床和一高桌。她男人在建筑工地带班，捞了一点点钱。可带她在外面躲了三年，生了个儿子，罚款两万，租房费、生活费、修车费、油费、奶粉钱等把钱耗得差不多了，只得回来生活。她男人刚攒了点钱把家具添上，日子稍微顺畅一点。到第三年家里又遭变故，她男人忙活一年，岁末结账，不料房地产老板脚板搽猪油一溜烟儿跑了，天塌了般，十几号人百多万的工资压着他喘不过气。虽然都是天马山人，人却是他叫来的，欠人家钱还有情。老婆等这血汗钱过年，孩子还指望来年开春的学费。年，没脸回家过了。天天打听老板的线索，不管老板逃到广州、深圳、上海、北京，追南转北，大海捞针，一晃寻找半年，不见老板的踪影，焦头烂额。一天夜深，郁郁不乐以劣酒解忧，醉晕晕的失足掉进桂宁一条深江里。唉，说得造孽一点，倘若塞在汽车轮胎下，好歹还能赔一点抚恤金。这下好了，失去一根顶梁柱还拖着三个油瓶，压在其他人身上早崩溃了，说不定，舍身崖下又多了一个纤弱的身影。冯云要强，咬咬牙关硬挺住了。照理说，人在还钱，人死账无。冯云不这样，安慰欠款人虽我男人走了，这份钱我不会赖掉。马荣知道后，说她傻乎乎的，放牛娃赔不起牛。她骂马荣多管闲事。马荣想帮她，不给他好脸色。送衣服给她，她不要；带上面的人来她家慰问，来给她家扶贫，被她赶走。前年过完春节后，她贷款建了一座榨油坊，把欠工钱家属组织起来，说，除发你们的工资后，余了一分一毫还你们男人。天马山盛产油茶果，榨出的清油，油质醇正、清香。可销售棘手，得跑出营销的网络，马荣亲自进入粮油店、步步高连锁、厂矿和学校食堂、菜馆和酒店等地推销。可她不知马荣到处帮她跑销路，早牵好线，只让她走一趟形式，签下合同。在马荣的暗地帮助下，生意慢慢地有起色。

早几年，马荣暗恋她，因她迷人的歌声。有妻室的村主任怎么能有这样的想法？仗着权力，比传闻的天马下力大无比的无赖还可恶，凭这点，冯云对马荣印象不好，一直对他没好脸色。等到马荣的女人病死，冯云的男人也殁了，马荣的想法更强烈，不时来帮帮冯云，可费力不讨好。其实，马荣在天马山这一带，品德不坏，又不摆架子，乐于助人，还有好脾气。

对呀，没见他在女人面前发过脾气，真是好修养。

冯云美名传四方，守寡一年不到，媒人踏破门槛。她以三个拖油瓶为借口挡架，一一拒绝。外面穿金戴银有权有势的男人闻香羡美而来，个个不待见，碰了一鼻子灰，又不敢硬磨和意气用事，只好死了这条心。事后她淡定说，有钱有势又怎么样？不会唱山歌，不喜欢山歌，以后没山歌的日子怎么过？所以，不熟谙山歌的马荣每次都吃闭门羹。后来，他爱屋及乌，慢慢地学唱山歌。

年纪大了，能学会？我疑惑地问篾匠爹。

没问题，只要用心。马荣这人很努力，在我这里学了不少。

不知怎的，心里涌上一丝凉意，像被秋后雨打湿的红叶。

四

那天阳光明媚，又去茶恩寺。上天马山时，想起那张动人的脸庞，好客又善良的心，甜美得心醉的声音，心情欢快，放慢车速，生怕漏掉那悦耳的山歌。

四月天，到处青青翠翠，花香诱人。路过一口三角形的水塘，塘堤柳枝依依，随风舞动。见一群小孩在水塘的石挑上打闹，互相戏水；几只布谷鸟在上空盘旋，"告工插禾告工插禾"的叫声悠扬又婉转。我把单车靠在塘角一棵空心的柳树边，惊起了几只黑色又轻巧的燕子在我头顶上穿插滑翔。水塘对面的泥田里传来一阵阵笑语和欢歌，一群女人们在那丘水田插秧，望过去，一行行油油的嫩绿在延伸，眼前一缕缕诗景画意，像温煦的风和晚归的云彩一样在脑子里晃荡。走近，插田的女人站起来似乎在等秧苗。十分惊艳的冯云也在那里，今天她穿着蓝色的短衬衫，戴着一顶橘红色的太阳帽，脸庞红艳艳像搽过胭脂。她在就有歌声，能带给每个人的愉悦。心被震动起来，波起一种强烈的向往。不想破坏眼前美丽的景致，打转往回，走了几步，估计离开她的视野。刚止步，瞅到与我隔一丘小田的男人挑着一担嫩绿的秧苗，右手提个鼓胀的红色塑料袋子，身腰灵巧，扁担在肩上簸了几下，脚下生风，轻快地跑起来，不过，步子不好看，横着走。惊了下，那不是那个干部男人吗？怎么是他啊？烧成灰也能认出马荣，看来他想贴近冯云，想起他山歌唱得那么差劲，唉，不怕冯云的冷眼了？不知不觉，耳旁响起了山歌声：

对面大丘四四方
郎唱山歌妹插秧

141

郎唱山歌首接首

妹插秧来行对行

歌声没冯云那样婉转和清亮，但粗犷的嗓音显出男人的浑厚和圆润。细听也像模像样，比他上次随便哼好多了。又望了冯云一眼，她抬头，侧耳，细心倾听，眉眼舒展，不时朝马荣浅浅一笑。

受鼓励的马荣，放下担子，将那红色塑料袋子放在田坎的青草上面，三五棵秧一齐打，打得满田都是点点绿绿。冯云爱洁，马荣往她面前丢秧时，尽量把握，不让秧溅起泥花，落到冯云身上。冯云也灵巧，秧打过来，扭动一下腰肢，往后一闪，一次次躲开，如此优雅的姿势，画出动人的优美曲线，更让他于心不忍。往其他媳妇婶子打秧时，故意瞄准她们，打过去，溅她们一身泥水，脸上花花朗朗像唱戏的丑角，忙得她们用手擦，气得她们嚷嚷起来，主任啊，你这叫鸡公，喜欢打水，就往云姐身上打吧。扑哧一笑，他手没停下，也不示弱。这个吧，不能怪我，只能怪秧苗不长眼哩。

主任，怕我们少插了，恨不得一担秧都打给我们，婶子说。

对，不往你身边打，还往你们云姐身上打？主任心疼云姐，怕云姐累坏啊。媳妇说。

没有，一视同仁，不分彼此。

主任，你还抵赖啊，你看看，云姐的后面没有几棵秧，再看看我们身面打成秧堆了。

唉，冯云她也不容易，累坏了躺在田塍上，咋办啊？三个拖油瓶等她回去；还有，谁带你们致富？大家说说，我不帮她谁帮她啊？马荣借话吐出了心意。

嘀嘀，嘀嘀，不打自招，媳妇婶子们哄然大笑。

冯云嗔他一眼，我什么事要你帮过啊？你说说，厚着脸皮，说瞎话。

云姐，打他，打他，恬不知耻，不会说话，还当村主任哩。

马荣嬉着脸皮傻傻笑，看冯云从后面捡了一棵秧，倏地往后跟跄几下。冯云站起来看这狼狈相，不忍心打他，反而矜持地笑起来，弯下腰，边插边唱起来：

　　桃树开花颜色艳

　　毛毛细雨又几天

　　今朝天晴日头出

　　家家户户正插田

马荣正等一棵棵秧朝自己打过来，想着被冯云打一身泥，泥泥花花的，惹得她笑嘻嘻的，心里呀美滋滋。一直没等来。欢快的山歌从冯云心里流出，像山崖上奔腾而下的溪水，白花花，撞击着鹅卵石，擦出悦耳的声音。他兴奋地走上田坎拿起红袋子，下了田，走到女人们中间解开，发放包子，每一人两个。嫂嫂们吵起来，主任啊，少了少了，一个包子吃不了两口。我们的好主任，多发两个给我。主任，多给一个也行，你看我呀肚子饿得贴背皮了。马荣神气活现地扫了一眼，不理她们，继续发。主任，打秧时不吝啬，现在倒好，发包子就抠门。马荣盯着她们前胸，每人扫了一眼，诡异笑了声，不行，你们摸摸自己的胸，是不是两个？多了可不行，我不想让你们变成猪婆子。谁说的？谁说的？自从盘古开天地以来，女娲就决定了，天命难违啊。你这骚主任，身痒，欠打。你这死主任，看云姐不打你。云姐，打呀，跟我们姐妹们出出气。冯云拿起秧苗，

143

轻轻一笑。被马荣捕获到了，所以他一点不怯虚，还放肆哼起：

> 四时初头妹插田
> 几个包子送娇怜
> 包子来得不容易
> 只愿娇怜心里甜

婶子们又一起哄闹，云姐，主任的山歌唱得心里熨帖，又甜又美。可惜我们不是他心里的娇怜。马荣故意问，那你们说说，谁是我心里的娇怜啊？马荣深情地注视冯云，大家笑眯眯也看冯云。冯云羞红着脸，站起来，眼睛甜蜜蜜的。

我得走了，在柳树边取了单车，快速地蹬着车，心快乐得美得要腾飞起来。遥望对面那舍身崖，一对呢喃的燕子从那里腾空而起，飞了过来，后面那只贴着前面的那只，一起低飞，一同又滑向苍穹，一起叽叽地叫着，唱响了春日天马山的一首歌……

窑湾的时光

一

时针好像在逆转，不知转多少圈，卡在咸丰三年，公元 1853 年。

潭城飘起毛毛雨，朦朦胧胧的水雾裹挟着宅院、典当、钱庄、作坊、盐粮行、药栈、当铺、布店、码头等，这如烟的雾霭锁往柳树巷的街面。行人如织，商贾云集。远远闻到叮叮当当美妙的木屐声，在潮湿又混沌的烟雾间穿行，飘落在狭窄巷子街的石板路上，匆匆又快乐地响起……

呼啸的北风放肆地从门口穿入，猛烈地横扫铺房。走出闺房的香莲两手交叉抱紧身子，瑟瑟缩缩打了几个寒噤。刚还在后厢房绣花、打鞋垫撚针走线，店员被叫到后院作坊去了，被爹逮住做了临时替补。她坐在齐齐整整摆放着灯芯糕的柜台前，纤细的胳膊肘支在台面，双眼皮底下的眼珠朝街心漫无目的浏览，无意间看到一个穿草鞋面容清秀又怯懦的年轻人，瘦高，着一身单薄蓝色的汗衫，那两只手拢在衣袖里，低着头，不停地跺脚。她站起来朝这年轻人礼貌一笑，看他前额顶端上聚集的水珠一点又一点滴在那光滑的鼻梁和白皙的脸颊之上。目光又快速闪过，留在年轻人活动的脚上，心颤了下，泛起了怜悯。唉，春寒料峭的三月，年轻人竟没暖身的棉袄。想起爷说过，县城文庙每三年举行一次录取秀才的考试。到时，一些贫寒的学子从四面八方赶来。她估摸着，眼前这位就是其中一员。遗传的原因，她喜欢读书人。

"这是易家灯芯糕店？"洪亮的打听声惊动了香莲。她瞥了年轻人一眼，眉宇间透出一股英俊又睿智之气，目光如泉水般清纯，面显亲切，不像那些穿着绫罗绸缎的纨绔子弟那般骄横和目空一切。她愉悦地收回目光，鸡啄米似的点了点头。

年轻人望着香莲笑，目光如蝴蝶似的落在她身上。样子二八，嫩白的圆脸绽开了桃花，一朵又一朵。盯得不好意思，欲用言语掩饰，"这是十八总吗？"香莲抿着冻红的脸庞咯咯笑："你这人真是，踩在哪里，说哪里呀。""哦"了一声，他脸红地仰头看顶上的招牌，欢快地叫起来："看这牌子，没错，就是娘交代的易氏糕点店。"年轻人拍了两下后脑勺儿，抑制不住喜悦，两手急忙地揉搓，轻悄进门，看标签上的价格，四个铜钱一盒，又愣住了。他忙掏兜，全捏出来仅两个铜钱，羞涩伸出。香莲没接，反而弯腰从柜里拖出了一盒，往他手里递。"使不得。"年轻人触电似的后退几步忙摆手。香莲不容推辞说："拿上，不给你，给你娘。"年轻人身子颤了下，受宠若惊地接下这盒灯芯糕，说："没错，我娘就喜欢吃你家的。"香莲看着他的样子咯咯笑起，把纤细冰凉的小手挪开，然后又捧起来贴近小嘴前，呵了几口热气，得意地扬起了眉。

"唉，"年轻人想起娘常告诫不白拿人家的，叹了一声，结巴起来，"你你这店赊赊账吗？""赊呀。"她爽快的回答轻易击落悬在他心里的东西，年轻人轻松地笑了笑："我姓胡，名山，十五都六甲人，来赶考的学子。""壶山？呵呵，你真叫壶山？""对，我叫胡山，小姐你记下。"香莲咯咯地放肆笑，手往左一划，打趣他："唐兴桥前二百米那个石嘴坳，也叫壶山。"说完向他斜瞟，见他尴尬搓手，惊了下，敛起笑，转而说："秀才，我叫易香莲。""哦，这名字好，温香又灵气，读书人起的吗？""对，爷爷请黎府的进士老爷起的。"她犹豫了下朝他斜觑："秀才，以后，你就叫我小莲吧。"他惶恐地摆手："不行，不行，这样叫不礼貌。""没事，我喜欢就行啊。"没办法，看她这么固执耍着大小姐脾气，他不情愿地喊了一声："小莲。""哎！"香莲拖着甜美的长声，之后，幸福地仰望天穹飞翔的小鸟，沉浸于欢愉之中。当她回过神来，眼角触及柜台上一张娟秀的毛笔字体的纸条，心里不免惊叫起来，坏了坏了，这一盒要写什么呀？随手撕碎了欠条，揉成一团丢进木簸箕内。追出门，已下了码头，不见人影。

二

转眼几天，香莲慵懒地倚柜台支着头，眼朝街面望了一遍又一遍，没见那个人。又惆怅起来，心里显得空空落落。突然惊喜起来，这人来了，往店子疾步如飞，脚下那双旧草鞋不见，换成了一双崭新的青色布鞋，轻巧地落在麻石街上，脚下无声，可朝气蓬勃。她顾不上矜持，起身，惊喜地打招呼："真是你呀，胡山。""呵呵，小莲，今天你站店啰。"胡山傻傻回笑，急着拿出铜钱递过来，"哎，让您久等了。"香莲愣了下没伸出手，心想，这个人说话一颗钉，很守信。久久仰望胡山，可胡山腼腆地搓着手。怎能要他的钱？仅仅一盒，还说孝敬他娘。"胡山，你是个大孝子，像我爷爷，凭这点，你就别提这事，欠条被我撕毁。""哎哟，这怎么行哪？小姐。"他叹了声，又想到什么，得到启示，惊喜地跺了下脚："啊呀，没猜错的话你爷

147

是易奎？他老人家是我胡山从小崇拜的楷模。"她狐疑地点了点头，"胡山，你怎么晓得？""小莲，我听我娘说过你爷爷的故事哩。"

娘说忠臣乡下有个穷书生，与母相依为命。他幼小聪慧好学，17岁那年中了秀才。次年要去湖北武昌考举，路途艰辛，往返需要几个月（走水路，过湘江路过洞庭湖）考虑生病的老母无人照顾，接连三次都放弃科考。28岁那年，母亲不能依儿子了，说什么也要他去应试。考试完毕，匆忙回家，推房门一看，吓得他目瞪口呆。老母躺在床上盖了一床破烂的印花被，不省人事，口里仅衔一根泛黄的灯芯。他痛心疾首，探一下母亲的鼻腔，还有一丝微弱的鼻息，他激动起来，母亲是饿坏的。望着家徒四壁，米桶空，锅生锈，急得团团转，东寻西找终于找到半把生虫的糯米，赶紧把糯米淘洗，磨碎，放点糖，蒸成糕，切成灯芯模样，一根根喂给母亲吃，说也怪，喂着喂着母亲睁开了眼，慢慢能说话。他十分高兴，逢人遍告。不久，迎来喜报，他高中举人。母亲身体又完全恢复，行走正常，双喜临门。从那以后，忠臣乡就有了一个会做灯芯糕的易奎……

铜钱僵在胡山擎起的手里，只顾沉浸于回忆之中。"胡山，快放下。"香莲不忘提醒。胡山惊醒似的将手放下，问："你们家搬到县城了，爷爷还健在不？""对，爷爷后来在县城开店了。"说完又摇着头，之后一言不发一阵，又说："原来小姐也是书香门第。"只见香莲低头无语，眼神忧悒，流露一丝淡淡的伤愁。想问，看她这忧伤的情形只好忍住。世事多变，许多说不清。他转而回道："不给钱不行，回去娘会骂我。"又将铜钱塞过去。香莲用手一推，笑说："送给你娘品尝。"看她这般执意，只好把铜钱放回兜里，叹一声："唉，小莲，真拿你没办法。"他转身往外走。香莲想让他多待一会儿，一时又找不出理由。胡山出门对着繁荣的街面，想起乡下的艰难，想着将要备考的盘缠,无奈地叹了一声:"唉,小莲,哪里需要佣人啊?"香莲听到后回道:"胡山,我家要是要,不过要熟练工人。"她想起前天一个短工去了河对面杨梅洲。曾国藩在招兵,待遇不错,年轻人蜂拥而至。缺了人手,作坊显得紧巴巴的,制糯米粉、炼糖、制中药粉末、春糕每个工艺皆耗工耗时。五月初五端午节快到了,需要大量存货。爹正差人手。胡山闻声,低头调转身,往外走。

"等一下,胡山。"随后,香莲一阵风似的旋入内室。

胡山停了脚,站在门外的白石阶基下。

转眼,香莲挽着一个戴瓢帽又精明的中年人出来,笑了笑指着胡山说:"爹,就是他,孝子哩,与寡母相依为命。"她爹听完介绍,身子不自然颤了下,眼睛一亮。胡山忐忑不安地向前,朝香莲的爹深深鞠了一躬。她爹用柔和的目光打量着胡山说:"不错,好。"又问,"小伙子你打算做长期还是短期?"香莲抢着话又毫不隐言:"短期,胡山要秋闱。""哦,好,去作坊吧。"

胡山进入糕点店后,不呼小莲叫小姐,他喊了一次小姐,香莲嘟着嘴巴不应,还耍小性子。没办法由她去,自己不能坏了主顾的规矩。

次日,胡山上班在后院作坊的灶口烧火,不知不觉,香莲溜进来,抢着他手里的柴火说:"胡山,我来。"胡山先不在意,以为小姐玩笑。发现她每天不缺,胡山起了疑心。有天,胡山在烤糕时,香莲夺过半成品的糕料说:"胡山,我来。"胡山察觉不对劲,但还是忍住,说:"小姐,你莫吵。"香莲委屈地瘪着嘴唇嘟囔:"我想替你,让你抓紧时间温习功课,真是好心没好报。"胡山埋怨香莲:"小姐,我是来你家做事。"见胡山一脸的愠怒,香莲跺了几下脚离开了。胡山以为她不会再来,一袋烟工夫又悄悄出现在胡山的左边。火焰跳跃，噗噗的火笑声绕在锅底周围不停地鸣叫。拿长锅铲炒糕的中年伙计，看出了门道，朝灶口的胡山诡秘地讪笑。胡山脸红，忐忑不安，添柴走心。可香莲不顾忌伙计在场，一声不响选了一条木凳挨着胡山坐下来。看到颗颗的汗珠从胡山裸露的胳膊上冒出，马上站起来掏出牡丹花手帕替胡山擦拭。胡山怕她碍事，误了火候，推开她说："小姐，快拿走。"可香莲跟跄几下，又扑了上来，攥紧胡山抓柴火的手，发疯似的非擦不可，胡山不想就范，躲来躲去。汗水没擦到，柴火的烟墨不知何时涂在胡山白皙的脸蛋上，见了这幕，香莲笑得花枝乱坠，一下子仰面大笑，几乎笑得晶莹的眼泪滚了出来。炒糕的中年伙计被感染，只顾笑，停了手中的活计，烧黑了糕也浑然不知。一股焦糊味从锅口处弥漫，吓得胡山忙抽出灶口里的柴火。不见效，站起来喊中年伙计。等伙计回过神，拿铲的手又快速动起来。香莲离座，跑到厨房打了一盆温水又取来一条洗脸的白色手巾，亲手给胡山抹面。胡山紧张地推开香莲，心里害怕，误事不说，男女在作坊拉拉扯扯成何体统啊。

近段日子，胡山在作坊有点提心吊胆。怕香莲来。香莲一阵风似的旋进作坊，拽着胡山的衣袖就走，说："胡山，带我看去文庙。"胡山一口拒绝："小姐呀，我要烧火。"香莲拖不动胡山仍不依不饶，说："胡山，到底去不去啊？"胡山只得告饶："小姐，请你不要来吵我，我要做事啊。""哼，胡山，你了不起了？"她把胡山的手用力一甩，哼一声，翘着小嘴巴闷气出去，不一会儿又踅转回来，故伎重演。胡山不耐烦道："小姐，我真没空，我就要去炼糖。"有时说："小姐，你没看我在切糕块。"有时说："小姐，你没看到我在撒籼米粉（防粘连）。"次次碰壁，每每她斗气而出，又忍不住重回作坊。有时候，胡山看她又可怜兮兮的，敷衍一句："好，小姐，等我忙完了，我带你去。"白天的事哪忙得完？这只是安慰，对小莲来说是一丝久违的希望。她很满足，像一只欢乐的蝴蝶，飞来飞去。

寒冷又飘着雪花的下午，胡山在作坊烧火，香莲溜进来，弯腰靠近，向胡山嘻嘻笑："胡山，你把手拿出来，让我瞧一瞧。"胡山莫名其妙，香莲唱的是哪出，可他装傻充耳不闻，继续塞灶火。香莲一把抓住胡山的右手，翻转过来，端详他那包子一样的手背，虽染了点黑烟灰，但肥肥嘟嘟的，饱满又细嫩，一声啧啧："胡山，一看，一双富贵人的手。""哎呀，小姐，你别挖苦我了，小姐，你走呀。""怕啥呀，又看不坏嘛。"胡山想把手缩回，可香莲不让，使劲抓住，说："慢点，我还要看你将来的婚姻、事业和财运。"胡山无奈，换成左手添柴。香莲认真起来，把他的右手掌摊开，手指并排合拢，托起来放自己的眼前照了照，惊喜地叫起："胡山，你五个手指合起来没一丝掌缝，一看，是一双聚财的手啊。"胡山不乐意，心中埋怨，我有钱就不会来你家做短工了，真是哪壶不开提哪壶。胡山嫌左手添柴不方便，想抽出右手，又被她拖住。香莲瞅了瞅胡山的手掌，看到一道粗纹从他的掌心穿出，无岔开的小横线，激动起来："胡山，看看你官运纹啊，将来你一定是个大官……"胡山不屑地想，还做大官，连考个举人的盘缠都不知在哪里。胡山见她吵着烦，用力挣脱。香莲还想看胡山将来的婚姻，这下可好看不成了，惹得她生气，绷着脸，"三寸金莲"狠狠蹬地，笃笃声从门槛远去。

一来二去，香莲离不开胡山了。

那段时间，胡山白天忙事，晚上回到安静的偏房，点上一盏明亮的洋油灯，聚精会神读"经史子集"，狠下工夫，夜夜不息。可香莲闲不住幽灵般出现在胡山的门外，闻听熟悉的琅琅书声，轻巧地踮起脚尖，眼睛望着窗口。瞧不见又心痒，蘸湿的手指戳破窗纸，瞅见胡山下笔如神，香莲受到感染，陶醉了，洋溢着欢愉的笑意，好像看到胡山的高中。香莲呆站了半晚，突然想到什么，猫身进入厨房，端出点心、包子、面条和补心补脑的桂圆鸡蛋，推门而进。胡山不知香莲何时进来，见书桌上冒起腾腾热气，吓得不轻。"小姐快别这样了，天下没小主人伺候下人的。""才子秉烛夜读，小女子相陪一旁，是我的福气。"见香莲像是沾他的光，这么看重自己，胡山有点受宠若惊。香莲也毫不迟疑端起碗往胡山手里塞。胡山也不拘束了，傻笑一声，自言自语说不吃白不吃，就狼吞虎咽起来。香莲看着胡山这吃相，一阵蜜笑："胡山，这就对了，肚饱文章在，说不定明年中个状元。""借小姐的吉言，中举、进士及第就行，状元不妄想了。""胡山，你能，你有贵人相，说不定成为驸马和皇亲。"胡山瞟了一眼正觑看自己的香莲，呀，香莲在试探我。"小姐，你说到哪里去了，状元我望尘莫及，湖南上百年也没中过彩，何况我？"她故意嗔怪胡山一声："你能，我看过你的手相。"他不能让香莲乘虚而入："小姐，取士做官，就是祖坟开裂，像黎老爷那样，在潭城置个房就知足了，我也不想不着边的名头和妄想。"香莲闻之，心里像喝下一瓶糖水，生怕胡山看出真实的想法，旋即转了话题："哎呀，胡山你看看我多糊涂，将来你进士及第，还叫你胡山，多不成体统。""小姐，胡山和秀才随你叫，我都喜欢。"香莲怕耽误胡山的学业，依依不舍地走出了房门。

三

半年一晃，那天下午阳光明媚，胡山辞了工。他来县城不少日子，没闲暇观赏潭州十八总的风光，想起答应香莲，就找到正做女红的香莲说："小姐，我带你去小东门，瞅瞅学宫。"学宫是文庙，在潭城的城正街，这里是胡山在城里熟悉的唯一的去处。

"好呀，胡山，你等等。"香莲兴奋地蹦起来，转身描红画眉去了。

香莲穿着红色的旗袍，婀娜地出门。走近胡山，伸出留有胭脂香的右手。胡山不但没牵着她的手而佯装不知，转身之间，不料发现一座小庙："小姐，原来我们铺子后面还有一座庙呀，这庙叫什么？"香莲尴尬地缩回手，淡淡回道："金凤庙也叫娘娘庙，未怀儿女的小媳妇和没孙子的婆婆怀着念想和祈盼，进庙烧点香纸许愿求子。""小姐，我们去看看？""我才不去。"香莲有些怨气，紧着脸说。胡山觉得不对劲，马上转口："好好，不去就不去。"胡山踅身跟着香莲往前走两百米，眼前一座石拱桥。香莲停住，盯住胡山嬉笑，说："过了唐兴桥就是壶山。""哈哈，这山真与我同名，那就去看看。"香莲眯笑一下，走在胡山前面。胡山来到唐兴桥被迷住了，桥头的两边雕刻着象、狮子、马的石像，栩栩如生。胡山边摸边赞叹这石匠的手艺精湛又巧夺天工，低头观赏这座拱桥，果真发现唐兴桥三个字。过桥头，向左边仰望小山上矗立了一座宏伟的大庙，隔老远瞧见唐兴寺的匾额。香莲回头说："这是唐兴寺，晋时称石头寺，唐时称潭柘寺。'魏晋六朝名胜，中湖第一道场'一点不为过。一千七百年历史的古老寺院，'先有潭柘寺，后有幽州城'有流传的谚语为证。"胡山心里称奇，香莲知道得不少，他对厚重的名寺颇有兴趣，想爬上去浏览一番，见香莲一直往前，没有停留之意只好打住。

抵达石嘴垴，青翠的树枝掩盖了巨大的红砂岩山体。香莲指着这座山说："这锦石，立如壶，称壶山，临江面山石似马蹄，又称马蹄石。阻江而立，江涛拍岸，日夜不息。"说完兴奋地往山坡小跑，向胡山招手回眸："秀才，我喜欢爬这山，攀顶峰，览胜景，望江面

153

来来往往、一上一下的船只，又能看酱厂的雇工在江中取水……"

胡山被香莲的学识所折服，追上去，登石望江，水天一色，百舸争流，浩浩荡荡，十分壮观。览百里，沿江而上可眺望衡阳，沿江而下可俯瞰长沙。遗憾的是没遮阳挡雨的亭子让游人喝茶品茗、吟诗唱和。"胡山，以后你取士做官了，在这山坡上捐个亭。到时，我们爬山有个休憩的地方。""好，小姐我听你的。"香莲望着胡山咯咯笑，笑得很甜。"胡山，这山顶，其实，唐时有观香楼，明代有远景楼，遇上元鞑和满人两次打进湘潭，浩劫之时屠城之际，把这些人文楼全部摧毁"。胡山叹气："唉，太可惜了。"她低头不语，又俯瞰山下，叙述："巨石下有深潭，名为陶公潭。《南迁录》所记：石嘴垴下陶公潭为河神所居，水极深，有漩涡，人船不能靠近。说某年，两龙舟追逐，一只误入'龙宫'里，珍珠、玛瑙、玉石、金银不计其数……"听到这儿，胡山晃了一下，惊艳地望着香莲。可香莲对胡山妩媚一笑，耍起娇："胡山，我想要珍珠。"香莲突如其来的要求，让胡山爽快地接受，边小跑边说："好，遵照小姐的吩咐。"香莲羞红了脸，故意往南竹码头撒野似的跑，下了山，只闻石阶上响起一阵丁丁声，把胡山甩在后面。"小姐，小姐，你慢点。"胡山害怕小姐走散，到时，交不了差，紧张地撒起腿猛追。

胡山往码头跑，一级一级跃下，越过小姐。他望着湘江翻腾起来雪白的浪花，叫一声妈呀，恍了一下。回头看着香莲在石阶中间停住，又急忙刹住脚步。这个时候，香莲吐了吐舌头，意识到什么，后悔起来，来不及看一眼一路路打着裸膊赤足的酱厂的长工从湘江河里挑水上来，就朝石阶底下的胡山急呼："胡山，打回转。"

胡山闻声，快乐往岸上攀登。香莲看到胡山挥手向她跑来，拍了拍自己的小胸口，好似悬着的心一下落地，愉悦地望着胡山笑。

等到两人走到一起，你看看我，我瞧瞧你，彼此欢悦。十分钟不到，来到了临江码头。这里，算得上湘潭真正的十八总。香莲心情舒畅忍不住唱起歌谣：

> 十八总大码头，买点肥肉拱骨头
>
> 十七总白铁铺，老屁股的剪铁如剪布
>
> 十六总仓门前，九如斋点心卖个鲜
>
> 十五总真不差，六个铜钱船到长沙
>
> 十四总有红艺，伢儿妹儿卖绸线
>
> 十三总有环球，男人理发女人把头绺
>
> 十二总关圣殿，石柱上雕龙像真的
>
> 十一总协盛西，黄芪党参是补的
>
> 十总有豫章，江西会馆响当当
>
> ⋯⋯⋯⋯⋯

"啊哟，小姐唱得好，十总到十八总的特色都让你唱出来了。""胡山，没什么巧，生在县城的孩子从小耳濡目染，其实，宋家桥（燕子桥）还有不少的歌谣。"突然，胡山停了步，怅然若失，没接话，似乎从香莲嘴中听到宋家桥三个字，心里无不酸溜而忧伤。眼前出现逝去多年的父亲⋯⋯童年时，有一次哭着追着父亲挑着鱼盘在肩膀抖了抖，鱼挑子摆了几摆，荡出了几点水珠，一路远远洒去。父亲不回头，边走边哼起小歌谣，"摇啊摇，摇到宋家桥，白米饭，肉汤淘"。饥肠辘辘的他以为那里真有父亲所哼的那样美好，涎着口水，哭着跟在父亲后面。他家出门是涓水，父亲挑着担子站在涓水河边的小码头，挥了几下手，说："傻崽，你快回去，燕子桥的鱼苗市场太远。

世道不太平，水程凶险，一路水匪、强盗、人贩子。"他一把鼻涕一把眼泪，不舍地转身往家走……他曾听父亲说过宋家桥不仅有本地的还有道州的，歌谣形容：贩子慢悠悠，七天七晚到潭州。可他们家少则也要一天一夜的水路。父亲不会携幼崽同往。就是这一次，父亲再也没回来……

他凝视着江面，眼睛被水雾打湿。"胡山，胡山，我不该唱，让你伤感。""没什么，小姐，只要想起宋家桥，也就想起我溺死的父亲。"香莲转身抚慰胡山，一把紧紧握住他的手。"胡山，我爷，也是在燕子桥被人谋财害命了……"两人四目相对，眼泪汪汪。

两人相惜地走了一段，一股风又把他们心中的悲伤吹去，在街心麻石上一前一后走着。不料，前面黑压压的一片，人头攒动。香莲两手将人分开，往前走了几步。胡山也挤开人群紧跟其后，看见在街边搭有竹架戏台，唱大戏，心中顿时疑惑。可香莲回头向他招手，快点来，黄家大班唱《龙凤呈祥》和《刘备招亲》喽。胡山恍然一下，竖起耳，闻到鼓声，问道："白天唱什么戏？"香莲咯咯笑，有意逗他："不晓得吧，胡山。""小姐快说，"胡山猜不到，好奇催问。她故意急他，抿着嘴笑而不说。他瞟了她一眼，知她的小心思。转身生气的样子，"小姐，你不说？是吧，那我就回去了。"香莲一把拽住他："胡山，好好，我告诉你，两个同行的商家，为争生意，闹起矛盾，争吵得骂起来，又打得不可开交，只好请商房宫的人评理，被商房宫评输了一家，出钱唱大戏，潭城形成了这样不成文的规矩。""哦，小姐，我第一次才听到这稀奇，只听说赢了官司的请客，没听说输理输官司的还要出钱请戏班。""对，潭城就这规矩。"黄家大班的戏技不坏，唱功好，武功也过硬，尤其调子悠扬顿挫。胡山听了一阵，进入角色，摇头晃脑轻哼。香莲要走，拉他一下，胡山身不由己，想听也没办法。

到了十六总，香莲看到店铺前的摊子摆着彩头线脑、胡丝和绸缎，眼放光芒，脚移不动，欲弯腰，可旗袍束着僵硬的身体，害得她勾头挑选。胡山停下来，看着香莲买了一些赤橙黄绿青蓝紫等七彩线，回去绣荷包、鸳鸯枕、手帕等。潭城妹子从小喜欢花儿草儿和红红绿绿的色彩，尤其大户人家的闺女，从十岁起，学会做女红，手艺练得炉火纯青，好为未来的婆家做。香莲付了银两，意味深长朝胡山妩媚地笑了声，传递一种暧昧信息，遇这情形一般男人心里乐开花。可胡山不敢想，更不可意会，佯装懵懂。

沿临江街面，一幢又一幢的吊脚楼，红红的大灯笼悬挂，春节前贴的门联，日晒风吹褪了颜色显得淡白。巷子里人挤人，一串串的叫卖声和当当的木屐声把这条街吵得热闹。进入十五总，很多商人和旅客，提着沉重的木箱和背着货物的竹筐，挎着换洗衣服的布包，往白公池码头走，上船的人流熙熙攘攘。河里船工吆喝声四起，百舸争流。

"胡山，去长沙府考举人，要从这里乘船。"

"哦，小姐。"他答了一声，眼朝下凝视江面，再过两个月，从这乘船到长沙参加秋天的乡试，能不能考上心里无底。想起自己出来些时日，不知娘的近况。留在家里的灯芯糕，娘吃完了不？明天，回去一趟，孤苦又眼瞎的娘还在十五都叫茶子岭的地方。虽托付堂兄，但娘身有疾。堂哥是忙人，正值农收，不可时时照顾。他想起香莲的爷爷易奎赶考时的情形，一丝忧虑跃上心头。

"胡山，考取功名后，回店报喜。"香莲喊醒了一脸忧虑的胡山。

"好啊，小姐，没有你家雇佣我，我哪有盘缠？"

"胡山，不怕，中了举，我会跟爹说，赞助你去京都的银两。"

"小姐，你家的恩我胡山感激不尽，愿一辈子做你家的长工。"

"呵呵，胡山，你在说笑话，到时做好官老爷了，我家怎么留得住你？"

她饱含幸福注视着胡山，就等他往下说。人生双喜，高中与洞房。可胡山不敢说，觉得自己贫穷，不过，看着小姐笑，抑制不住内心的欢喜。香莲等不来要听的，一下子又不理胡山，别过脸，匆匆往前走。

越过十四总，又穿过十三总，进入大同街，走了几步，见碧波荡漾的后湖边，亭阁楼台，小桥流水，芳草野花，绿堤垂柳，黄莺鸣叫、婉转动人。胡山欣赏这幽静的园林和自然的花草，来了诗兴，可想起宋人罗大经有一本《鹤林玉露》记南宋枢密院编修胡诠，停留于湘潭在胡氏园中饮酒，见一代乐伎黎倩，风华艳绝，有一对十分诱人的酒窝，胡诠被迷住，题诗一首："君思许归此一醉，旁有黎颊生微窝……"当时，南宋大理学家朱熹知道后，看不起胡诠，写一首《自警》，意不误平生。可朱熹越想越不对劲，堂堂一个编修怎么就被迷惑了呢？一定有她的妙趣。乘船溯江而上往湘潭，来到胡氏园，违初衷，见黎倩，为的是欣赏她那迷人的酒窝，成为文坛笑谈。胡山暗自一声苦笑，寒酸的学子哪有这般雅兴？诗也不题了，担心香莲早知这个段子，见他停留会取笑自己，天底下读书人一样货色。他斜觑香莲，见她的目光没在胡氏园子方向，正浏览怡笑堂的紫红装饰和暗淡灯笼，又觉得不雅，不屑地收回来。只见香莲蹙着眉，眼光回寻。他心紧张了起来，闻香莲急忙催促着，"胡山，走呀，快点走呀。"

胡山不敢驻足，怕香莲说他迷恋。两人抵达八总油榨巷，巷子后面是花圃似的园子，香莲指着说这是黎园，翰林黎光曙的府第，道光十八的进士和我爷爷同窗。胡山哦一声："小姐，记得你跟我说过，你的名字还是黎进士取的。""对，没错。"胡山想进去瞧一下，红漆门紧闭，偶尔几声琅琅的吟咏声从墙头飞过。他心旷神怡，羡慕仰头，自言自语："长沙秋闱取得举人，隔年在皇城春闱弄过三甲，也效仿黎氏在县城买过宅子，把乡下的娘接过来，找几女佣伺候娘老子，这样一来，娘吃灯芯糕就方便了。""好，读书人想法蛮奢侈。"香莲取笑胡山，胡山想着自己处境，尴尬地摸着自己的后颈。香莲心中好似沉下的东西又一次浮起，看到一丝朦胧的希望，说："胡山，还有啥打哩？"胡山被问糊涂了，顿了下，不说了。香莲在一边焦急，催问："胡山，别磨叽快说说啊！"他想了一会儿，还是不敢说，故意愣了下，又拍了拍后脑。她失落地看了胡山一眼，心里怨他木脑壳，小脚往青石板一蹬，叮当一声，气呼呼说："走吧，走吧！"

又走一阵，门前有一块一人高大石头牌，赫然写着"仕子官绅等至此下轿或下马"。香莲瞧了瞧，喜着惊叫："这是哪里？清静又威严。"胡山说："小姐，这是我考秀才的地方，叫文庙，你不是吵着闹着要来小东门吗？""嘻"一声，向胡山窃笑："我们真到了，胡山，爷告诉我，这里是圣人读书的地方。""对对，也叫学宫。"香莲仰起目光，瞅着他默默地看，胡山转了个圈，她眼睛也追了个圈。胡山不好意思，摸索着自己的下颌说，"小姐，你你这是做么子？"她咯咯笑："看圣人啊。"胡山羞愧摇头："我不是圣人，刚起步的学子。"她不信胡山的话，满眼羡慕，赞叹道："我爷爷说，读书人是圣人……"

四

翌日上午，胡山结算完工钱，又买了十盒灯芯糕向南竹码头走去。

159

香莲悄无声息跟在后，胡山先不知，下了码头，等一只从家乡拉粮谷和特产的乌篷船，卸下粮食、桐油等货物，就往回开，绕过青色的杨梅洲，穿过河水与江水清浊分明的洛口，再转曲曲弯弯的涓江，回到家乡。胡山上了船，坐在黑褐色的船沿边，目光越过码头朝岸上凝视，想起与香莲相处的一段日子，心中涌出一丝丝甜蜜，她那几次暗示，碍于自己的身份，没敢意会，一分揪心的无奈苦楚挥之不去，不觉间，惊艳起，远远望到香莲立在码头向他挥着那细长又纤弱的手臂。大木船启动，胡山的心事被湿漉漉的江风抹过，水一样东西在眼眶模糊……

旋即，船上传来惊雷般呼喊:广西起兵了！这一声炸雷响在船上，瞬间船上到处是慌乱和惊恐，乱成了一锅粥……人心惶惶，旅客又向码头散去，惊慌未定。两个下船的客人爬上石阶，谈论着百姓命运相系的特大新闻：

"唉，伙计，说不定个把月的时间，广西金田的太平军打通衡阳进入潭州啊。"

"您，您放心，太平军打到这里，也不那么容易，想想一旦潭城失守，长沙府岌岌可危，朝廷不会轻易放弃长沙，会调动凶悍又骁勇善战的满洲八旗兵南下，同时，湖南提督会组织当地兵勇在衡阳、衡山段的湘江水域，设法阻挡太平军前行。"

"哎哟，您就别指望那些八旗兵，贪图享乐，骄奢淫逸。这些整日吸鸦片提鸟笼的'鸦兵鸟卒'早已坠落，溃不成军。"

"您别急，真是改朝换代，对咱老百姓也不是什么坏事。"

"唉，一旦在潭城发生战争，遭殃的还是我们这些底层贫民啊。"

…………

香莲踮起脚站在码头上，听得一惊一乍，腿有点软，小手按着自己的胸脯，恐惧刚过，顾虑从心中蔓延，担心起回家的胡山，乱军暴发，各处匪患猖獗，水路凶险，想起爷爷过宋家桥，被两条木船挟持，进货的银元抢去，还杀人灭口……香莲两行清泪潸然下，眼泡红肿。

胡山回去半个月了。香莲坐立不安，走到码头打听从茶子岭那边来的乌篷船，没这方面的消息，她变得越来越焦虑和郁闷。直到乌篷船出现南竹码头，她才转忧为喜。欣然地跑向船头，见胡山手里提着一只黄色羽毛的母鸡和一篮子鸡蛋正从乌篷船上下来，两人碰个正着，欢喜地接了胡山手里的东西，嘘寒问暖之后，不知不觉地埋怨胡山，"胡山，你还晓得来呀？"胡山顿了下，愣住了，心想，没事跑什么县城，没地方落脚不说，单吃呀住呀都得花钱。胡山不解释也不反驳一脸傻傻地笑："小姐，家里的事耽误了。"香莲觑了胡山一眼，看他那副委屈的样子，回想他曾说过家里还有一个眼盲需要伺候的娘，心又荡起一丝怜悯。走到街心，胡山愧疚地止步，对香莲说："小莲，不进店子了，不麻烦你家了，明天直接从十五总乘船去长沙。"香莲顿时失色，狠瞪他一眼，把母鸡往胡山脚上一丢，母鸡吓得"咯咯"地叫。胡山也哑口无言，尴尬地退了一步。刹那，门口的中年伙计看到此情此景，跑了出来，捡起地上的母鸡，拽着胡山的肩膀说："走，胡山我与你很久不见，今晚我们俩伙计唠叨唠叨。"

入睡前，侧小的房间闪烁着黄色的清油灯光，胡山坐在床沿边听伙计叙说香莲。

"香莲及笄，又曰舞象之年。婚姻也提上她父母的议事日程。开朗又活泼的商家独闺，提亲的很多，士绅才俊、书香子弟、商贾少爷，还有黎园府上的后生……"听得心上心下的胡山瞅着伙计，当闻到"黎园后生"这四个字，浮想起和香莲沿江街游玩儿，路过亭台楼阁、青瓦雕梁的黎府，琅琅诗书声飘向耳边时，俩人那般欢悦又甜蜜的情形。回到现实，一下子面色凝重，感觉心里的欢快如夕阳西坠般慢慢落空。伙计拍了拍他肩膀说："别担心，香莲一口拒绝了。"胡山的心颤了几下，抬头紧张地注视伙计，眼睛里似水的东西在闪烁。伙计瞄他一眼，怔了下，察觉到他心里的急切和不安，又说，"她爹不甘，又请半老徐娘的媒婆介绍了钱氏药栈的二少爷，人不错，高大帅气，富可抵潭城半条街，可小姐郁郁不乐地摇头，把她爹弄糊涂了，问她，'妹子啊，你到底需要什么样的人？'小姐回答'爹，我不想嫁人。'她爹一屁股瘫坐椅子上，一颗滚烫的心被她浇了一瓢冰水，全身透凉。我上前安慰她爹，'老爷，小姐婚姻，自有天缘。'她爹无奈地叹着气，'唉，怪我把独女娇生惯养，你看看，连我都不能做主……'"胡山舒了一口气，似乎轻松，抬头看一眼表情凝重的伙计，稍一掂量，觉得自己有点不知天高地厚。

恰恰，急促的敲门声咚咚在响。胡山和伙计惊了下，同时起身。胡山高兴不起来，冷气长叹，不想见敲门人。伙计扫了胡山一眼，摸透了他，又不想分散胡山考举的专心，随即吹灭了灯，说："睡吧，胡山，你明天要赶路！"话声传出，敲门声即止。

数月后时令入冬，冷凛的江面飘着棉花似的白雪，一朵朵纷纷坠入江中，瞬间又被水面吞食；不少飘落在吊脚楼的青瓦上旋即积成厚厚的棉絮；无数朵撒在柳树巷子上化成一滴又一滴水珠汇聚成一洼洼雨水。胡山从长沙回来刚下船，踩着麻石街上一洼洼的雪水走来，看见香莲托着一头乌黑发髻坐在铺台前观望，陡然眼眶湿润，激动起来，急切与香莲等待的目光交织一起。香莲想上前责问，离开那晚去敲门为何不开？可转意一想，这是小事，最让她关心的是胡山的前途。"胡山，中了吧？""中了！小姐。""胡山，你好样的！"
她擂了胡山一小拳，喜极而泣，说："胡山，我早跟你看过相，是富
贵的命，没错吧。"香莲揉着眼睛狂喜地跳了起来，跑入街道，欣喜
若狂挥动着长袖如龙蛇飞舞，雀跃起来，高呼："胡山中举了，胡
山高中了！"胡山不好意思追着香莲喊："小姐，你莫喧哗。"此刻，
街两外的商人好奇地伸出头，或走出门，带着仰慕的心情观看这条
街从易氏糕点店走出的第一位举人。外出买盐的伙计兴奋地拉住香
莲："小姐，胡山？"香莲扭头一指。伙计跨了几步，搂住胡山，"啊呀，
我们的伙计金榜题名。"回头不忘对小姐说："赶快告诉你爹。"香莲
趑身往回走。得了女儿汇报的喜讯，她爹，同时一下也明白女儿的
心思，这等好事，求之不得，何况还一直喜欢胡山的孝顺。于是叫
下人点亮挂在楼上的红灯笼，又自拟对子将两边门户贴得红红艳艳，
还不忘吩咐伙计请客户、左邻右舍、士绅学子、商房宫的人，还亲
自去唐兴桥前"一家仙"的饭店预订十二桌，席面四小八大十二碗。

　　次日，客人准时抵达，从热闹的场面悟出易老板的妙趣，不单
单为伙计中举宴请，还含有令媛择偶定亲的意味，只是没说破。胡
山蒙在鼓里，伙计看得明白。饭桌上喜悦的香莲喝得微醉，时不时
地提醒她爹："过了春节，胡山要启程去京城。"她爹看女儿如此上心，
爽快答应了。半醉的香莲告诉胡山时，胡山向香莲打了个拱手："谢
谢令尊的好意，明年我不准备考功名了。"香莲一下清醒，想着明年
不进京春闱就没做官的前途，惊诧起来。胡山见香莲不理解，说："小
姐，岁月峥嵘，又起兵祸，赶考路途迢迢，我闪失不打紧，可老母
今后怎么办啊？"香莲身体不自然颤了一下，想到她爷爷和胡山爹
出门还在本县人就殁了，何况如今这个乱世，京城两千里，许多凶
险。"胡山，不去也罢，来我家店里做事，作坊里的工艺和流程你都

163

熟练，我就去跟爹说。"胡山一把拦住："小姐，我也不瞒你，在长沙岳麓书院读书时结识一个衡山人叫彭玉麟同榜举人，他心忧天下，不愿苍生遭罪。他要我和杨载福一道去杨梅州筹备湘军水师，保护潭城。我答应了他。"香莲怔住，心里咯噔一下，当湘勇就是当炮灰，她一万个不愿意。"胡山，不去我家也行，就在潭城开馆收徒授学，过小日子，比当湘勇强。"胡山没搭话，主意已定。香莲也阻止不了。当晚他辞谢了香莲一家，乘小筏子去了河对面的杨梅洲。

半年后的一天晚上，麻石街面漆黑得伸手不见五指，闻不到叮叮的木屐声，行人寥寥无几。吊脚楼被漆黑的夜色笼罩，看不见楼层和屋檐的轮廓。好在楼上横拦的灯笼闪烁着数点橘红色的光芒慢慢往周围浸透和扩张，把宁静又寂寥的夜色挤破。江对面一只小筏子闪烁黄色的夜航灯，随着哗啦哗啦的水声如一片秋叶向码头这边移动。久等的香莲呵着手，惊喜地朝着胡山坐的小船快走，打着招呼："胡山，有时间过河了？"胡山惊了下，见香莲一丝抱怨，欠歉说："前段夜间下水训练，现在才改做文案，才有时间过河。""哦。胡山，岛上苦吗？""不苦，做文案比训练轻松，不过，小莲，我还是喜欢训练，虽紧张、辛苦、枯燥，但强训几个月，我会水了能划船也会开炮了。"她仔细端详胡山，发现他面色黝黑，肩膀结实，胸肌鼓鼓，变了人样。她笑起来："胡山长进不少啊，看来，我当初的想法错了，你生来就是做将军的料。"胡山苦笑一声，不答。这下，她沉下了脸，又想着从懦弱书生到结实兵勇，许多她不知的变故，心中不免有怨气："胡山，你早就不记得来糕点店了？"胡山惊得觑香莲一眼，才明白这几月没过河，惹她生气。忙说："小莲，不会哩。糕点店的人个个对我好，再说，我娘喜欢你们易家的灯芯糕，娘说灯芯糕甜甜的又秋秋凉凉的。"这一说，如清凉的风把香莲心中的不快拂去，她又恢复了欢快的情形。胡山进店，买了几十盒灯芯糕，要走。上了那只等待的小筏子，胡山借着微弱的渔火和船灯，看到香莲站在临水码头上伸着脖子，不停地挥舞冻红的手指。他眼睛湿润，忍不住呼喊："小莲，快回去吧。"筏子慢慢远离江岸，香莲的身影越来越模糊……

　　胡山才走一天，香莲又在码头张望和徘徊。岸的两边光秃秃的柳枝随风摇曳，凋谢的乳红色的木槿花朵从绿叶上向岸坡和江面洒落，落在地面的一片片枯萎的花瓣，孤凉凄冷。小河对面叫杨梅洲的地方，香莲没去过，但她听说这个洲屿四面环水，面积 0.5 平方公里，风景宜人，田土肥沃，菜园青翠，绿树成荫。岛上的船厂烟囱高高耸立，弥散的黑烟如一条苍龙在天穹中飞舞。厂里的工人忙碌地造筏子、造帆船、造桅船、造炮艇，一条条新造的小船大船离岸下水……香莲见过每年五六月时，洲上的农人搭筏子搭小船渡河，一篮篮的一担担的紫色的白色的茄子卖给城里人。她吃过杨梅洲的茄子，肥大、质嫩、味美。她不知望了多少回，看不见河对岸的杨梅洲的全景，充满好奇，想亲自上去看一看，瞧瞧胡山怎样训练和工作。她想好了，这次若胡山过河，一定缠着胡山带她去岛上……夜深了，没等到胡山，她失望离开码头，爬上岸，慢腾腾地往家走。

　　又一天下午阳光暖和，晚霞的余晖徐徐落在江面，泛起粼粼波光。码头上的香莲无数次向波涛斑斓的江水上遥望。陡地，她眼睛一亮，江面一只小筏子往这边划来，哗啦哗啦的声音愈来愈大。靠近码头，船工插上长长的撑竿。她发现站在小船中那熟悉的身影，两手还捎了一篓白萝卜和一只翅膀扑腾的野鸭。小筏子没停稳，胡山跃上码头。她兴奋地想，这次要向胡山提出来，让他带自己上岛。赶上几步，与胡山撞了个正着。她盯着他从头至脚扫了一遍，咯咯笑："胡山，

165

你没瘦啊？""还好，这一向紧张，太平军已逼近潭城。"她心紧了一下，好似眼前：刀光剑影，炮火连天。小手轻轻抚了抚胸口，迫使自己平静。这个时候，把自己上岛的想法在她心中摁灭。关心地问："胡山，你娘近来好吗？""好多了，"胡山随即止步，把手里的东西交给她，说："小莲，你拿回去，我就不进屋了，我还要去十五总购买一些笔墨纸。""怎么啦？不歇歇喝杯茶？""不啦，枕戈待旦的时期。""好，你等等。"香莲转身跑上岸。一刻钟后，她托着二十盒灯芯糕走下来。"小莲，只有你了解我，这个东西不但娘喜欢，告诉你，彭玉麟和杨载福他们也喜欢吃，酥软又香甜，他们看地图时忍不住还捏几根糕点往口中嚼一嚼。"香莲望着他笑，眼中含一丝妩媚，说："胡山，你走吧，打完仗，来城里落脚，把你娘也接过来。""好，小莲。"他深情地瞅着她，拿着灯芯糕笑了，折转身，上了那只等在码头边的小筏子，哗啦几声又划走了。香莲站在码头，眼睛随小筏子的影子远去，心一下如飕飕的风拂过冬天的黄昏，无处不是落落空空。

腊月末到，吊脚楼上红色的灯笼销声匿迹，街面的店铺全关门闭户，麻石街上无商客船工行走的影子。一百年前明末清人屠城，几代人心有余悸。拂去历史的尘灰，这城墙、这麻石街和这码头，冥冥之中还能嗅到先人一股股屈辱的血腥味。人心惶惶，丢了家什，净带些银两和换洗衣服，拖儿带女，扶老搀幼，逃命似的往乡下躲藏。沿街店铺、摊位全部撤离，香莲家也准备逃往山高林密的晓霞山，可她还呆坐空荡的柜台前，胳膊肘支起沉重的脑袋，眼睛朝小河的对岸凝视。她爹催她："香莲，快点，再迟来不及了。"她凝视的目光一动不动。拉她，还是不动。"妹子，你还等哪个？是不是那个中举的秀才啊？"她沉默无言，眼中一丝怅惘。"妹子啊，刀炮不认人啊，说不定秀才早就没有人了。"她爹叹了一声，"唉，你执意等，乱匪掳杀，做爹娘的也管不了。"雇船急迫要开，只好丢下香莲。街面，冷寂无生气，木屐声遁去，头顶不见一只飞鸟的影子。走到码头，她爹的心还是放不下，又急速打发两个长工强行架走香莲。

世事多变，两个月后香莲和家人从躲藏的晓霞山回来。她爹把门锁打开，铺面上落下一层厚厚的灰尘，柜子里和屋角牵引了无数的蜘蛛网，几只硕大的老鼠在屋里来回跑动。半月前，窑湾这片水域，彭玉麟、杨载福率领湘军水师与太平军林绍章部打了一仗，非常惨烈。走在散发血腥和尸臭味的街头巷尾，看到城中的百姓欢欣鼓舞。唐兴寺一僧人说，两军八天厮杀，湘军彭、杨亲自督战，炮轰对方，驾驶舢板冲击太平军林绍章部的船只（那些不堪一击的民船），加之塔布齐率湘军在陆地猛攻，水陆两面夹击，势如破竹，太平军的林部败北从宁乡退向长沙，死伤几千，江面染红。有人吹嘘，保潭城不毁，是彭和杨将军指挥有道，训练有素的湘军水师，还得益于杨梅洲船厂造出来的船舶，船大炮利……街面一片欢愉，窑湾又恢复昔日的热闹和繁华。

之后，香莲每天独自来到临江的码头，看着朝阳从江面徐徐升起，又看到晚霞慢慢落下。她在春光明媚里盼，在夏日炎暑里盼，在冷雨寒风里盼，在雪花飘飞里盼，就这样盼了两年，也没见到想念的人。听说，下了长江，去了武汉，又去安徽、南京等。第三年，香莲看到江面陆续出现新的景观：一路路的彩船，一船船的金银和财宝，由长江至洞庭湖，逆水而上，又转长沙，浩浩荡荡的船队在潭城的窑湾江面出现。湘军凯旋，战武汉，克九江，攻安庆，又打开相持一年的金陵，城破后，六朝古都的南京尽是金银财宝、古董字画和不少江浙的美女乐伎。

她尽力打听，想起胡山打硬仗几年，他应擢升参将或都司了吧。

167

立功受封的胡山会站在某一条大船甲板上，航行到潭城窑湾，会在十八总靠岸。她遥望大船慢慢地朝她开来，眼泪双流，手狂舞，转眼间，大船绕窑湾而行，向涟水向湘乡开去。

每天的清早她来到码头，盼不到船来，又跑到石脑嘴的壶山顶上张望，从春到冬，这一晃就是两年。

有天，十五都六甲茶子岭来人，找到易氏灯芯糕店，正碰到香莲爹，要胡山回去做孝子。她爹回了实话，也想把这情况告诉香莲，走闺房发现女儿不在，急忙跑下码头，见香莲望着江面呆呆地像个木头人。"妹子回去，等不来了。"香莲头连摇。她爹又说，"妹子，你没看见那些彩船往涓江和涟水而去。妹子，说不定，秀才妻妾成群，在扬州或苏州纸醉金迷。""爹，他不会，他曾说过在窑湾置一栋大宅子，接来老娘，天天吃我家的灯芯糕。"她爹想跟女儿说实情，死了这心，还是忍住，故意说："我的傻妹子，男人贫穷时说的话你还信？"香莲坚定说："爹，他是守信的人。"她爹把香莲扶回去。可次日香莲又来了。

翌日黄昏，香莲头上发髻不见、红旗袍的前胸纽扣没扣进去，挟一块家里的旧木板一盒灯芯糕和几根香烛在街上行走，熟人觉得怪异，询问香莲："你这是去码头干吗啊？"她呵呵笑："送灯火。"问的人以为易老板死了，祭奠亡灵。凡放木排的驾船的和商人等在江水中溺死，他们的亲人都会在江边放夜灯。见她爹跟在后面，问的人哑口了。又有人刨根问底，香莲不回答，一脸忧悒，下到临江边，把一盒灯芯糕放在木板上面，又点燃插着的香烛，手一松，闪烁着萤火似的烛光随着清波的江水漂流。她看着看着，傻傻笑，叨叨念念："看到烛光了吗？这些都是我给你的。"她爹在她背后，说："我的傻妹子……"

她爹把香莲搀扶，她一句话也没听进去，看着江水移动的烛光，闪闪烁烁的，最后晃成一点影子，后悔地抽打自己耳刮子："爹，你看看，我这记性，放一盒咋行？至少放两盒，还有他的娘，他娘不是喜欢吃我家的灯芯糕吗？"她爹揉揉满是泪水的眼睛，一把抱住她："傻妹子，他娘吃不了了……"

日华民工连

一

澄碧的蓝天下浮起无形的热浪，一波又一波漫向周遭，又向汗水湿透衣衫的一百六十七个肩背篼箕、锄头、钢钎、二齿锄等工具的民工拥来，敞开衣襟扇着风集合在日华公社操坪。炊事员邓友章的背面甩一口大铁锅，后挨着不到一米六的小个子冯一灵，用扁担轻敲邓友章背面的铁锅，"当当、当当"地响。邓友章回头轻声怨责："你这伢，不好好听，到了韶灌工地会有苦吃的。""邓叔，您小瞧我，干了六年农活哪。"让邓友章无言可对。"呵呵"笑声四起，大家笑得前俯后仰。"别笑，修韶灌我不会做落后分子。"胡少球、王道元等向冯一灵这个不服输的小爷们儿竖起拇指。冯小灵嘴角咧出天真的笑，在原地蹦跳。只见连长欧吉生走上台敬了一个礼，从公社书记手里接过一面绣着"日华民工连"的红色旗帜，双手高高擎起，绕民工全场一周后宣誓："同志们，我们要为日华人民争气。"连指导员史福明带头重复连长的口号，喊声震天，整齐划一，此起彼伏。

随着"嗒嗒嘀嘀，嗒嗒嘀嘀"嘹亮的军号声响起。天龙班的杨炳泉吹得正起劲，紫藤色的脸颊两边腮帮子鼓得像呼气的蟆蝈。上午九点，连长欧吉生举着"连旗"喊着开拔，戴着草帽斗笠的民工们迎着烈日，汗流浃背走起来……

晚上八点，民工连赶到响水乡黄龙大队一栋三厢间的小瓦房，连长欧吉生说："驻地到了。"民工们把东西摆放在小瓦房坪前的一棵歪脖子樟树下。刹那间，一阵又一阵急促的"知了知了"的蝉鸣声从浓郁的樟树叶上飞来，如震落的花粉颗粒前仆后继飘入冯一灵的耳际，他不想聒噪声进入，双手堵住耳窝。"小冯子到了哩。"指导员史福明提醒。民工们放下工具，坐在扁担和锄头上面，舒展着麻木的手臂和走累的大腿，用草帽轻轻扇着一股股热风。史福明和欧吉生进入小瓦房，冯一灵懵里懵懂随其后。"哎，哎，小冯子，你当连干部了。"大家轰然一笑。冯一灵没听到，继续前往。胡少其一把拖住喝道："小冯子，你耳朵打蚊子了。"冯一灵斗气回了一句："你耳朵才打蚊子哪。"胡少其想回怼，被教师出身的连秘书胡耀华制止。冯一灵回头看明真相，臊了个大红脸，止了步。连长指导员与住户刘清涪交谈出来，安排胡少其、胡少球、冯一灵、胡耀华、王道元、胡湘溢等，他们拎着工具和日用品大步流星地跨入住户家。

凑巧，一个扎着羊角辫的大姑娘从堂屋往外疾走，不小心与胡少其撞在一块，脸贴脸。胡少其惊得后退一步，啊哟哟一声，摸着疼痛的鼻梁，涨得一脸通红，慌乱摇手："对不起，对不起。"姑娘浅笑，侧了身，看着这个年轻人慌里慌张的样子，抿着嘴不好意思往外小跑。住户刘清涪指着这姑娘，打圆场："没事，这是我侄女刘菊华，走路有点毛手毛脚。"

胡少其等二十一个民工在住户刘清涪家的大堂屋铺成两排大通铺。连长和指导员安排好其他的民工住地，又去总指挥部参加会议。胡少其整理好铺盖和被子，渴得要命，跑到住户西头的厨房，找到一只大水缸，掀起上面的木盖，想舀水，见了缸底。失望时，瞟见饭桌上的长颈白瓷壶，趋近，一声不吭拿起竹勺子倒满，一口气灌下肚。胡少其在家见不得缸空，抓起水桶出门。不知后面跟来冯一灵，依样画葫芦，喝足后抹抹小嘴巴上的水珠，也跟过去。胡少其寻到一里外稻田边一口清澈的小圆井，甩桶打水，正好被一个摘菜的姑娘默默观望，当他发现姑娘是刘菊华，惊艳了……

此时，滴滴答答的军号响起，胡少其听到独有的亢奋的军号声加快了步伐，知道连长、指导员领了任务回来。倒完最后一担水，被冯一灵拉住，说："胡少其，你行啊，就把住户当成自己的家了。"胡少其一惊，以为刚才一幕被冯一灵觑见，忐忑不安被冯一灵拉到拥挤的屋内。会议由指导员史福明主持，连秘书胡耀华接过连长欧吉生手里的灌区指挥部文件宣读。读完后，欧吉生传达了华书记的讲话精神："毛主席早就提出来'水利是农业的命脉。'他同时强调修渠要保质，防止事故，不能让经济和政治受损。还说，明年灌区修完，通不了水，农田不能受益，群众会骂我们……"胡少其马上表决心："连长、指导员，请放心，我们砚山班，保证以两高（高工效高、高质量）的标准完成任务。""我赞同胡班长讲的。"冯一灵攥紧拳头冒了一句。王焕南也不甘示弱，说："我们天龙班，不拖日华连的后腿，争当标兵班、先进班。""大家精神可嘉，但任务艰巨，也不要紧，过一个月，我们再从家乡接来20个骨干民工。"连长不但表扬，还给大家打气日华连有足够的后援。指导员听完大家的表态欢欣鼓舞，依次分配任务。

这时，刘涪青老婆提一壶凉茶进来。邓友章站起来接住白瓷茶壶。"给大家泡茶，应该的，看看你们为我们多打粮，离家别妻来这里兴修水利。"欧连长对刘涪青老婆说："这是响应毛主席的号召。"胡耀华起身扭着腰朝女人吟唱："来到灌区住刘家，吵闹麻烦刘大妈……"

逗乐了女人，胡少其也跟着笑。冯小灵回头戏胡少其："你不能叫刘大妈。"邓友章奇怪地嬉着脸皮问："小冯子，那叫啥哩？"冯一灵机敏地怪笑几声，捂着嘴出门方便去了。大家又哈哈大笑。

二

翌日，日华连的民工来到施工地段，五级平台最高点，有二十五米长，弃土运距三百多米，土层又黏又软夹杂石灰岩。冯一灵用二齿耙挖了几下，土层显一些小齿眼像小星点，停下来看了看，说这就怪了，挖还挖不进哩。胡少球见状把小冯身子一扒，说："你去挑土，我就不信，起不出土来。"一口唾液吐在手窝使劲一搓，将冯一灵的二齿耙一丢又换了角锄，狠劲地挥动了几下，角锄下去，还是几个小眼，可角锄碰上铁板似的粘连起来，抽也抽不出。冯一灵气不打一处来，对胡少球说："瞧你，不也是这样。"胡少其瞟了一眼，急在心里，不啃了这个硬骨头，拖了工程的进度怎么办？"胡少球，我来试试。"冯一灵叹了口气摇了摇头，心里说，胡少其，你也不要称里手。胡少其高大、年轻，拖了一把窄板锄，几锄下去才削了一块土。冯一灵看了看，摇了头，气也消了，凭自己的力气无法对付，提起筢箕就去运土。冯一灵起了一担土，往山坡上走，坡度陡，抬头往后仰，才望到山坡的顶端，一担黏土挑上去，费上不少的力气。这样下去，显然不行。看昔日每小时挑五十担纪录的老兵天龙班班长王焕南比自己也快不了多少，看来坡陡又险。他牙一咬，狠下心，加快速度想超越王焕南，一手爬坡，一手抓扁担，硬挺挺地一步挨一步。倒土后望到坡下的工地簇拥一群人，有人惊喜：总指挥部的人来了！欧吉生放下手中锄头，见华书记一行，疾步上前握手。冯一灵刚顺坡往下溜，如一根楠竹竿滑到地面被华国锋瞧见。等冯一灵站稳，华书记上前拍拍他瘦得可被风吹起的小肩膀："小伢子，挑得起啵？"冯一灵咧嘴笑："没问题。"用拳头击打几下胸脯，发出了梆梆的响声。"小身板不错，多大？""队上出工八分。"轻轻地从嘴上飘出一句，又急忙挑上笓箕离开。欧连长骂他："小冯子真没礼貌，这是总指挥长啊。"冯一灵一声不吭，只留一个背影给连长。欧吉生侧身，歉意地对华书记说："华总指挥，这孩子小才十五岁，不懂事。""好哇，小小年纪，就来工地锻炼，还不服输，你们要好好照顾他的生活。"连长不停地点头。

三

九月份，连长欧吉生又接来陈湘南为首的二十个民工。

日华民工连转战禾花牌，山陡石尖，走路不注意，刺破脚板喊皇天。施工场地正好落在二十八点五米高的山头，往上伸出，下面缩进，像把狮子口含着虚塘寺水库的尾巴。不仅山壁陡峭，没立脚点，而地层古怪，说土不像土，硬得要命，说石不像石，挖出来净是碎片片。胡少其说："坚石土。"炮手胡湘溢伏地察看，说："不对，砂石页岩，放炮起不。"胡少球挥起二齿锄，攻不进，又换成锰钢打成的洋角锄挖下去，冒了几颗火星，数十锄后才凿了几分深。胡少其拖出一把四齿锄，一锄扬起，手缝震出了血水。史福明看他手背大面积干枯的血痂裂开，血肉模糊，心痛不已，一把拽住说："胡少其，赶紧去医务室包扎。"冯一灵听到指导员的声音朝这边瞟了一眼，忙放下笓箕跑出工地，不知从哪里搞到一条白纱布，帮胡少其包裹。胡少其缠好手后，伸展手指灵活自如，把好心的冯一灵拨开，放下锄头，又去拿筬箕挑土。"胡少其，怎么不听指导员的呢？"冯一灵朝胡少其吼叫。"小冯子，你这是要我做落后分子。"胡少其怒怼。冯一灵拽着胡少其的筬箕强调："挑土再多，不听指挥，就是落后分子。""来工地不挖不挑的，才是落后分子。""不听指挥，才是落后分子。"两人互不相让，指导员握着他们的手说："你们别争了。"两人相视一笑，异口同声说："看来，我们都变成落后分子了。"

陈湘南初次上工地，挑几担就累了，懒散地瘫坐在工地，看胡少其和冯一灵两人争吵。从老家来，陈湘南一直心情不佳。来工地当天，连长和指导员看他是党员又是转业军人，让他接替胡少其。他感激连长和指导员的信任，打了个立正："我代表二排，保证完成任务。"听到陈湘南的表态，冯一灵捂嘴暗笑，轻声对代班长胡少其说："我们是二排吗？不对啊，我们是砚山班。"胡少其轻轻拍了他一下，提醒着："陈湘南就是这个口白，部队时在二排又代理过排长，一直把二排挂在嘴上。""哦，哦。"冯一灵不再笑了，早就听说陈湘南家的悲惨遭遇。陈湘南没注意眼前的情形，自认大家被他的誓言感动，还自告奋勇去挑土，拾了两筬箕的泥土，跟在冯一灵后面。冯一灵挑着担子爬陡坡如小猴子一样又轻又灵巧，挑了一担又一担。他不甘示弱，来回两趟，腰酸腿痛，肩膀上磨出血泡。冯一灵回头喊道："陈排长，悠着点。"陈湘南苦笑："小冯子，没事。"挑着担子想跑起来，咬着牙，可担子压在肩上如铅球，又重又沉，越往高处越呼哧呼哧喘着粗气，挑两三担就坚持不下了……

整天工程没什么进度。收工后，个个蔫不拉叽，像打了一场败仗。陈湘南累得不想吃饭，径直躺在床上，望着房梁，唉声叹气。过去的不幸一下子浮现在眼前：今年正月死了老婆，六月儿子又得了急症，一命呜呼。祸不单行，七月常年疾病缠身的母亲又突然逝去。好好一家四口，大半年时间，只剩下自己。痛苦、悲伤、彷徨交织一起，人生不知何处？像一叶孤帆漂在茫茫的大海中。本以为来这，另有一番天地，上了工地又这般遭罪，要不是为日华乡兴修水利，不如回去。开饭前，冯一灵扫了一眼，独不见陈排长，小跑到大通铺前，叫陈湘南吃晚饭，他惊了一下，陈湘南瞪着房梁目光痴呆。跑出来俯在指导员耳边嘀咕，史福明心里咯噔一下，亲自端饭送到陈湘南的床前，坐在通铺上，细语宽慰、耐心鼓励和开导，又让陈湘南对人生燃起了希冀。

指导员返回食堂，看见三扒二撬吃完饭的胡少球提着块小黑板出来寻胡耀华。胡耀华带上冯一灵去工地扫尾没写完的标语。胡少球只好纠缠共产党员王道元，看王道元还在吃饭，只得打住。他虽是个文盲，最近跟胡耀华和王道元学识字，认了不少。先生没空，只得温习语录：下定决心，不怕牺牲，排除万难，去争取胜利！

冯一灵出门在路上碰到姑娘刘菊华，说："胡少其的手在工地扎成重伤。"刘菊花丢了魂似的，飞跑起来。冯一灵回头看刘菊华慌神的样子嬉笑了，胡耀华往他的腰间狠狠地捅了下，冯一灵的笑才戛然而止。刘菊华踉跄地跑到饭桌边见到胡湘益、王焕南、杨炳泉、王道元等几位，独不见胡少其，想起胡少其抓住洗漱空隙跟叔挑水，又急匆匆跑到田野的小井边，逮住胡少其一把夺住他的扁担。胡少其愣了下，欲抢，刘菊华怜惜地看了他手背一眼，怨艾地瞪他，胡少其便老实下来，高高兴兴地跟在她后面。这时，刘菊华笑容灿烂，回头问胡少其："修灌区你们个个拼命，家乡不能受益，到底是为了啥啊？"胡少其瞄一眼刘菊花，说："为你们家多打粮食嘛。"刘菊华眼睛湿润，回敬胡少其一眼。

刚挑满水缸，开会和学习的军号又响起……

四

全连的民工到齐，虚弱的陈湘南也挤在人群中。一言未发的指导员望到对面的陈湘南，脸上显出一丝欣慰。大家情绪不高，白天遇上拦路虎，开会前灰头土脸。连长欧吉生打了开场白："万事开头难，发挥众人智慧，攻坚克难。"接下来连秘书胡耀华，读了刚在工地完成的标语，"日照三湘，禾花牌上英雄怀祖国；华被七泽，韶山河畔勇士瞩环球。"问道："连长和指导员写得怎样？"指导员旋即表扬："胡秘书嵌字联写得好，第一句日字开头，第二句华字开头，两字一合就是日华，日华人不是孬种是英雄是勇士，这豪言壮语，表达了一种决心。"王焕南、胡湘溢、胡少球、杨炳泉、王道元等民工打了鸡血似的，一起嚷嚷：胡秘书的对联好，连长也说得带劲，拦路虎打不倒我们日华连。"这标语当然好，我与胡秘书完工时，有几个民工打着手电瞧，念着念着感慨起来：'他娘的这对联多气势，怪不得日华连是先进连，能人不少，既吃苦耐劳又能拼命，还会鼓动……'"冯一灵眉飞色舞地说。胡少其站起来看陈湘南一眼表态："连长和指导员，我们班下定决心，拼命完成任务。""还有我，还有我哩。"冯一灵生怕大家把他落下。王道元插一句："你小冯子不是刚发了言？""那不算，不是表决心，"抢着又说："连长、指导员，我向你们保证，我不做落后分子。"欧吉生同史福明相视一笑，说："好，连我们小冯子还争积极分子，这下我们更有信心。"指导员带头鼓掌，陈湘南也使劲拍手，会场掌声雷动。虽陈湘南一言不发，自始至终被在座的民工的情绪感染，心里激荡。后听完指导员史福明讲解《纪念白求恩》一文，更豁然开朗，回宿舍，反复吟诵："一个外国人，毫不利己的动机，把中国人民事业当作自己的事业……"

他内心产生极大的震撼。一个共产党员，不能遇到困难就当逃兵。

次日陈湘南扛起锄头箢箕出门被指导员叫住："陈排长，这几天暂到邓友章的伙房工作吧。""要得，指导员，我正缺个择菜和烧火的帮手。"冯友章闻听后朝陈湘南友好笑笑。陈湘南马上反对："不行，二排工地不能缺了我。"又转身对冯友章歉意地说："老邓，收了工后，我再当你的帮手。"又转向史福明："指导员，我不可拈轻怕重，你还是让我去艰苦的禾花牌。"没等指导员表态，陈湘南边说边急匆匆地往工地跑。

陈湘南走进工地，右边十米外有一个打硪队，激扬的劳动号子声传来，"喂嘞喂哟……挑土（的个）同志（呀），走得（那个）急来（呀）……"领队的正注视这个小冯子。他精神一下焕发，加入冯一灵、王焕南的挑土队伍。冯一灵回身看到陈湘南，想到前天他担土的状况，心疼地说："陈排长，还是听指导员的。""小冯子你还是看不起我陈排长？好啊，今天上午我就跟你比一比。"冯一灵劝不住，只好响应。陈湘南挑土不要命，与冯一灵、王焕南，你追我赶。至中午，冯一灵佩服地伸出五个手指头："陈排长你比我多挑五担。""小冯子，你也不错。我是成年人还是党员，当然你不以我为标准，其实，我与王焕南班长比，差远了，同样的担数，可他每担箢箕的泥土装得都冒了尖。"冯一灵不服气说："陈排长，你不要洋洋得意，下午再来比一场。""来呀，我陈排长还怕你不成？"陈湘南说完，不料，看到胡少其挂在悬崖上削土，没工效不说，还无安全措施，稍一走神，浑身碎骨，顿时心悬了起来。

下午，陈湘南要跟胡少其上悬崖，冯一灵一把拉住："陈排长你初来乍到，不要去冒险，还是和我比一场。""喂，喂，小冯子，你不要看不起我陈排长没经验？可我有脑，有安全的法子。"他边挣脱

178

边说。冯一灵摇着头，松了手。陈湘南脱身就爬上陡峭的工段，还换下胡少其，找了一条棕绳。天险不好施工，他就钻进山缝，侧着身子用上一齿锄。冯一灵挑土从下面路过，看见陈湘南悬在险崖，吓得不轻，喊："陈排长，注意啊。""没事，小冯子，看看我腰身上面。"冯一灵仔细仰望，一根如蜘蛛丝那么细的丝线从陈湘南身上抽出来，被风飘晃起来。冯一灵悬起的心顿时落下，挑着土离去。

日华连涌现陈湘南、胡少其等榜样人物，一心攻坚，齐心协力。每天，挖呀撬呀，挑呀抬呀，一连苦战将近五十天，从六月二十日到八月十六日止，共削下九千五百八十多方的土石，人平均二点三方，比定额高零点六方。秀才胡耀华一高兴，手舞足蹈地唱起来："人心齐，泰山移，在革命的硬汉面前困难的头颅也该低"。

五

时间转到十二月十七日，日华勇士们，昂首挺胸由禾花牌转移到梨花塘，与石鼓、荆州、韶东、峡山口以及其他连的民工在一起，开辟克难攻坚的第二战场，进行大会战。这场硬战打得漂亮，一百一十九名健将先后在两段工地上要挖掘九千多方土石，要完成六千六百多方的运土任务。三十多米的高斜坡上，遇到了困难，有的土不像土，泥不像泥，又粘又软的牛皮泥；有的石不像石，沙不像沙，叫沙石土叫沙更岩，也有叫坚石页岩，粘锄又撬不动。挑土也难，坡度陡峭，虽民工们干劲十足，斗志激昂。一天下来，进度不大。

下班后，胡少其情绪低落，扒完晚饭，摸黑又去挑水，刘清涪望着胡少其远去的背影，想着苦战一天，累得骨头都快散架了，心里暗自高兴，多好的小伙子啊！

胡少其挑满水后，杨炳泉的军号嘀嘀嗒嗒地响起。会议开始，面对白天这些困难，史福明组织民工学"毛著"，领悟"老三篇"。王焕南举起紧握的拳头说："效愚公，坚持不懈，挖山不止。"胡耀华激动地叫一声："好，大家拧成一股绳，排除万难。"陈湘南看连长和指导员一眼，谈了如何挖高陡的土方如何挑土省力。胡少其豁然开朗，忙叫起来："好，陈排长这个方法好……"你一言我一语，开成了诸葛亮会。史福明总结归纳了一些保质提速的好方法。

第二天，他们把之前用宽口锄头改成窄口锄头，这样减少阻力，并每人配足两件工具，一套挖坏了，又使用另一套，避免窝工浪费，挖土工效倍增。之前两人挖四个挑，泥土积得太多，如今改成一人挖八人挑。陈湘南又提议："是不是我们分两段挑？强一点的劳动力放在上段，弱一点的劳动力放在下段，比如小冯子。"大家齐声说："陈排长的主意好。"冯一灵不高兴了："陈排长，我要在上段。"胡少其哈哈大笑，指着王炳南说："小冯子，你去跟王班长换吧。"大家看着王炳南体格精壮，又看看冯一灵模样弱小，当即就哄堂大笑。当冯一灵瞟了一眼高大威武的王炳南，气势蔫了，不好意思说："好啰，我听陈排长的，在下段。"配合默契，运输距离缩短，劳动强度降低，原先挑土每天九十担，现在一百二十担，实干加巧干，速度加快了，进度超过邻近的黄荆坪连和青山团分水连。

终于到次年二月十日止，以人平均二点二方，超过定额一倍的高工效，全部拿下左岸的四级平台，挖通了河底。得到团部和总指挥部的奖励，日华连被评为四有标兵。

六

元月十四日，梨花塘难工指挥所重新调整任务，按照民工人数，日华连负责全长二十三点三二米和三千九百六十万方的土石。而花石民工团却给了全长二十五米和五千七百九十七土石方的任务。征求指导员的意见，史福民满口答复，莫说只多这么一点，就是再多也愿承担。回到工地，大家都夸指导员这宗事干得漂亮。旋即陈湘南一副殷勤的笑脸恳求史福明："指导员，多要的任务全留给二排。""哎，哎，陈排长，砚山班不能吃独食，我们天龙班、建农班、石牌班都不会答应。"王炳南耳尖立即反对。指导员挥手致意说："好好，不要争，哪个班完成任务早就给谁？"上了工地，团部在划分工段，日华连又要求把深切二十五米的最高点划归自己。理由是"困难嘛，日华连不承担又让谁去承担？"

砚山班要大干一场，不巧，陈湘南周身无力得了急性肝炎，送去医院。治疗期间，他催着医生要出院，说："二排的任务还没完成。"医生毫不留情地说："任务要紧，还是生命要紧？肝病需要长时间静养。"医生不然不同意出院，嘱咐他，休三天，继续服药一个月。回到住所，他马不停蹄地去了工地。被连长和指导员拽了回来，说："不能任性，医生的话得听。"当面他答应好好的，连长他们一走，又当成耳旁风。好歹他们暗地吩咐邓友章对他监护。

二十七日清晨，邓友章发现陈湘南不见，慌了手脚，出去寻找。外面一片漆黑伸手不见五指。邓友章骂骂咧咧："这个陈排长又逃跑了。"

昨夜下了一场纷纷扬扬的大雪，今日又转晴，毛集井工地打着霜花，温度下降到零下四度，河道水面白花花的冰芽子。扫除施工障碍，先要突击河底排渍。观山、建农、石牌三个班的三十一个民工主动承担排渍任务。雨雪过后，渠道水渍更深。民工们冒着刺骨的寒风打着手电来到工地。陈湘南想借胡少其的手电，胡少其不肯，说："陈排长你莫去，大病初愈。"他呵呵一笑，拍得咚咚响的胸脯，说"你听听这声音。"

大家把工具放在一层薄冰的小河前，单薄的衣服在寒风的吹拂下个个瑟瑟发抖。稍有犹豫时，陈湘南率先脱下鞋袜喊着："不怕牺牲，排除万难"的豪言壮语跃入冰河。随后扑通扑通的破冰声连响。邓友章循声而来，站在堤边跺脚骂："你这该死的陈排长，让我好找。"陈湘南嘿嘿笑了下，继续挖污泥。冯一灵看不下去用冻红的小手拽了下陈湘南："快上去，别耽误邓叔搞早餐。"陈湘南没理会冯一灵，气得冯一灵来了一句恐吓："哎哎，看连长和指导员来不撤了你。"陈湘南老实了，他最怕自己离开砚山班，讨好说："小冯子，等下连长和指导员来了，你帮我证明。""陈排长，我才不作伪证。"听冯一灵这么说，邓友章的怨气也慢慢消失。

指导员史福民从团部返回工地，天露鱼肚白，见到三十个民工还有大病初愈的陈湘南站在冰水里，眼睛一下子湿润了，催促道："陈排长，你快上来。""指导员，我体质恢复好了，你问小冯子。""指导员，陈排长带病逃出，刚才邓叔来喊他上岸。"指导员没批评陈湘南，默不作声，热泪泉涌，顾不上擦拭眼泪，跳进渠道。

邻近的黄荆坪连、石坝连、分水连的干部和民工看到此情此景，惊得目瞪口呆。他们弯下腰，试着用手探，冷飕飕的，冰凌子如刀剜肉，麻木又疼痛，痛得手抽出来送到嘴边呵热气，感叹道："为尽早完成任务，日华连的民工不要命了。"

七

天色空茫，到处赤地，草木枯萎，水田龟裂。

这里哗哗的流水声，风一般穿过渡槽，在头顶上欢笑。成千上万的民工们在水边，跳着舞着欢呼雀跃：涟水灌区通水了！从此，绵延 2500 公里韶山灌区，日日夜夜欢快地流淌，滋润着湘中大地的农田。

军号一响，日华的全体民工在歪脖子樟树下集合。望到前来送行的住户刘清涪夫妇，胡耀华诗兴大发扭腰又吟唱："今日分别实难舍，革命友谊永开花"。

随着连长一声"报数，""一、二、三……一百六十六、一百六十七。""好，全到，开拔！"冯一灵跺了一下脚，急得大叫："哎呀，还有一个人哪。"大家愣住，不正是一百六十七个吗？邓友章回头喝道："小冯子你不要乱喊。"冯一灵看着后面的胡少其说："我没乱叫喊。"大家往胡少其瞟了一眼，惊怔。只见他头朝后凝望，目光温柔有一丝依依不舍。大家才恍然大悟，一齐恳求："连长，等等吧！"

远处一个羊角辫的穿花格子的姑娘正向队伍跑来……

又看到路边两边早就站着的宁乡县、湘乡县、湘潭县的民工们欢送这帮硬骨头民工连，挥手致意，情不自禁地喊出：

日华连，英雄连。

英雄连，日华连……

雪 夜

一

一九二五年腊月的一天雪夜。

这几天，天女巧手，采摘了满天的棉花，一朵又一朵的，数也数不清，白白的，茸茸的。数九天寒，怕地上的万物和生灵冷着，又加班加点的辛劳，纺车昼夜不停，织成一张张厚厚的暖暖的棉被，铺向高耸的大山、流水的小溪、田野和池塘，也铺到了湘潭晓霞山小担冲的老五家。

整个世界看上去，一片白花花的棉絮。

这段日子，老五做梦都喜欢棉，雪白的，蓬松的，缝上布，做成棉袄，穿在身上暖和。

老五着一件破烂的棉袄，走出门，冷得把双手放在嘴前呵了一下，热气从手心氤氲而上，又将手缩进衣袖，不停地跺着脚，好像身子暖和了，喜滋滋地看天女散花。望了一阵，天色暗了淡了。他觉得脸上湿漉漉的，抹了一把，手心冷沁沁的。恍然大悟，才发现雪花全飘落在脸上身上。雪花铺在橘子树、桂花树上，看不到一点绿，全是一片白；屋前屋后银装素裹，茅檐下垂落的冰柱如玉，晶莹透彻。

忽而，一阵冷飕飕的寒风抽打老五的身上，寒战又哆嗦。老五旧病复发，"咳，咳，咳"地响了起来，脸部浮肿，满面猪红。他有典型的哮喘病，一到寒冬更盛。

老五冷得禁不住，忙进了屋。真怪，进房就不咳了，喘气也均衡。他看着正在厨房洗菜的女人，叹了一下气，唉，你也和天上的女人一样，就好了。

女人放下手中的活，想着不着地不着天的话，她没生气，想着老五细伢子一样，反而"哧"地一笑。

老五看了女人一眼，女人这么好的心情，一时兴起，舞起手来，演着仙女散花，说天上的女人手巧，长袖一舞啊，满世界的棉絮，要是有这些棉花，这冬天，我就不愁了。

女人一下绷着脸不高兴，野菜也不洗了。女人显得委屈，唠叨起来，说你穷得没一分田，没一分土，种不起棉花，买不起布料，请不起裁缝，反而怨我，嫌我不是仙女啊？当家的（山里的女人对男人的昵称），干脆你就把我休了，娶个仙女吧。早点结束这没穿挨冻的日子。

老五怔了下，发现女人不悦了。转而，嘿嘿一笑，说，那不行，仙女不会弄饭，洗衣收场，不会吃苦头，更不会为我筛茶倒水，过这贫苦的日子，没有你可不行啊。

老五这张嘴，会说，暖人，像碗水，总是在女人心里不舒服时，恰到好处时，送上，遇热来点凉，遇冷来点温，让女人不冷不热、肚里顺顺畅畅的，使女人气也不是笑也不是。

二

女人又继续洗菜。野菜净了，没有两抓。她又到破碗柜里，拿着上午老五回来时在王财主收后的菜土里翻捡来的两块芋头，一起

185

煮了，这是三个人的晚餐。老五没学过木工、泥工、油漆、弹匠、皮匠等手艺。在攸县、安源、谭家山下过窑，在洞庭湖围子里扮过禾。这两年，身子不好，肺气肿厉害，就没出去。在家给小担冲的王财主做长工，帮财主做菜、种田、养猪、喂牛。东家刻薄，嫌弃老五的哮喘，不留餐。工钱不高，每个月下来，拿不到一块银元。女人在外也做点女工，东一天西一天。红薯、洋芋、玉米、棉花没地种，只在田坎边山坡边种一点白菜和萝卜，面积超不过桌面，王财主还不让。老五家一日两餐，多是萝卜白菜，清汤寡水。

吃了晚饭后，天色临近黄昏。

女人收拾了碗筷，捡好场，抹了脸洗了脚，上了床。老五去了隔壁老四家，想说会儿话，他想从老四的话尾中得到一点山外的消息。老四嘴紧，一次又一次绕开，把话题轻而易举绕到了家长里短，弄得他回家时郁郁不乐。山里人家，习惯断黑上铺，女人熬着饥寒的身子早睡觉了。

女人想一觉下来，就是第二天。次日又能往肚子里填一点，可肚子不听，挣扎不停，不得起身喝一杯清水。哪晓得肚子还是不平静，反而呜嗬呜嗬地鸣叫，让她在铺上翻来覆去。

老五睡觉易惊醒，有一点动静就不能熟睡。在女人一辗一侧、一上床一下床的响动中，他又睁开了眼。加之，有半年没接到上边的指示，躺下来就想这事。突然，隔壁四哥的屋里，大门"噗"地一声，有人出去了，他猜是老四去执行任务。他对老四不满，刚才从他家出来，嘴巴严也不露一点风，兄弟还防着。不过，怨归怨，他还是激动了，好事已露出一点蛛丝马迹，只要沿着老四的行迹追踪，不怕不知山下的消息。

老五从女人热身子边轻悄地爬起来。

小山冲的夜晚，在白雪映照下出现一丝微弱的夜光。老五揉搓冰凉的手，披了那件破棉袄。他刚拉开大门的木闩，听到一阵犬吠声，一声比一声急促。随后，他耳梢边响起了"咔嚓咔嚓"踩在雪地上的脚步声，一股年轻的朝气又向他袭来。老五走出门，看到老四凝重地站在土坪中目送一个人。他吓了一跳，心想老四哥真糊涂。

四哥，你送山头下山？

是啊，老五。

受了寒风，老五"咯咯"地又咳嗽起来，喘着粗气，四哥呀，这么重要的事你怎么交给一个十六岁的孩子呢？你忘了我老五也是同志呀。老五怨起了老四，跟他一起总是藏着掖着。也莫怪老五怨气冲天，这半年，除了和老四照面，再没有和组织上其他人接触过，上面的人也没派什么任务给他。他怨组织的人，对他有所提防。似乎老齐的牺牲，多多少少与他有些牵连。这能怪他吗？儿子都搭进去了。这个想法被老五他否定了，可能上面的人考虑周全，认为他这段时间心情不好，不派他的任务。不是遗忘了他。可是上面的人没考虑到他现在的感受，一旦不见上面的人，不替组织做事，老五心里就憋得慌。

老五，这事不是我指派的。如果我接了上面的通知，我会亲自去。山头是孩子，毕竟没经验。可上面的联络人，指名道姓要山头去，老五你也晓得组织的纪律，你四哥不能过问。

老五"哦"了一声，似乎错怪了老四。他想起上午，与山头聊天。山头跟他说了湘潭码头的一些事，特别提到与他结为"忘年交"的学校那位王先生。老五问四哥，山头也加入了？老四点了点头。

四哥，你糊涂啊，嫂子要是知道了，跟你没完。

老五，这事不能怪我。山头上半年在湘潭十八总码头当学徒，

187

就与附近德仁中学的校长王先生混熟了。王先生常常给他讲新思想，又借给他一本《共产主义宣言》。山头读了，像吃了粟壳一样上了瘾。

"哦，"老五惊讶了一声，说，四哥，原来是这样啊。不过，也是好事，后继有人，星星之火，燎原之势。其实，这下，老五热情减退。本以为出来恰是时候，堵住四哥，说服四哥，代而前往。可是，四哥都不知。

一阵剧烈的咳嗽，掩饰了他的情绪。老四上前拍了拍老五的后背，咳嗽稍微缓和。又将老五的破棉衣扣紧，说，老五，你看你看，咳得多么厉害，身子不好，你就不要起床了。

四哥，我不放心啊。

老五，你是想与我结伴下山，真是打虎亲兄弟。老五你都看到了，我都站在外边了。

四哥，山头第一次参加这样的活动，说实在的，我有点心上心下，等我目送山头一程吧。

老五，人已走远了，没事了，夜冷，你回屋吧。

老五也没打算回，眺望前方，没看到山头影子了，只听到"嗑喳，嗑喳"脆嫩的脚步声蜿蜒而去。

这时，山冲里刮起一股冷洌的风，削过老五。他打了个冷战，冻红的额头扫得冰凉，背脊似乎掠过一丝丝的冷气，半天没禁得住又狠狠地咳了起来。

老四又催了。老五你受不了寒气，回吧。

老五忧心忡忡。怪自己这么胡思乱想。自己兄弟五人，老大早逝，老二和老三十五年前乡上保上抽丁，一个到北方，一个到南方，都杳无音信，只剩他和老四了。子侄吧，仅仅是山头了。自然而然担心山头下山的安危。他们这家，闪失不起，一旦差池，不堪设想。想到这，心紧了一下，恐惧如冷风袭来，身子有点寒噤。也难怪，儿子木头那张稚嫩的脸蛋，清清秀秀的，如春上的树芽，又新又嫩，鲜亮地在他两汪眼水中晃荡。老五脸颊微微地抽搐，好像噩梦犹今……

三

雪封山的冬夜，老五一家三口围在堂屋中央火堆边取暖。山冲柴多，烧得旺，火苗"哧哧"地往上蹿。吊炉上的瓦壶，发出"咕噜咕噜"开水的沸腾声。老五郁闷，瞅着旺旺的火焰，伸着两手，烤得热气氤氲。几天不知山下的消息，心急又无奈。

此时，老五对面的火焰好像映照出一张青涩的面孔，显得苍白又干瘦。老五要是常日不缺食脸庞会红润又胖，如漫山遍野的果林郁郁葱葱的丫枝上垂下的一只显眼的青果，养分充足，饱满沉淀。

恍惚间，老五碰上那双水汪汪的眼睛，似山坡上春光明媚的溪水，清澈、纯洁。这样的溪，静静悄悄地流过山坡，树木葱绿，花草旺盛，不经意地流到老五的心口上。他巴了巴嘴，满嘴的甘甜。

老五迷醉了，伸出开裂的手掌，在火上揉搓。寂静无声，火苗跳跃，"嘶嘶"声在欢闹。老五的女人忽而颠着小脚添些柴枝，忽而翻起火屑中烤炙的唯一一只红薯。自己饿点不要紧，怕儿子长夜难熬。可木头对女人，说，娘，你烤熟了，我也不会吃。留给爹吧，爹明天还要去打短工，干活累。女人说，儿子你不能饿肚子，正长身子骨。木头不乐意了，娘，我正是年轻，能挺得住，爹体弱多病。老五欣慰地看着儿子，心里一热，眼眶湿润。女人心里暖和，灿烂地笑，不说话，又见水沸，她取下水壶，倒了一杯热茶，端给老五。

老五回味着心底的甜蜜，反手接了茶杯，随意地吸了一小口，哪晓得这一口嗦大了，烫坏了嘴。这下可好，引发了他激烈地咳嗽，咳、咳、咳。

女人安慰地说，慢点，慢点，夜长着哩。

老五心情好，放下茶杯，瞟了一眼女人。女人的话暖暖的，溢出温存的情趣。老五在这样的氛围下又触发他的玩笑。他笑眯眯对着女人，哎，哎，茶水这东西，像你就好了，呷你一口，甜，不温不热，不烫人。他朝女人诡笑，向女人张大了口，做了亲女人的举动。女人慌忙地后退，羞红了脸。儿子就在面前，女人吓了一跳，乱得颤了一下。幸好木头没看见。她狠狠地瞪了老五一眼。

刹那，老五的兴趣，如一根要无限伸长的线被女人从中掐断。他笑容凝固了，站了起来，快快不乐地离开火堆。

女人朝着老五的背面，心里嘀咕，这死不正经的，还好意思生气，开玩笑咋不分场所。

老五不是生女人的气，心里憋得慌，痒痒的，想下山去找老齐。老齐是晓霞山地下组织的头儿，带着他和四哥等几个宣了誓，带着他们贴标语，搞农运，打土豪。轰轰烈烈的大事，让他激昂兴奋。

木头看见老五起了身，知道爹要下山了，也跟着离开了火堆，跟到了门前。老五开了大门，朝天穹一望，雪花漫天飞舞。老五脸上掠上一丝笑容，跨出了大门。

木头一拉住他，爹，别出去了，看你咳嗽厉害。

不行，齐叔在等我。

木头看出爹的决心，非去不可，想到爹这病恹恹的，不说走出这山，半路上身体都支不住。

木头心痛地说：爹，我跟你去吧。齐叔的家，上次你带我去过。

下了山，往右一里，有个小土坡，长满一坡的桃树，往南有两栋矮小的茅屋，屋前有一棵葱郁的大柚子树。

没错。老五点了点，脸上显出了愉悦。

木头以为爹答应了，咧着嘴笑。

老五身子紧了下，一丝忧虑跃出脑际。要是木头口风不紧，被坏人捕捉，报到警察所，老齐的生命危险。这样一想，他就有顾虑了。

老五改变主意，说，木头，还是我亲自去。他走上铺满雪花的山路，刚撒腿，口里喘着粗气，身子一起一伏，跟着抖动，人就像换气的蛤蟆。同时，又咳咳、咳咳地咳个不停，脚无法向前再挪动一步，只得停了下来。

木头看见，过意不去，又明白爹担心。爹，你放心，我一不问，二不说，从齐叔手里，取回东西，就交给你。天不知，地不知，我也不知。

木头说完，哈哈一笑，瞅着老五。

木头真还打动了老五。当然，老五也知道自己力不从心。

爹，你还有什么嘱咐的？老五摆了摆手。爹，我知道，这关系到我们全家不受剥削翻身有衣穿有饭吃的大事。欣慰又回到老五的脸上，认为儿子不笨，有悟性，是块待锤打的钢坯。只见木头紧握拳头，昂首阔步，走进纷纷的雪花中，老五这才放心地站在雪地目送。

一会儿，老五又见儿子往回走，忘了什么东西似的，他变了脸。木头歉疚地一笑，说，爹，下一次山也不那么容易，家里一粒米也没了，挑一担干柴下山，看能不能换回一点粮食。

老五想责怪他，出门办事打回转，是山里人的忌讳，嗫嚅几下，话留在喉咙，只是狠瞪了木头一眼。

木头知趣，不去挑柴了，重新走到鹅毛般的大雪中，回头对老五咧着嘴，脸蛋上绽放着灿烂的笑容。

老五望着儿子远去的影子，雪光白晃晃的，他有点眼花。夜色之下，没有人影，也没犬吠，冷冷清清。耳梢边只响着，充满活力的"咔嚓，咔嚓"的脚步声，由近渐远。整个雪夜，寒冷又寂静，十分可怕。陡地，一阵刺骨的寒风削向老五的胸口。他颤抖下，只觉得尖刀绞动着胸口般的疼痛。老五意识了什么，气呼呼地追了几步，想把木头喊回来，眼前连小小的黑点也不见了。

老五惊恐得快要摔倒，全身像散了架似的，无法往前。后又振作精神，才颤颤巍巍地直接下山。

老五逆着寒风，好像携带了一台风箱，呼哧呼哧地拉响。十分艰难，走三四步，就停下歇气。走走停停，不到五里路，走了三个时辰。绒绒的雪花飘过不停，落满了他全身。

老五走到路口，远远看到那棵大柚子树。他抖落身上的雪花，欣喜起来，只要半个时辰，就到老齐家了。

"嘣，嘣"几声枪响，炸雷似的响在寂寞的夜空，仿佛响在老五的心上，他心慌浮浮的，身子快要飘起来。

老五飘到老齐家的前坪，闻到一股弥漫的硝烟味。

老齐家三间茅屋，大堂屋居中，右边内室，左边厨房。大堂屋的木门敞开，老五飘进屋内，喊了一声老齐，没有人应答。惧怕至极，紧张得如刀悬在心上。两月前老齐女儿生孩子，他女人到女儿家陪月子。家里只有老齐。老五预感不对，扫了一眼，高桌子横着倒翻，四条木凳，东倒西歪，缺脚少腿。只有神龛上的半截蜡烛还在燃烧，闪着豆大的橘黄色小光点，在黑暗屋中闪闪烁烁，显得阴森又恐怖。他战战兢兢地来到神龛下，看到了墙壁上有喷射的无数血点，脸色一下刷白，又看到地面上两摊的凝固的血液。他腿一软，晕了过去……

老五不知怎么回来了。听说当地的村民把他送回来的。

醒过来的老五，捶胸拍腿，痛心疾首，后悔不已。而老五的女人哭哭啼啼的，纠缠老五，哭道："老五啊，儿子咧？"

对于女人责问，老五哑然。女人见老五那样，又伤心了，嚎哭得起劲：我要儿子，你给我把他找回来。

女人一哭，老五撕心裂肺。儿子是爹娘身上一块肉，一掉一个痛。女人揪心，他心痛。可是人死了不能复生。只得任着女人抓，任着女人捶打。

这样，过了一个月，老五从自责的情绪中慢慢地缓了过来。女人也没有以前那样哭死觅活了，不过，有时也触物思人。木头就是女人胸口的痛，一旦发作，虽说不上垂死挣扎，可难以忍受。女人伤心起来，又诉说老五的不是。老五服帖地任女人出一阵气，女人的心也就好过一点。

一次，女人出了一阵气后。老五眼睛像镜子照着女人。

老五看久了女人。女人疑惑了，不晓得老五这个老顽童，又耍什么花肠。这下，女人也就分散了神，就不一根筋想着儿子了。老五见女人情形好转，也欣喜。女人不好意思说，你这是做什么？天天在一起，有什么好看的。老五定气凝神，还在看，向女人别了一下手，叫她别打扰。

女人低了头，一丝羞涩。

我正在给你照镜子嘞。老五一本正经。

女人又抬起头，四下瞅了一眼，发现没镜子，只是老五痴迷迷地瞅着自己，抿着嘴笑。

突然，老五抬头，朗朗大笑，哎，不照不晓得，我堂客的脸色鲜润，屁股圆溜，是真正的地润。古人云：不怕天干，只要地润。

女人怔了下，蹊跷地问，什么叫天干？什么叫地润？

老五说，我是天，你是……

老五还没讲完。女人听懂了，羞红了脸，嗔怨，老不正经。

老五说，堂客，骂得好，我该骂，跟了我没吃好，跟了我过分劳累，你才落到这般瘦骨伶仃，你不要伤心，等我们迎来新社会，就有好日子。到那时，我让你穿暖，身子热热乎乎；让你吃好，养得白白胖胖；不让你做事，养得细皮嫩肉的，像王财主的小妾，着上绸缎，涂着口红，抹着胭脂，走路儿扭扭捏捏，说话儿娇声娇气……那时才是真正的润，那时你肚里有的是儿子，一年一个。

这话甜了女人的心，女人笑了，点了下老五的头，嗔怪说，你白日做梦吧。

老五有信心，说，会成为现实的，不过，两三年的事。

女人太需要儿子，有了儿子穷点饿点也幸福，女人快乐得眼睛都湿润了，抹了抹。又笑了笑，目光憧憬。

四

事过半年，老五不敢回忆，心酸。

老五进房，在室内来回地踱着杂乱的步子。脚一乱，脑子混沌。老四之言没假，他就是放心不下山头。他脑子里时刻出现木头牺牲时的情景，害怕至极。他咳嗽了一阵，停下脚步。

老五重新出门，心里有不少的怨言，上边的联络员是不是疏忽了？自己也是农协委员，怎么没有通知去岳北开会呢？想起上午，在坪前的桂花树下，碰上了山头。山头把他拉到柴垛后面。

山头问他，满（叔），你是组织的人，你认识这个人吗？老五新奇，山头，你说哪个？多高？年龄多大？山头神秘地展开老五的手掌，在他的手心写上一个字。老五念了出来，"手"字。山头马上摇了摇头，满，错了。他又做了翻手的手势，意思反手定乾坤。老五"啊"一下，想起来了，你说的是毛委员，韶山人。满，你也知道他？对此人不甚了解，只听老齐说过，他是唯一一个参加在上海举行的第一次组织代表大会的湘潭人。山头，你在潭城见过他？山头摇了摇头，说，我没见过，不过，我的先生与他有些交往。听先生说，此人高大，天庭饱满，气宇轩昂，目光远大，有思想的人。去年在广东，任广州农民运动讲习所所长，亲自讲授"中国农民问题"。演讲时，声形并茂，吸引了全国20个省市的学生，还组织出版了一本《农民运动》的小册子。

哦哟，这个人了不得。老五惊奇，佩服得五体投地。

这下，山头更说得激动了，满，不瞒你说，我也极崇拜毛委员，想让王先生给我介绍，可王先生是怎么说的，山头，你还不是组织的人。即使你进入了组织，也不可直接联系，只能单线联系，这是组织原则。满，当时，我跌到冷水盆里。不过，听王先生给我的打了哑谜，说这人今年年底，会回家乡一趟，到湘潭、韶山、南岳等地，了解农村疾苦，调查农民运动。好啊，山头，有机会我也要听一次毛委员的讲课，了解国内的斗争形势，也能给我指明方向。山头说，满，你早就是组织的人，见这人，我想，不会太难吧。

这时，老五和山头谈得正兴，不料，十步之远的柴垛响动了一下，好像有人躲藏其间。他们一齐惊慌地回头，柴堆又不见人影。山头只好不谈了，老五意犹未尽。

…………

老五想起山头，又联想到刚才四哥对自己说的，山头，这次下山，去南岳后山白果镇。是呀，差一点忘了，白果镇街面往北一里，有个祠堂，农民组织近期在此集会和讲演，挂牌为岳北农民运动讲习所。他猜到了，这次毛委员可能来南岳的白果镇考察农民运动。

这样的机会千载难逢，一定要去聆听。他心里涌来一阵热乎，使劲地搓着手。

五

女人一觉醒来，随手摸了一下，老五没在。她慌乱地从床上爬了起来，失去了儿子是女人心里的一处伤疤，只要当家人在，还能抹平。正如当家的说的，两三年后，翻了身，生活好了，身体壮实，不怕肚子不争气。这几天，白色恐怖越来越浓，弥漫着山区的大冲小冲。团防局的黑狗如搜山犬一样，在山上乱咬。女人一想，身子就瑟瑟地抖了起来。女人擦燃了洋火，点亮了松明，橘红的灯光在睡房里闪烁。女人四处看了下，睡房里找不到老五。她持着松明，慌慌忙忙地走向大堂屋。突然，一个人影撞了过来，吓得女人软了腿，要不是老五手快，一手接下女人的松明，一手拽住女人，就会人倒松明熄。

女人发现了老五，站了起来，埋怨他，你要吓死我哩。

老五说，你慌里慌张的，干什么？

你还问我？女人轻轻地拍了一下老五，出一下怨气。我正要找你。

我刚下床，又不是出远门。

女人看清老五披着蓑衣换上了草鞋，心里紧了一下，问："下山？"

老五点了点头。

女人一把拉住老五，下山不是出远门吗？老五不屑地说，去一趟岳北，又不是去衡阳、湘潭、长沙。女人觑了一眼，发现老五的脸色绷紧凝成一块铁板。于是女人哀求，当家的，你不要下山啦，外面风声紧。

没事，堂客。

老五决心要走，女人也阻挠不了。

女人有女人的办法，从后面怀抱老五的腰，任老五挣扎，就是不放手。这一招绝，治住了老五。老五想了下，这样相持不是办法，不如做女人的工作。哎，你不想过好日子？女人一听是好日子，来了精神，说，想啊。老五见女人有兴趣就"趁热打铁"。若我不去参加农会不去参加革命暴动，又怎么能推翻剥削阶级，我们又怎么能过上好生活啊？女人明这个理，但她心疼男人，担忧男人。男人是个病壳子，哮喘，咳嗽，出门就是风雪，禁不住。又随时有警察围捕，面临危险。她非常矛盾，不觉，想到一个十全之策。

女人把手一松，说，当家的，我不拦你了，但，有个条件。

老五高兴了，堂客，你说。

我要跟你一起去。

老五忙摆着手，不行，不行。

老五有老五的考虑，一嘛，一路上，让女人跟着自己冒着掉脑袋的危险，不值得。二嘛，真到了岳北，女人不是组织的同志，也不是预备的同志。上面的人见他带个生人来，会批评他没组织原则。

我要去。女人不把老五的话当一回事。

老五发了火，你别胡来。

女人镇住了，哑口无言。

老五没把女人放在眼里，朝外走去。老五走了两步，回头看女人跟了上来。老五想呵斥女人，但一想，女人执意要去，说明她有革命热情，应给予鼓励。农民运动的目的，就是发动全国穷苦大众起来斗争，穷苦大众不分男女。女人有觉悟又向往新社会，是党组织发展的对象，加入组织前，感受一下农协活动的氛围，也未尝不可啊。这样想来，也就没说女人的不是了。

六

老五深一脚浅一脚走出落满大雪的前坪。女人也跟着，走了几步。老五回头，看着女人一双土布鞋，喊了一声，哎，你站住。女人立即不动。老五在晒谷坪中的草垛上，抽了一把干禾草，搓了一根草绳，蹲下身为女人脚底的布鞋缠了几圈，这样踩在雪地不滑。女人低头盯了老五一眼，心里暖和。每次，老五出门，她都晓得当家的不是开地下组织会，就是去执行任务。她从没过问，知道这是秘密。可是当家的每次下山的热情很高，让她无时不向往。

今晚，是她第一次，要去参加他们的活动，女人除了激动，有点忍不住了。

当家的，我挡还挡不住你，是不是城里来人了？

老五想都没想，随便说，岂止啊，来了农民运动的领导。

哦，怪不得。女人热心起来，姓么子啊？

老五意识自己说漏嘴，呵斥，堂客们别操心。

女人不舒服，说，当家的，不要以为自己是组织的人，觉悟就蛮高。难道我们女人，就不能革命了，就不能要新生活了？当家的，不要神神秘秘，我早知道山头跟你说的，取柴时就听到了。

老五一下紧张，站着不动，警惕地瞅着女人，你听到了什么？

女人做了手势：伸出一只手，手板翻成手背。说，当家的，是不是这个人？老五"啊"一声，身子又颤抖一下，汗毛突竖。他敏捷地用力抓着女人的手掌，手臂痉挛，声音压得很低几乎哀求，说：我的姑奶奶，你小声点，好不好？我的命虽小，可他的命大啊，他是我们的指路人。老五警惕又担心，四周瞄了瞄，尖着耳朵，细听前后的动静。好在，只有对面山的犬吠声，间或雪压竹枝的"啪哒"声，还算寂静。他放了手，嘘了一口气，抹了一把额头上的虚汗。女人目光惶恐地盯着老五，吓得清瘦的额头也冒出麻麻辣辣的豆大汗珠。她点了点头，像犯错误的学生正在接受老师训诫。老五松了一口气，淡淡朝女人笑了笑，又向前走去。

此时，女人踅回走，拽住老五的后衣，轻轻地喊了一声：当家的，你等等。

老五止住步，不耐烦女人的婆婆妈妈。

一会儿，女人从屋里翻出一条长长的鸟铳和一只小竹篓，交给老五。

老五接了那杆铳，笑了笑，说，我从娘肚子里出来就备了一杆。好，自己的那支留着睡觉时，对付"敌人"。你这支嘛，给我们壮胆，下山就不怕了。

女人嗔怪地问了一句，谁是你的敌人啊？

老五不说，看着女人嬉皮笑脸。

女人脸红了，习惯性看了一下四周，只有她和老五，也没什么顾忌，不示弱，挖苦老五。你呀，你呀，那杆破枪，还说对付敌人？

老五想把话还回去，不料咳咳声又起，又喘不过气来。

女人心疼了，上前，轻轻地拍了拍老五的背心，又帮他抹了几把。老五咳喘止住了。女人嗔他，当家的，我说的一点没错吧。

没错，没错。老五缓了口气，轻轻摇了摇头，算是服了女人，说敌人比白匪厉害。

女人警告老五，你再说，我叫你哭娘叫爹。

好，不说了，老五如龟孙似的，更老实了。

七

老五亲昵地摸了摸鸟铳，杆面光滑又锃亮，亲切又熟悉。看着它就有些惺惺相惜，那是他在安源罢工起事用过。他感激地瞥了后面女人一眼，女人想得细致又周全。

于是，老五慢腾腾地走向下面的山坡。

雪夜的山区美。看不见涧流、竹海、树林和小动物，全都被雪花盖住了，皑皑一片。飞禽和走兽，冬眠的冬眠，入巢的入巢，寻食的寻食。雪夜围猎是一种山里人的常事，也合乎情理。不冬眠的动物，白天觅食，没藏身之地。只等人入睡，就蠢蠢欲动。夜深，四处觅食，为所欲为。这确是捕猎的好时机。

老五把鸟铳挂在身后，踩在绒绒的雪羽地上。女人小心谨慎地跟在后面。突然，对面的山坡上的树枝"嗤"地响动了一下，惊吓了老五和女人。吓得女人身子像打摆子一样抖起来，心怦怦地跳。老五能闻见女人"嗵嗵"的心跳声。老五一把抱住女人扑倒在雪地，快速又把女人推到低洼处。女人缩着身，脑袋埋在雪里。老五才敏捷地用鸟铳对准目标。他以为团防队的团丁埋伏山中。静待了一会儿，前面的雪地跑出一只灰色兔子。平常，早就开铳了。正好，家里人饥荒，个个饿得皮包骨，该食点荤腥了。可他忍了下来，怕铳一响，真让团丁逮了正着。于是他站起，把铳又挂在肩上，朝那只还在蠕动的小兔子笑了笑：算你运气好。

老五走了起来，心想，女人真会办事，背着鸟铳，穿梭山间，不是货真价实的猎人吗？

老五差一点忘了女人，回头走近女人，轻悄地踢了女人一脚，喂，没事了。女人急匆匆地爬了起来，望了望，说，是兔子啊。当家的，你怎么不开铳啊？老五嗔怪女人说，你们女人，头发长，见识短。你也知道这几天，风声紧，山冲回音大，一开枪，这条冲的每个角落都能听见。女人不说话，一脸的佩服。

老五带着女人，下了六七里长坡。雪越下越大，鹅毛似的，纷纷扬扬；冷风愈来愈紧，不是刮，像是在抽，抽在老五和女人的脸面和身子上，每抽一下，刺骨地痛。老五边咳边喘气，背着铳，手里又勾着竹篓，走着走着，踏错了一脚，恰好踩在冻结的石头上，一滑，滚了下来。女人慌忙地拦住了老五。她取了老五手弯里的小竹篓，将老五扶起来。老五说，伤不了，没事。别拉我起来，让我一路滚下去，不费劲又舒服。女人放了手，自己也倒在雪地上，打滚，说，当家的，那我陪你一起。

老五笑呵呵，说，这么多年，真没这样走过路。只记得童年时代，才有这样的趣味。我和四哥上学，只要下雪就一起滚下坡，每次四哥嫌我滚慢了。这下好了，四哥不会嫌我了，现在只有你嫌我了。

女人也兴奋，说，做细妹子时，看一帮男孩子，在禾坪打雪仗，堆雪人，雪地打滚，我羡慕死了。站着看久了，脸冻得红朵朵的，想加入。娘瞪着眼，拉我进屋，说，妹子人家，不能耍野。我只好瘪着嘴，哭啊哭啊。今天，是梦寐的第一次滚雪地，还和当家的一起，我高兴我幸福啊，当家的，你来吧。

老五笑着，在前面滚。女人脸上泛着甜蜜，跟在后面滚。

喂，不硌背吧？快把头用双手抱起来，老五做了个样子，说，像我这样，就不会伤坏了头。

女人笑了笑，说，没事，当家的你不是说过，这是天女撒下的棉花，在棉花里打滚，暖和啊，又舒服呀。

女人说到这，老五有些心酸愧对女人，别说吃饱肚子，连穿也不能满足女人。

老五说，哎，等将来进行土地革命了，这大片的山地从王财主手里划出来。我们就有地种了。到时，我全种上棉，收它一屋屋的棉花，让你看着饱眼。弹成棉被，睡着暖身啊。

好，当家的，到时，我给你做新棉袄棉裤，暖在身上就不怕冰雪不怕寒风。再做几床新棉被，晚上，让你溜进被子，软软的、温温的、柔柔的……让你睡得如死猪一般，睡到红日临床。

老五跟着女人的感觉在想，像是在美美地享受，说，堂客，那你真是我老五的仙女了。

女人大了声音，当家的，你这副贫嘴又来了，我还没说完啊。

女人又说，当家的，我问你，滚进暖和又柔软的新被子，你最想说什么呢？

老五诡笑一声，你猜。

当家的，你说，快点说呀！女人在催。

老五脆脆地笑，说，拿出我那支破枪，打"敌人"。

你呀你，只想着开玩笑，我同你说正经的。

老五在雪花堆里来回滚动，好似滚在柔软的新被子里。又呵呵地笑了，说，堂客啊，我们的日子真是美，幸福死了啊。

还有，还有呢？

我又要做爹了……

女人停了滚动，不吭声了。老五疑心自己又说错了，往后瞄了一眼，女人眼角淌着一颗晶莹的泪珠，像闪亮的冰粒儿。

八

老五和女人又滚到低洼地，再往前是上坡。洼地，一片密集的竹林，层层叠叠，不过，大部分竹枝和竹竿被大雪压弯了，断裂了，拖在地上。老五捡开拖在雪地的竹枝，穿梭在竹林中。右边不远处，从雪地里传来一声喂喂的洪亮喊声。老五惊得心跳了起来，朝着喊声寻去。他全神贯注，手中铳已拉上了膛，只等一搂。女人吓着了，两只胳膊紧紧地抱住老五的身腰，魂魄出窍，冷汗微渗，跟着他，亦步亦趋。老五借着雪光，看到了弯弯的竹枝下的雪面，一个深不见底的窟窿，空空的洞口黑得吓人。他平静了下，又走近口子，好像人影在晃动。老五知道，洞是山冲的猎人捕野猪、獾、狼等野物的陷阱，一旦掉进，别想出来。洞底铺了一层竹刺和铁钉，即使不扎死，也会血肉淋漓。好在洞口空敞，没盖柴草作隐蔽，是个没有竹刺和铁钉的废陷阱。

"满，是我。"声音很熟。老五紧张的心松懈下来，褪了铳栓。山头，怎么是你？女人听说侄儿，从老五的后面转到前面，问：哎呀呀，山头，你跌进洞，没伤吧？山头仰着头笑，没哩。婶你也来了。女人焦急眼睛俯瞰洞下。老五把铳杆把伸进洞里，山头抓住铳杆，老五和女人一用力，把山头扯了上来。

女人一把拥抱紧了山头，然后，又摸了摸山头，从头到脚，从手臂到身腰，发现皮肤没破没伤。女人感叹一声，山头，急死我了。山头嘿嘿地笑，婶，你看看我，没事吧。婶，怪我太迫切，火燎火急，猛跑，没注意这里是废弃的陷阱。呵呵。

老五说，山头，没事就好，又问，山头，你是去岳北吗？山头咧嘴一笑，说，没错，满。

山头，你就别去了，我与你爹说了，我和你婶来替你。我和婶追你，追到现在，要不是你掉在洞穴，我们还赶不上哩。

满，不行，参加这个活动，我爹都代替不了我。你不知道，我的介绍人王先生，特意捎信给本地的组织，让交通员通知我，点名要我参加。满，我不是与你说过学校的王先生吗，说不定他这次也会来。

女人说，山头，你还是回去，免得你爹娘牵挂，看你，要不是我和你满撞上，你可能冻死和饿死在这废洞里。

婶，放心，我再不会这么粗心了。山头额前发梢有雪花融成的水珠，一滴又一滴往下滴。他拍了身上的雪绒，又呵呵地笑说，满，婶，你们回去吧，我得赶紧去，说不定王先生在那里等我哩。

山头撒开脚，像野兔子一样蹦出了老五和女人的眼前。

女人追了几步，喊道：山头，注意啊。好啰，婶。老五，你看你看，他又跑了，不要命似的。

老五望了一眼，有点得意，让山头去吧。他喜欢山头这股执着的热情，不愧是组织的人，真是后继有望。女人很久没听老五咳嗽，夸着老五，当家的，你身体还越走越好了。老五笑着说，只要从山上下来，我就有活力，像是佛光照耀。好啊，当家的。堂客，下山你不也心情欢快？对呀，我也想去岳北。老五笑了笑，好，看来，你也成熟了，这下我也放心，不要提防你，到时候，我让你见组织的人，参加农协会。

当家的，你说的呀。男子汉说话要算数，特别你们这些组织的人。

女人很兴奋。

好，我答应你，堂客。我们也走吧，跟紧山头，跟他离得近，多多少少也能保护他。老五对女人说。女人也附和，那我们就快走几步，这孩子心不细。

个把钟头，他们翻过几个绿色的小坡岭，爬到一个最高的山头，坡密密麻麻的油茶。要是早来两月，看到缀着细指一样的青果，密密匝匝的。老五牵着女人，一步挪着一步往上爬。老五走久了，身体发热，反而他的咳嗽平息，不过，有些气喘吁吁。老五问女人累了吧？女人向老五摇了摇头，又笑，精神百倍的样子。怪不得老五每次下山都是兴致勃勃。女人站在高处一块黑褐色石块上一眼望去，眺到底下一条弯弯曲曲的土路延伸下去，连接一条影影绰绰的小街，有一排十来栋的房子。女人好奇地指着那里问老五，什么地方？是岭坡街，老五告诉女人。我们不直接下山，要往北绕过岭坡街，那里有团防的小队常驻。女人哦了一声，惊讶地吐了吐舌头。

九

两人急速地滚下山，落到坡下一块田地上。水田在雪光映出一片白，还有凸出的田埂。沿着田埂，进入樟树林，两边丛林密布。丛林中深处，有两栋小茅屋。突然，从那里响起急躁的狗吠声，"汪、汪汪"声不断。老五机警地注视前方，紧紧地握着鸟铳。女人惊恐不安，躲在老五的身后。"叭，叭，叭"沉重又尖亮的枪声，传了过来，吓得女人身子瑟瑟缩缩地颤动。女人问一句，当家的，是不是几个猎人在打野猪？他们胆子也大，这个时候，还敢放铳。老五没回话，也不敢回话，不能把真实的情况说给女人听。老五嘴巴痉挛，隐在一棵大樟树后面，全身高度绷紧。不好，走漏了风声，衡山白果的警察所和岭坡的团防队，早就得到消息，危在旦夕。

老五想跨过去解围，可女人跟了上来。

老五往后一下扑倒了女人，正好女人倒在一块约一平方米的洼地。老五起身，女人也想动。老五说，你别动，不然，猎人会把你当作野猪野兔打，你待在这里，我去助他们一把。到时收猎后，我来叫你。如果我不回来，可能走散了，记着，你一个人直接朝岳北去。下坡，横过几里的田垄，就见到单独一栋房子，那就是我们的目的地。女人点了点头。

老五安顿了女人，提起鸟铳，向狗叫的地方跑去。他发现，两边的樟树林，早埋伏着警察和团防，七八条枪射向同一个点，噼噼啪啪地响了一阵。忽然，枪声停住。老五不顾安危，跑到那个点上的近处。只听扑通一声，人影轰然倒下。老五右手抖动，嘴巴蠕动，但发不出声音了，两行涩涩的清泪，宛如小泉流在心上，滴答滴答……

枪声密集，白匪疯狂地朝老五打了过来。

老五愤怒了，在地上抓了一把雪，向远处用力一抛，狠狠地骂道：我捅他娘的白匪。老五疯狂地朝两边的团丁开铳，"嘣，嘣，嘣"急促地响起来，铁子、铁丁、石粒，炸在团丁的脸上，一片麻花花的星点，团丁痛得哭娘叫爹。老五很开心，打完了铳药，大笑几声，拿着铳杆冲向敌人，脚下发出脆生生雪响……

女人等了许久，又听到一阵密匝的枪声，她还以为是铳响，怪不得她，没听过枪声。女人在心里庆幸，自己给当家的拿来了铳，这个时候，用得上了，一起跟他们围猎，到时，可分一份野猪肉，给那个反手定乾坤的人吃，也是我们的一份见面礼。

枪声息了，女人在地面卧了一会儿，站了起来。她闻到硝烟味，她撮了撮鼻子，这味道，怪怪的，像人家大喜放炮仗的气味。她近处找遍了，没看见当家的人影。女人一笑，真糊涂，当家的不是说了，他不回来，可就直接去岳北。

　　女人想起当家的开玩笑，心里泛起一朵朵甜蜜的浪花，不停地荡漾，一个美好的憧憬在脑际中孕出……

　　她大步流星地走起来，夜静悄悄，雪花仍在飞。雪光愈来愈亮，前面那栋房子的灯光，闪闪地明朗起来……

杏花坞的人物

在老家杏花坞，出了一个旷世的国画大师白石老人，名响全球，是个大人物。但老家还有一些小人物，虽然在我们那个县那个乡没啥名声，可他们人生中出彩的几十年一直铭刻在我心里，如凿子在石头上刻过一样。他们如鲜活的鱼儿在我的脑海里跳来蹦去，老想跃出。

宝　叔

一

民国三十二年（1943 年），某天。晨曦，薄薄的雾，轻绕着老屋，一片朦胧。

老屋是一个大屋湾，齐氏五户人家居住，大小三十多口人。中间住着牛耍一家，十多间房子。他家有钱，他爹在齐四爷手下当管家。齐四爷在长沙有福星纸厂、福星纱厂和福星米厂，还在长沙、湘潭，开了四五家南杂百货店。左边十多间房是麻哥家，麻哥在我们那个村，也算富裕。他爹在齐四爷的福星纸厂任厂长，不然他一脸麻子的男人，讨不回老婆。右边是我家，有七八间房，我爷做裁缝手艺，一年四季在外面吃饭，家里余了积粮。再往右边齐雪家，五间房，在齐四爷家打长工为生。中间还有一家，是宝叔家，二间房子，娘儿俩为生。

老屋前坪，有棵二百年的大樟树，不知名的小鸟，在树叶丛中叽——叽——叽地叫个不停。宝叔一个人在树下，站了马步桩，展开的两掌往上提升，憋着一股气，从下腹往胸部上压，发出"呼呼呼"声，随着一股热气从口里往天上旋升。碰上刚起床的牛耍，他一路走，穿了半边衣，伸着懒腰，看着宝叔的样子奇怪，走近宝叔，又好奇地端详了半天，憋不住问宝叔，你这是干啥？宝叔做着动作，不急于回答，而是反问牛耍，你吃饭不？牛耍哈哈一笑，露出一口黑牙，宝叔，当然吃饭，不吃会饿死。宝叔还在用下腹提气，闭了眼睛，说，这就对了，按我的想法，你说对了一半。呵呵，宝叔，怎么说就对了一半？还一半呢？宝叔引导式地说，牛耍啊，吃饭要不要屙屎？宝叔，这我晓得，吃饭要屙屎，喝水要撒尿。牛耍，男人吃饭长力气，女人吃饭生孩子，你懂不懂？嗨嗨，宝叔，你错了，我娘吃饭生不了孩子。女人吃饭不生孩子就得屙屎，男人不长力气就屙屎了，所以，我为不让饭变成屎，就做些运动。嘻嘻，牛耍又笑，宝叔，怪不得你那么多的力气。牛耍摸着头，傻傻地呆了会儿，好像在想琢磨宝叔那话。

昨天，牛耍的娘找宝叔有点事，打发牛耍去请。牛耍走进宝叔家，大喊，宝叔，我娘喊你。麻哥正好站在外头，也是来找宝叔商量去王家山下窑的事。他跟宝叔关系也好，可两人在一起又喜欢斗。宝叔聪明透顶，会讲故事，见识广，天南海北的无处不晓。平时，宝叔练点功外，几乎和他扯谈，跟他斗嘴，斗来斗去，每次麻哥占不了上风。麻哥一见，暗笑，来了机会。就对牛耍说，牛耍啊，你娘找宝叔什么事？不晓得，娘不告诉我。麻哥诡笑，笑容被一脸的麻点掩蔽看不出来。牛耍啊，你娘没有人热被子吗？牛耍托起下巴，想到每晚要睡时，想跟娘睡一张床可娘不让。牛耍很兴奋，说，对了，麻哥，你怎么晓得？牛耍，你爹跟齐四爷在长沙，长年累月在外面，谁都知道的事。麻哥叹了一声，唉，牛耍，是不是你娘瞒着你喊宝叔热被子？牛耍似乎悟到了，跳了起来，大喊，宝叔，我娘叫你去热被子。这一声惊动宝叔娘，这不是坏她儿子的名声？宝叔由于穷，三十多年了，没婚娶。麻哥瞟到宝叔娘，惊了下，急着往外跑。宝叔娘一把拽住麻哥，哎，一个傻孩，你真忍心？麻哥尴尬，羞愧一脸的红斑点。本想看宝叔笑话，结果自己倒了霉。宝叔娘放了麻哥，又呵斥牛耍，蠢崽耶，看娘不打你，人家逗你的，你真还来兴，知不知道你这一叫没事叫成有事了，到时，娘没脸面啊。牛耍像犯了事的孩子，双手抱头，怕打。宝叔娘又说，快去，宝叔在茅坑。牛耍走出了房屋，来到后面，一个茅棚门前，汲取了教训，叫一声，宝叔，我娘叫你哩。宝叔真在粪坑方便，答了一声。牛耍，我知道了。不过，很久没出来。牛耍站在外面，闻到了一股臭味，他就嚷起来，宝叔，你在屙屎哦。宝叔说，没，不是屙屎，人一旦屙屎，就没力气了。他呵呵地笑了一声，一想，宝叔不屙屎在茅屋吃臭味，想看究竟，又怕娘骂，便悻悻地走了。

　　记得三年前，六月闷热的一天晚上，一大群人刚吃完晚饭，陆陆续续坐在前坪大樟树下乘凉。大樟树枝繁叶茂像一把大伞，挡住了白天的烈日。走进下面，不仅荫凉，又无蚊子。樟树有香味，蚊蝇不敢近。热天最讨厌蚊子，叮得你不得安宁，又痛又痒。尤其你昏昏欲睡，"嗡嗡，嗡嗡"地在耳边鸣叫，令人心烦意乱。没有蚊子飞来飞去，就安静了。蝉儿也喜欢安宁的地方，聚在树叶丛中，"知知"地叫个不停。

人最爱凑热闹，一窝蜂似的，在樟树下聚集了大大小小三十几号人。麻哥堂客，过门不久的新媳妇，也是第一次拿木凳挨着麻哥坐在人群中。麻哥真是福气，自己出了麻疹，遗下一脸的坑坑洼洼，却娶回了清秀依人的女人。麻嫂刚坐下，麻哥瞌睡上来了。麻嫂系了一条粉红的百褶裙，脸儿白嫩，眸子水灵，胸脯饱满，往人群一坐，增添了一方亮丽的风景，惹眼，往往男人们的眼光被吸引。没试过云雨的宝叔和齐雪这些大龄小伙子更甚，不时地向麻婶抛过热辣的目光。麻婶当然知道，只是躲避。但她喜欢热闹，喜欢听扯谈说晕话。人文静，很少说话，又扭捏拘谨。人家讲个晕话什么的，脸红一阵，害羞如同闺女。讲过笑话，就用纤纤玉手捂着小嘴唇浅笑，生怕不小心露出雪白又整齐的牙齿。

每晚的乘凉，宝叔是主角，讲故事，说晕话，一个接一个。其次是麻哥，也是好手，只不过比宝叔见识少，读书少，不会讲故事罢了。两人扯谈不示弱，含沙射影着对方，斗来斗去。

麻哥酣睡，宝叔逮了个机会，瞟了一眼麻哥旁边的新媳妇，眼珠骨碌一转，就有现成的笑料。

宝叔看到牛耍，暗自一笑。牛耍还经常流两线口水，挂在嘴角，像宁静的山泉，不断地冒出。该做的家务，他不做，不该做的，他偏要做。该说的不说，不该说的他要说。本名叫齐牛兵，七八岁时，人家叫他牛兵，在场的麻哥阴了一句，喊错了，牛当兵不好，连草都没法吃，又不好玩儿，整天犁田、赶车，不如叫牛耍，天天玩耍，惬意快活。好，麻哥，以后我就叫这个名字。牛耍笑呵呵，流淌在脸上的两条白花花的山泉都笑弯了。恰好，娘找他回去。扯着长声喊：牛兵，你回来罗。他一声不吭。娘刚走近，他才回娘的话：娘，我不叫牛兵，以后你就叫我牛耍。娘骂他，你真是蠢宝，人家逗你这个活宝的，你还当真。娘想挥手打他，手没落下，牛耍就下地打滚，呜呜地号哭。娘气得要死，暗暗骂这帮该死的东西，当然指麻哥和宝叔，只有他们拿牛兵笑话。娘没办法，只能哄他，好好，以后娘就叫你牛耍。他才破涕为笑。后来，谁叫牛兵就不高兴了，给人家做怪样，冷不防地吐你一口痰，甩一把浓鼻涕。吃一次亏，谁都长记性，改口喊他牛耍，这样他就笑逐颜开。

牛耍也耍人疯，人多，就有小动作。他这里摸一下，那里摸一下，这人弄一下，那人弄一下，弄得人心烦意乱，就骂他，起身追他，假意追几步，只是吓一吓。以为人家逮不到他，高兴地拍起手板，这个过程对于他来说很快乐。

每次，在樟树下乘凉牛耍少不了。

宝叔又看了一眼麻哥，听到酣睡声，装个闭目养神，挽起裤根，跷起二郎腿。知道牛耍会靠近他，牛耍有这个毛病，喜欢动手动脚。果然，牛耍就颠了过去，捏住宝叔一根又粗又黑的腿毛，扯起来就走。宝叔皱了皱眉头，一副疼痛的表情，哎哟呻吟。牛耍闻声得意。宝叔不骂牛耍，反而竖起大拇指，夸牛耍聪明。牛耍更加忘乎所以，把扯下的毛擎到头顶，欢叫起来，宝叔的毛，宝叔的毛。全坪的人听了，捧腹大笑。宝叔斜了一眼，发现新媳妇也在笑，没出声，文文静静地把头埋在麻哥的后背。宝叔收回目光，没发气，反而微微地笑，并用手招呼牛耍。牛耍走拢来。宝叔说牛耍，你靠近点。牛耍听宝叔的，又向前颠了几步。宝叔笑了笑，说牛耍再近点，我有话对你说。牛耍又走近几步，大声喊：宝叔，我来了。宝叔和蔼地说，乖，来了就好。牛耍就把头凑到宝叔的嘴边，想听宝叔说话。宝叔说，牛耍，你真聪颖。我准备奖你。牛耍呵呵地笑，宝叔你奖我什么？宝叔嘱咐牛耍说话轻点，不要让人家听到。你要苹果还是梨？牛耍在他的耳边嘀咕，要苹果。宝叔说，好。我就给你苹果。不过，我的两个苹果先给了你麻婶。牛耍听到苹果在麻叔的新媳妇身上，就朝新媳妇走去，发现麻叔在新媳妇身边，畏缩地停了脚步。宝叔瞅到了麻哥在，鼓励他说没关系，你麻叔睡着了。你麻婶怕人抢去藏在她的胸窝。牛耍这人，有人给扇风就来火。他歪歪地流着口水，屁颠屁颠地过去，瞅着新媳妇胸部两个圆鼓的，也像两个苹果。新媳妇没防。牛耍一手从后面绕腰插了进去，抓到了软绵绵的肉坨，发现不对，便大喊：不是，不是。宝叔你骗我，骗我。新媳妇忙把牛耍的手甩开，羞得满脸通红，头也没抬就勾着身走回屋了。牛耍天真地说宝叔你骗我，是奶奶。话刚出，乘凉的女人男人哈哈哈地大笑，笑得前俯后仰。尤其男人的笑声，又浪又野。这一笑，牛耍反而哭了，受委屈似的，一抽一抽地哭喊，宝叔，宝叔，麻婶没有苹果，我要真苹果……宝叔没笑也没乐，仍然跷起二郎腿，在闭目养神。笑声闹声惊醒了麻哥。他睁开眼，发现身边的木凳上缺了人，自己的媳妇走了，晓得是宝叔这个促狭鬼。他瞪了宝叔一眼，说你好下贱。宝叔好一阵没吭声，扬眉吐气地说了一句，不能怨我，是牛耍哩。麻哥看到泪流满面的牛耍，气得脸都颤抖起来，麻麻点点在跳动，骂了宝叔一句，看你，多缺德，还耍牛耍。骂完转身回屋，去呵护新媳妇去了。

二

宝叔拿牛耍戏弄麻哥，但在外面时刻护着牛耍。

一九四四年，宝叔带麻哥和老屋上下邻居的青壮年去王家湾煤矿挑煤。牛耍看到了宝叔麻哥他们每个人背上背着一床破印花被子，一路浩荡，有说有笑，像去游山玩儿水，他认为好耍。牛耍也卷起家里的被子要同去，在门口被娘堵上。十五岁的伢子，身骨还没长高，怎能去下窑啊？下窑是苦活累活，再说，家里富裕，长期有短工，不在于他外出谋一份差事。可他哭着闹着要去，娘没办法。在家，不想上私塾，也不想管田土。要他学手艺，三两天就回家，打死也不去。在家无所事事，顽皮捣蛋，打狗捉鸡，偷瓜摘果，欺小孩吓妹子，惹是生非。弄得上下邻居，不得安宁。有什么办法呢？出生不久得了脑膜炎，落下了病根。邻居只得忍气吞声，加之，他娘待人又好，人家荒月没吃的，捎一点米给人家救急；过冬了，给人送几件旧衣几件旧棉袄，让人御寒；他爹从长沙回来，带回一些新鲜的水果，苹果、雪梨、大红枣等，他娘都要均点给上下邻居的细伢子，哪怕一个，让他们尝点新，尝点鲜，整个上下屋的细伢们咀嚼得口里都是甜甜蜜蜜。一来二往，人缘就顺溜儿。一点小事，看他娘的面，都抹不开这张脸。他娘也晓得，因为这面子，牛耍惹了祸大家都不来找她的麻烦。牛耍出门，屋里安静，上下邻居也安宁，她也省心。可她也担忧，牛耍年龄小，智力缺陷，到外面一旦闯了祸会吃亏。娘正犹豫时，他挣扎着脱离娘的手，跑着追赶麻哥宝叔他们。麻哥回头对宝叔说，牛耍跟来了。宝叔没在意，继续往前走。走了十五里路，牛耍追上，走近宝叔身边，嘿嘿地笑，宝叔，我也和你一起去。宝叔吓了一跳，回头喝道：牛耍，不行，你娘不放心。牛耍哭丧着脸，宝叔，我要去，我娘同意了，让我带来了被子。宝叔看了背上的被子，也没办法，想了下，那好，我有一个条件，你必得依我。要得，宝叔你说。牛耍，到了窑子后，你得一切听从我的，不准哭闹。牛耍答道，宝叔，只要能去，做牛做马都行。麻哥在一边叹了口气，唉，宝叔，你怎么开这个口子？看看，有你后悔的。宝叔没吭声，闷着走路。

抵达王家山煤矿，矿主刻薄矿工，经常吃不饱，劳动量又大。牛耍熬得住，晚上睡在被子里，还眼巴巴望着顶棚，饥肠辘辘，肚子鸣叫，爬了起来，衣服没穿就去厨房找几只包子和一碗面条，可橱门一把铜锁，锁住了他的希望。只得溜进煤矿的菜园，一下把两块地的十条黄瓜和一只南瓜摘了回来，想叫宝叔和麻哥一起吃。麻哥见了不敢吃，叫醒宝叔，不好，牛耍闯祸了。我说过，牛耍来，会惹麻烦，你看你看！宝叔看到铺上的几条黄瓜和一只南瓜，心里咯噔一下，慌神了，他知道护矿队会打断牛耍的腿。宝叔二话不说，挥手一下，将南瓜劈成三份，命令似的对麻哥和牛耍说，没办法，每人吃一份，连瓜带蒂要吞进肚里。此时，狗吠声渐渐地近了，一直追到茅棚。护矿队的打手，照着矿灯冲进来，搜查几遍，没找到证据，凶巴巴看了宝叔几人一眼，悻悻地走了。

宝叔说故事，下窑的伙计都喜欢听。每次回到地面，大家都围着宝叔身边转。宝叔，张口就一个乱谈，有根有叶，活灵活现。回到矮子房，坐下来，一个二郎腿就开始了。这个时候，总有人叫嚷，宝叔你慢一点，等我一下，我要洗把脸。喊话的人呼啦呼啦地弄几下，弄个花脸来，也管不了，只要赶上宝叔说故事。那个热闹的场面，那个情形是无法描绘的。

下窑挖煤的都叫煤黑子，全身都是黑蛋似的，只有两只眼珠子在动。上了井，不管怎样洗手，一双手都是黑的，摸到哪里，哪里就是黑乎乎的。这也没什么，出门在外，每个月能攒几块银洋养家糊口就行，还在乎什么干净不干净。煤黑子们，只要有饭吃，有宝叔的开心，日子也是有苦有累有乐。来自乡下，不讲究怎么样干净，黑就黑吧，又不是少爷公子土豪劣绅。所以，一群黑脸黑嘴，呵呵哈哈笑，面容也是黑不溜秋的，倒也自在。

还有一个人也喜欢听，这个人是矿主的姨太太叫雪雪。雪雪不喜欢矿主，矿主有钱有势，粗暴又凶残。雪雪反而对宝叔有好感。雪雪刚娶过来不久，比麻婶漂亮多了，要多白有多白，要脸蛋有脸蛋，要身材有身材，还上过洋学堂。宝叔从第一次瞥了雪雪后，惊异雪雪的美丽和会说话的眼眸。宝叔心里就喜欢上雪雪，碍于矿主的势力。

雪雪爱听宝叔说故事，不站在煤黑子一圈，离得远远的。雪雪穿了一件开了胸的紫色旗袍，倚在门框上，羞羞的，会说话的眼睛向宝叔眨一下又眨一下，惹得宝叔的故事和目光都停不下来。雪雪藕一样的玉手捂了樱红的小嘴唇，那个样子好看极了。尤其女人鲜嫩得如出水的葱秆儿，也害得煤黑了"啧啧"地朝这边眨眼。雪雪睨着说话的宝叔静静地一声不吭。她听得最出奇的时候，总是向宝叔拘谨地一笑，浅浅的笑意中洋溢着新奇和小女人的开怀。

宝叔跷起二郎腿，眯着眼，不笑，轻轻又慢慢地一个劲儿说下去。可在雪雪面前，宝叔变了，说故事时，有意把嗓门儿拉大，还瞪亮了眼睛，微微向门前的小女人笑笑。先前，外人没看出来。麻哥往后边看了一眼，见红色旗袍的小女人倚在门框后。麻哥看得眼花缭乱，好像小女人如一朵含羞的荷苞托在荷秆上，娆娆怒放。麻哥惊艳，这不是雪雪？大伙说，宝叔，雪雪在偷听。宝叔故作正经地往后边瞥了一眼，正好与雪雪的目光相遇。这下，雪雪小脸通红，随即捂脸，转身。宝叔心颤了下，对在一旁的人笑笑，人家爱听就听吧。全屋的人轰然而笑，说宝叔你大点声，人家老远听不见。宝叔没理他们，只朝远处的雪雪嘿嘿地笑。霎时间，雪雪回眸了一笑。宝叔心里甜蜜，不知不觉地忘记要说的故事了。

牛耍看宝叔三心二意，便催促：宝叔，莫走眼，快点说，大伙都等你呢。麻哥看出来，骂牛耍，蠢宝。我们宝叔讲故事，不是说给你听的。牛耍向麻哥瞪着眼，不服气说，也不是讲给你麻哥听的。

牛耍呀，你莫吵。我想到件事，想让你猜。牛耍，有点猴急，说宝叔故事说得好好的，卖什么关子哩？宝叔，瞅着门框边的小女人说，你说雪雪，人生得俊，屁股圆溜溜儿的，就可惜那地方是黑的。宝叔边说边显得一脸的惋惜。牛耍不信，嘿嘿笑，说宝叔你哄人，雪雪奶嫩的，应该全身都是白的。宝叔没笑，牛耍你不信就当我放屁。牛耍说，宝叔，我还是不信。在一旁的麻哥一眼看出宝叔的小九九，宝叔翻开书就知道他要讲哪章哪节。麻哥忍不住地笑了笑。

过了两天，宝叔和麻哥说话时，牛耍一脸不悦，好像宝叔骗了他。看见宝叔就说宝叔，你扯乱谈。麻哥懵懂，问了一句：牛耍，宝叔什么事骗了你？牛耍很委屈，雪雪的屁股跟宝叔说的不一样。我瞧了，屁股上除了一个巴掌大的地方是黑的，其余都是白。在一边的宝叔心紧了一下，面色苍白。我的天啊，你真动了雪雪？牛耍没吭声，傻傻地站在那搓手。后来，吞吞吐吐地说，我，我…动，动了。麻哥在一边也悚然生悸。之后，才问牛耍，咋动的呢？牛耍说，……我蹑手蹑脚找到了雪雪的房间，雪雪那时正在洗澡，"哗啦哗啦"的水声像夏天的雷，一下一下轰得我紧紧张张。本想打退堂鼓，可一想到宝叔的话，就想过去弄明白。又麻着胆子，轻轻地走过去，升腾着一屋的热气，我都看不清了。不过，一股好闻的香味，淡淡清香，流入鼻孔，我一下冲上去，揪住雪雪，捞起雪雪的屁股看了一下，嗨，全是白的，等我松手，又看到一巴掌大的黑……

麻哥向牛耍叹了一声，牛耍你闯祸了。宝叔也后悔不已。

次夜，牛耍被矿主豢养的打手，折断了一条腿，回杏花坞去了。

当宝叔听了这个消息,脑袋轰然一炸。拳头握得脆响,骂了一句:狗娘养的,看我怎么收拾你!

后来宝叔和矿主的二奶雪雪好上了。一天晚上,雪雪到矮房子和宝叔滚到一块时。矿主逮了过正着。矿主恶狠狠地盯着宝叔,咬牙切齿地说,你这狗杂种,活够了,看我不送你到天眼(废弃又挖不出煤的窑洞)去。宝叔一点也不畏惧,反而哈哈地笑了起来,说,随你的便。

翌日,被五花大绑的宝叔对矿主说,老板,你扔我之前,先让我把事情说明。不然,你冤枉了你的小女人,自己也背个戴绿帽子的名声。

矿主哼了一声,心想,你和我女人都上床了,怎么就冤了她?轻蔑地看了宝叔一眼,人将死,其言也善。好,死到临头,就依你一回吧。

墨黑墨黑的夜,矿主带了一个打手,耀武扬威挎个匣子枪,押着宝叔来到"天眼"旁。打手欠了欠身,问矿主,老爷,要不要点灯?矿主骂打手,你好蠢啰,灯亮起来,煤黑子们一旦发现,一齐闹起来,到那时怎么办?打手附和,老爷说的是。矿主见到眼口了,得意地丢下一句硬邦邦的话,你可以说了。宝叔没言语,蒙蒙中,只见他弓了身,头朝下,弯成了一个虾背,用力运气,嗞的微微一声,这声音好像骨节里发出来的,外人听不到,只有宝叔自己能感应。随即,下面囊中的蛋就缩进了小肚里。宝叔的内力好,一番静气提气运气,蛋蛋藏在肉体中。这时宝叔,可怜兮兮地说,老板你冤了我,我下面没有蛋蛋,怎么干你雪雪了?打手先笑出了声:哈哈,没东西?没东西,不是阉了的鸡吗?老爷,不可能,不可能呀,他蒙你。宝叔听了,吓了一跳,生怕蛋蛋掉了下来,手不能舒展,只能借两腿的力，静气和运气，比平日艰难得多。宝叔用力只听"呼"的一声，一股气顶住了蛋蛋，蛋蛋像焊在小肚内一样。不过，宝叔一番气运丹田后大汗淋漓。幸好，矿主不让打手点灯。宝叔平静下来，才说，不信你来摸摸。矿主便蹲了下来，骂骂咧咧，煤黑子，你想兔子哄老鹰，没门儿。他伸了一只手往宝叔胯下摸了摸，怪了，没有了。他缩回手后顿感奇怪，又摸一次，这次他更仔细，把整个蛋囊都捏了个遍，没有，蛋跑哪去了？疑惑间，他收回了手，准备起身。宝叔静了气，蛋蛋又重新回到原地方。瞬间，宝叔运了全身的力气，肚皮抵向矿主，猛一抬头，只听"哐咚"一声闷响。打手听到响声，以为是自己老爷不小心绊了一块煤渣，煤块掉到深不见底的煤井里。打手没在意，想起宝叔说自己没蛋的事，还在嘿嘿地笑。宝叔说，你也别笑，没骗你，刚才，你老爷都摸了。不信，你也来摸摸。打手好奇又笑眯眯地凑了过来，弯了腰，蹲在地上，两手同时从丸囊下面抄上来，生怕蛋蛋遁了，摸了几把，没发现。打手不笑了，很失望，好像怪自己的手够不着，喝道：你身子往下一点。宝叔依打手的意思蹲了下来，说好，我蹲下来。打手又摸摸又捏捏，还是没有。宝叔问，有没有？打手"嘿嘿"笑，说是个太监。老爷，老爷，真没有。打手说话间，宝叔的手快，同样一运气，又一下把打手推到天眼里……

当夜，宝叔就背着雪雪走出了小矮房。雪雪在宝叔的背上，身子颤巍巍地说这漆黑的夜，我好怕，宝叔。雪雪，你怕个尿，我下面没蛋了。雪雪掐了宝叔的头皮，嗔怪他，这个时候，你还有心说晕话。雪雪停了手，笑了个灿烂。

麻 哥

一

麻哥叫齐全。出生不久，出了麻症，家里穷，没钱请郎中，落了后遗症，满脸爆花。我们生产队大大小小的都叫他麻哥，后来，当队长又叫他麻队长。

麻哥十多岁时，他爹和牛耍爹去了长沙，成了齐四爷的左右手，跟着齐四爷发迹，成了乡下有钱人。麻哥有福气，讨了一个灵秀又贤惠的好老婆。

麻哥除了脸上一点破败，什么都好，脑瓜子灵，最大的特点就是任何做事，用一字概括"稳"。做事稳，说话也稳。不给别人可乘之机，也不会惹上什么麻烦和危险。

大跃进的年代，麻哥正好三十。

大炼钢铁刚停。县委和地委派出城乡社会主义教育运动工作队，下到农村的大队和生产队。这些派出的干部，统称为社教干部。听说，社教干部与社员都能打成一片，算得上带头的模范，可来我队蹲点的社教干部不同，有个性。社员都叫他江干部，北方人，一般北方人高大、英俊，说着一口流利的普通话，但江干部倒像南方人，身材短小，精悍，脸皮白嫩，像个小书生。说话，喜欢讲这个这个。

江干部来我们生产队，想办点事。依我们队上的地貌山形，浩浩荡荡的湘江正好从我队的地域上流过。江干部带着队长齐雪和麻哥一班的队委会成员，在原有的义渡码头，站着考察。遥望对岸衡东，那边的人民公社红旗飘飘，造田和修水库热火朝天。江干部不甘落后，看着渺渺茫茫的江面，只有几条小筏子，灵机一动，不如造一只大木船。一来，大船可载全队社员，去江那边衡东学习；二来，大船可走水路去湘潭和衡山城运化肥，要想高产，离不开肥料。大家都说这是好主意，只有江干部想得到。可是，队上没木材，让大家面有难色。

刚走了个炼钢铁的领导干部，山坡上的树和生火的柴，全被砍了干净。桌子、椅子、窗棂、柜子，连门板、床等木件都糟蹋完了。一块钢坯没炼出来，就拍屁股走人。

没木材怎么造船？找县木材公司领导批几方木材指标，也是空指标，木材公司早就没一角木材了，不知要等到猴年马月。江干部在生产队开大会时作了指示，船总是要造，没木料也得想法子，先是队委同志想，再后是社员同志想。队长和麻哥摇了摇头，木料，山上没有，社员家里没有，左想右想，也是白想。江干部说完，再没有人接话，一筹莫展。江干部想，这么好的事情，刚开始就泡汤，不行，不树立自己的威信，以后，怎么在这队里搞社教？他又扫了一眼会场，鸦雀无声。没想到牛耍站了起来，摸着头，咧着嘴，嘿嘿笑，江干部，还有木板子哩。江干部望着牛耍激动起来，抓到救星似的说这个这个，牛耍同志，你说说。嘿嘿，江干部，不是每家有茅房，茅房有粪池，粪池不是有盖板吗？好，这个这个，牛耍提醒得好。社员同志们，明天将自家粪坑的盖板洗好，拿到队上的保管室登记造册。江干部下完命令，友好地握着牛耍的手，牛耍，你是好社员，能为队上分忧。会上，男人就一个劲地笑，心想，只有牛耍这样的傻儿才想到这样的臭主意。女人们唠唠叨叨，没盖板，怎么好方便？江干部的指示就是上面的指示，谁敢在会上说过不字！

次日，社员们陆续地拿到自家洗好的盖板送到队部的保管室。

保管员麻哥一边点数一边登记。粪坑的盖板，怎么洗，也洗不去浓烈的尿臊味，臭烘烘的。点一会儿数，麻哥就要离开一下，去外面吸一口新鲜的空气。人一多，有人怕麻哥忘了登记自己家的数量，就喊叫，麻哥，快给我家记个数。麻哥揉了揉鼻子，说不急，不急，等我吸根烟。六十多家的粪坑上的盖板，一拢来堆成一室，氤氲着一屋的屎尿气，随处臭烘烘。

茅屋的粪坑没盖板，很多不便。在田头施肥时，队长见了麻哥，神神秘秘地拉他到田角。队长抽出一根烟给麻哥，自己又点燃，吮吸一口，叹气说麻哥，这几天倒了八辈子的霉。麻哥问，队长，什么事叫你愁眉苦脸？唉，别说了，交了粪坑的盖板，害苦了。队长，为这事，这两天真还有几个人向我诉苦，大人和娃儿屙屎撒尿不小心都落到屎池。队长，其实这盖板，又臭又腐，不适宜造船。队长没留心麻哥后面的话，只是附和地说，对对，麻哥，就是人家跟你说的情况一样。前天，我老婆上茅厕，在粪池边臀儿一翘，失了重心，整个人掉进屎水。两天来，她都是一副苦瓜脸对我。晚上，我想和她唠叨，她不但不和你说话，还把身子一扭，冷背朝你。哎，一句话，怪我害的，麻哥，这事牛要提出来，又不是我，你说说，我冤不冤啊？

麻哥捱着嘴唇扑哧一笑，队长呀，看你火燎火急的样子，原来晚上被你老婆熬的。队长大声说，麻哥，你别笑我，看有什么好法子不？麻哥四周看了下，惊慌地示意队长说话小声。让不怀好心的人听到就不得了，传到江干部耳朵，会责备你这当队长的，拖后腿。麻哥压低了声，在队长的耳边细说，队长，这事好解决，每家不是有尿桶嘛，先屙到尿桶里，再倒入粪池，何必让女人和孩子去粪坑边冒险。队长一拳打到麻哥的肩上，说麻哥，还是你想得周全，我把这方法告诉全队的社员们。

木板准备好了，江干部通过私人关系，找了在市船舶厂的高中同学，设计出一张木船的图纸。江干部攥着那图纸如获至宝，回到生产队，把队里学过木匠的人，通通囚在保管室，为抓紧时间，日夜不停，一日三餐送饭。可害苦了那些木匠，整天蹲在茅坑旁边一样忍受着臊味、尿味、臭味。木匠只想开小差，又苦于江干部亲自监督，晚上还派民兵巡查，哪会给他们机会？受不了，也没办法。两个月后，终于造成一条可以坐十多人的木船。江干部和队委很高兴，择了好日子，在湘江试航。

木船造好，总有舵手，江干部定了两个人。

江干部从老屋场找到下屋湾，挨家挨户寻，弄得满头大汗，才找到麻哥，喘着气埋怨起来，齐全同志，你到哪里去了？麻哥愣了半天，以为不是在叫他。江干部没察觉出他的感受，就下了命令，由他和队长去试新船。如果不错的话，过一段时间，请大队、公社、区上三级领导来开个现场会。麻哥心里唠唠叨叨，选什么鬼日子？正是涨水的季节，一只破船，试什么航？一脸的不高兴，眼都没抬，回道：我不叫齐全，我叫麻哥。冒出一句不着边的话，冲得江干部半天没回过气来，脸上肌肉不自然动了动，连声说，这个这个……正要发火，队长跟上来解释，江领导，他早就不叫齐全，大伙都喊他麻哥，叫惯了，所以，讨厌人家叫这个名。这一解释，江干部的火气压了下来。

木船看样子威武，十二个十分工的男劳力抬到江边。

六月的天，梅雨刚过，晴天万里，但湘江的水混沌又洪流翻滚。麻哥被江干部拉到江边。全队的男女老少都来了。江干部乐呵呵站在码头指挥，好似舰队司令。社员也兴奋一个劲地喊：队长和麻哥，你们上，快点上啊。有的实在耐不住，跳进了浅水区，好像试船这等好事就是自己。队长也兴高采烈，有人起哄，有人催促，没等江干部下命令，他急不可待地从跳板跃上木船。江干部望着新木船正在兴头上，一手叉着腰，一手向麻哥一挥。真是"将军旗帜动，将士金戈击"。可麻哥不领命。队长又喊着，麻哥，快上来。他拿起了撑篙，跃跃欲试。麻哥看新木船，摇摇晃晃像一只纸船，迎风踏浪。他犹豫了下，喊了声，队长，慢点上。走进浑浊的江水，沿着船边看了看，木板虽被江水洗得干净，但一股浓浓的臭味和臊味弥漫而来。麻哥没有捂鼻子，早已适应。可他对船的牢固不放心，用手掐了一下船底，一小块腐木脱落，木灰和粉蔺纷飞。麻哥心里咯噔一下，额头渗出了一层汗水。

队长手拿着竹篙，站在船上，又摇又摆，江洪太大，流势太猛，无法控制木船。麻哥额上的汗珠如雨，黯然失色，急了起来，忙摆手，队长，快下来，危险！

江干部不高兴，刚才顶撞还有疙瘩，厉声地批评麻哥，这个这个麻哥喊什么喊呀，自己不积极，还拖后腿。思想落后，试完船后，回去写反省！江干部的话没完，只听"轰隆"一声巨响，木船碎成了数百块。随即，洪水翻了几个大浪又打了一个大漩涡，将碎木板和队长吞没了，一下子不见船影……

江干部望了这情景，顿时哑然，脸色惨白。

麻哥捶头顿足，泪流满脸，队长呀，你怎么这样急躁啊！

二

江干部从沉船事件更证实了麻哥做事稳当，麻哥当家，生产队砸不了锅。队长逝去，由麻哥接任。

这样一来，大伙儿不叫他麻哥了，而叫他麻队长。

那时，全国上下主要任务是抓阶级斗争。阶级敌人主要是"地富反坏右"。我们队上反革命和右派分子没挂上号，地主和富农还是少不了，大队公社给了指标，不划不行。我们队上的地主是齐四爷，论辈分我和麻哥都喊他四公公，不管亲疏厚薄，总在一个祠堂吃饭。齐四爷这人，有头脑，在省城、县城多处有实业。新中国成立前夕，还讨了个四姨太。这个四姨太，是在长沙文夕大火中，被焚死的一个江西药老板的小千金。药老板有两个女儿，大的嫁给长沙珠宝商的少爷。要不是家遭变故，小千金怎会嫁给年近五旬的四爷？我不知四姨太的姓氏，只听人吹嘘四姨太是个仙女，嫁了这么多年，还小姑娘一样漂亮，脸蛋的嫩，胸窝的鼓，腰肢的细，屁股的圆，神工天作。有四爷家的钱财滋润，富丽又时髦，鲜嫩得如出水芙蓉。长沙解放临近的前两年，四爷的厂子一落千丈，口袋里的钱少了，也没满足一、二、三太太的欲望。女人烦事又多，四爷又专宠四姨太，似掉进了蜜罐罐。一、二、三太太醋意浓浓，就凭这点，哪能饶过四姨太？家庭矛盾重重，女人之间磨蹭和暗斗，更惹四爷的烦恼，于是，四爷就拿了一些银元，偷偷和四姨太回到老屋，过了两年清闲的小日子。

土改时，四爷被划为地主成分，经常挨批斗，肉体遭折磨，精神受摧残，四爷挺不住了，某天深夜，舍小妾，自缢而亡。

四爷后事，四姨太无能为力。队上有不怀好心的人提议，谁愿娶四姨太，四爷后事就由谁负责。全队没讨老婆的，死了女人的，除了麻哥和牛耍，还有七八个老后生。老后生一听这个提议，一致赞成，说倾家荡产也行。老后生想女人想疯了。麻哥和牛耍不同意，人总不能忘本。念起四爷的好，没有四爷就没有他们家曾经的红火。

最后，形成决议，四爷后事由生产队负责。

四爷一死，四姨太一个人在老屋安生不了，就去了长沙姐姐家住了好几年。后来，又回来住了半年。四姨太从小千金小姐，身边离不开女佣，从娘家到四爷家都是衣来伸手，饭来张口。一下子让她做家务，锄园做菜，不能适应，更不要说去种田，水里来泥里去。细皮嫩肉的，怕太阳，怕淋雨。从队长齐雪到队长麻哥，队上都照顾她，不让她下田，在地面上干点事，打肥、拾粪、种玉米、收豆子、晒谷等。七月的一天正午，四姨太和队长老婆一起在禾坪晒谷，迎着烈日，翻了几遍新谷，就中暑了，晕了过去，人事不省，吓坏了队长老婆，幸亏送医院及时，不然，人就没了。

八月时，雨又猛又急，说下就下，有时躲避不了，四姨太淋了生雨，第二天生了病，起不来。

队长齐雪叫老婆照看，去四姨太家，教她烧火煮饭，帮她洗被子补衣服。她没有出工，队长叫老婆去看一下，是不是生病了？病重不重？要不要叫赤脚医生？

有一怪事，每次，队长老婆去时，四姨太门前，不是有一把鲜绿的蔬菜，就是一碗清香的米。就是最困难时，也有人放一捧豆子和一把花生。队长老婆疑惑，就把这事讲给队长听。队长心里早就明白，对老婆说，是生产队的老后生干的，为讨好四姨太，赠予一点生活的必需品，也是老单身汉的常情。队长老婆问队长，这事，向不向上面汇报？队长反问老婆，你说呢？队长老婆摇了摇头。这就对了，队长压低了声音，说这也是好事，四姨太是个小寡妇，软弱无能，应该救济和扶助。

有天，民兵排长跑来。队长，队长，我发现有人护着地主婆，拿着队上的食粮给四姨太。每天天没亮，偷偷地放在四姨太的大门前。队长故意说，哟，有这事？民兵排长说，千真万确，还有新鲜的丝瓜、黄瓜等蔬菜。你说，今天早上，四姨太门前放的是什么东西？队长，是一瓦钵新白米。队长摸了头，心里想，这又是谁啊？心里一掠，想到了昨天下午，队上派了四个社员去打米，走在最后的是麻哥。他是保管员，队里丢了米，麻哥最清楚。每年，收获的豆子呀、花生呀、玉米呀，队里都有数的，丢失一些，麻哥第一个知道。为什么麻哥没跟他汇报？队长一下悟出了其中奥妙。

民兵排长看队长皱着眉头，在思考这事。又问，队长，你说这人谁啊？队长怨民兵排长问急了，你没看见我正在排查？你知不知道？不能冤枉一个好人，也不能放过一个坏人。

民兵排长赔着笑脸，知道，知道。

队长眼角瞥了下，知道民兵排长来的目的。

果然，民兵排长试探地问一句，队长，要不要民兵去查一下？找到嫌疑对象，再审讯，要揪出这个坏分子，不但偷劫集体财产，还同情阶级敌人。

队长故作恼怒，说，查什么查，我问你，谁都没看见，你说你看到了，四姨太门前，有蔬菜和粮食。那不是告诉社员，你经常去四姨太家。你自己仔细想想，一个民兵排长，又是一个男人，摸黑去地主婆家，又能做什么？这不是不打自招？

队长，我这不是请示吗？这下，民兵排长惊吓得声音都细了。

脑壳是想问题的，你这一闹，还想当民兵排长不？

这话惊得民兵排长额角冒虚汗，低垂着头。队长，我把这事烂在肚子里。

这就对了，不要自找麻烦，这事到此为止。

四姨太虽有了粗茶淡饭，但她害怕晚上，漆黑一团，窗口晃动着人影，像鬼魅一样，让她毛骨悚然。深夜，不时地响起咚咚咚的敲门声，一个晚上都提心吊胆。

其实，四爷带着四姨太回来，周围几十里的男人和女人，绕了四爷的老屋子熙熙攘攘半个月，欣赏四姨太的时尚，瞅瞅四姨太的细皮嫩肉，瞧西洋镜似的。

四姨太洋气和美艳，如花似玉。男人有点寝食不安，有事没事往四爷老屋子跑。乡下女人本就嫉妒，这下更忌恨四姨太，说她妖狐转世，像妲己，天生多情和媚态，只要被瞄上，水灵眸能化成千只手，温柔地勾你的魂，吸你的精血，最后让你魂魄皆无。还举例，说宝叔从四爷家回来，不自然地吞着口水，丢三失四，恍恍惚惚。流言蜚语满天飞，女人害怕至极，守着自己的男人。老娘在儿子耳旁敲边鼓，麻哥娘也告诫麻哥，早晚不要去四爷老屋。

这样的情形还有人不怕死。有人猜，是不是生产队那些老后生？没有尝到人世的美妙、男女云雨的甜蜜，就是粉身碎骨也万死不辞。只有队长知道，除了那几个老后生，还有民兵排长。

四姨太，晚上担惊受怕，日里哪有精神？别说出工，躺在家里都是病殃殃的。她又不好把这些夜间的事向队长明说。本来女人妒她，又出身不好，怎么说都是她的不对，人家会说，是她的勾引。故此干脆自己忍受。熬久了也受不了。

只得找姐诉一诉乡间的苦楚。在长沙又住了半年，与姐闹了不愉快。这不能怪她，她比姐年轻还皮肤细嫩。同在屋檐下，姐夫那只精力旺盛的猫，闻到了腥味，哪有不馋嘴？这微妙的行为被姐撞见，姐不责怪姐夫反而说她勾引。她怎么解释，姐就是听不进去。她很冤屈，在姐家住不下去了。

刚回四爷老屋，男人们的眼睛像苍蝇一样，嗡嗡地飞向她。生产队的女人紧张起来，看紧自己的男人。民兵排长也一样，恨不得跟着四姨太的脚步，走进她的房间。但民兵排长对于队长告诫的话记忆犹新，想做积极分子，"地主婆"像一条沟壑，无法跨越。民兵排长把四姨太回来的消息偷偷地告诉了江干部。

早上，江干部找到麻哥家，说麻队长，上面的中心任务是抓批斗，我们队也应响应。麻哥哆嗦了半天的嘴，知道江干部要斗地主和富农了，给江干部沏了茶，笑了笑，江干部，这事免了吧，我们队的地主早年就死了。江干部对麻哥的回答不满意，说：这个，这个，地主死了，还有地主婆嘛。麻哥紧了下，知道江干部瞄上了四姨太，江干部，算了算了，一个女人家，活着也不容易。

江干部的脸色，呼啦地黑了，茶杯往桌上一墩。你这个这个麻队长，我说你呀你呀，立场动摇。什么不容易，地主婆也折磨贫下中农。告诉你，地主婆也是坏分子。看到江干部上纲上线，麻哥马上赔着笑，说，我该批评，好，执行江干部的指示。麻哥额头冒出虚汗。

江干部决定晚上斗四姨太。

下午，江干部找麻哥把晚上开批斗会的事说了一遍。又问麻哥，这个这个地主婆漂亮，像春天的藕芽，白白嫩嫩。麻哥看了一眼江干部，没作答，嘻嘻地笑，丑得很。可这个这个民兵排长说，男人看了，会被她姣美的身材、雪白又鲜嫩的皮肤、小眸子的媚态，摄走了魂，茶不饮饭不思。江干部拖着长音又问：麻队长，有这个这个事吗？麻哥呵呵一笑，江干部，没有这事，民兵排长净说瞎话。江干部语气缓和，麻哥以为江干部放弃最初的决定。突然，江干部板着脸，凶眼盯着麻队长说，这个这个民兵排长，站在反动阶级的立场，把

229

一个地主婆说得天花乱坠！麻哥吓了一跳，知道四姨太要遭殃了。

晚上，江干部带着麻哥和民兵排长仨人去抓四姨太。刚走近四爷的老屋，麻哥就想起了老娘的话，打了个寒战，身子哆嗦一下。于是，麻哥蹲在地上，揉着肚子，痛苦地说，江干部，我受不了要蹲茅坑了。这个这个麻队长，真肚子痛？麻哥弯了腰，按住肚皮，说真肚子痛。江干部不高兴，呵斥麻哥，关键时候，你这个这个麻队长就挺不住，阶级觉悟不高。好好，你去吧。麻哥双手提着裤头，转身，一溜烟儿地往家跑，心里说，我才不犯错误呢。江干部又招了手，麻哥不高兴地回来。江干部吩咐了麻哥，这个这个麻队长，方便完了，你和社员们在生产队的学习室等我们。麻哥答得响亮，好的，江干部。

江干部和民兵排长走进了四爷的屋子，四姨太正在屋里做女红。民兵排长走向前，瞅了四姨太一眼，一道撩人的白光，人就像木头一样僵住。江干部瞥了一眼，目光痴滞，傻傻地说，奶奶的，世间竟有这样妙趣的女人！江干部从北到南，走过无数的乡村和城市，见过千千万万个女人，但这般俏丽又甜美的小女人还是头一回见。他忘了自己是社教干部，向民兵排长扬了扬手，这个地主婆可恶，我得审审她。民兵排长不情愿地离开了四姨太的房间，江干部要独审这个四姨太，民兵排长不敢反对。民兵排长只好挎了枪，在外面站岗，不过他的眼睛一直盯着窗口。等了一阵，忍不住就在门外喊：江干部你审完了没？得抓去批斗了，麻队长和社员在等。江干部刚脱下裤头，打扰了他的兴头，嘟囔，这个这个，你催么子啊！

全队的社员们来开批斗会，挤挤攘攘地进了队部学习室，坐满一堂。麻哥一脸不悦，朝外张望一次又一次，焦急和担心。等了一顿饭的工夫又等了一顿饭的工夫。男的抽完带来的一包叶子烟，女的瞌睡醒了一回又一回，社员们不耐烦再等下去了。

有人问，麻队长，批斗会还开啵？

麻哥向那人瞪了一眼，怎么不开了哩？批斗是当前主要任务。

又有人问，江干部不在，批斗会谁来主持？

麻哥指了那人脑袋骂道，死脑筋，江干部觉悟高，带头抓地主婆去了，你好好等一会儿。

牛耍嚷了起来，麻队长，那我们也要提高觉悟，不在这等了，和江干部一起抓地主婆去。

麻哥一脸惊愕，麻子颤抖，脸上坑坑点点盈满了汗珠，好久才回过气，狠狠地骂了一句，牛耍，你少在这捣蛋。江干部正在那里审问，社员们全到四姨太家，影响江干部的审讯。牛耍摸着头，嘿嘿傻笑，又说，麻队长，我们去看江干部怎么审？提高一下政治觉悟。麻哥说，不行，大家都去，影响江干部独自发挥。大伙附和，麻队长，你不让我们去，就是不想让大家提高觉悟？那不是，江干部吩咐我大家在会议室等。麻哥一口否定。时间一长，麻哥心里咯噔一下，一想到民兵排长那副色相又提心吊胆起来，心里说，江干部你们乱来，就不能怪我了。他显得无可奈何的样子，挥了挥手，好，你们去提高一下觉悟。

社员们一窝蜂地去了。

麻哥不想掺和，一个人往家溜，被社员拽住说，麻队长，你不去了？麻哥笑吟吟的，说，怎么不去，我问你，开批斗会，要不要记录？那个社员说，要。要记录，要不要本子？那个社员说要啊。我回去一下，拿了本子再来。那个社员点了点头。

麻哥转身就跑。

全队的社员拥到四姨太的屋前，积极分子推开房门，诧异了，看到民兵排长，只剩一条短裤趴在窗口，眼睛呆滞，流着口水。怎么能这样？民兵排长没背枪。几个人把民兵排长拖下来，又直接推开四姨太的房间，瞅到江干部身子光溜溜儿的，正想扯四姨太的短裤，大家才恍然大悟……后来，全体社员们挤进屋，面面相觑，哗然一片。牛耍笑嘻嘻地说，江干部你还在审四姨太，我们正等你主持批斗会……

江干部正要发火，被人从床上拉起来。面对社员怔了下，尴尬地爬了起来，又喊：这个这个麻队长，好大的胆！江干部，你别怪麻队长，我们自己来的。四姨太在被子里浑身筛糠，嘤嘤地啜泣。江干部忙乱地穿了衣裤，众目睽睽之下，脸面丢失。麻队长，麻队长，快叫他们出去！一个社员答了一句，麻队长没来，拿会议记录的本子去了。

江干部恨死麻队长，紧要关头，帮不上忙。虽然让社员逮了个正着，仍不失威风，边穿衣边嚷嚷，这个这个麻队长，又开溜了，看我不撤了他的队长。

出事第二天清晨，天乍亮，麻哥牵着四姨太，一步一步地走向镇上的汽车站。

牛　耍

牛耍，齐四爷管家的儿子，是我的本家叔叔。听说，他娘结婚二十年了，还没开怀。有的说是女人肚皮不争气，有的说男人在长沙跑妓院，惹了性病。男人不嫌女人，女人也不怪男人，又等了五年，女人四十六岁那年，开花结果，一家笑逐颜开。可是，生下宝贝儿子，有点反常，十六岁还长不大，有点傻乎乎的。不过，人善良厚道，不落井下石。

一

一九四六年，牛耍十六岁，到了婚配年龄。牛耍家富有，每年齐四爷给一份丰厚的份子钱，还管理着百多亩水田。要不是在新中国成立两年前破落，生产队的富农，他家跑不了。家境殷实，在十乡八寨名声响亮，成群的媒婆踏破他家的门槛。最后，选了我们屋后燕子山的一个出身木匠世家胡姓的二丫头。小名叫小青，怪机灵的，样子俏，脸蛋儿俊，一双滑溜溜儿的小眼睛，在生人面前一睨，就把生人的心性摸了个透。

牛耍定亲前，小青多了一个心眼。她把白皙的脸抹成乌黑，又找了一件多补丁的蓝布衫，托着半边碗，拄着一根打狗棍，独个儿翻过山，装成乞讨的小丫头，按媒婆所说的地方，找到我们老屋场。叔叔、伯伯、婶婶、姐姐，给我一口吃的啵？喊得甜，又可怜巴巴。大家同情她，几家都给了她一筒米。到了牛耍家门，听到老太婆喊一声，牛耍，讨米的来了。她想起媒人说过，牛什么的，地点和人名都对。她想，就是这个人。她马上闪开，躲在齐雪门后，端详牛耍这个人，发现他傻里傻气，反应迟钝。她一下子头晕眼黑脚发软，心里骂媒人祖宗八代。回了家，闷在房子里，啪嗒啪嗒地滴了几天的泪水。

婚姻大事由不得自己，父母说定，嫁鸡随鸡嫁狗随狗，也就认了。

大喜之日，小青向前来闹婚的亲戚、朋友、邻居一把一把撒着糖果，接到手里不多，大都落到地上。一群小孩在地上疯抢。牛耍穿着新衣，也趴在地上，滚了一身灰尘，一个劲地跟小孩们抢糖果。小青惊骇，面色郁闷，心里嘀咕，唉，我倒了八辈子的霉，嫁了个傻子。他娘在一边看到着急，提醒他，牛耍，今天是你的大喜。牛耍，哪能理会娘的心思？他咀嚼着糖，流着两嘴角的涎水，对着娘高兴得呵呵地傻笑。有个女亲戚在一边扯了扯牛耍娘的衣角，意思今日不要叫牛耍了，牛耍多不雅观，还当着新娘和上亲的面。他娘诉苦，我要是改口叫牛兵，到时，他会哭脸滚地跟你急，反而丑丢大了。女亲戚听了，又看一眼趴在地上的牛耍，只得摇头叹气。

洞房花烛夜，有佣人把牛耍送进新房。牛耍看到红盖头的小青坐在雕花床边，揭了小青的红盖头。小青羞羞涩涩，小脸庞还红嘟嘟的。牛耍说，姐，你睡床，我去睡踏板。我娘说了，男人不能跟女人一起睡。果真，他累了倒在踏板上。次日清早，他娘看到了这幕就责怪牛耍，牛耍你怎么不上床去睡？娘，我不跟女人睡。唉，崽，小青是你老婆，可以和她睡一张床。他点了头，似乎听懂了。第二天晚，自个儿早早地睡到床上。看小青依他睡，他又跑床的另一头。小青以为牛耍初次同房害羞，等到半夜，最后看了一眼，牛耍鼾声如雷，睡得很沉，摇了头，有点恨铁不成钢。

三四天，牛耍还睡另一头。他从不与小青说话，更不和小青共枕头。烛光绰绰，夜深人静，良辰美景之时，把小青别一边，冰冰冷冷，寂寞难挨。小青一想这木头不晓得怜香惜玉，不晓得说悄悄话。生出一点怨恨，嘟囔：再痴，也得像个动物吧。

第五天晚上，小青耐不住了，想到结婚那天的情景，透心的凉。可是，长叹之后，要面对现实。既是夫妻了，只得认命，等生了儿女，自然有一番乐趣。不谙于此事，也不怪他，就厚着脸，教会他，先给他朝那方面引诱，慢慢调教，人世间夫妻快乐的是云雨，尝到一点甜头，自然而然顺理成章。小青灵机一动，轻轻唤了声：哎，哎，你过来睡，我这头有发饼。这下真灵，牛耍听说有饼吃，快速地从被子里钻了个洞，爬了过去，朝着小青呵呵傻笑，姐，在哪？小青听到了多日不开窍的牛耍叫了一声姐，顿感温情，心暖了一下，像喝上的一碗糖水甜甜蜜蜜，温柔又欢愉的泪水从眼眶盈了出来。小青既激动又紧张，姹红了脸蛋，忙脱了红肚兜，露了雪白的肉坨坨，忸怩地指着自己胸部，说，哎，有两个哩，在这哩，你吃呀。牛耍瞅了一眼，嘿嘿地笑，姐，你骗人！

小青身子颤了一下，像受了惊吓，又立马镇定。媚着眼笑，目光梨花带雨，玉手轻漫又温柔，缠绕着牛耍的脖子。

牛耍拼命挣脱出来，往后退，一脸不乐，姐，骗人。那是娘的奶奶。

小青愣住。牛耍失望地流着口水，趔转身，又想爬回去。

突然，小青转身抓住牛耍，在身上猛咬了一口后，号啕大哭。

牛耍捂着眼睛，痛得叫了起来，娘啊，娘啊，你快来救我，姐要咬死我！

娘在隔壁的房间，无地自容，骂他，牛耍，你真是蠢崽，姐是你的堂客啊。

翌日，牛耍的娘发现房梁上一根布带挂着小青。他娘腿一软，晕了过去。醒来后，叫人把小青放下来。小青脸白得如一张纸，身体僵硬，眼睛闭上了，彻底死心和失望。

牛耍看到了小青，号啕大哭，姐，姐，你不要死啊，你咬我，我再也不叫了，好不好啊？

小青一死，媒婆又往牛耍家赶。邻村的、上湾的、对门的还七弯八拐的穷亲戚，都有好女，慕着牛耍家有钱，愿嫁过来吃饱饭。

牛耍不同意，把媒婆往屋外推，说你们出去吧，我不要你们做媒，我有老婆了。

娘怨他，牛耍，你说，你的老婆在哪？

姐。牛耍答得干脆又认真。

小青已去了，你总得找个女人，生儿育女，照顾你的后半生。

我不要，我有女人了。

牛耍的话中，透出一股对小青的爱意，同时表明他一如既往的固执。

媒人想从牛耍家讨点丰厚的介绍费，怕了牛耍，不敢再踏进门。娘的愿望慢慢地淡化。过了几年，牛耍爹死，家庭败落，他娘也彻底放弃。

小青葬在老屋的后面，也就是牛耍家的菜地。

牛耍隔几天，又去小青的墓地。或者，每逢家里炒了鱼、肉、鸡，他都不会忘记在吃饭前，先把荤菜碗端到小青的坟地前祭奠。他每次来看小青，嘴巴蠕动，喃喃自语，好像跟坟中小青说话，叽叽咕咕一阵，细声轻语。

他娘看到了牛耍，无不自嘲地说，我牛耍对小青真好！

连生产队的女人骂自己的男人，总带一句，我死后，只要你像牛耍对小青一半我就知足了。

有人问他，牛耍，又来看姐。他咧着嘴，不好意思，就纠正，不是姐，是我老婆。

牛耍能出工，也能种菜。他在外面捞工分，娘就在家里干家务。时常，得到公社和生产队的照顾。虽饥一餐饱一餐，日子还算过得下去。

仲秋的早晨，白雾茫茫。牛耍从铺上爬了起来，光着膀子，站

236

在坪前那棵樟树下，放声号哭，哭得身子一抽一抽地抖得厉害，伤心又有些凄惶，边哭边号，麻哥啊，麻哥啊，我同你一样了！

麻队长听到牛耍的哭声，急忙地起床，穿了衣，走出门。牛耍这家是他关心的对象，大小事他都过问。麻队长问牛耍，大清早的，你哭什么呀？牛耍没回答，伸长了脖子，仰着头，仍然一抽一抽地号哭，麻哥，我同你一样了。麻队长有点生气，对孩子般的牛耍发了火，牛耍，我还没死呀，怎么就哭我！这一哭，引来了一坪的人，一个屋场又是本家，关心地问牛耍，你咋跟麻队长一样了？这时，他才指了指房里面，又伤心地大哭。

我忘记说了，麻哥讨了个如花似玉的堂客，不到三年，得恶疾而去。家庭破落，无经济能力续弦，一直与娘为生。早一个月娘去世了，家里就剩下他孤苦伶仃的一个人。麻哥听懂了牛耍的意思，心里惊了下，牛耍娘出事了。麻哥慌慌张张和一些本家跑进牛耍房子里，牛耍老娘直挺挺地躺在铺上，真死了。

有人出来，就责怪牛耍，说牛耍，你打什么比方，哭娘死了就哭娘死了！

二

我爷死时，阶级斗争抓得狠。

我家是个富农，在大队、公社挂了号。这与我爹性情执拗不晓得直中求曲有关。当时，我爹在一个镇上公私合营的单位任私营经理，总与大队、公社和办点干部过不去。其实，我家也够不上划富农，仅仅是我爷在新中国成立前年买了五亩水田。

那时，大队分给我们生产队一个地主和两个富农的指标。"土改"

干部王书记和队上的贫协会，攥着指标烫手。地主好办，齐四爷在整个公社是最富裕的一个。富农定在哪家？商量来商量去，凑合了一个，是上屋湾的齐福，他在县城开面粉店。还差一个，有钱的麻哥和牛耍家在新中国成立前早已破落，田没几亩，地没一分，要划上富农，条件还不够。王书记为此事伤透脑壳。有天，碰到我爷做工回来，正好，想起我爹，时常与他顶撞，心里一直不舒服。想打击报复，正好来了机会。王书记问我爷，男裁缝，定成分了，你家划个富农？我爷没多少文化，认为富农是富裕，是个吉言。于是，乐得高兴，说王书记，好好，就划个富农。等我爹回来，就责怪我爷，爹，我们会跟你倒一辈子的霉。我爷当时，脸色惨白，半天没回过色来。这话后来应验了。

我爷死了，我爹看我爷一生勤劳坎坷，不容易。人生就那么一回，爹不想让爷静悄悄地走，想白事搞得隆重热闹。出葬时，来了两道响器班子，吹吹打打。其实，那时生活比较拮据，肚子还吃不饱，一般人请不起响器，生产队只有几个有势样的，请得四五个人凑成的响器班子。来我家的响器班子都是我爹的好友。我爹喜爱二胡，爱屋及乌，与吹唢呐的打锣鼓的等玩儿响器的混在一起，久而久之成了挚友，一捎信都来了，不用花钱。

我爷出葬时，全队的男女老少来了不少，瞧热闹的，帮忙的。一个队三百号人，杂七杂八都有。有几个人眼红，说贫下中农死了冷冷清清，而富农家死了人锣鼓、唢呐打打吹吹，热热闹闹。这话传到蹲点的王书记耳里。王书记说，这怎么行？看来，富农气势又开始抬头了，伟大领袖说得好，千万不能忘记阶级斗争，马上批斗。

葬了我爷，生产队就开批斗会。我爹被五花大绑押到台上。王书记主持批斗会，号召贫下中农揭发我爹的罪状。刚开始，队长麻哥静坐在屋角，为我爹担心，一旦有人夸大事实，群心激怒，那就免不了积极分子的毒打。他摸着下颌，眼神示意牛耍，牛耍反应迟钝。旁边有好心的人见状捏了牛耍大腿一下，他弹地一下站了起来。牛耍第一个发言，大声嚷道：我哥，斗不得。王书记狠狠地瞪了牛耍一眼，问为何斗不得？我哥没犯事，没讲反动话，没做破坏事。只不过，爹死了儿来吹打。有个积极分子站出来，义愤填膺地说，牛耍，你又在帮剥削阶级说话，富农家的丧事比我们贫下中农的丧事排场大，这是凭什么？新中国成立前，我们贫下中农吃了上顿盼下顿，而富农吃得满嘴流油，这又是凭什么？又有人附和，这是阶级的本质不同，富农的本质是剥削，把剥削贫农来的钱财挥霍，过着奢侈和豪华的生活。凭这点富农就该斗。牛耍脸黑脖子粗，指着那人鼻子，骂了起来，本质，本质，本你爷爷，不就一个指标，要王书记把我哥的富农指标给你！我哥当富农时，只有五亩田，可你家那时有七亩田，按田地分，你才是富农。那个积极分子讨了个没趣，哑口无言。这一下，再没有人发言了。

这时，牛耍酒疯一样，唾液横飞，手舞足蹈，高声在会场上大吵大叫，我哥，斗不得！谁斗他，谁捡过富农回去……牛耍又冲上台，把押着我爹的两个民兵推了一丈远，两个民兵被冲蒙了头，虽背着枪，也不敢把枪卸下来对准牛耍。牛耍给我爹解了绳子，拽下了台，又牵出会议室，整个过程，没有一个社员讲话。王书记先是愣了愣，后来，脸色不对，对牛耍闹会场也奈何不了。会场上，社员不敢发言。麻队长看牛耍闹也闹了，目的也达到了，就喝住了牛耍，别闹了，你太不像话了。王书记见会场闹哄哄的，批斗的对象也被牛耍拉下了台，无心将会开下去，无可奈何地说散会！

我爹为了感激牛耍，特买了一包当时算好牌子的大前门的烟，叫我送去。我攥着烟，叫着牛叔，他一脸不高兴，不答。只转口喊牛耍，他咧咧嘴，呵呵笑。我把烟塞给他时，他猴急地抓到手，后又用涎水的舌尖黏了黏香烟的盒面，呵呵地说，侄子，这是好家伙。

惊吓的少年

一

六月的太阳一团火似的，在我背上燃烧。

弟弟三皮对我说，二哥，太热了，把衣裤脱下来吧。

心里咯噔一下，雷电般一闪，想起昨天发现的一个秘密，自己腋窝、小肚下长出一些黑色的东西来。我不能泄漏了这秘密。我反应极快，马上就传到了脑子，怎么能和你一样脱光呢？我丢下了泼水的铁瓢，双手往脸上、额头、鼻梁抹了抹，掐着一手汗水，往水沟里一甩。对着天穹，骂起来：该死的老天。

二哥，骂天？三皮裸着光亮又发紫的皮肤，油光水滑，嘴中爆出一颗虎牙，憨憨地笑。嘎嘎……快点、快点和我一样，不穿哇，凉爽啊。我掠了一眼，三皮那样子，一头沾有湿泥黑黄相杂的头发，下面的小鸡鸡在水里浸泡久了就像蔫萝卜。忍不住，哈哈地笑，三皮真是一个无所顾忌的小不点。

同来的小全，也不见黑眼睛，净是黄泥，放下了木桶。眨眼间，他如泥鳅一样溜到三皮后面，在三皮的身下轻轻地点了一下，嘿嘿笑，二皮，三皮的小鸡鸡哭了，看看还在滴答滴答地落眼泪。小全一边说，还一边用手做着屋漏雨的滴水状。三皮一看发怒，甩手给

241

了小全一个耳光。啪的一声，小全呆了。回过神来，哎哟、哎哟地叫痛。小全摸着发烫的脸，三皮，你这鬼东西，还真打我啊。我没笑，认为他们小朋友闹闹玩玩儿。小全的脸上贴上一个五指巴掌的泥印。三皮看了小全脸上，呵呵笑，幸灾乐祸似的唱起来：

全蟆拐，穿绿衣，花脸怪……

小全涨红了脸，来了气说，你你还骂我，看我不揭发你。三皮淡然地说，那你揭发啊。小全说，三皮，你怕我不敢说，你看"白屁股"。

三皮生气了，你不也看了。三皮说后一对铜锣眼朝天，理直气壮又吼起来：全蟆拐，穿绿衣，花脸怪……小全被打时，并没生气，而是被三皮的戏谑气得伸了几次手，小骨节都发出咯咯的声响。最终由于我在，手掌没有落到三皮的脸上。小全真要揍三皮，也是小菜一碟。

我喝住三皮，别唱了，好不好。你们这些小东西，总喜欢狗咬狗。快点把水泼干，等队长来，我们都白干了。是，二哥，你说得对。三皮老实了，小全也安静了下来。他们又继续淘水了。我品着小全的话，"白屁股"这三个字如同一只白面膜，在眼前晃，惹得我喉咙动了一下，既渴望又嘴馋。十四岁了，我发现近日对女人那份朦胧的感觉越来越强。特别对女人的东西感兴趣，比如女人的内衣和短裤。也想听女人的话题，有关女人的月事。也想看女人的身影，女人丰满的胸部，女人圆溜溜儿的臀部，觉得美极了。

当然，这事源于同学给我的手抄本。

有一天，很闷热，树上知了热得透不过气来，知了知了叫个不停。我从中学出来，就把唯一的一件贴身衣脱了。走上一个光秃的小山坡，太阳实在晒人，走到一棵枣树下纳凉，抬头一望，满树挂了青涩的果子。想爬上去摘它几个，又没熟透。正在这时，杠二一把拖住我，说二皮，你在学校，一定享受了好东西。我是丈二和尚摸不着头，说，什么好东西？二皮，你在学校还不知道？我晃了一下，一想，这个炎暑的夏日，对于我们来说，好东西只有西瓜和冰棍了。西瓜从没吃过，听人说那东西好吃，绿的皮，红的瓤，又甜又凉。冰棍嘛，我喜欢，恨不得每天能吃一支，可我爸不让，哪有那么好的经济条件？一天工分对不了两支裸露冰，跟娘吵得厉害，娘烦了，才给我五分，三皮拖鼻涕一样缠着我，买回一支，你一口我一口吮吸。我讨厌三皮，贪得无厌，想一口吸完，好在我手快，抢了过来。一周难得有这么一次，可是，每到六七月，小全隔了几天，拿了冰票，有意在眼前晃动，晃得我忍不住了，吧嗒吧嗒舔着嘴，恨不得喊小全爸。小全说，二皮，可以给你一张冰票，不过，你要跟我做作业，至少这一周。为了吃冰棒，我先得答应下来。好，小全。小全才给我了冰票，吃冰棒的感觉真好，干渴的嘴皮一下潮湿，清清凉凉，又甜爽。吃完了后，小全的作业不好做，历来我不喜欢做作业，何况是人家的，跟小全做，有着被强迫的感觉。第三次，打死我也不做了，再说小全，不可一周有两张冰棒票。小全也奈何不了我。过几天，小全又拿着冰棒票，来诱惑我，我不得不屈服于他，冰棒真是好东西。

杠二双手相交背在后面，等得不耐烦了。说二皮，冰棒不是好东西。我这里有个好东西，你一看，心里头就会长花儿，好像蜜蜂酿蜜，只要你一想白天是甜的，晚上也是甜的。我觑了一眼，他手中有一本磨起了细毛的练习本，污垢又陈旧。我想笑，这是什么好东西，我不稀罕。我们自己都有，书包里多着哩。语文一本，作文一本，数学一本，自然一本。我不屑一顾，轻视地哼了一声，想走。杠二把手移过来，在眼前晃了晃，又说，二皮，真的不看？掠了一眼，我都惊呆了，几个歪歪斜斜的圆珠笔字写着"少女之心"。

当然，不能让小全和三皮看出我的心思。

三皮看了我一眼，气鼓鼓的，还生小全的气，倒水慢腾腾。小全不记恨，看着齐小腿深的沟壑，翻起一波一波的浪花，想着，那拨浪花是鱼儿翻腾，早忘了脸上的痛。很兴奋地喊，三皮，只要我们努一把力，就能见到鱼。我们都明白这条渠的流水灌溉上百亩，养着这一条垅的水田。队长不管是什么人，见有人塞水渠干鱼，先推翻泥岸，然后再骂上一句，你们不想活了。逮着哪家的孩子，就扣哪家的工分，毫不含糊。工分就是口粮啊，粮食严重不足的日子，谁也不会冒着饿肚子的风险。所以，父母想品一口鱼腥，也不敢让孩子干鱼。

这段日子，队长带了全队的劳动力，到十里外的山区开荒种地。没到日落，队上没有什么大事，他不会提前回来。

留在家的唯有春根媳妇和杠二。春根媳妇是刚过门的小女人。队上穷，田土不多，外出做副工的也不多，队上的工价是八分钱一个工分。比起相邻两队，几角钱一天，差远了。姑娘只嫁邻队，不想进我队。介绍人一提起小伙子是我们队的，姑娘摇头拒绝。这样一来队上大伙子能讨上媳妇的就不多了。队长说，这个吃不饱的年代，讨上老婆不简单。所以，过门的媳妇，不但小伙子好好待她，而且队上也要照顾。队长就给了春根媳妇十五天不出工的待遇。这个春根媳妇在娘家是个文静的姑娘，很少爱闹，很少爱玩儿，过了门后，也是大门不出，小门不迈。她在家和不在家一样，对我们"干鱼"

244

也不构成威胁。而杆二这个无赖泼皮的家伙，像只苍蝇，四处乱飞。我们知道杆二只管哪里有好吃的，哪里有漂亮女人，什么队里禾枯死了、队里谷子被偷了，他都不会管，因这我们也不提防他。当然，也怕万一，队长要是大队有事呢？被他想起了，提前回来，要是碰上了。快得手的鱼，干不到，还要摊上个倒霉的事。

二

好呀，队长一走，你们几个娃娃，就淘水沟了，好大的胆。

刚一想这个人，这个人就来了。我一惊，沿着声音望去，杆二光了上身，右手扣着一件蓝色短袖衣，搭在右肩上，一条白地起碎花小莵裤，拢着一对麻秆儿的脚，扭着舞台上旦角的碎步，朝我们塞过的那节小沟一扭一摆地摇晃过来。当时，我看清是杆二，也就放心了。没有答他的话，我想这家伙，游游荡荡，寻找他的目标，碰上我们，只不过吓吓罢了，我们可以不管他。可怕的是他一旦踩了点，就哪家倒霉。

杆二一屁股坐在渠道上，朝下水沟看了一眼。没有一丝风，闷热不过。他就舞起短袖衣，以衣代扇。杆二看到三皮光光的身子就笑，说，三皮，你上来，我问你个事。我知道，这家伙又要开下流玩笑了。三皮想，杆二要夸他，也就兴冲冲地爬上渠道。杆二哥，你问我什么事？杆二的头像探照灯头一样，在三皮的肚子眼下面照了照，阴阳怪气的，呵呵，三皮，你看你那小鸡鸡，几乎落到水里了，注意啊，别被鲫鱼吃了，呵呵。

呵呵，三皮学着杆二的样子，笑了笑。然后看了自己的小鸡鸡，又呵呵地笑，仰着后脑壳，兴致很高，说，杆二哥，吃不了呀？连个鱼影子都没看见。我心里骂三皮，人家是拿你取乐，你还好意思起哄。我不喜欢三皮，像丧门星似的叫嚷，水都没干，就说没鱼，我们都是冒着酷暑在这干渠的。还有，不喜欢三皮和杆二这家伙闲扯，一是没时间；二是沾上这家伙就没有好事。我看着三皮喊杆二，叫得蛮礼貌的，心里起鸡皮疙瘩。骂三皮，三皮你把裤子给我穿上。三皮拖着长长的童音，二哥，二哥，热死了。我一下绷紧的脸，骂他，三皮，你怎么不害臊？三皮翘着尖长的嘴巴，又想顽抗，说，人家都露白屁股，没看出害羞吧！小全停了泼水，朝三皮嬉笑，笑得连头埋到了两腿之间。三皮见小全在笑他，把头一转，两手捏着脸肚，伸长了舌头，向小全做出像"蟆拐"的怪样回击小全。小全不服气，一瓢水向三皮泼过去。我晓得三皮是说春根媳妇，解手露出了白屁股。我也知道白屁股对于他们来说，没有我这种感觉，也没我这么敏感，因为他们不是处在我这个年龄。（当时小全十岁，读三年级。三皮刚七岁，刚想进校就遇到麻烦，老师说现在课桌紧，富农要让着贫农的子弟）。

杆二听到了三皮说白屁股，像馋猫闻到了鱼腥，一下激情地跳跃了起来。当时，我的心里也痒痒地想听，也和杆二对女人的好奇差不多，但我极力压制，不让小全和三皮知道。而杆二这种人，无所顾虑，要女人不要脸面。

杆二和我们一起站到快干的水沟里，三皮，你看到谁的白屁股？杆二嬉着脸皮凑近三皮，三皮你说出来，我买糖果给你吃。三皮似乎吃到糖的甜味了，舌头往两边嘴唇舔了几舔。我看到三皮这份馋相，恨不得一拳将他打到水里。我向他瞪着眼，三皮就敛住了怪样，但极不高兴，拿一条短裤穿上。杆二没看我的脸色，一味催三皮，三皮快点说说。三皮用手拨弄混浊的黄泥水，拉着长长的嘴巴，漫不经心地说，我知道，我不说。杆二像是急了，忙掏出一角钱，在空中舞了舞，逗三皮，三皮只要你告诉我，这个归你。一角钱，在当时七毛钱一斤的肉的时代，要买多少水果糖啊！三皮抬起了头，看呆了，说，杆二哥，真归我？杆二急不可待了，恨不得把那个女人的名字从三皮肚里抓出来，说，三皮真归你。三皮窥视了我一眼，想说又怕。吞吞吐吐的，是是……三皮已经把手伸了出来，想拿走杆二手里的钱。杆二无耐心，催着三皮，说呀，说呀，是哪个？把后面的话给我吐清。我一看，这下不来了？狐狸的尾巴慢慢露了出来。我知道，杆二这家伙是个没好屁眼屙屎的货色，到时候，说出来，三皮他钱拿不到，春根媳妇又要遭殃了。我猛然往前，用力打了三皮那只贪婪的手。只听啪一声，三皮颤了一下，手缩了回去，吓得张大了口。

这时，杆二见从三皮的口里得不到那个女人的名字，有些窝火。他那赖皮的样子显山露水，二皮，你这是做么子。我理直气壮地说，我打我弟弟。杆二摆开揍我的架势，逼到我面前，说，二皮，你是在打我。你小子，还可以吧，带着两个小屁股，趁队长没在家，干渠捉鱼。队长回来，要不要我对他说一声？我晓得这家伙会来这一手，往往在你最担心的地方，搅拌一下。这一搅拌，我就没底气了。三皮在那提桶向渠外泼水，小全停了继续往外舀水，警惕地瞅着杆二，怕我吃亏，知道杆二这家伙随时有出手的可能。虽然，我惧怕干鱼暴露，但我不怯他。杆二没向我继续逼来，而是退了几步，抬高了右脚。脚下面就是我们塞的新泥岸，随时踩下来，外面的水就要流向快要淘空的水沟，那么我们的努力前功尽弃。杆二明白这一脚的厉害，说，三皮，你不说？三皮，你不说，叫你们吃不上鱼。杆二朝三皮阴险地笑，做着样子，试着脚，一次又一次往下面踩。

我知道，这是吓唬我们，心里骂道：这真是街头上的泼皮。小全怕了，吓得哆哆嗦嗦，三…三皮，你…你就说了吧。三皮又瞟了我一眼，面对这个无赖，也只有叹气的分儿了。三皮，也有些怕，求着杆二，说，杆二哥，莫踩呀，我说就是了。杆二得意，说了就好，我也不会告诉队长的，三皮。三皮有些不情愿，但还是说出来了。

杆二听到了是春根家的，嘿嘿嘿，大笑起来，回了一句，真是？小全害怕得要命，只怕杆二不相信，也说，是，是春根他他家茅屋，用冬茅排的墙，被猫和狗钻了一个洞，我们在洞口发现的。杆二被三皮和小全的话激活，像是他最近媒婆给他介绍了对象似的，他爬上渠道，哼起了花鼓戏，胡大姐，你是我的妻。声音都走了调，老鹰般盘旋在我脑子里，听起来发麻。

我对杆二远去的影子，狠狠地吐了一口痰，呸。再回头骂三皮，叫你不要和这个无赖拉上了。拉上了就没好事，差一点我们白费了劲不说，还要回家挨揍。三皮不服气说，二哥，杆二没踩开泥岸，也没向队长告发。好像冤屈了他，我指着他的脑袋，你呀你呀，就是不想事，你害了春根家。三皮挠着前额的头发，被我弄糊涂了。小全侧过身子，问，二皮，不会的吧，他也会去春根家？我点了点头。三皮不蠢，悟出了小全话中话，笑着，小全，杆二也想去看白屁股，没有这色吧，呵，呵呵。我呵斥着三皮，笑什么笑，快去舀水。小孩子知道什么？二哥，我不是随便问问嘛，三皮闷闷不乐了。

三

我们塞的那节水沟淘干了，水沟几年没淘，小鱼、小虾真有三斤多。我叫三皮把工具收起来。将鱼分了五堆。小全看一眼诧异，二皮，多出了两份，我们是三个人。三皮边收拾东西边说，搞鱼的工具不算一份？三皮一下悟出我的心思，木桶、铁瓢、锄头等这些都是我家的，理当要分一份，不是无缘无故的多占。小全不情愿点了头，眼睛盯着另一堆。小全，我是头，又是想出弄鱼这件事的人，多得一份应不过分吧。小全懵懂了，呆了起来。三皮接了话说，小全，队长要不要比你爹多拿工分？三皮，这句问得好。不过，小全还是盯那一堆，眼睛没动。我知道这家伙，心里不愿。我必须多解释一下，小全，过两年，我长大了，到时你为了头，带了三皮他们，在外搞了收益，也可得多一份。我讲这话，心虚一下，我已经就成大人了，不能和他们在一起，我生怕小全发现这个秘密。这时，小全才脸色舒展，不得已拿了属于自己那一份。我又叫三皮拿了四份回家。好，三皮答道，这个小东西，有意在炫耀，扬扬得意，气气小全。

三皮一走，只有小全了。我就无所谓顾虑弟弟在这儿的尴尬，真还想听听。就问小全，你和三皮真看了春根婆娘的？看看了，二皮。你，你想听？我很鄙夷的样子瞅了小全，说，哪个听这个？丑不丑呀。当然，不能把自己的想法告诉小全。不过，我也料到这小子会乖乖地讲给我听。看小全说话还是结结巴巴的，我担心小全说出白屁股的情节不够精彩，为了达到我的目的，我对小全开了玩笑，小全呀，杆二在，你怕他，说话有点结巴还情有可原。现在他走了，说话还是这样，将来讨不上老婆。小全听说讨不上老婆更紧张了，因为在贫困的岁月，娶上老婆是我们队上所有男孩儿最大的愿望。小全说话更急，说，二……二皮，真……真是这样？我说，你这样说话，长期下去真成了结巴，哪个妹子会要你？不结巴，女人才要。二，二皮，你说的有道理。我听你的，你告诉我说话啵。我又表扬他，小全这就好了，先有改正的诚意。不过，你先把事做好，把木桶、铁瓢、

249

脸盆洗好，再把渠道上沾有的新泥用水冲刷干净。鱼弄了，必须恢复水渠的原状，怕队长回来，露出破绽。我再告诉你如何把话说清不结巴。小全脸上露出灿灿的笑，五指泥印的衬托，显出一番童真。他把我说的事一件件做好。小全的卖力，得意自己的脑子好使。

二二皮，都做好了，你告诉我吧。小全对我说。

我有意卖关子，你把要说的话，一个一个字的吐清，慢慢来。

二——皮，小全真把一个一个字拉长了音，再没重复一个字了。

对的，就是这样，说话张开的口型不错。小全，你再说一段故事。

什——么故事？

对的，说得好。你感兴趣的，最熟悉的。我有意往我想听的这方面引。

白——屁——股。小全是会想到这个上面来。我心里乐了一下，脸上露出一丝得意的笑容。小全又思索一下，否定了，二皮，这个不好，你不爱听。

当时，小全没看我变化的脸。暗暗地兴奋起来，说，为了你小全，长大了不结巴，我和你一起玩儿的伙计，即使不愿听这些丑死人的东西，但也要听你说，好让你锻炼。小全听到我说这样的话，非常感激，太——好了，太好了，感谢二皮哥。我听到这家伙喊了一声哥，好生痛快，虽然，我和他常在一起，我说话他听，但是从来没有像这样叫我一声哥，这家伙被我感动了。再一次夸他，小全，说得越来越好了。你小子，可教矣。我一拳轻轻打在他的脊背上，背面泥汗淋漓。再看一眼，我吩咐的事，一切都干好了，队长回来，也察觉不了我们"塞渠干鱼"的蛛丝马迹。我说，小全，我们该去水塘洗澡了。一边洗一边训练你说话。小全跳了起来，太好了，二皮哥。

四

小全脱了短裤，站在水浅的地方看我。小全一看我，我就不好意思脱裤子了。小全不知我的秘密隐私，喊我，二皮哥裤子一拉，跳进水来吧。这一催，不知所措了。我红了脸，小全没发现。我恨自己，怎么提出要到水塘洗澡？唉！青春就来得这么快。一周前，一点都没感觉，昨天洗澡时，发现下面不知不觉地冒出一丛"小草"来，如春天般细柔。犹犹豫豫，最后，第一次穿着短裤，跳进了水塘。

一到水里，我就神气了。游到小全的面前，心里有一种急切想听这方面的欲望。小全，你可以说了，说故事时不要急，慢慢说。

好，二皮哥。

············

前天下午，三皮来找我，说，小全，你有地方玩儿吗？我问三皮，你没和你二哥他们一起到集市去？三皮一副失望的样子说，小全，你莫说了，一提就气人。他不愿带我也罢，还说我，是跟屁虫。当时，我的气如水泡一样，胀满了肚子。今天，我找你来，就是找个地方玩儿一玩儿，解下这股气，在家里，一个人没味。

我笑了笑，插了一句，三皮还跟我斗气？二皮哥，三皮生了气。当时，我对他说，我不是去集上，三皮他不相信。小全，昨天，黑狗他们拖我一起到大队小学玩儿篮球去了。二皮哥，怪不得我找你也没有找到，以为你们到集上买东西去了哩。小全，哪能呢，要去也要和你们一同去。为了不分散他的思维，我说，小全，你还是接着说吧。

三皮两腿一缩，蹲在我家的一个木凳上，说，小全，没地方去的话，和我去春根屋后。屋后是一个不高的山坡，长着树丛和果木，那里有棵七月桃，说不定春根没有打干净，树上要是挂了几个，够我们吃一顿。好，我叫好起来，三皮，我就同你去。

我和三皮绕过春根前屋，转到这棵七月桃面前。桃树三年前嫁接的，枝繁叶茂。别的蜜桃五六月全落了，这棵七月才红，刚熟透。三皮眼尖，一下子发现了两个红透的蜜桃隐在最高处一枝树叶丛中，叫了起来，小全，我们有桃子呷了。仰头看了看，鲜红的两个桃，点缀在绿色之间，色彩鲜美得舌头转动。等我望去，三皮已爬上了树。快到树尖，可手伸出来还是摘不到那两只桃。小全，还差一点？是呀，快了。三皮盘在树枝上像个猴子，努力向上攀爬。突然，树梢受了重量，小弧度般前后摆动。快下来，枝要断了，我急得在下面做手势。三皮听到了喊声，也感到了危险，就下来了。我舒了一口气，对三皮说，吓人呀，差一点掉下来。三皮没事似的，还吹着牛，小全，爬树我没失过手。三皮又抬头望了一眼，吞着口水，小全你得想过法子。我说，摘不到，只能寻根晒衣的长竹竿。三皮二话不说，去春根屋后的阶基上，找竹竿去了。就这样，三皮发现了春根家一间的茅坑，朝桃树这一边的冬茅墙，有个碗口大的洞。对于那个洞，小全还向我做了个手势，根据他的手形，我猜那个洞口不大。

小全，你说得好，说话还要慢点。慢点说话，尤其对十一二岁以上男孩子来说很重要，吐字就清楚。说出来的话，通过声带和舌头就会溜出清脆和洪亮的声音来，这声音悦心，姑娘家听了就喜欢。小全听我一说，心里乐开了，看着我笑。小全，你知道发音的声带在哪吗？我故意在小全面前卖弄自己知道得多。小全摇了摇头，不知道。二皮哥，你指点。我摸了一下喉部，才发现自己有凸起的喉结，再看看小全脖子上，细腻，平坦。那只触摸的手闪电般地退了回来，我几乎愣在那儿。现在怎么发现自己变化了？小全追着问，二皮哥，在哪儿？我没心情了，说，在脖子里面吧。我很后悔，不应该插话。怎么要让他说话慢点？怎么要在他面前卖弄我知道这个声带？真是，自己跟自己过不去。

其实，当时，小全说到这个洞口，我想让他说慢点，把洞口看到的情形，说细腻一点。故事细腻，情节就生动。一生动，对于我来说，想象就多，想象一多就有冲动和甜蜜的感觉。可是，我又发现自己长了一个喉结，在小全面前，显得那么生疏。好在小全没发现。此时，前后矛盾，又怕小全发现，又想听洞口这个故事，我才知道这喉结是始作俑者。

我故作没事一样，对小全说，小全接着说吧。

三皮对这个洞的出现有些好奇，不知是猫还是狗的通道？三皮把找竹竿的事丢到一边了。洞口前树叶掩蔽，光线阴暗，洞口里茅草遮挡。三皮低头看了下，又从洞口猛烈地抬起来了，受了惊吓似的，小声叫着，小全，小全，有人晃动。我听到了春根家有人，马上躲藏一棵樟树背面。过了一刻，没有动静，我就弓着腰轻巧地来到三皮身边。三皮还卧倒在地上，目不转睛地盯着洞口，说，小全，看到了吗？有人在动。我一看，不像人，是一块白色的东西。三皮说，呃呀，是半块屁股，小全你再看看。我把眼睛瞄准那洞口，看了后，说是白色的东西，是白布或者是白瓷砖一类的东西。不对，小全，不是那些东西。三皮扒开我，又瞧了瞧，那东西的白是寡白的，是死的，而屁股的白是肉色，能动。我不同意三皮的说法，说那一定是瓷砖。听说早几天，公社装修一间豪华的小会议，墙壁贴的全是白瓷砖。春根参与了这份工作，他一向爱占小便宜，说不定拿了几块回来。三皮撇了下头，不听我争辩，只顾自己说，小全，你把洞口看大了。

听到这儿，这么动人的情节，小全一叙述，就显得平平淡淡。我说，小全，说快了，人家听不见，听不见等于你口齿不清。小全停了下来，糊涂了，后又点点头，摸了喉，自己没有喉结，又看我说，二皮哥，怪不得我的声带没有动，所以说不好。我想起来忍不住笑。我说话喉结就动，他没喉结说话就看不出来。

当然，不能让小全知道我的心思，正处于青春发育的朦胧阶段，对异性非常感兴趣，对女性胸脯、身体曲线、臀部大小，都想入非非。白屁股这么一个吸睛的好话题，我刚听了，心就甜蜜地颤动了一下。想让这个词慢慢地回味，在心里萦绕起来，意味深长。真要把感兴趣的，裸露在自己面前，又有些害羞，心思如六月的谷芽子，想见阳光，又怕见阳光。于是，我绕了个圈子想从小全嘴里套出来。

我说，比如说你看到了白什么？我没听清楚。小全补充了，是白瓷砖。对的，是白瓷砖，可三皮坚持说是白什么？有意问小全，小全说，白屁股。你们俩人为这争来争去，是吗？小全说，是的，二皮哥。小全，其实很简单，如果白的下面还是白的，那就是白瓷砖。如果白的下面不是白的，就不是白瓷砖。当时，我没说出白屁股，有意避讳。呀，二皮哥，说的还真是个理儿，人屁股的白，就没有墙壁的白，那么大。二皮哥，三皮对我说过，小全，你把洞口看大了，是啊，真是我错了，把洞口看大了，三皮这个小子，怎么也知道了。

我再次引诱他，小全，要说真话，白的下面你看到了什么呢？让他说出更感兴趣的东西来。当我想到这里时，怪不怪呀，我的心咚咚地跳动了起来，随即，我的血液急速流动起来，感觉到下面一股股热量在游走。

小全说，我先发现一块黑点，后来，洞里一片黑的，什么也看不清。我听到这，想着，就像是点着爆竹引子噗噗地燃烧起来，一触即爆。只借小全这一点，当然，是想小全把激情的气氛提一提。可是，这个小全，一下就说到底了。

哦，二皮哥，我忘了说，最后我又来看，看到了白的东西在动，后来，没有了，传了人的咳嗽声。

我的激情像爬山一样，剩了最后一级，再也上不去了。小全呀，小全谁叫你这么快就结束了，有一种积压在心头没有被释放出来的感觉，虽然在水中，感受到那种燥热还停留在身体内。但我不能当面怪小全。小全，你说得好好的，又变卦了，吐词不清。小全瞪着眼睛，说，二皮哥，自我感觉还说得不错。不错个屁，混混糊糊，不知你在说什么。小全嬉皮笑脸，二皮哥，我真想进步哩。对小全，我哭笑不得。一阵之后，那感觉慢慢地减轻了，我伸展手臂。小全看到我腋窝下，笑了起来，嘻，二皮哥，你生毛了。我惊慌，放下手臂，脸红得如七月桃。不过，我马上稳了下来，又潜入水中，抓了一手黑泥，贴在腋窝上，不让小全看到了真实，到时，他们都不会和我玩儿了，我就做不了他们的头。小全，你看错了，是沾的塘泥巴，我从中出来，把手伸了起来。小全看了一眼，笑了笑，二皮哥，水模糊了眼睛。我心一软，小全真说出，真还打不得。小全，晓不晓得，你讲的下三滥的故事，我不愿听，为了让你得到锻炼，我不得不听下去，你小子明白吗？小全双手抹着眼睛上的水珠，呵呵笑了笑，二皮哥，我和你说得玩儿的，我不会说。我搂了搂小全，觉得小全还是那样可爱。

我和小全在水里嬉戏一会儿后，上来了。

五

自从听了小全关于白屁股的事，每晚我睡不着。睡不着就想，

255

一想，春根新媳妇过门的情景，浮现在眼前：漂亮的披肩黑发，瀑布一般，美极了；蛋形脸点上一点酡红，半是迷人半是羞；枣红色的灯心衣，遮掩那丰满的胸脯，看起来就像怒放的花儿，甜蜜蜜的向来人含笑，弄得前来祝贺的男人们，眼睛快变成一只恋花的蝴蝶了。

我一想到她，好像她就站在我面前，动人又迷人。当然，我想得最多是这个清秀又优雅的女人屁股瓷砖一样白。每想到这儿，我就又出现水塘那般情形，全身躁动，下面发热。

这几天晚上，烦恼的是三皮，在娘面前闹着要和我睡在一起。本来和娘睡得好好的，不知是哪根神经发热。当然，我不会轻易答应三皮。和三皮睡在一起，没有这想象的自由了。我睁开眼睛想事，他会好奇地问过来，二哥，你想什么呀？那样的好心情，打扰了，就等于被他糟蹋了。

就是在晚上，躺在床上，想着，忽然，生出欲望，想找个机会看一看春根媳妇的白屁股。这事搭帮三皮，我不准三皮睡，可这个三皮真是赖皮，讨好地说，二哥，春根屋后有桃，我带你去摘桃子。好哇，心中暗暗一喜，他们去偷桃才看到春根媳妇的白屁股，我们再去，当然也能看到吧。想着这事还真是及时雨，我心里一美，一拳打到三皮肩膀上，说，三皮，二哥同意你睡了，三皮达到了目的，也乐呵呵地笑。

又是上次那个时候，三皮叫了小全，我们仨同去。三皮喋喋不休地说，二哥，发现两只桃子，我爬树也摘不到。二哥，我想找一根长竹竿，就发现一个洞，洞里又发现春根媳妇，我和小全吓着跑了。三皮只顾说话，钻进了冬茅丛中。小全喊了，三皮，不是原来这条小径。我想的不是桃子是那个洞，怕找不到那个洞，就说三皮，按原来路线走吧。小全说，二皮哥，估计三皮走错了，我带路。二皮哥，你小心冬茅划破手指。我感觉小全合我的心思，说话又这么温和。小全拨开一丛杂树木，我发现一条路，地面溜溜光光的。没有数十次的踩踏，路就没有这般光滑开敞。巧得很，这条踩出来的路，正对着冬茅墙的茅坑。可我看了看，没找到那个洞，非常失望。三皮走在光滑的路上，疑惑起来，嘟囔：怎么隔了几天就有人走？我问三皮，你说的那个洞呢？三皮走近毛坑外边，站在那陡冬茅墙，把一捆茅柴拉开，说二哥，被人用柴挡了，这不在这里。一个碗口大的洞，正对人蹲的茅坑。三皮小点声，惊了春根媳妇不好。三皮说，我知道。他就跑到小全那里去了。小全正两眼仰视桃树，在枝叶上找呀寻呀。我瞧了这条人踩过的小路，和那个被人掩蔽的洞口，额头冒出大汗，有人来过。那人掩盖的目的是不想让第二个人知道，让自己独览这洞口的风景。心里一惊，马上想到要离开。小全，三皮，我们走。小全和三皮收回了眼睛，诧异地看着我，就走？我们还没有摘到桃呀。我说，不走，人家设了防，到时候，正要逮你。他们两人吐着舌头，"耶"，不情愿地做着怪样。最后，还是蔫巴巴地跟着我走。

六

次日，小全喊我，去后塘坡扒花生吃。刚好七月，又是花生饱粒的时节。我正要出门，三皮像兔子一样蹦了过来，殷勤地缠着我，好话说了一箩筐，我想甩开三皮也没办法。三个人走过洗澡的水塘，遇到了游手好闲的杆二。杆二光着上身，一脸浪笑，好像这些日子有女人滋润，新婚般惬意和甜蜜。杆二说，三皮，又去干鱼呀？队长在家呢。我看杆二对我们还算亲热，不过，没看见杆二那件蓝色的短衣，感到奇怪。当然，我不会探究。我想的是如何去偷花生。撞上杆二，兆头不好，不是一件好事。杆二一走，我就对小全和三皮说，不去了。三皮木瞪着眼，说，二哥，怎么不去了？我说，你小子只晓得吃，怎么不想想花生一旦丢失，队长会派人调查，有杆二知道，我们能逃过队长的手掌吗？其实，当时我想的，是怕杆二跟上我们，看到我们在偷花生，又像我们"干鱼"那样要挟我们，又要三皮跟他说出一个白屁股来。小全挺佩服我，说，二皮哥就是想得远。

没有偷到花生，我没有什么遗憾。没看"白屁股"也没什么失望，倒是发现这条通往春根茅坑一条路这件事烦恼。为着这个问题一晚都没睡好。

这晚，三皮又赖着和我睡，我拒绝了。这次白屁股的出现，没有让我骚动，好像水塘的情形一去不返了。脑子闪现一个可怕的问题：一条路和一个毛坑，说明一个成年人对春根媳妇的白屁股感兴趣了。当然，三皮和小全来过，也发现了。但他们仅仅是对桃子的兴趣，不是想这个事的年龄。拿我自己来说，半年前，女孩和女人再漂亮，我也不想看。可现在，对这方面，挺有兴致，想看，还像磁铁一样吸引着。说明我如一颗青涩的果，慢慢成熟。而三皮和小全是含苞的花蕾，开花、结果、青涩、饱满，还有一段距离，所以，他们不存在对这方面有兴趣。

反复琢磨，得出一个结论，是这个成年男人，不怀好意。

七

翌日，天色灰沉沉，好像罩了一层灰色的雾，打不开那片云彩和阳光。因昨晚整夜没着眼，浑身乏力，伸着懒腰，打着哈欠。坐在堂屋望着天，发痴。三皮急匆匆地跑来，叫我，二哥，出事了。才醒悟过来，问三皮，出了什么事？三皮结巴起来，春春根媳妇被人杀了。我怔了一下，半天没缓过气来，这是大事，我们大队百年没出现过人命案。

我跑到春根屋后，也是我曾发现这一条走光了的路。那里人头攒动，围拢着那间冬茅的茅坑。那棵七月桃树已砍了，成了一块很大的坪，坪里站着全队的男女老少，队长、大队民兵营长、公社陈公安，还有县公安局一些人，威武又严肃，严阵以待，好像正等杀人犯的出现。我拨开人群，挤到茅坑边。春根媳妇躺在坑旁，穿着那件枣红色的灯心衣，此刻，给我的感觉不是艳丽而是凄惨。骇人的是她的裤子被人脱了，两片屁股像抽干血似的苍白，加之溅了几点凝固的紫色干血，场面凄凉。再挤近时，一股浓浓的血腥味，差点熏得我把五脏六腑的东西，吐了出来。我只好出来，这个寡白又血渍的屁股，把我想象的甜蜜和冲动，洗得一干二净。我一手捂着嘴，一边拨开人群。队长冲我吼起来，细伢子挤什么挤，到一边去，公安在办案。

我看到公社陈公安，一脚踏在伐了的桃树上，眼睛扫视周围的人群，悠闲地嚼着鲜红的七月桃，如蟠桃会的仙人有滋有味地品尝，发出嘎巴嘎巴的脆响。我想他吃的是三皮发现的春根没打净的两个桃子，看他吃相，知道陈公安不把命案当作一回事。我看见了小全，在人群中，一双眼睛盯住了陈公安蠕动的嘴巴。这家伙张开口，看得发呆，嘴两边流出一线唾液。这个时候，小全还想到了桃的酸甜。我想上前提醒，你和三皮到这里偷桃来过几次，脱不了干系，公安的人肯定会找你。但，我没去惊动小全，等我上去，正好是送肉上砧板。我叹气，走出人群。刚来走两步远，站在茅坑边的县局几个公安发现了一块蓝色的碎布。碎布上还有血点，与案情有关。他们兴奋地把队长找去，看队上谁有一件蓝色的上衣？

我没有停留，怕公安找上我。想起前年，我们公社一个高中生，因在学校宣传什么禁书，手抄的"少女之心"，被大队治保主任抓了起来，以流氓之罪，收进监狱。现在，这事大了，人命关天，强奸了春根媳妇，还杀了人，放在谁身上，就千刀万剐也是罪有应得。心快要跳出来了，惶惶恐恐，冷汗淋漓，不敢多想。

因为，我来过这里。这个地方还有我们的脚印。脚印是我的，永远逃不过现代科技侦探的手段。我们仨中，只要有一人被他们察觉了，不要用刑具，稍微问一下，就知道了。我知道这个茅坑，又知道茅墙有一个洞。我来过又看过白屁股（虽然没看到）。有犯罪的意识，有犯罪动机，一是有看春根媳妇白屁股的意图，二是有去看的行动。说不定，遇上陈公安一类的公安人员，不去搜集大量的人证和物证，而是被表面的似乎像的某种现象所掩盖，那你说没杀，也是嫌疑，往警车里一推，只等法院的人来定罪。

想着这一连串的事，我害怕极了，额头珠汗淋漓，浑身抖动，跑步回家，腿还在发软。

八

在家待了两天，一点风吹草动，我就像受惊的小兔，在屋子里不得安宁。当知道我爹被大队民兵营长找去时，以为公安怀疑上我，钻在木床底下。爹去了多久，我就在下面匍匐了多久。后来，爹回来对我娘说，全大队的富农、地主等四类分子，都要喊去问话了。

一个一个的关在大队部一间屋子里。先是民兵营长问话，民兵营长说你们这类人有犯罪的思想根源，是最大的嫌疑。后来陈公安和县公安局的人，一个个单独审讯，要说出三天的行踪，每个人都有证人，证明没在家，才算脱了干系。在床底听到这些，整个案子没怀疑我，才爬了出来。但那种惊恐还在，腿还在发软。不过，父母和三皮不知道我恐慌和后悔不迭的原因。

三皮说，二哥，你怎么不出去玩儿？外面好热闹。我们这里从没有来这么多车子，从没有来这么多人，简直是人山人海。

我心里骂道：你这蠢宝，最简单的常识你都不知道。上百年了，我们这个大队没发生过大案，这次出现了杀人案，所以周围几里，以致十几里的人，都来看热闹。

我没回答他的话，而是四下看看，看准了屋子里有没有第三个人，才问他。

三皮，公安的人没找你？

二哥，公安的人找我做什么？我又没杀人。

我说，三皮，你就不能动一动脑子。

二哥，我想什么，春根媳妇解手时候，我会去杀她吗？

我看三皮的脑子真不开窍，为什么不去想一想这起案件跟自己有牵连？一连串问了他几个问题。

你去过春根的屋后吗？

去了。

你看见过春根家茅坑墙上有一个洞吗？

看见了。

你看了春根媳妇的白屁股吗？

也看了。

三皮，这些都存在。春根媳妇死了，也露了白屁股，你也看到了。这些都跟我上面问的有关，再说吧，你是富农的子弟，有犯罪的思想根源，这是民兵营长说的。你说不是你杀的，可证据在呀，案子一结，你就是杀人犯了。

其实，我不是在审问三皮，似乎是公安的人在审问我。一个七岁的小孩是杀人犯？怎么想，理论上讲不成立。只可能发生在十四岁少年身上，这个少年又有偷看女人白屁股的意识。

三皮听说这么严重，呜呜咽咽地号啕大哭，嘶嚎起来，二哥，我没杀人，我没杀人。

九

又过了一天，小全来找我。那时，三皮出去了，我把小全带到屋子里，想知道外面的情况。屋里虽没有其他人，但我还是怕走漏风声。叫小全把鞋子脱了，爬到床上，我把蚊帐放下，我们俩躲在铺上。小全一开口，就说那两个桃子被陈公安吃了。桃子鲜红，清脆，陈公安吃得多么甜，似乎桃子是他吃的，兴奋地回味那种感觉。一听就来气，这个时候小全你还想着吃桃子，我有意吓他，小全啊，偷桃跟杀人有关。小全啊了一声，腿就软了下来，带了哭腔，二皮哥，我再不说了，那个桃也不想了好不？二皮哥，我怕公安的人找我。小全，这不是我说了算。二皮哥，那要我怎么办啊？我想让小全避开些，莫到公安常住的地方去挤，省得让公安的人找上。小全，也没事了。

一听公安找了小全，我的精神像一块墙一样轰然倒下。

过了许久，我才恢复常态。

我才去问小全，公安找你了？找了呀。小全，所有偷桃的事你都说了？说了呀，二皮哥。你也说了还有我和三皮？说了呀，二皮哥，真没办法，公安的人都背着短枪，不说过不了堂。二皮哥，你没见过那场面，两人坐在皮凳子上，两人挂了长枪巡视门口，那间屋的墙壁上写了：坦白从宽，抗拒从严。那威武的架势，一个大人都会被吓坏的，何况我们这些细伢子。当时，我一边哭着，一边回答，裤管下面不自觉地流着尿。二皮哥，没办法呀，我把我们偷偷摸摸干鱼的事也都说了。我责怪他，这事与案子无关。不过，又一想，说了就说了，队长知道了，大不了罚些工分，而现在，最要紧的事是杀人抵命。二皮哥，公安说，凡是有关白屁股的事通通要说，不能落一个字。所以，我说了，杆二问过我们是哪家婆娘的白屁股，我也说了，告诉杆二是春根家的。当然，也把我跟你学说话以及你要我讲故事的情形都描述了。我听到这，再也听不下去了，这不是明明把我暴露在公安面前？心里头惊慌，身子、两手和脚，像打摆子一样颤抖了起来，好像公安的人就来了。

小全，你马上回去。二皮哥，我刚来，就叫我回去。小全看了我一眼，说二皮哥，你是不是感冒了？身子哆哆嗦嗦的，脸还乌紫了，看小全还在这，啰啰嗦嗦，有些恼火，我叫你回去就回去。小全下了床，回头看了我不高兴，弄不明白其中的原因。小全走远了，我还叮嘱他，别说来过我家。

十

小全一走，我后悔了，闹得心无宁日，忐忑不安，只能怪自己。当初，为何生出那样看女人屁股的欲望？虽然那欲望压抑在心头，

263

但和杆二赤裸裸爱好女人的行为差不多。即使长胡子、生腋毛、冒喉结，到了春猫闹腾的季节，有一股青春的骚动，也不应有这番想象啊。

我等了一天，公安没来。

我等了两天，公安也没来。

到了三天，三皮从外面回来。当时，我心里怨他，到底不懂事，一天到晚只晓得在外面疯，风声多紧，你没看见你二哥躲在家里一周多了。当他告诉我，杀死春根媳妇的人已经抓起的消息，我亢奋了，有一种如释重负了的感觉。还得感激三皮，搭帮他给我四处走走，透透信息。

没有追问是谁？但我知道那是一个男人，和我一样想偷看春根媳妇的白屁股。可是他比我想得厉害，而我只仅仅想看，他还强行和春根媳妇做那个，春根媳妇不同意，还杀了她……就是这个人，差一点把我送进牢房。

通过这次惊吓，我明白了应远离三皮和小全他们了……

谁云君命薄

一

四月，春来了。李花、梨花、芍药、牵牛花、映山红、桃花等所有的花都笑开了嘴，杏花坞、岩鹰坨、四升坡等山坡一片欢闹。

星斗塘边的园子前围子上，一棵老桃树绽放了。桃花那个红，像妹子羞涩的小脸，艳艳地胭红一大片。白石手痒，忍不住照着那棵桃树，画枝描花。

咳、咳咳，咳嗽声慢慢地接近白石的耳边，因专注，他没听到，直到小云走到面前，发出啧啧之声，叔，你画得真好，就是真桃花啊。

白石才抬起头来，见是个十四五岁的小妹子，拖着青黑色的长发，脸干白，瘦骨嶙峋，在夸自己，心头涌上一阵欢喜。自从跟朱亭小花石的肖传鑫学了写真（也叫描容），画画得心应手。自己也感觉到几年来画艺飞跃。这个小妹子是第一人发现了自己的写真，与自然界的实物，描得一模一样。他朝妹子笑了笑，你也喜欢？小妹子点了点头。

你是哪里的叫什么？

我叫小云，鹅嘴上的黄世公的满女。

哦，黄篾匠的女儿啊。

叔，我也想画画。咳咳、咳咳，小云又咳了起来。

小云，你着了寒啊。白石仔细地打量着小云，穿一件破烂的单衣，于寒风下身子瑟瑟缩缩。小云，这段时间要穿暖，古谚说得好，冻九暖三。三月刚过，还春寒料峭哩。

叔，我不是感冒，我是得了肺痨。

白石一惊，在那时，这个病是绝症。怪不得身材瘦得像个柴杆，眼眶深陷，面如秋霜泛起酱紫色。一股冷气直往他的心窝钻，他尽量控制，显得平常，宽慰小云，没事，吃了药就不要紧了。

叔，我不怕。我爹说，这个肺病，熬一段时间就好了。不过，听邻居根叔对我爹说，搞到活胞衣做药引，一副中药就能断根。爹对根叔说，老根，你跟我去打听，看谁家生孩子愿意给？我花多少银钱都可以。

哦，这样的。白石心里咯噔一下，吃了又怎么样，就现在医术不能治好。他不想谈论这些，转而问小云，你想画花样，是想做女红吗？

不是，叔，我只想画画。

啊。白石惊诧，哪个小女子，不想自己做一手好女红啊，找上一户好人家？小云怪，有点奇思异想。

叔，想跟你学。没等白石想明白，小云直接问他。

小云，我自己还是学徒，你没看我现在还在练习吗？白石从没想过收徒，有点措手不及。

叔，你画得好，画能卖钱。我看过你的雕花，人物逼真，花儿鲜活。特别你帮嫂子婶子画的花样好得不得了。她们争着抢着要你的花样啰。她们用你的花样，绣花、绣鞋、绣手帕哩，做出来既精巧又美观。

哦，有这回事？我怎么不晓得？小云。

小云说，叔，你贵人多忘事。

我到塘湾玩儿，看到齐世利堂客那里有你的花样，她们正在按你的《喜鹊报春》和《牡丹争妍》两个花样绣花呢。我瞅她们不注意，抢到手，端详花样，喜鹊在叫，叽叽地闹，牡丹在开，滋滋地舒伸花瓣。小云，快放下，我们要看花样了。我有点爱不释手，不想给她们。但，不能耽误了她们的女红啊。我好奇地问，婶婶，你的花样是不是周木匠画的？她说，不是，是芝木匠画的。小云，喜欢这花样，快回家拿花线，跟我们一块绣。我不哩，我想临摹，将来画花样。哦哟哟，心还不小啊。

哦，我记得，两年前，去塘湾碰到齐世利嫂子，她缠住我，要我画花样。我那画不好，有点幼稚。

叔，你带我画画啵？

好，小云。小云对画画上心，还记得他的图样叫白石，心中漾起一丝小小的涟漪，似乎遇到知己了。再说，心生一丝怜悯，来日不多的女孩子提出来，他不好拒绝啊。

小云兴冲冲地往回走。白石望了望小云的背影，一股料峭的春寒风拂去，小云身子轻飘飘的，前后晃动，像暮秋垂摆的小树枝。唉，一个多灵慧的小姑娘啊。要是没肺病多好，白石叹了一声气。

二

小云回到家，就吵着要跟白石学画。当然，黄篾匠知道芝木匠，曾在县城，跟郭官人（郭人漳）的夫子画过瓷瓶，打响了名声。画花鸟草虫，又画山水人物，多是西施、洛神、文姬、木兰等，仕女图画得多，模样俏丽，乡间称"齐美人"。

黄篾匠不让，说外人会说我黄篾匠不晓得世事。男女授受不亲，不让女子上私塾的社会，别说跟一个专画女人画的齐美人学画了。

小云性子执着，对黄篾匠丢下了狠话，爹，不让我去学，我就不吃饭。黄篾匠以为女儿随性而起的气话，没当一回事。一连两餐，小云真没上桌，还咳咳地咳得厉害。急坏了她娘，心疼女儿，流着泪说，小云性烈，还有病，了她的心愿吧。黄篾匠想着女儿憔悴的样子，不忍心再坚持，好吧，那就把齐美人请过来，买回了笔墨纸砚。

白石到了黄篾匠家，小云高兴不得了。叔，你可教我画画了。白石知道她得来这机会不易，告诉她，小云，学画不急，不是两三个月或半年能学会的，要慢慢练，有恒心，无难事。

哦，叔，我听你的。小云热情高涨。

白石又说，小云，学画是学技巧和画法，至于掌握是你自己的事。叔，我会努力的。怪了，小云要学画了，咳嗽还少了。白石先教她握笔，等小云掌握，就让她画线条，横的竖的画了无数。小云灵性，一点就能领会。

每次，白石做完包工，回家第一件事就去黄篾匠家，教小云画树枝、花朵、兰花叶、云朵、石头。

小云拿起自己画出的笨拙云朵，给白石看。

好，像云在蓝空中飘浮。其实，白石说的假话。小云高兴，瘦且白的脸上浮起了淡淡的笑容。

白石教小云画了半年，小云看芝木匠，走来走去辛苦。她就自作主张不要白石来她家。当然，有她自己的想法，白石不来，她可去他家，也可跟他到外面去写生，还可跟他一起去做工，看白石雕花。她心里占据着充分的理由，跟白石学画就是他的学徒。如今，男裁缝兴着带女徒弟去大户人家做功夫？一做就是一个月。黄篾匠认为小云想法怪异。

小云不顾一切，偷偷去星斗塘。白石喜欢写生，她也爱写生，与大自然融为一体，想画什么就画什么。春来，画桃花、映山红，夏来画荷，秋至画菊，冬至画梅、竹。受白石亲自指点，写生进步快。一年后，小云能画梅兰竹菊。

三

白石在乡间名声大，忙碌起来。小云不想跟白石谒师访友，一个病人去了，咳咳的，叔不嫌，人家嫌弃，不想丢白石的丑，再说自己对学印学诗没兴趣。

有段时间，白石翻山越岭去晓霞山的长塘，跟黎松庵学篆刻，兴趣特浓。回来取出在黎家刻的"齐山人也"的石章，想得到小云夸赞，小云，好不好看？小云接过只瞟了一眼，没仔细端详，就连连摇头，说麻麻一块板，不好看。白石没被小云打扰雅致。抢过来，右看左看，自我欣赏。小云，篆刻这东西蛮好玩儿的，得天趣之浑成，别开蹊径而不失古碑之刻法。小云不吭声，淡然地离开。

有段时间，白石诗瘾来了，会龙山诗社和罗山诗社的诗友，作诗课"日将夕，与二三子游于彬溪之上。仰观罗山苍翠，幽鸟归巢，俯瞰溪水澄清，见蟹虫其横行自若。"回来，吟起"安得安闲情似旧，卧君书屋听溪声"的诗句。小云遮掩两耳，嚷嚷，不好听，我不听。白石说，小云，学画得学诗，入诗，添情添趣，画更生气，更显品位，你不学就太可惜了。小云疑惑，什么可惜了？白石停顿了一下，想到什么，不言语了。叔，我只爱画画，画出最好的花样来。白石又看一眼小云，想，小云都这样了，怎么能像要求自己一样要求她啊？

小云，你不想学诗，也没什么，我说着玩儿的。哦，叔，只有你懂我。

有段时间，去了竹冲胡沁园家，胡公命题一幅《水墨芙蓉水禽图》带回星斗塘，小云眼尖，拿到手，放不下了，目光停在画上。小云，你这是做什么？叔，我看你的画呀。白石嗔她，小云，发现你一看画就痴呆。叔，谁叫你的画布局精巧做得这么美妙啊。小云，喜爱成痴，将来会成女画匠。

真的？叔。小云兴奋，笑容落在脸上，像一朵红云。

一天，小云在白石家，看到白石早年的一幅《梅花天竹白头翁》图。小云拿在手上，仰慕不已。梅花像开在雪地，点点红；天竹翠绿，生机勃勃，还一对白头翁，幸福又自由地依恋在一起。线条虚实相镶，画工精致，意境美轮美奂。

小云不识字，问白石，叔，这写的是什么啊？

白石说，小云，我不是说过，画画还得学诗吧。

叔，别卖关子，晓得我不想学诗。

白石心里咯噔一下，心想，我怎么又触起小云的不高兴？好，好，我念。"笑煞锦鸳鸯，浮沉浴大江，不如枝上鸟，头白也成双。"念到最后一句，小云瘦削的脸微微一红，马上面色又沉郁，勾起她的忧虑，摇着头，我不喜欢。白石察觉了小云心里的变化，也知道小云在想什么，心叹着，这个妹子呀，怎么就没信心？

四

小云又到塘湾，湾里屋场的婶子嫂子说，小云，你跟齐美人学画两年，给我们每人画一个花样？

好，婶子，嫂子。小云笑呵呵回去了。

吃了饭，小云送来花样。

小云，快给我。大家争抢，如抢白石的花样。

婶子嫂子拿到手上，瞟了几眼，都不说话，心齐了似的，悄悄地放下了。抬头望一眼，小云在咳嗽，咳得胸部有些颤抖，脸如一张白纸。一个个又重新捡起，牡丹、菊花、芍药、梅花的图案都拿回去了，还剩一张桃花的花样，冷冷地躺在木凳上。

小云看到这一幕，转身就跑，哇地一声哭了。

五

又一年春，芍药开了，桃花也开了。小云的身体每况愈下，咳嗽不断，半天时间才走到星斗塘。陈春君迎接小云进屋，白石递上木凳，她不坐，坚持要出去写生。她吐了一口血痰，惊吓了白石，问小云，吃了活胞衣不？叔，吃了。叔，我爹说，一定会好起来。可我感觉到自己的肺病越来越严重。小云，不急，天会佑善人。小云淡淡一笑，借叔的吉言。

今年的桃花开得稀稀疏疏，雨水多，气温还停留在冬寒。白石于心不忍，劝她，小云，天气不好，你就别写生了。小云不听，带着纸和笔，走到白石园子前的桃树下，提起笔。

小云画枝，画花，画骨朵。白石陪着，看小云画完，说，小云，这画栩栩如生。小云拿在手上照了照，摇了摇头。

小云，叔说的实话，你进步快，已经有自己的风格了。画物，不是照相，一模一样地搬过来，而讲究艺术中像与不像之间的神韵。

叔，你来画吧，我在一边跟你学。

好。白石提笔，寥寥数笔，枝丫出来了，花朵娇开，添了几下，

271

两三朵花骨朵儿，落在枝上。小云叫好，叔，你画的桃花，蕴含了春的气息，有神有韵。观摩数遍，拿出自己的画对了对，默然起来，一缕愁意，飞在她干白的脸上，小云把白石的画，折叠起来。

叔，怪不得她们不要我画的花样。小云鼻子酸酸的。

小云又咳起来，吐出一口一口带血丝的痰水。

小云，你不要自卑，两年时间，就画得这样了，已经不错。还画几年，她们会抢着要你的花样。

唉，小云叹着气，叔，我也希望，就是我的身体不知争不争气？

白石心揪了一下，漫上一丝寒意。宽慰小云，不要说霉气的话，你还这么年轻，长着呢。

这年十月，白石要去西安。

白石临走时，去了一趟鹅嘴上的黄世公家。

小云正在那临摹白石那张桃花图，案桌上下无数张废纸，皆是桃枝桃花图，有的画一部分，有的画完了，通通被她弃之。白石停在屋外，看到小云咳得抖个不停，一只钵盂，盛满了黑红的痰吁，发出一股腥臭味。

叔，你不要进来了，一屋的臭味。

不要紧。白石踏进了小云的房间，心堵了一下，腿有点沉重。

叔，你再给我画一张春天的桃花吧。

白石强忍着，想了一下，提笔另画了一片雪地，挺了一枝梅，满枝红梅，傲着寒风。

叔，你怎么不画桃花啊？

哦，叔，你就送我一地雪花，如纸钱一般，我还不想死啊。

蠢妹子，我送梅花，愿你像梅一样坚挺。

叔，我会坚持，再不行了，也等你回来啊。

白石没有停留多久，心在哽咽。

六

白石游西安，晤张仲飏、夏午诒。游碑林、雁塔坡、牛首山、温泉，又会李梅庵叔侄、郭葆荪兄弟。年关，通过夏午诒，与陕西臬台樊樊山订交。次年四月又抵京，识曾农髯、张贡吾，与杨度、夏寿田、陈兆圭等在陶然亭饯春，并作陶然亭饯春以记其盛。当时，白石看亭前一树桃花，鲜艳夺目，想起离别时小云要他画桃花的情形。白石心情沉重，画完，大家拍手赞好。几个人抢画，白石不给，一言不发。友人发现白石的脸上呈现一丝淡淡的忧虑，戛然而止。大家以为惹上了白石的乡绪，桃花茂在南方。

七

白石回湘，挟了张画，直接去了黄篾匠家。他进门，喊着，小云。

小云娘哽咽，纯公，她走了。

怎么就走了呢？白石身子抖了一下，手僵住了，画悠悠地飘落在地上。

小云娘一边泪流满面一边叙说，小云，歇歇停停，画了一冬的桃花，实在坚持不了，请了郎中给她看病，号了脉，郎中对我说，小云过不了冬。小云站不了，不得不停了画画，吃饭困难，躺在床上。有天，小云对我说，娘，扶我起来，我好想画画，让我画一下吧。我就扶着她画了一枝桃花，还没画完，咳了半碗浓稠的污血。齐世利婶子闻讯而来，拿去小云的画。小云声音细弱，婶，你要我的花

273

样了？小云，现在，你画得跟芝木匠一样好。嘻，小云浅笑一声。

过了几天，齐世利婶子又送来按小云花样绣的手帕和鸳鸯枕，给小云。小云要我扶她坐起来。

娘，我能画花样了。

是哦，我的小云能画画了。

娘，婶子绣得真美。小云看了看，又摸了摸，喜欢不得了，后又轻微地叹了一声，唉，娘，我来人世间，这个鸳鸯枕用不上了。娘，以后，你给我烧了吧，我在那边还要用。还有我的画，也烧了吧。我在那边也要画，我喜欢啊。

小云啊……

又过了几天，小云气若游丝，我把耳朵靠近她嘴边，娘，我还能等几天？

能，能。我知道小云的心思了。

娘，那就好了。

…………

纯公啊，你帮了我，让小云在阳世多走了几年。

嫂子，小云太聪明了，天妒女才啊。

翌日，白石提着一只竹篮盛了纸钱和香烛，还有一幅桃花的宣纸画。颤颤巍巍地走在泉塘右边的四升坡，树木丛生，绿叶繁茂，说不上名的山花，红的白的紫的黄的点缀得满坡都是。白石顾不上欣赏春天，寻到写着"黄小云"那座小坟茔。

白石在新小土堆前，抖动着手，半天才点燃香烛和纸钱。

小云，你不等我回来了。

白石拿出那幅画，念起图中的题款，轻轻地哼哭：

去岁叶无痕，

今春花又新。

谁云君命薄，

我辈不知君。

　　白石抬头，望着对面的岩鹰砣，一片梨树开得雪白雪白。风一拂，扬起的梨花，像铜纸钱撒在地上。一只乌鸦飞过，"哇——哇——"粗劣嘶哑地叫着。白石眼帘中，顿觉一片凄凉。

晓霞山的月

一

下午，微暖的阳光把我和文友送上碧翠的晓霞山。

车停在重建的中林寺前，中林寺和圆通寺，两寺合一。下车看寺门两边一联"中通仙境，林无俗情"。走近寺院，寺宇辉煌，钟声悠远，香烟萦绕。

又漫步寺院右边的走廊，第一个红色圆形廊柱刻有"齐文"二字，心愣了一下，怎么是我的名字，不是胡晓月啊？遗憾中让我心中涌出一丝对小月的歉疚。

文友在中林寺外面踱步，笔架峰尖顶那抹落日红霞透过防护林，若隐若现，隔山坳相望，美得让人窒息。我无心欣赏，寻小月的心情迫切。

往坡下走，弯曲的水泥道宽坦显干净，人来人往十分热闹。记忆深处的小茅屋犹在路边，五年前，我来过这，"乡村农舍"没多大变样，上山游玩儿来就餐的比以前多，生意火红。

推开篱笆门，惊吓了老板娘。对了，前几年，也有一个像你这样大腹便便的人来打听一个小妹子。那人走后，问过附近的几位老人，都说，有，一老和一少。婆婆张氏，一九八二年就去世了。孙女，读书出去了，大学毕业分配到广西凭祥一家边防医院，一直没回来。噢，我叹了一声。

老板娘将我打量一番，自语，好似又不像。又嚷嚷：怪了，这几年，有三个男人同在打听这小的。我故作不知，怕她认出，又骂我傻男。

谢了老板娘，带着失落又迷茫的心情继续往山下走，碰到商学院一个学生，在文艺村实习。几天来，接触菱角村的山山水水、风俗人情、文化底蕴，让我震撼了。在湘潭，甚至在全国，一个村方圆二三里十余里，出现文化世家和一批名人群，实属罕见。在路上，边走边有感而发：

　　　一山一溪一菱角，一静一动一美景。
　　　一老一少一农家，一言一语一人情。

见大学生想上去打听，又觉得自己好笑，学生不是土著。

顺坡而下，昔日的圆通寺成了一块绿茵茵的平地。细草茸茸，几个椭圆形的围栅里面怒放着淡黄的菊花。鹅卵石走道尽头耸立一块高大的石碑，"英雄纪念碑"，碑文用楷体刻上我县上千名牺牲的英雄名字。当"胡晓月"三个字闪现在我眼前，一声炸雷，在脑子里轰然一响，彻底地将我憧憬的希望毁得一干二净。热泪在眼眶如泄堤的洪水，波涛奔涌。踮起沉重的脚尖，战战兢兢，抚摸碑石那久违的三个字，手含情思嵌进字痕里。抹眼空隙，小月笑着从石碑里走出，活泼地扑向我……

二

一九七四年的一天清早。

天色未见鱼肚白，哥带我上晓霞山砍柴，家里禾草已烧完。屋前屋后所栽种的树，在炼钢铁时砍伐了。我住的地方所有田埂和小山坡，光秃秃的，连茅草都割光了。跟着十几里烟烟路路肩背纤担、手提柴刀的人，伴随吱呀吱呀欢快的土车声，向晓霞山进发。慢腾腾地跟在哥的后面，手捎了一只盛了几个熟红薯的饭袋。心怨嫉弛，上山打柴累死人的活，不给我们盛米饭，一想，又不对，错怪了她老人家。谁家不是一年四季吃不上一顿饱饭？真正放开肚子吃，要等春节。我不想上山，每走一步，脚像灌了铅，越走越重，笔架峰看似近在眼前，可沿山路盘来盘去还要走十里。

从白石铺周家洞进山，凸凹不平的山径，路面被岁月的风霜雨雪洗尽留下细卵石和小沟壑。上小担冲，过白石茶亭时，我和哥渴得嗓子冒烟，灌一肚子的冷茶，歇下来，站在高处，望到山坳一幢小瓦屋，外公的家，不敢念想。跟哥下到高桥冲，爬上中林寺，不敢往北走了，晓霞山林场在那。林场的守林员，看我们打柴的，瞪着牛眼似的，凶巴巴，好像我们会砍光山里的树木楠竹。

磨磨蹭蹭朝圆通寺往下走，房子越少，也没看见人影，尤其细伢子。坐落路边的一幢小茅檐，没围栏，禾坪宁静，恬静的小女孩全神贯注坐在一个木凳上看小人书。我止了步，打量小女孩，个子瘦如竹竿，两条长辫，脸庞清瘦，不过，细圆的小眸子如溪水般清纯和灵动。蹑脚上前，发现女孩手里捧着不是图书，而是一本五年级语文课本。星期天，看什么书啊？我嘟囔：这年月，上学半工半读，读书认真还不如大队支书一句话。想起哥考起岳云中学，名列前茅，老师爱才，亲自来我家做前期家访，不巧遇上了大队支书。就一句，你想培养小"黑五类"？吓得老师退了回去。十四岁的哥，从此以农田为伴。我想，要是哥上了高中，会认识一批班上的女同学，接近女性的频率也多一些，也不会害得他像现在一样对婚姻失落和绝望。

只顾朝女孩看，想着心事。路上的小石子眼红，跟我过不去，啵哆一声，踢了脚趾，呀呀呀痛得眼泪哗哗地流，鲜血一丝一丝的从趾头涌出。我恨死了小石子，把它丢到路边的草丛，解开裤子，尿了个遍，还不解恨，又骂，该死的拦路虎，我尿死你！

惊得女孩朝这边望，咯咯地笑。

我脸腾地一红，气不过，走向前，咦的一下，向她做了鬼脸。她笑得更欢，身子前后晃动，像根瘦竹，随风摇摆。

快点走。哥在催，我打着飞脚，往路边看了一眼，现在还在熊家冲。晓得哥的意思，早饭时，要赶到印子山水库的前坡。

抵达水库的山坡，清脆的鸟声和山泉低吟的淙淙之声，穿过层层叠叠的绿叶在我耳边悠扬回绕。放下饭袋，抹着身上的汗珠，抬头见不到天日，斑斑驳驳的日影，漏在身上，阴森森的，那深林的安静和冷凉笼罩着我。心想，哥要在这地方拉二胡多好，无人烟的树林之中，一种大山的寂和静，适宜哥的心灵诉说和独自忧愁。瞬间，头顶叶层，"卟"的一声，我一下怯虚，四下瞄了瞄，什么也没看见，全是树木，没有人影，身子瑟瑟地抖了下。别怕，一只惊飞的鸟。我们又不是来伐树砍竹，只捡一些碎枝和烂叶，做柴火。哥说得在理，林场的人不可能不看情形，不分青红皂白乱抓捡柴人？这样想，就轻松了。我们开始砍柴和捡柴，树枝、竹梢和杂木较少，上山的人多。下午，日头隐在山坳，哥把我们砍的柴草捡的枯枝烂竹，捆了五把，装满了一辆土车。

三

哥在后面推着装满烧柴的土车，我在前面使劲地拉绳索。爬坡时，土车原地不动。哥咬紧牙关，脸憋得通红，说，文伢，使把劲。好，我全身汗淋浃背，肩膀勒得又红又痛，顾不上，使出吃奶的力气，挺了挺肩膀，车子才往前移动。一到下坡，没等哥开口让我离开，就把绳子往土车上一甩，呼、呼地喘了几口粗气，两手摇摆，一路轻快。月亮从笔架峰爬出，又徐徐地往山上攀，像块烤黄的烧饼，在我眼前浮动。月华像流水，泻在山石、松树、竹子、柴枝、坡径和流溪上，晃动的月色在眼前一片和谐和清朗。

我无拘无束地跟在哥的后面，仰望头顶的月儿。南风一吹，汗湿的衣服，爽气又凉快。随之，难闻的汗臭在鼻子前绕来绕去，我和哥都习以为常。月华很美，山风也舒服，一路轻松又愉快。突然，一首悠远又甜润的童谣，从前面的土路边传来：

> 月亮粑粑
>
> 肚里坐个爹爹
>
> 爹爹出来买柴
>
> 肚里坐个奶奶
>
> 奶奶出来绣花
>
> 绣个南瓜粑粑
>
> …………

闻稀珍的南瓜粑粑，顿时肠胃活跃，喉咙里伸出无数只手，嘴巴忍不住吧嗒吧嗒地空吃起来，兴奋地循声而去。瞅到恬静的小茅屋，女孩子站在坪中，望着头顶上的月亮，手握着弥散热气的熟红薯，一口又一口津津有味地吃起来。看到这情景，愣住了，肚子一丝凉凉地空荡。不过，稳了稳神，在女孩面前，不能失态。回想今晨她笑我，生出了一股反击的冲动，哈哈、哈哈地大笑。

你笑么子哟？

我按住肚子，说，笑你把月亮当饼吃。

噢，这样的啊。不，我在唱儿歌。

又笑，儿歌里有粑粑吗？

她愣住了，目光怔怔，然后问我，你叫啥呢？

我反应极快，那你叫啥？不会蠢得把名字透给不熟悉的丫头片子。

晓月。她很天真，一口说出来，没半点迟疑。

我扑哧一笑，故意用手指做了一个小铜钱的圆圈，举起来，凑在她的眼前，说，你，这么小这么小。唉，怪不得你吃月亮长不大啊。

不对，小是晓霞山的晓。她噘起小嘴不依。

我将头晃动如葫芦，说不晓得。故意戏她，只晓得你是小小的月。

说后又后悔，怕她哭鼻子，偷偷地觑了一眼，她粲然一笑，忽而拍着手，一脸憧憬：小月好听，小月亮真美！

我恍了恍，有点懵懂。明明戏她，还那么愉悦，山里的妹子真傻。

我很得意，抖了抖身子。心想，以后，叫她小月。

小月还在笑，好像对我感兴趣，贴了上来。你是住山下的，上山砍柴？

后退几步，轻笑一声。想让我说，没这么蠢。我住在晓霞山脚下几里外的东边，叫百步营的地方，与齐白石毗邻。到时，她报复怎么办？计算我们的路程，准时逮住，暗中通知守林员，把我和哥截住，我家就会断炊。

小哥哥，你怎么不说话？她见我警惕又有意离开。

一个穿开裆裤的小丫头，哪有什么资格向我问这问那。脾气上来不屑地瞥了她一眼，呸，朝她的脚边吐了一口痰。

小月慌张地弹起了小脚丫，惊讶地望着我，怔在那儿。

⋯⋯⋯⋯⋯

文伢，走啊。哥喊我，拔腿就跑，心里骂哥真蠢，在外人面前乱喊啥以为人家不知道？

这下可好，小月追着我，高兴地拍着小手，唱起来：我知道你的名字，你的名字很文雅。

我抹脑地骂了一句：臭丫头，死丫头。

让小月白白地占了便宜。不敢望后面，一路沮丧，像败下阵的士兵。更恨我哥，他在紧要关头给我漏嘴，跺了一脚，心里骂哥，坏嘴婆，讨不上堂客的坏嘴婆。

不想快走，故意磨时间，一心想惩罚哥。到家，月悬半空。累死哥，让他没精力拉那破二胡，躺在床上如死猪。

四

我和哥第二次上山砍柴，下坡，路过小月家。想起上次，小月对我没大没小，一心寻她回击。止了步，往小茅屋里瞅啊瞅，瞅到小月，坐在坪中一只没靠背的旧竹凳上，聚精会神地听故事。想起娭毑说过，会讲故事的人，都有些文墨。我就奇怪了，一个七老八十的白发老太婆，肚里喝了多少墨水？叽呀叽呀的土车声，惊扰了小月。她抬头一望，拍起小手，文伢来了。我生了气，心里骂道，臭丫头，没大没小。月丫，懂礼貌啊，老婆婆正在告诫她。心想，这家教养好。听着小月挨了责，得意起来，将头仰上天。以为小月不会再叫我，出乎意料，小月笑吟吟地向我走近，说，小哥哥，进来呀，喝一口茶吧？甜甜的笑声，让我忘了找她的茬儿。没进屋，站在她家的门口，两手叉腰，扬扬得意。一想，这个小月还不太坏，可惜人瘦如楠竹。要是她家有一个姐比她壮实像哥一样大的年龄多好，到时，可通过小月，让哥与她姐走在一起，哥能看到希望就不会拉二胡。蹑手蹑脚走到大门边，把好奇的头伸进屋里，看里面有不有她的姐？哥看我没跟上，将土车侧靠在一棵大樟树下，打转寻来。避开哥的视线，一闪，躲在屋檐后。哥被老婆婆邀进小茅房。我又悄悄地走近大门后，耳朵贴在她家的门板后。老婆婆对哥说，她是小月的娭毑，论起来，是外公远房的表亲。啊呀呀，不说不晓得，姨娭毑，失礼了，哥站起来歉意地施礼。没事没事，老婆婆客气地说。她没防哥，说了家里的情况。小月的爹和我爹一样长年外流。我爹每年能回来一趟。她爹隐匿多年。我娘思想改造去了五七干校。她娘原在外面教书，因成分受辱，一时想不通，风高月黑的深夜，一根绳子挂在歪脖子树上……现在，婆孙为伴。听到这，我替哥设计的美丽结局如肥皂泡一样一吹没了。我恍了一下，心里空落落的。哥叹了一声，唉，姨娭毑，月丫也是苦命人。随着哥的叹息，心又咯噔一下，后悔不应老想欺负小月。

此后，每次去晓霞山打柴，不管上山还是下山，不自觉地在小茅屋边停一下，没看见小月，目光焦急，不知怎的时常有一种急切盼着小月出现的心情。也怪不得，与队上的小伙伴玩儿，不尽兴。有时扯皮骂娘，骂娘还好，就是他们出口歹毒，骂我富农崽子，往我伤口撒盐。想起三岁他们这般骂我，知道不是什么好话，拖了一个细伢去娭毑面前弄明白。娭毑，我与他哪个地方不同啊？娭毑说，我乖孙，一样的。我又以为肚子里的心肝脾胃肾等器官不同。娭毑

283

又说，细孙，没有啊。我指着自己的脑袋，又问。娭馳不说话，好像忍不住，转过身后老泪纵流，又暗暗抹泪。我明白，怪不得人家骂我，我的脑子与人家的不同，这烙印一直印到现在。这般欺凌，我忍不住了，怒气冲冲向他们的脑袋挥着拳头，打的就是这种与我不同的地方。哥总是上前拉开我，说，弟啊，随他们去吧，骂不掉一块肉。我摸摸自己啥子都没少，气咻咻地走开，一阵子后又没事了。哥，虽这样说，但一脸的忧虑，好似那句话压着的不是我而是他，心事重重，独自走到自己的房间拉二胡。在家，我怕哥拉二胡，拉出悲悲凄凄的旋律，像寒冬的北风，哀哀伤伤的，屋子里全是凄凉和孤零。那时，哥二十七了，看过了一个又一个的妹子，都嫌弃我家的成分。这事让哥心情忧虑和郁闷。每天放工，哥吃了晚饭不与任何人交谈，走进自己的房间拉上门闩，独自拉二胡。想起哥的二胡声，那凄凉的场面，暮气沉沉地从远而来。站在门外，敲了一下，哥，你别拉了。娭馳怜悯，把我拽走，说，细孙，让你哥拉吧，别让你哥的忧郁憋在心里。我不说哥了，可想着，今天，哥的心事是我惹上的，决定不与小伙伴玩耍。我就是这个坏毛病，当时记得好好的，睡了一晚又忘到脑后了。日子重复，所做的一切也在重复。自从遇上了小月，发誓离他们远一点。

等了一阵，小茅屋的大门吱呀吱呀地拉开，一头白发的老婆婆，颠着小脚出来了，拿着扫帚打扫前坪。不见小月的人影，我有点失落。

五

半年一晃，又是仲春。

山里到处是花，桃花、李花、映山红、梨花等，此起彼伏地绽放，屋里屋外清香弥漫。

没天亮，外公把我带到小月家。外公很忙，经常去小月家，神神秘秘，令我好奇。

进门，小月惊喜，朝我嘻嘻地笑，小哥哥，来了？小月，我来了。我蹦向前，牵着小月的手，像久别的亲人。姨娭毑看我俩亲亲热热有叙不完的话，笑眯眯地说，姐夫，让孩子住几天吧，正好，做个伴。外公笑呵呵的，说老妹，看来是一对小鸳鸯，我不忍心拆散。姨娭毑向外公笑，姐夫，这么一说，真是两小无猜的小鸳鸯。我激动得蹦了起来，别的什么都不懂，只要外公和姨娭毑同意就行。

外公和姨娭毑在灶房说一席话，跟我哥有关。外公丢下我独自回去了。

早饭后，小月问我，去不去一里外的狗头寨？我蹦了半尺高，说，小月，快带我去。天气出奇的闷热，刚出门小汗衫都湿透了。看小月摇晃着干瘪的身材，瘦黑的小额头冒出了细粒的汗珠，滴在补丁的单衣上。我跟着小月爬了一段蛇形的山径，到了一块空旷的平地。小月停下，说，小哥哥，到了中林寺。中林寺在哪啊？我有些奇怪，瞪着小月问。这儿，就在这儿，小月嘣地往地上踏了一脚。小月，这是寺吗？我哧哧一笑，不见寺庙的院房和佛像，地面也没遗下小片碎瓦和半块残砖。小月跟我急，小手向下拍打，朝我直叫，别笑，真的。娭毑亲口告诉我，寺院原规模不小，二进四合院，有房三十六间。兴旺时，十几个和尚念经超度，上山进香许愿的人一路接一路。我鼻子哼了哼，别吹，不就是一块光地？小月翘起长长的嘴巴，不饶，说，小哥哥，你净说风凉话，也怪不得啊，寺庙热闹时你还不知在哪里呢。我不想跟小月争论，走开了。望着高处，雾气如白色雨烟，笼罩着树林和竹子往顶峰弥散，环绕黑石，又向高空飘去。霍然，婉转的鸟声把这雾霭啼破，随愉悦的风飘落耳端。小月不甘，追着我，说小哥哥，真没骗你。娭毑还说，十年或二十后，寺庙会重建。我不信，小月痴人说梦，拆毁的，怎会重建？小月让我惊讶，她望着那块空地又憧憬又自言自语：真的有重建那天，我要捐钱。我听了，似乎又没听明白。小月不断地唠叨。我不愿让她跟在后面，故意往柴草丛中快走几步。眼前一片竹林，千千万万的黑壳春笋，如剑一样高矮不等地冒出。兴奋得把刚才的事忘得一干二净，随手扳了一颗又一颗的大笋。小月看我不理她，想起，自己来扯小笋的，要做正事。每到四五月，她都要扯一些小笋，晒干，放在集市卖钱，或备着家里做席面。她哦嗬一声，双手一摊，笑了起来，自己忘了带竹篮，事到如今，也没办法。她往我的反方向走了二百米，小心走进密密匝匝的毛竹丛，满眼都是手指粗的带着泥土清新的毛笋，快要把小月围住了。我朝小月轻笑，心里怨她，蠢丫头，真是蠢丫头，放着不费劲又个儿大的春笋不拔，要去扯什么小笋。小月装着没看见，反而向我喝道：小哥哥快莫扯了这是楠竹苗。想了下，小月是怕林场的人发现。不怨小月，尴尬地丢下春笋，转而向她走去。两人扯了一小堆的小竹笋，没有草绳捆不了把。小月把小笋拾起，搂着往家走，刚走几步，小笋从她臂弯下一根根滑落。我灵机一动，脱了衣服，将一堆小笋全包起。自认这主意妙，就动员小月。小月，小月，快把衣服脱下。她瞟了我光了的肉身，惊怔下，小眼躲闪，像受了惊吓的小鹿。以为小月为中林寺的事还生我的气。

小月，你脱下啊。我温婉地放低了声音。

小月不理我，只顾埋头捡起掉在地上的小笋。

好言相劝，她还是无动于衷，越想越气，走到她的面前，大声吼叫：小月，快脱下。

这下，吓得小月站了起来，向我连连摇头，似乎受了什么委屈，溪水般的眸子汪出了水。

心一软，不敢再催。

小笋是弄回去了。小月一直没笑容，也不和我说话。想了又想，没想明白哪个地方得罪了小月？

回到简易的小茅草房，小月恢复了情绪，蹲在堂屋剥笋。口渴得要死，冲着小月喊，小月，我要喝水。好，小月放下一根未剥完的小笋，起身拍了拍手上的泥沙，疾快地拿起灶台上的铁壶，给我倒一杯凉茶。咕咚咕咚几口喝下，肚子一下被清凉和甘甜浸润。小月笑眯眯地问，还喝吗？抹了一把嘴，把杯子递给她。小月接了杯子，放在桌上，没说话，又蹲下。姨娭驰从厨房出来说，月丫，我来剥笋，你带小表哥去山里头玩儿吧。心想，这里远离哥那沉闷又忧郁的二胡声，到处是新鲜的花、草、树木、竹林和空气，人也是快乐的，和小月玩儿得有趣。小月站起来，向我示意了一眼，我紧随小月跨门而出。

翻了一个坡，一大片山茶绿油油的，点缀鹅黄的嫩芽，肉嘟嘟的茶苞捉迷藏似的隐在叶隙之间，稍不注意，永远看不见。爬上茶树，摘下肉质的茶片和奶白的茶苞，张口就往嘴里塞，咀嚼，酸涩得眯了一下眼睛，瞬间，一丝又一丝的微甜回浸舌尖。小哥哥，别吃。小月一喊，把意犹未尽的我吓了一跳，误以为吃进一只小虫子。呸呸，吐到手心，手掌不干净，扒弄了几下，嫩黄的碎茶片，越弄越黑，什么也没看到。相信小月说的，全丢在地上。低头看小月，她冲我笑得很甜。我从树上降落下来。小月摘了不少茶片，用白手帕包好，下到溪边，放入水中浮起来，一片一片过手清洗，之后，扭头对我说，小哥哥，这样就可以吃了。接过她手里的茶片，没吃，瞪着清清亮亮的溪水看。

流入长塘的彬溪，曲曲弯弯的溪流，眼前哗哗地流淌，婉转悠扬的鸟鸣声飘在溪水上，欣悦的天籁之声随着溪水悄然地划破宁静又幽深的山谷。溪水从高处落下，如白花花的雪花飘舞，一朵朵的或一堆堆的，铺成一条白色的窄小的水路。铺在浅处，蓄了一潭。潭水清清澈澈，又白又亮如水晶似的玻璃，一眼照见了绿的黑的墨绿的丝草，悠然闲逸地漂动；照见鹅卵石背面躲着几条摆动的小鱼尾，陡地，见水上面漂来一片淡黄的茶片，闪电般一跃，"噗"的一声，旋出一朵朵的小浪花，抢食茶片，游得不见踪迹。

兴趣盎然，想抓那几尾小鱼，不料跌入溪水中。

惊吓了小月，哎呀，小哥哥。她斜着身子，忙把颤抖的手伸向我。

我把小月的手拨开，剜了她一眼，别小看我，江啊河啊湖啊塘啊，哪个我没游过？她怔了一下，把手怯怯地挪到身后。

小哥哥，等等。随后，小月转身，往家里跑去。

爬上了溪岸，顾不上裤脚湿漉漉的，对小鱼儿怨气不散，捡起了一块青石，往泛起波澜的地方一扔，灵巧的小东西，怎么就轰不出？

一会儿，小月从家里拿来自己的补丁裤子，送到我的面前，说，小哥哥，快换下。一看是女人的裤子，手缩得飞快，想象那般醒龊，腻心得呕呕地吐了起来，小月，我才不换。

小月受不了了，红了眼睛。

小哥哥换吧。小月向我恳求。四月天，怕我受凉，山里浓浓的雾气，一不小心，寒气入身。

生了一肚子的气，我不愿看小月。

小哥哥，小哥哥。她喊了无数遍，裤子高高地擎在手里，我仍然无动于衷。

她咬着下嘴唇，一下子，眼泪扑簌簌地滚下。瞟了她一眼，不忍心，从她手里夺过裤子，想在溪边换下。往常在家洗冷水澡，从水塘上来，不避女人，光着屁股，大摇大摆。在小月面前不敢造次，上次要她把衣脱下还委屈得要死。女孩子难侍候，一旦掉起眼泪，让人束手无策。我不想碰这个刺头，独自爬上岸坡，选了个柴草深一点的地方，换下湿裤，回到溪边。小月背对着我，双手紧紧地捂住自己的眼睛，小脸蛋羞红。

一看，忍不住笑，拖着长声，大声告诉她，小月，我—换—好—了—裤—子。

裤子太小，穿在身上太短，似齐小腿裁了一节。

小月转过身，捂着小嘴，咯咯咯地笑，说，小哥哥，你看看你像长腿的小鹭鸶。我不当一回事，有意把一只脚抬起，裤脚更短，咯咯地向她笑。心想，算什么，我们那里小孩的衣服，人人花花浪浪，五花八门，或旧或补丁。娘穿了哥穿，哥穿了姐穿，姐穿了弟穿，一路穿下去，习以为常，没人笑话。

沿彬溪走，捡起半节烂木头甩到肩上，学大队民兵挎枪走正步，边走，边喊"一禾一"，"一禾一"。小月紧跟，笑得前倾后仰。喊声夹着笑声，落到长塘，看见一个怪老头，出日头的天气还戴着斗笠沿溪边走，我笑疼肚子。小月一下敛住了笑，向我摆了摆手，嘘，别笑，这是六老爷。我扑哧一笑，放浪起来，带出痰水鼻涕。从六字联想，又轰的一声大笑，又吟唱：大老爷买马，二老爷放牛，三老爷赶脚猪，四老爷当先生，五老爷站柜台，六老爷唱戏……十老爷开妓院。哎，小哥哥，你对人不尊重，不能这样说黎家。黎家书香门第，大户人家。娭毑说过，日本鬼子闯入黎家把诵芬楼所藏的古书古画抢掠一空。你知道吗？单单书画珍品就挑了十几担。我不屑地摇了摇头，心想，书和画有用吗？还不如一碗能填饱肚子的米饭。小月知我故意，又气又怨，不好发作，只好慢慢地跟我说，小哥哥，你对他家不了解，所以乱猜。一门八子，人称八骏，有主席的老师，还有语言学家、铁道和桥梁专家、采矿专家、作曲家、流行音乐家、平民教育家、作家等等。孙女黎明晖还是明星演员哩，与当时的上海滩大牌女星周璇和李香兰一样齐名。小月，尽管吹吧，吹吧，把疯疯癫癫的怪老头吹成个大戏子。气得小月小脸肚鼓鼓的，狠瞪我，说别污辱老六爷，他是湘中作家。我哈哈大笑，他呀，这怪老头一个，还湘中作家？是晓霞山作田家还差不多。那，那是鲁迅说的。小月噘起小嘴，急红了眼，跟我争辩。提起鲁迅，我惊讶得伸出了舌头，毛主席都夸鲁迅是革命作家，这下噎得我无话可说。

小月挽一只旧篾竹篮，小跑起来，篮子摇摆，小辫子也跟着摇摆，眼前像一只飞起的蝴蝶。我蹦蹦跳跳地追赶着蝴蝶，出了茅屋，忽而蹦在她前面，忽而又落在她后面。小月看我欢快的样子，咪咪笑个不停。陡然，她停了下来，愣了下，显得紧张，丢了什么东西似的，惊慌看自己的手，又哦地一声，又笑，差点吓死了我，抹了两下胸口。我明白，上次扯笋，还记忆犹新。我笑不起来，老老实实地跟在她后面。小月脚小，趿进一双补丁的大布鞋，显些空荡，走起来有点节奏，扑嗒扑嗒地响，这悦耳的声音比哥的二胡声好听多了。快乐的心又压不住，走了半里。坡下嘀答嘀答的落水声，清脆又悠扬，在耳畔萦绕。赶紧沿着流水声往下跑。一段又长又粗的空心竹，衔接坡上的小山泉，从另一头流出，滴落在缺了小边的破水缸里。清澈如镜，无尘无染，清清凉凉。小月喊，小哥哥，你等等。她担心我不熟悉地形，怕我滚下山，碰上蛇和蜈蚣。瞅到山坡下黑瓦矮房，停了下来。小月蹿到面前，小哥哥，你怎么跑这么快？喘一口气，气息平畅，说，小月，我看到好矮好矮的小瓦屋了。小月顺着我的目光望下去，指着脚下三间破房细声对我说，小哥哥，这是圆通寺。惊了一下，又是寺，晓霞山的寺还真不少。小月引我从后门进入，唯一的一条路直穿佛堂，肃穆的气氛使我心生敬畏，紧拉她没挽篮的右手，蹑手蹑脚，穿过前堂。这个矮屋，屋中有一个蒲团，有一张女菩萨的画像有香台，还有点像寺庙。想起，嬷驰叨过，哥的婚事不幸，可能是没有拜过佛，许过愿。也怪不得，嬷驰没找到像样的寺庙，想在观音菩萨面前跟哥磕头，祈祷，还丢下一个银角作为香火钱。穿佛袍的僧人，忙向我打拱作揖，双手合一，念道，阿弥陀佛。我惊艳出家人竟没剃头，跟哥许愿的想法，跑得无影无踪。出了门，我舒了一口，稍微平缓，将这个疑惑说给小月听。她在我耳边哝了哝，前段时期，那个运动来了没人敢做和尚，就还了俗，头发自然长了起来。一想，小月说得对。

往右前方走，两棵古银杏高耸云端，叶子繁茂，在阳光照耀下，片片银光闪闪。树边几块长势茂盛的菜土，周围疯长旺盛的柔软又细嫩的青草，适宜喂猪。小月不管我，低着头扯青草。我四下游荡，对周围一些不知名的红花绿花黄花及树枝感兴趣。仰头，银尖冲天，好奇驱使，伸出手臂合抱银杏树，没围上树干大半。有点不心甘，喊，小月，快点过来。小月抬头望了我一眼，好啊好啊，停了扯草，放下篮子跑了过来。小月从树的另一边伸出细小的两臂。我在树的那边对小月喊，小月，伸长一点。好，小月回应，我伸长一点。哎呀，够不着啊，我又喊，小月，再伸长一点。好，我再伸长一点。我的指尖，正好触到小月的指尖。两个人的手臂连在一起，才围住那棵银杏树干。小月，碰到了，碰到了。我兴奋地叫起来。小月望着我笑，欢快的；我望着小月笑，傻傻的。小月说，树不太大但古老，清朝年间栽种，距今四百年了。我开玩笑说，有五六个你嫉驰这么老吧。她嘟了嘟嘴，不高兴了，怨我不会说话。我耷拉着头，有点不爽，看着后面还一棵杏树，正好，可避开这尴尬。小月过来，量一量吧。小月不情愿地说，不是量过了吗？又一棵呀。小月土生土长，当然知道，只是不愿做同样的事。小月回头，一看我那么好奇，添上了笑容。转过身来，走近，一合抱，我的手正好搭在她脉颈上，用力掐了她一下，发泄我刚才一点不满。小月向我白了一眼，你，你，坏死了。我很得意，说，小月，这棵比那棵小一点。小月有点痛，用另一只手摸了摸，嘘的一下，轻轻地吹气，就没事了，说，这一对儿，一大一小，一公一母。小哥哥，我们许个愿吧。我想不明白，小月怎么生出这些奇妙的想法。要许愿，也不能跟我许呀？一下明白了，就想起我拉二胡的情形，对呀赶快跟哥祈愿。哎哟，看我跟小月一块玩儿呀玩儿，把哥的事忘记了。我没仪式感，连个祈祷的手势没做，只在心中默了一下神，愿神树庇佑哥，让哥早点结婚。但这事不能让小月看出破绽更不能跟她说。压住自己的情绪，装作什么也没想，贴近小月，看她祷告什么？小月站在银杏树前，一脸虔诚，两手合一，为我俩祈愿，永在一起，长生不老。我向小月大声吼叫，小月，不要跟我祈祷了，我不能像银杏树一样，扎根在山上。我要下山，要走出家乡。人生苦短，要去湘潭、长沙、上海、北京等大地方，看看大世界。小月愣了下，惊得转过身，对我说，小哥哥，出去没错，要想走出去，就得读好书，将来建设家乡。我一笑，小月在说梦话，"根不红苗不正"，再怎么读书有用吗？小月不管我的想法，祷告完就提着竹篮走了。

六

没住几天,想下山,验证那句金窝银窝不如自己的狗窝。小月问,小哥哥,想家了?我默然地点头,眼泪一下子崩出。小哥哥,你把这当家,不就不会想了。听到这,心慌得更厉害。姨娭馳也挽留,越挽留越强烈地想下山,只怕她们不放我回去。

我惶惶不可终日,正好外公又来小月家。高兴坏了,以为外公接我回去。可外公为哥的事而来,终于揭开外公在我家和小月家往返穿梭的秘密了。大概去了一户人家,转悠了半天,回到姨娭馳家,两人沉默一阵。情绪低落的外公当晚就带我下山。一声不响地拿出一个纸包和一块贴上红纸的布料,放到娭馳面前。这事我一点儿没觉察,哥相亲对我家来说,是头等大事。外公为这事从我家到小月家,娭馳没露出一点蛛丝马迹。娭馳瞟了一眼原封不动的纸包,默然无声,一脸忧虑。我知道,又一个妹子因我家的成分退礼了,随之,我的心随着眼前纸包而空落。

月初那晚,夜很黑,伸手不见五指。哥拉二胡,琴声很忧郁很孤独很渺茫,好似我家只有他一个人,好似他独自在茫茫大海中漂泊,只见海水和天空,不见陆地和山水,不见房屋和人。又好似迷路了,闯入无人烟的沙漠,不见一丝绿色和一点水,无垠的黄色海洋,看不到一丝生还的希望。那绝望的琴音划破宁静又漆黑的夜晚,迷游周遭,四处皆是寂寥和孤独。窗外,窜来一只叫春的公猫,也在嘶嚎,像婴儿的啼哭,这下,屋子里更显凄凉……平日,娭馳实在过意不去,会站在门外敲几下,唉,歇歇吧,大武啊,明天你还要出工哩。今夜,娭馳没有敲门,一个人早早洗漱完,上了砖头床,头无精打采地靠在墙壁,无眠,在漆黑的夜中独坐。哥的琴声没停,那个忧那个凉，如一碗冰水，把我这几天快乐的心濡湿一次又一次，感觉屋间冷飕飕的又空落落的。睁着眼，呆瞪着漆黑的屋顶，至半夜，还是翻来覆去，辗转反侧。悠然，窗口慢慢透来一束微弱的月光，洒在我身上，一下心有灵犀，想到小月，跟小月在一起快乐的日子。我比哥幸运，哥看不到，我已看到了人生的希望。这才甜甜地入睡。

七

远亲走动，成了近亲。

这几年，外公到小月家走动得勤了。发现外公想法不错，只瞄准晓霞山的女孩。不过，人家看重成分，以年龄、性格、生辰八字等原因不合为由。换了几家，连大龄女也嫌弃。可姨娭毑和外公总是能访到下一个目标，听说有个目标，没一口拒绝，勉强答应继续了解，对外公和姨娭毑来说有足够大的信心。可我认为又没戏了，试想，了解不等于交往，交往女方愿意接近男方，双方干柴遇烈火，十有八九成。了解，就到处打听，一旦打听我家的成分，撮鼻而避之不及，怕染上这臭气。

上初中，哥就不让我上山打柴了。他一直坚信，专心读书才有出息。

每次哥拖柴从晓霞山回来较早，柴草也好，净是竹枝断木。随着上山砍柴人多，柴逐渐稀少，对这事我诧异。娭毑早知这个秘密，说了一句感动的话：多好的人家啊！渐渐地发现，他们喜欢小月一家人，话中夹话说，我这人不珍惜，在山上住几天还要哭着下山。奇怪，在家过了一段时间又心痒痒地想上山。向哥打听小月近况，嘴巴嚅动几次，忍住了。哥在娭毑面前夸月丫懂事，每天放学回来，从不间断捡柴，猪栏的顶上，屋后的阶基边，堆成柴垛，全为我家烧火柴准备。去上学，还不忘叮嘱姨娭毑，早上，要留心路上。所以，烟烟路路的进山人，每次姨娭毑能准确把哥截住。小月有心，省去了哥一些砍柴的时间。哥应该谢我，是我先认识小月的。娭毑说，大武，人家对你好，就要回报人家的好，下次，你把那半包白砂糖给人家。在外面当干部的姑父，送娭毑的紧俏东西，娭毑舍不得吃，藏了很久。哥犹豫了半天，才说，好。要不是给小月家，我第一个站出来反对。

听哥讲的一些皮毛，有兴趣，不过瘾。卸柴把时，我殷勤地倒一杯冷茶给他哥。看到哥汗流浃背衣裤没一根干纱，又找了一把画着荷花图案的棕扇，给他扇风。哥，你凉快吗？凉快了。哥笑笑，看我这般讨好，心知肚明。哎哟，差一点忘记，月丫捎了许多东西，有毛栗、猫梨、油炸的红薯片，说是给我的，又忙从柴把中取出带饭的布袋，在我面前晃了晃。哥早知我的小心思，故意吊我的胃口，又故意将姨娭毑的客气说成小月的客气。心里怨哥，有吃的，不早说？我不管谁的意思，给我就行。有点等不及，抢了哥手里的布袋，猴急猴急地打开，拿一块红薯片吃起来，咔嘣咔嘣的，又脆又香。哥看我这般吃相，又卖关子，说，还有更好消息哩。口里含满红薯片，亢奋得哇哇地叫，快快点！催哥，快点讲，语不成声。哥笑我，等不及了？只顾吃，干脆点头。月丫说放了暑假，要你到她家去玩儿。这等好事，让我兴奋。但一想，又不对了，小月不是一家之主。我把满嘴嚼碎的红薯片吞进肚里，翘着嘴巴说，哥，我才不去，又不是姨娭毑邀我去。哥反应快，连忙说，是姨娭毑叫你去。好，这还差不多。娭毑瘪嘴地笑，人细，架子还不小呢。

哥笑我，文伢，你这样喜欢上山，干脆住在姨娭毑家算了。哥，你巴不得我去吧，妨碍你拉二胡？这下，我也毫不客气地戳哥的痛处。不是，姨娭毑想招你为孙婿。哥这样说，有他的道理，他找女人这么难，想我早点落定。想起姨娭毑和小月对我这么好，吓了一跳，说，不行。可心里想，到那时，希望她们搬下山跟我住一起，省了未来像哥一样平凡上山的麻烦。这个想法，不能对哥说。哥，姨娭毑即使有这样的想法，还得要问娭毑舍不舍得啊。哥晓得娭毑喜好我，几乎成了她的心肝。这一带，万不得已，谁愿让自己的儿孙倒嫁给女家？连拜过干娘，还要看里子再看面子。哥无话，转身离去。

长了几岁，我不会像上次那样，住几天慌着下山。心想，长住就长住，住惯了哪里都一样，再说和小月在一起的日子快乐。

等上半个月，暑假到了。在家正愁暑假作业，去了小月家，还怕完不成？小月小我半岁，跳级读了初二。这样一想，心花怒放。上次小月给我捎来山货，不能空手去，礼尚往来，给一点什么呢？思来想去，能吃的，全被我吃完。小月不是爱书吗？送她两本用线串起来的旧书《老残游记》和《芥子画谱》，说不定她喜欢。可不能让哥知道，这书是爷爷遗留下的三本，哥藏如宝贝。哥没事时，也读点《聊斋志异》等，这辈子他放不下书。只是这几年，随着他的年龄增大，退婚的女人多了，兴趣转移到拉二胡了。有时也戏他，哥，拉什么二胡，婚姻无绝人之路，多翻翻《聊斋志异》，心诚则灵，说不定，神啦仙啦，美人如天女嫦娥，下嫁于你。前段时间，哥整晚整晚拉二胡，没有时间顾及。这段哥拉二胡的时间不长，拉半个小时。看来，哥对婚姻没有完全绝望可能是晓霞山这一带给他的希望。

外公恰巧来我家和娭毑商量。晓霞山有一家，经姨娭毑热心牵线，口头同意了解。我同外公一路上山，临走时，娭毑把白砂糖分了两份，一份给了外公，一份让我捎给姨娭毑。我连同两本旧书，一并塞进黄色的军用书包里。

进了小茅草房，看到小月，我一脸的惊艳，女大十八变。她个子比姨娣驰高半个头，辫子乌黑齐腰，脸蛋白多了稍显红润，胸脯微鼓蓬勃发育，屁股长圆几许，显得厚了宽了。想到娣驰说过女人屁股大会生孩，我有些自豪，哥看过的妹子，没一个比小月好看。哥还在茫茫人海中寻找，可我已经看到了希望。不知怎的，心里涌出一丝说不出的甜蜜。小月向我浅浅一笑，小表哥吃了糖？这个心思，不能透给小月。小月看我快乐又羞涩，说，坐啊，我去泡茶。小月欢快地旋进厨房，我一直望着小月倩丽的背影直到消失，才记得，自己还带来的一些东西。那份白砂糖交给姨娣驰。姨娣驰说了一些感谢娣驰的客道话，尔后，和外公聊我哥的事。毕竟哥的婚姻是大事，走近细听。女家，姓周，印子山水库尾的，也是书香之后。哥不也有目标了？责怪自己，和哥比什么？还胡思乱想。姨娣驰比外公上心，外公的茶没喝完，她焦急地拿起那份白砂糖往外走。外公眼快，忙拿出自己的那份，说，老妹，用我的吧。亲家母给你的，是她的一份心意，收下，收下。不行，孩子事，天大的事。姨娣驰这样说，外公不坚持，说那就添上我这份。姨娣驰停下，也不客气，将两份合一，找了一张大红纸对折，包成大纸包。外公看着这份重礼说，老妹，这就大气了。呵呵，姐夫，你外孙家拿得出紧俏物资，又如此大方，有脸面的人家。怪不得周家说，齐家的家风不错。两人相互一笑，稳操胜券。姨娣驰便带外公去了女方家。

小月笑含羞意走近我，疑惑地问，怎么没看到你上山砍柴了？小月没叫我小哥哥，还有点不习惯。

我要上学，哥不让。

哦，大表哥不让你分散精力，他明白读书的重要。

297

想说，哥是不到黄河心不死的人，自己没机会，就把心思放在我身上，可他看错了对象。不能和小月说这些，会使她轻看自己。

我把两本书掏出来，放到小月手中，她轻轻地摩挲书面，惊喜地说，给我的？是啊，送你的。这个我喜欢。小月你喜爱就好。她翻了一本，说，这是《芥子画谱》，初学画，实用。她轻拍了一下自己的头，哦，我们前峰有个武石，也是个画家。小月无意说出，在我看来是炫耀，惹得我心里不舒服，问她，那个姓武的比齐白石画得好吗？不能比，他画桥画山水，他有他的长处。心想，不在一个档次，来显摆啥？小月瞟了我一眼，怔了一下，细声问我，齐白石是你爷吗？不是。那是曾祖？不是，本族的邻居。我故意把声音说得很大，生怕她不听见，心想，我才不像你，拿了虎皮作大旗。小表哥近水楼台先得月呀，画画一定不错啊？我惊了下，小月第一次唤我小表哥。小表哥，好，是亲戚又是她兄。可她的提问不爽，好似一股风吹去。不客气地直说，我没学画。哦，小表哥没学就有点可惜了。听小月一声惋惜，又气从心中来，想回她一句，学不学关你什么事？忍住了。小月苦笑一下，转而翻另一本书，又一声惊喜，喏，《老残游记》？舅舅家书架上有这本书，与《聊斋志异》放在一块。我只看过《聊斋志异》，净是鬼呀仙的故事，看得人心惊肉跳、毛骨悚然，不过那些凄美的爱情故事又让人怜悯和同情。心一下吊起，小月怎么和我哥一样喜欢鬼故事？庆幸没拿那本书，要不然，我后悔死了。小月抬头望我一眼，看我表情异样，停顿一下，转而又说，舅舅家里藏书很多，一橱一橱的，全是书，上万本。我的心才落下。小月叹声，唉，可惜了，后来书籍全抄走，迄今我没看过这本书，今如愿以偿，谢谢小表哥。

你舅舅是谁？张平子啊，《大公报》的主编。主编与我有什么关系，不想打听，随便问问。不过，我不想把这种不屑显山露水，我还有事求她。

想到这，记起带来了两本作业本。心想小月知识丰富，对这些作业，不过三下五除二。从布袋子掏出来，放到小月的面前，渴望地看着她。小月笑笑，看出我的心思，说自己做吧，不要依赖，不会的再问，行吧，小表哥。心凉了一截，愣了半天。一想，只能这样，小月能教，就算不错了。

小月教了半天的数学，就让我单独完成。对二次方程的解法，老是学不会。小月演示三次后，我试着去做，动笔就解错了。烦躁起来想放弃，改做语文，又怕小月说我。故意搔着头皮，无计可施，一副痛苦状，傻傻地盯着小月看，说，小月，我没办法了，你不是说，不会的，你来教吧。小月看了纸上的题目一眼，叹了一声，实在无奈，看我脑子不开窍，也不好骂，只好说，换语文作业啵，数学明天再教你。好，我羞愧难当，心知小月也无奈。从书包里抽出语文作业本，打开头版，第一题是汉字注拼音。我将"谢"念成了"射"，"耄耋"读成"毛至"。小月扑哧一笑，看我愧得脸红，立即把嘴捂紧。尴尬后又自我宽慰，说，小表哥，你就是没走出去，所以方言这么浓重。不是方言的问题，是音读错了，读字不能念一边，我马上纠正。小月轻轻地点了头，对，譬如"耄耋"应读"冒迭"，不能读成"毛至"。小月，我知道了，这两个字读"冒迭"，小月点了头。将弄不懂这两个字的字义，又问小月。小表哥，你看耄耋上头是不是有个"老"字。对，没错。你就得联想与年龄有关，专指老年人，年龄八九十岁……哦，打了自己的后脑勺儿，蠢得死，读音、字义，要小月点醒。启发式的教学，对我来说，醍醐灌顶。小月，你娭毑是耄耋老人。我斜觑小月，她不但不生气，反而叫好。对，贴切无误，就要这么用。

小月的表扬，给我带来了兴趣。又学了几个字。肚子咕咕叫了，没心学了，手托着脑袋，无精打采望着外面。

日影慵懒地爬上了阶基，晌午时分了。姨娭毑和外公没回来，看来女方有意，留他们吃中饭。姨娭毑不回来，没人弄饭。我不怨姨娭毑，哥的希望在于她的奔忙。想哥拉二胡那种无助和绝望，又替哥着急。只要想起哥的二胡声，我就不记得饿了。

小月起身，进了厨房，系起满是补丁的黑色围兜，挽起了衣袖，像小媳妇一样，到了灶台刷锅淘米，又到灶口弯腰生火。小月你能做饭？我连灶火都不会烧。看小月忙不过来，过意不去，收好作业本，跑到灶后。死命地添柴，塞得灶膛挤满了柴块，黑烟滚滚，熏得我睁不开眼。小月放下切丝瓜的菜刀，看我黑鼻子黑脸的，哈哈地笑，小表哥，你成黑炭了。我爱干净忙擦了擦脸。小表哥，锅尖没火，小月又喊。我看了看冒烟的灶口，束手无策。小月望着我，急喊，小表哥，快抽出几块柴。照小月的吩咐，灶心一空，轰的一下燃烧，火旺起来。哦，原来小月经验足。我学会了烧灶火，说不出有多快乐。小月看我傻得可爱，咪咪地笑。她又从水缸捞出两条丝瓜，刨了青皮。我踮起脚，头一伸，看小月的忙活，惊得目瞪口呆。小月利索，一会儿砧板上响起"啵哆啵哆"切菜声，频率极快，刀工不错，丝瓜片片均匀。看来，担心小月不会弄饭是多余的，她不但熟悉厨艺还炉火纯青。经她的手，一份红烧丝瓜出了锅。又炒了一个青葱煎蛋，蛋如饼，圆且大，又黄又薄又香。米饭开始喷香，我闻到清新的饭香了，胃的亢奋不能自持。心想，有了小月，今生我就不会挨饿。想起哥为婚姻之事愁苦时，我就有一种幸福感在眼前晃动。小月放下锅铲，从水缸舀了一盆清水，叫我去洗手，喊了几声，我还沉醉于美好想象之中。小月笑我，黑炭怕丑，不出来了？我恍了下，傻笑，露出唯一的白牙，说，小月，再丑也要见小媳妇。小表哥，你说谁是丑媳妇？你啊，小月。不对，我是婆婆，只有丑媳妇见公婆的说法。我无话可说，只好傻笑，从灶后走出，低头在清水前照了照，黑乎乎的脸蛋窑炭一般，只有两眼珠在动。我对着水影骂一句，去你妈的，掌击水影，嗍一声，水珠四溅。小月抹抹脸上刚溅落的水珠，说，别闹，小表哥，快洗脸。洗了半天，才回饭桌上。小月早给我盛了一碗米饭，看了一下，小炉锅里没剩多少。只见小月取下头顶上的饭篓子（早上，姨娭毑煮的），盛了一碗红薯拌玉米的杂粮。发现其中奥秘，怔了下。小月坐在凳子上，把荷包蛋的菜碗推到我的面前。没讲客气，筷子往碗里一伸叉了大半块。小月看着我狼吞虎咽，一脸欢快。小月，好吃，你吃啊。小表哥，我不喜欢。人家生性忌口，我也不好执意。又毫不客气，将余下的一小块蛋也塞入嘴里。那刻，无意瞟到小月瞅着我，眼睛发直，嘴唇嚅动，吞咽口水，像那次她看到月亮想南瓜粑粑同样渴望的情形。鼻子一酸，一种暖暖的感觉在心头回旋。我后悔，可是已经吞到肚子里了。

在小月家的第三天，外公带哥上山了。进屋，哥跟姨娭毑打一声招呼，然后又腼腆地跟姨娭毑去水库尾相亲。我望着哥，走路勾着头无精打采恨铁不成钢的样子。替哥担心，目送为哥打气。哥，你不能失去信心，有一线希望，就要奋不顾身。隔着火坑，哪怕炙伤腿脚也要往前冲。隔着铁刺石墙，扎得血肉横飞，也要越墙而逾。小月追了上来，拽着我的手说，小表哥，我看不必多虑，大表哥相亲，到时他自会把握。心想，小月说得在理。不敢作声，转身，向小月傻傻地笑。

哥相亲回到小茅屋，脚步响亮，惊扰了坪前玩耍的我和小月。我惊艳哥神清气爽，挺身昂首，满面笑容。真让小月这丫头说对了。

受了哥的感染，心里荡漾着春风，戏哥，怎么不带二胡来？哥明白我有意打笑，不说话，面显羞色，不过，一丝甜美，如隐在深山的溪，缓缓地在哥的心里流淌。小月看着我们，懵懂，不知兄弟俩唱的是哪出戏？

小月好奇，把我拉到一棵桂花树下，问我，大表哥还会拉胡琴？会拉啊，不过，只晓得拉些低沉、孤寂、凄怆的曲子。今天，心情欢悦，哥就不会拉那破二胡了。哦，原来是这样的。小月久久地陷入了沉思，悟出我家的成分，同情哥的处境，有点惺惺相惜。

唉，小月又感叹，大表哥是有情怀的文艺人，若周玲嫁你哥，是她的福气。我恍了一下，听小月的口气，这破二胡我还得学。小月说，周玲不同其他妹子，家有读书渊源，父亲酷爱花鼓，从小浸染，当然欣喜大表哥这样的文艺情怀。小月说得对，不然，周玲不会冒这份险，应下这门亲。小月凝视，我说错了吗？没错，心想小月把所有的都悟透了。小月好像被我哥那份情怀感动，对二胡情有独钟，又追问我，假如，你学会了拉二胡，拉什么调子？小月，我喜欢拉明快的、激情的、欢欣的、喜庆的调子。

好，我爱听，到时，给我拉一拉，小表哥。

哥和外公辞了姨娭毑下了山。我没跟他们回去，住习惯了，愿意在山上。

小月带我去风车坳，走到底下，仰望高坡：薄雾萦绕，氤氲着郁郁葱葱的绿，或隐或现；清脆的鸟鸣声，穿梭在稀薄的云雾间，悠扬婉转；山溪在脚下，潺潺地低吟。风车坳净是竹子和杂木如枞、栎、榛、栗、茶树等，大树稀少，千万条枝梢潇洒地在空中恣意伸展，无数蝴蝶驻足树梢，在风中翩翩起舞。走过一片杂木林，绿叶扶疏。见到一大片桃林，树不高，长得古怪，盘枝凸突，骨节上涌出棕色乳状的桃油，亮亮晶晶，软软绵绵。叶子苍老，显点蜡黄。垂坠下的桃子又红又大，仰头，喜得跳起，嘴边流着口水。可小月提醒我，水库尾周家的，要我别动。我哪会听她的？一跃，攀上树丫，摘着熟透了的桃子往下丢。小哥，没经人家同意，摘人家的桃子，是贼啊。我反感小月，真不会说话，这算什么偷。桃子属于山里的，长在山坡上，晒太阳，吃露水。小月不跟我辩驳，认为我强词夺理，只顾焦急地仰着头，踮起了脚，小表哥，快下来啊，尝一两个就可以了，我求你。我把小月的话当耳边风，不停地摘桃子，一树快被我摘完。小表哥，人家看见，会告状的，姨妈不会饶我。小表哥，我们山里的小孩是不摘人家的桃李杏的。我哪信她。小月催得越急，我越摘得更来兴，无数的桃子如雨点般打在小月的头上、身上。小月，你快点捡。小月又急又慌，看着地上，落满一地，这么多桃子，你看我怎么得了啊？我没顾及小月的忏悔，瞄了低端枝上一眼，没桃子了，又爬向高处，拴住枝丫，可那枝梢小而细，托不起身重，闪动起来。啪嗒一声脆响，树枝拦腰一断，继而又嗵的一声，我重重掉在地上。树虽不高，但这样坠下，不说没命，血肉模糊、脱臼肯定免不了。奇怪，摔下，背朝地，不痛，反而舒服，摆动两手和伸展两脚感觉无碍，摸了一下肚皮没有红色黏腻的液体。解不通，怎么会掉在一块弹性十足的软被子上？两坨柔软的小东西，垫着在背上。误以为是两个桃子，想了下，桃子虽圆，可硬梆，别说柔软，反手一抓，抓着圆圆的一团，软滑如海绵，富有弹性。翻身一看，抓着的是小月的胸部。眼睛目痴，手慌乱缩回，一直颤抖不停。突如其来的犯傻，惊吓了小月，她使劲挣脱，压在上面太重，身子只能轻微地颤了一下。吓得她的手在我颈上、肘上乱擂。不痛，痒兮兮的，不是打，是在挠痒。我的心跳跳的，一股热浪在身体内翻腾、绞动、奔涌如滔滔的洪水，挟带贪婪和冲动，正像一部刹车失灵的汽车，无法阻挡。脑子没意识，浑浑噩噩，当闻到小月身上的山花香，那种气息使我心跳急促，喘着粗气，胡乱凑在她的嘴上啃了一口，一种温润又甜蜜的感觉。小月桃红般的脸娇涩，湿湿的泪水如梨花带雨。我想吻二次，没有吻到，小月把头别开了。瞬间，小月闭着眼，好像累着，一动也不动了……

当小月爬了起来，我清醒了，知道自己犯了错。这个错犯得吓人，这是典型的流氓行为，若小月因这事，不喜欢我了，怎么办啊？想着哥拉二胡的情景，天快要塌下来了，脑子一片空白。

小月，我不是故意的。想求她原谅。

小月脸红红的，不说话，眼睛木呆着，滚下一滴又一滴的泪水。许久后，小月说，我不怪你哩。悬着的心落了地，但一想，不相信小月说的是心里话。

小月，以后，我不敢了。

小月含着嘴唇，低头，漫不经心地捏着自己的手指。

小月看地上一片红色的桃子，转了几转，又嘤嘤地哭，泪眼婆娑。

我又一次慌了神，看来小月还是不肯原谅。没心情捡起地上的桃子。

小月，我该死，真该死！

小月对我的悔恨，没感觉，蹲在地上，揉了揉红肿的眼睛，说，怎么办，怎么办啊？摘了人家这么多桃子。

哎呀，原来为这事，吓死我了。一下子，心情轻松了许多，只要不是那事，问题都不大，最坏大不了挨一顿臭骂。

脱下汗味十足的上衣，把地上的桃子包起来，想带回家，慢慢品尝。看她一脸焦急又恐慌的样子，没叫小月脱衣兜桃。回来时，失落地跟在我后面，一路，小月很紧张，不停埋怨，你看你看我怎么脱得了干系啊。这是周玲家的，她家家风好，她爹看不起偷偷摸摸的人。这下知道我偷他家的桃，会把我看扁。提到周玲家，瞬间，我恐惧了，周家知道是大武的弟偷的，从小窥大，品性不好，家教有问题，一旦认起真来就会把婚退了，不是害我哥一辈子吗？愈想愈害怕，急得团团转，想来想去只能求姨娭馳。

进门，战战兢兢地向姨娭馳坦白，并将桃子放到她的面前，等她狠剋。可姨娭馳摸着我的头，说，没事，小孩子，谁不爱吃？放心，桃子主人知书达理，会原谅的。我还是担心，想想，十四岁了，半个男子汉，应明事理，凭这点人家就不会原谅。姨娭看了我一眼，了解我的顾虑，你不住山里，事先不知，错把他家当作姨娭馳家。心想，这样讲，还说得过去。我压在胸口的石头落地了，紧绷的心一下松弛，说，姨娭馳，我再也不偷桃了。知错就改，就是好的。我转身往外想跑。姨娭馳笑了笑，小文，快把桃子拿走，到时，我来给钱。回转身，弯腰，抓起衣上的桃子，挑一个咬一口，啵哆啵哆嚼起来。看着跟来的小月，脸羞红如熟透的桃子，表情轻松，慢腾腾地往里走。这时，我觉得不是啃桃子，是啃小月，嚼碎的是小月红透的脸，每一口都脆，每一口都甜蜜。

八

山外的人家，逐渐烧起了煤，我家也用上了蜂煤。拖柴的山路，已望不到砍柴的人影。怀念上山砍柴的日子。常常想，要是我家不烧煤多好啊，又可以上山砍柴，到时，放了暑假，我能单独地用土车拖柴。

哥不上山砍柴，反而往晓霞山走得更勤。自从与周玲定亲后，一月四五趟，有时，三天一趟。每次哥回来，如沐春光似的，脸上总开着灿烂的山花。我想，哥的婚姻终于开花了。缠住哥，侧面打听。哥一下看出我的小心思，摸摸我的头，笑笑，放心，姨娭毑家好，月丫不错，听说她这次考取了县一中。我搓搓手，说，哥，小月真行。公社中学里每年只能考取一两个，有的年份还吃鸡蛋。对，月丫是读书的料，将有出息。哥比我会说话，我对哥呵呵地笑。想起哥读书的事，心里紧张起来，小月也面临我家同样的问题，哥，不会大队长一句让小月上不了一中吧？哥被我惊吓，轻怔一下，一年遭蛇咬，十年怕井绳。随即，哥稳了一下神，又淡淡地笑，放心，那个情况不会出现了，你想想，过去了多少年，再说，山冲的人，崇尚文化。哥，那太好了，我激动得拍手跳起来。

晚上，想起小月曾对我说过的话，她以后要听我拉的曲子，学二胡有些紧迫感。进哥的房子，从床头找到柜子，没见哥那把二胡。自从周玲成了哥的对象，没见哥在家拉过二胡。听说周玲爹饱读经书，又喜花鼓，自从得了拉琴的准婿，只要哥跨进他家的门，喉咙就痒，嚷嚷要来一段，老的唱少的拉，岳婿两人合拍，不走调，趣味相融。我猜，哥为了便于拉琴就干脆把二胡放在了周家。我怨哥，女的还没过门，心思全跑别家去了。但琢磨，没亲眼看哥把二胡放在周家，说不准，哥把二胡藏起来。哥，我想学二胡。哥瞪了我一眼，这东西不好学，再向他哀求，一阵呵斥，去去，别三心二意，专心读书。哥很狠，断掉了我这个念想。

过了七天，哥又上了山。回家对娭毑说，月丫拿到了录取通知单。我拍着手，左右摇摆，身子蹦了起来，一路叫喊，小月读重点高中啰。哥得意地叫住我，说，你看看哥有几把刷子吧？有，有，哥，你是一个大预言家。回头，走到哥面前。夸着哥，他心情好，有点忘乎所以。哥，我跟你去倒茶水。哥像个功臣似的，说，好。倒了茶，端给哥时，他端坐在竹凳上，跷起二郎腿，心安理得。娭毑看我待哥那般殷勤，笑眯眯的，说，月丫会读书，连细孙都高兴坏了。我羞得不好意思，马上跑到娭毑面前，嗲声嗲气，娭毑，你该给小月奖点东西嗟，这对小月是多大鼓励呢？好，好。娭毑喜欢读书人，想着未来的细孙媳知书达理，乐得合不了嘴。哥顿了下，说，娭毑，等三年后，月丫考取大学再送吧。不知哥有意阻拦，还是我亲近娭毑冷淡了他，有意跟我过不去。明摆着，三年变数大，等到小月高考，政审能否过关？还是个未知数，审核权不在公社，在县上和大学的学校。这样想，我更恨哥，这等好事还提出异议，赌气离开。娭毑看我闷声不乐，一把抓住，将我搂在怀中，说，送，送，按细孙的意思。娭毑大方，托姑父，弄来了几尺布票，花了一些积蓄，在供销社扯了灯芯绒上等布料。算哥还有点良心，捎上山，给小月时，说，月丫，是弟和姨娭毑托我捎给你的。小月欢喜地说，谢谢大表哥小表哥和姨娭毑。小月接了布料摸了又摸，手感滑润又细腻，尔后，将布料抖开，披在身上，转了几圈，欢喜地说，太漂亮了，真想不到，我也能穿上灯芯绒的衣服啊！哥绘声绘色地给我讲，我心中充满喜悦，像那件漂亮的衣服穿在我身上。

过了一年，又知小月期考全班第一，得了学校的一张大奖状。恰好，这年全国恢复了高考。哥把这喜讯告诉我，还叹了一声，我就没你和小月这般幸运，撞到好时机。哥，以后上大学，不要大队公社推荐了。对，凭高考的分数从上到下录取。这下好了，谁也不可能阻碍小月。心想，凭小月的学习势头，读大学指日可待。向哥笑笑说，哥要早五年，你也是个大学生。哥说，不行，我三十一了。

高考政策要早十年，还来得及。我会重回学校复习，参加高考。所以，弟，你要加油。我知自己书底不足，没把握，但在哥面前不能让他失去对我的期望，哥有你的鼓励，我会努力。我想哥往周家走得差不多。姨馳也说，明年将哥的婚事办了。哥，你不急，等你结婚，我有了侄儿，将来也可上大学。对，对，弟你说得好，到那时，孩子上大学机会更多。哥笑得似孩子，天真无邪。

十

　　一九七八年，腊月二十三日，是哥结婚的喜庆。

　　我家喜庆的气氛浓烈。为哥这场婚事全家准备了好几年。

　　去年，打好了新床、新衣柜、新梳妆台，闻着清新，瞧着红亮又淌光，全土漆的，一股新鲜的感觉。这上好的木材，全是小月家无偿赠送。当时，没木料，姨馳想去晓霞山林场批几角木材。托姑父找区委任书记。任书记，拿笔批条时，顿了下，问这孩子的爹叫啥？齐吴财。姑父人直，随口不经考虑，可能认为政策大变，不揪帽子。哪晓得任书记老观义，眼睛一瞪，板着脸，笔一丢，说，这不是富农吗？乱弹琴！姑父擦了一鼻子灰，一声不吭，退了出来，后悔不迭。姨馳抱不平，说批不批与成分有什么关系？有什么了不起，姓任的不批，我家有，大武，过两个月上山来拖木材。姨馳将屋前屋后长成了碗口粗的杉树和樟树全砍伐了。

　　新娘布料、上亲衣料所用的布票，新郎出客的新衣服，上个月姨馳精心筹备完。姑父退休，无能为力，从亲朋好友挪借，布票聚拢来用在哥的喜事上。姨馳跑了无数趟供销社，每次捎数颗喜糖给女营业员，说大孙大喜。一副欢乐的笑脸感染了女营业员，一来

308

二往，感情慢慢拉近，有意漏出一些商店秘密，经理手里有机动布票。娭馳软磨硬泡，笑脸相迎，从经理手里挤出七八尺布票。这使娭馳每天一脸春风，围绕着我家请的男裁缝，高高兴兴地转来转去。娭馳拿出哥的旧样衣，让男裁缝量胸围和袖长。我嫉妒哥也想做一件新衣，一直穿哥的旧衣，补丁叠补丁，但不好明要，凑上前，眼睛一直盯着自己的旧衣，不紧不慢地说，娭馳，哥大喜，要不要我去迎接嫂子？当然要，细孙不去，谁有资格？娭馳，这般喜庆，我去穿得烂烂落落的会不会丢我哥的面子？不会。随哦哟一声，娭馳发现我的眼光所在，你这小家伙，跟娭馳也玩儿起了小聪明，嗔怪道：急么子，娭馳早为你准备了。心喜，上前与娭馳扶肩搭背，口里夸道，只有娭馳疼我。细孙，别闹，娭馳甩开我的手臂，马上从一堆布料中拿出一份灰色的那块，说，瞧你急的，快量量身材。我打了响指，把两只手臂朝天伸直，让男裁缝用皮尺量我的胸围，裁缝几年没量过我的身围，感觉现在的补丁衣都是暖的。皮尺围得身上痒痒的，我嘻嘻地笑，发自内心的一种喜悦。

随着哥的喜日一天天临近，席面用的食材陆续地向我家汇集。我家添了两只大白鹅，红头，羽毛如雪。外流一年的爹，一周前带回来的。我们这带很少养鹅，米谷糠食喂得多，养不起，没有余粮，饭还呷不饱。几天来，细伢子追着这对鹅跑，天真无邪的童语和笑声，飘向池塘、水坝、沟渠和水田。一个细伢说，这是大鸭。另一个细伢嘴巴上挂着两根白面条的鼻涕，翘着嘴，说不对，是鹅。又唱起：鹅，鹅，鹅，曲项向天歌，白毛浮绿水，红掌拨清波。还一个细伢子朝鹅丢一粒石子，惊得低飞，飞四五米，落入池中。天鹅，你看看，能飞起的都是天鹅。那个细伢子使劲一吸，嘶的一声，嘴边两根面条缩进鼻孔，说，错了，天鹅能飞上云天，它不能，仅飞半人高。

三个细伢子在吵，围绕大鸭、鹅、天鹅争论不休，几乎扯皮骂娘交手。大人不去平息，捕捉这热闹，有趣。鹅是珍肴，肉质肥厚，姜炒、辣煮和清炖无论哪种弄法，吃起来都细嫩又有一番嚼劲还带份清香，想想这美味，无不羡慕。五七干校的娘请了假，捎回了干菌和白粉丝。这货是外地的特产，一般乡里人家买不到。哥又从小月家带回金黄金黄的黄花菜和烟熏的干笋，干货一小纸包不足为奇，备十几桌的一般人家拿不出，可姨娭毑一年前已备好了。

　　按照黄道吉日，遵礼节。亲戚、朋友、没出五服的本家及生产队每家每户，提前半个月送去请柬，于十二月二十二日晚吃陪媒酒，二十三中午吃喜酒。陪媒酒是正席，主客为介绍人也就男女媒人。主家敬媒人的酒，显示敬意，感谢媒人成就自己儿子的喜事。风俗少不了闹媒，主家不会阻挡。吵起媒人来，不分男女和年龄大小，都可闹，愈闹得凶，新人今后愈顺意吉祥。

　　生产队每家的陪媒酒我都去，人小就跪在桌上，担心荤菜被人抢吃，又怕那有趣的一幕在眼前溜过。搛着菜，眼睛不忘瞟向媒人。不知谁下手最快，偷偷地取来锅末烟，趁小白脸女媒人不备，涂了一脸的黑灰，小孩停了搛菜，一齐喊：黑包公，来了个黑包公。忍不住，想体验那味儿，溜下桌颠去厨房，来到灶口，被烧火的老头一把捉住，说，文伢，你没半人高，莫去凑热闹，被女媒婆一手搂住，抹你过黑脸黑鼻子的，难洗难擦，又苦了你娭毑，去，去吃席。我很犟，偏不信，从他腋缝中钻出，弯腰，从锅底刮下黑烟末，跑到桌面，伸手往女媒人脸上涂抹，不料她早有防备，反抓我的手，往我脸上涂，笑着说，屁屁虫，还吵媒呢。口含菜的细伢子笑得欢，朝我幸灾乐祸，像青蛙，咽咽地叫，嘿嘿，来了小关公，小关公啊。想自己变成了小黑鬼，委屈得要哭，不是想起娭毑告诫，到人家吃喜酒，不能哭。用牙齿死劲地咬住嘴巴，懊丧地爬上桌。品酒的男人，瞅瞅我，笑翻了天，喷出一桌面的毛毛雨，喜庆的空气中弥漫一屋的酒香。不等笑浪声止，吵男媒人的行动在无声无息中悄然进行，有人从队上会计家拿来印泥，用手指按了几下，不等男媒人反应，帮手一把按住男媒人的头，在粗犷的脸上，急快地点数下，打了红印，很滑稽，像化了妆的跳梁小丑。小孩子拍手，又在桌面罅里啪啦地敲打筷子，笑声嚎叫声喧嚣不绝，女丫环，女丫环。桌面上的人，又轰然一笑。没弄到印泥不要紧，有红纸也行，蘸一下水，往脸上一抹，红彤彤的，大红花脸。

今天，我家的陪媒酒，外公是男方的媒人，姨娭毑是女方的媒人。外公姨娭毑坐头桌，娭毑来敬外公和姨娭毑的酒，父亲和哥也敬了一轮。众客起哄，端着酒杯往头桌蜂拥而至。表兄和堂哥们蠢蠢欲动，眼睛相互示意，想拿出他们的看家本领，将这场吵媒喧嚣气氛无限高涨，吵出花样翻新，吵出十里八乡皆闻。想我从小喜欢闹媒，打上我的主意，表兄拿印泥和一包锅末烟撺我前去闹媒，给外公打红给姨娭毑打黑，玩儿个炸点，笑翻一片，闹过兴高采烈。小月踮起脚看姨娭毑接了一盏又一盏敬来的酒，豪爽地喝，有点半推半就，招架不住，毕竟八十岁了。当小月发现堂兄出馊主意时，揪紧着心朝我注视，生怕我一时兴起。我大了，没这么蠢，心想，要闹，你们闹去。一溜，调头往后转，碰上了小月甜蜜般的笑脸，牵着她就往外头跑。

出大堂屋，撞见两个伙伴，陪媒酒吃完了，肚子滚圆嘴巴流油，是十年前骂得最歹毒的伙伴。队上惯例，不管谁家的喜宴，男女劳力请来帮忙，跑堂、切菜、洗碗、打盘等。小孩和老人，请去吃几餐热闹酒席。这两个大小伙子不会落单，还最积极。

一周前，他们等不及，蠢蠢欲动。办酒席的鱼、肉、鸡、牛肉等，贫困日子难办。至于一些作料，如姜、蒜、红米和八角。娭毑在赶集时慢慢地备好了。那年月，猪肉紧张，一年四季的红锅子（不放油），大人小孩都盼着赶席面，闻一下奢侈的肉香和肚子进两三点油星，能饱腹半个月。他们每天光临我家厨房一次，在灶台和旧碗柜边，伸出脖子如长颈鹿，转转，看看，没看到切菜和配菜的案板，心里凉透了。文伢，你家的肉呢？过两天就到，二十斤。这数目让他们狂喜。呀，这么多！次日，又来了。文伢，你家杀鸡了？我有点自豪，夸大了一些，说，杀十只鸡，十只鸭，五只鹅。文伢，我们只看到你家有一只鹅呀。没错，今晚又会有亲戚送来四只。哦，还有四只鹅啊！得意把谎扯得圆溜。我的天啊！大席面，你哥结婚将是我们队最热闹最排场的一次。第五天，小半块肉摆在我家的案板上，切案是卸下洗得干净的一块门板。五斤肉摆在切案上，也够我惊大了嘴，出生来没见过这么多肉，两个月前娭毑托人找肉食站弄来的肉票。他们看一眼，喜得跳起来，嗬，嗬，这么多！文伢，啧啧啧。心想，等我和小月结婚，还有五年，每年增一斤肉，到时，有十二斤肉了。我对他们说这次用肉不多，二十斤。惊掉了他们的下巴，然后，他们问我，文伢，你你爹在哪里发大财啊？你哥结婚的肉比其他人家多四倍，拿我们来说，你可讨得三个堂客。我笑得很幸福把头仰天，又说，到我结婚时，杀一头肥猪。哇塞，太富有了。到时，都来喝我的喜酒……等我想象高涨时，他们偷偷地用手在那块肉上你捏一下，他蘸一下，手甲带出一点小肉末，抹一抹嘴巴，油星、肉点和口水一起吞下，在嘴边还要舔了舔，过把肉星瘾。

　　隔二天，我家请了对面易家垅的大厨。易厨子带两个徒子打下手。周围三四十里，算他厨艺顶尖，擅长将冬瓜制作成扣肉。虽我家买了五斤，还做不出两碗扣肉。二十桌啊，大宴席上不上扣肉又不行。我们这一带流行用冬瓜代扣肉。一打眼，瞧见蒸冬瓜刮了粗皮，切成长条形的小瓣，轻刀刻成一块又一块，薄皮相连，酱油抹上去，洒几点油星，真像扣肉胚。有了扣肉，就有主菜，席面也就气派，媒人和喜酒主家都有脸面。

小月和姨娭毑早两天就来了。小月穿着红灯芯的罩衣，红绒绒的像娇艳的新娘，逗眼。我欢快地跟在她后面，屁颠屁颠地像只跟屁虫。那几个伙伴看到小月，眼睛发亮，像蝴蝶闻到花香飞来，腻腻的想粘上。这几个东西，也长大了，正在发育，喜欢看漂亮的妹子。我叱责他们，看什么看。呵呵，文伢，怪不得不和我们玩儿了，原来你有亲妹子了。挽着小月的手，往后转头，瞪他们一眼，大摇大摆走进自己的房间。

翌日，早饭后，姨娭毑吩咐小月剪花。小月坐在竹椅上，手巧，剪刀在折了纹印的红纸上如游走的鱼，摆动灵巧，游漂自如，一会儿旋出几朵浪花，化成桃花、蜡梅、兰竹；一会儿飞出一对喜鹊和凤凰，活灵活现，栩栩如生，大红喜字和窗花半上午就剪完。亲朋聚拢来欣赏小月的剪纸，见小月心灵手巧，娇艳妩媚，忍不住嬉笑，明天，老大结婚，还是老二结婚？异口同声说，两个啊。还给问话的冲一句，你的眼睛是不是揉了沙子，没看见啊？新娘穿得红通通的，脸蛋儿透红透红，那个醉样那个美样喜煞人。哈哈，嘻嘻。这打趣，小月脸颊晕红，两手捂眼，低着头不言语。我端来一盆米汤，荡来荡去，总算转到了外面左窗台前。看亲朋戏得小月又羞又窘，守着剪花，不知所措。就喊，小月，你把将剪好的窗花拿过来。小月就将纸花叠在一起，挤开笑闹的人群朝我走来。我又架了一把老旧的木梯，从小月手里取了一张纸花，爬了上去。亲朋不放过小月，又走过来，嬉笑，看看亲密得如鸳鸯，甜蜜一对儿。娭馳忙晕了头，碰到夸孙子和小月这幕乐坏了，插话不着边了，我家是两喜啊，老大结婚，老二订婚。大家轰然一笑，有人乐道，你们听听，我没猜错吧。娭馳拖着愉悦的长声，表弟，你，猜——对——了。对此，我愣了下，这事娭馳咋没和我打招呼？手肘顿了一下小月。小月不好意思，摇了摇头，才知娭馳讲的是场面话。娭馳看着姨娭馳笑着露出嗻牙的嘴唇，说，不信，你们问我老姐。对对，姨娭馳颠着小脚走来故意亮高了嗓音，是月丫订婚啊。噢呀，双喜临门。娭馳回头，贴近姨娭馳耳根，咬得像亲姐妹似的，老姐，到时，月丫来我家，还要早些准备。喏，老妹，尽心就行。老姐，放心，我会实打实地操办。娭馳还抓住不放，老姐，今天就跟你说定了。好，说定了，你亲家我姐夫也跟我说过，老妹，月丫能找像你这样的人家，是前世修来的福气。姨娭馳看我和小月亲密又融洽，答得爽快。姨娭馳答应了，虽没什么仪式，是场面上的话，也能让我心中流淌着蜜似的甜水。喂，小表哥，快点贴窗花。小月羞红脸，不忘提醒。在下面，她一手擎起剪花一手扶着木梯，一脸的紧张。我回过神来，一想，任务不小，墙壁上、门顶上、木格窗台都得贴。我幸福地涂抹米汤，小月绷紧了神经，打下手，仰头，看我贴端正。小月喊，不正，往左边来。我将窗花往左移一点。小表哥，往右来一点，我就往右边移一下。移了几次，不耐烦问小月，好了没？小月亮着声叫，好了，好了！我就马上松手。贴好，我朝下环顾，红红火火的，多喜庆！目光落在小月的脸上，此时小月笑得多愉快。我一激动，情不自禁地摆一下身子，木梯一闪。小月身体扑上来，一脚顶住梯脚，两手抱住木楼梯，脸色惨白。我不屑一顾，认为她杞人忧天。下梯子下到半个人高，嗖地一声，跃了下来。小月一颤，一脸惊悚。站在她面前，我呵呵一笑。见我完好无损，她抹了抹胸脯，轻松下来，嗔我一声：吓死我了。娒驰闻声过来，问小月，没事吗？小月对我的行为生气，说，姨娒驰，没事哩，不过小表哥他顽皮。小男子汉了，还不懂事，看我不收拾他，娒驰向我挥手想打，有人叫她拿东西，急急地离开了。我看了自己贴的喜联和窗花，红艳惹眼，不但小月的剪纸好，我也贴得周正，想想，心花怒放，是我俩配合默契的结果。不免有点乱想，我跟小月结婚，谁来贴窗花？是我哥还是我嫂？最好是他们俩。哥像我站在高高的梯子上，嫂子像小月把握好哥贴花的位置。嫂子细心地端详，哥尽心地贴……

　　哥踮着步子出来，打扰我美好的思绪，看着哥欣赏我和小月新贴的窗花，头朝天，欣喜若狂，傻里傻气地说，我真结婚了！

　　哥，你结婚了。我走近哥，呵呵地大笑。想明天也让小月和我一起去接新娘，感受那场面那气氛，可我不好明说。哥，接亲时，丢一个红包封，喊一声，门就会开吗？哥朗朗地唱起，会开，会开啊。哥，你跟嫂子讲好了没？放心，我跟你嫂子讲好了。哥，你是几时跟嫂子讲的？昨天啊。哥，你在哪里跟嫂子讲的？印子山水库尾，你嫂子家，你嫂子房里，你嫂子还不好意思，把脸扭到左边，又把脸别到右边，我急了，问你嫂子，你你怎么不说话，你嫂子的脸羞得像桃花……嗨，嗨。哥，后来，后来呢？哦呀，你这小东西，讨你哥的趣，看哥不打你。我跑得快，笑得更浪。想从哥身上了解一些东西，到时，让小月也羞红脸，用手捂一下脸，仅仅捂一下，再就把头低下挨近自己脚趾，偷偷地瞟一下我，说，我不晓得，我不晓得呀……多有情趣啊！我回头，哥没追我，又向哥笑，哥，明天是你的喜事，兄弟跟你乐啊，你还真打我？哥对我傻傻地笑，说弟，哥这不也是乐着，跟你玩玩儿。我也傻傻地回笑，搔着头皮，还是不能放过哥，我想，哥现在的快乐，就是我将来的快乐。哥，你想得太简单了。哥满是自信，简单不简单只要你嫂子愿意比什么都好。哥，要是嫂子的老姐老妹表哥表弟不同意呢？嫌丢的红包封少，或者不能就这样轻易让我们齐家把嫂子娶走，大妹培养不容易啊，人家一口饭一把屎一把尿养大，接新娘时不设些坎儿，使你娶时艰难，以后，让你懂珍惜嫂子。哥呵呵地笑，停了下。我以为哥会说，我会好好疼你嫂子，冬天给你嫂子暖脚，夏天给你嫂子打扇，捧在手上怕掉，含在口里怕化……可哥骂我，小屁孩，懂个屁！哥彻底击碎我对于一个男人对女人的疼爱的理解。这种理解，是一个青涩少年对女人朦胧渴望。哥真是傻不拉叽的。

转头想走，哥一把拉住我。弟，仔细琢磨，你说的也有道理。我得站住，不怪哥，他又怕丑，又想我和他一起分享幸福。弟，到时，我就多喊几次，多丢一些红包吧，热闹一些，让喜悦的气氛浓些，正合周家口味。哥，要是红包也丢了，还不开门呢？那我就拉二胡，周家喜欢听，岳父也喜欢听。哥右手轻巧抽弦，摆出一副拉琴的架势，一副成竹在胸的样子。我笑疼肚子，说，哥，你那调子拉出来，不吓跑嫂子才怪？还不如来个《贺郎》和《邀妹曲》。按山上的风俗，来个嘻嘻闹闹的开门红。哥傻傻地摸着头，想了一下，呵呵笑，对，弟提醒得好。哥，晓霞山的风俗，只有姨娭毑晓得。哥说，姨娭毑是长辈，长辈不能去接亲这是风俗，哦，弟，可叫月丫去，她也懂。好，哥，女方吵着要唱山歌，到时，小月还可以帮你。对对，弟，想起了月丫从小唱过童谣和山歌。弟，我也可以跟着哼一哼。哥的乐感和音质比我好，得益于这些年拉二胡。我暗笑一声，拍掌而喜，小月可跟我一路去迎亲啰。哥，你比弟聪明，所以娶到这么好的嫂子。哥来劲，自言自语地说，要办大事，事先要策划好。哥，你条理清晰，怪不得嫂子喜欢你。哥嘿嘿地笑，哪里，哪里，别打趣哥了。他挺了挺身，又像一个家长似的，发令施号，明天早上，我们要早点出发。好的，哥，你的喜事，我和小月都听你的。

接亲的人，包括小月，正好十个，双数。还没到水库管理所，周家的爆竹，噼里啪啦响彻山冲，在水库尾响，又在水库头响。爆竹硝烟青雾弥漫，到处喜气洋洋。

走到水库尾，水质清澈，微波荡漾。一缕又一缕的硝烟，稀稀薄薄在水面漂荡。哥沿石阶下到水面，水碧清如一面明镜。哥站在石挑上对自然的镜子，整衣理发。然后，对着水面，笑着发呆。我猜，哥一定想起周玲在石跳浣衣和对水梳妆的情形，周玲倩影如西施，美得哥心飞了起来，身体飘起来……在上面等了会儿，小月用手肘顶了我一下，时间不早了。

哥，你快上来吧，嫂子在等。哥恍了下，欢快地跑上来。小月递了所有的红包封给哥。哥拿着红包，手有点紧张。哥，别怕，一个红包不过两毛钱。我口气大，说得轻巧，财大气粗来自娭毑。娭毑打红包时，问了一声，娭毑，打一毛不行吗？娭毑笑，任何事可小气，这事不行，你哥人生中仅有一次，每个打两毛钱。细孙你结婚时，娭毑跟你打四毛钱。心想，二分钱一支果露冰，五分一支牛奶冰，果露冰能买二十支，牛奶冰能买八支，一手还抓不了，想着我和小月结婚时，红包比我哥大，出手比财主还豪气，想想未来的情景心里美死了。兴奋地拨开挤来的客人，贴着哥的耳边提醒，哥，进入大堂屋，就要塞红包了。弟，我晓得。不忘把一条大前门的烟和一袋糖果塞给哥，哥，多撒些烟和糖果，嫂子的宾客就会让一条路，让你高兴地过去。到了嫂子的门前，门缝再多塞些烟和糖果，就会少要些红包，人家抢喜糖和喜烟去了，没时间抢红包。弟，你真聪明。

哥接过烟和糖果后，兴奋得手臂有点颤抖，几颗糖掉在地上。心堵一下，无比慌张，今天，哥是怎么的了？不过，又想，等了十多年的老男人，逢上大喜，不兴奋才怪。

哥走前面，里三层外三层被亲戚朋友围上，伸手的、喊的、向前挤的闹成一锅甜蜜的粥。要喜烟和喜糖，讨个喜气是晓霞山这一带最流行的也最热闹的风俗。个个声音如炸雷似又脆又响，周玲的新姑爷，新喜气，讨过喜烟和喜糖……

周玲表妹踉踉跄跄从闺房出来，拍着大腿，喊着，这怎么得了？玲姐不见了。上花轿时新娘失踪，百年难遇。哥被电击了似的，头眩晕，晃了晃，身子往下坐，似踏空一脚。哥，没事吧？上前一把将哥托起。哥拍了几下头，清醒了，声音懦弱，没事。抢烟和糖的宾客，伸出的手僵在空中，眼睛惊讶，后又木呆。伴娘四下睃巡，说不可能啊，周玲刚才还在，穿上灯芯绒新妆，红红艳艳，又梳了俏头，抹了雪花膏，打扮漂亮。到底，她到哪里去了？沿着屋前的小路，碎步轻移，红影朝水库边走去。对，周玲，喜欢在水镜照面梳头。快到水库石跳边看看。周玲娘想稳住场面，说，等下吧，女儿是有事出去了。等了一上午，不见人。正午，还不见新娘。哥耷拉着头，坐在竹椅上，不停地搓手，沉不住气了，起身，来回地走动，额头的冷汗一滴接一滴往下滚。我安慰焦急不安的哥。哥，莫急，好人好福。周家打发一拨又一拨的人，到菜园、代销点寻了个遍，不见踪迹，尤其水库尾的石条上、堤上、柳树下，没见有鞋子，回来的人在周玲娘耳边嘀咕，顿时脸色惨白，晕厥过去，瘫在竹椅上，一阵子人事不省。

我家虽不远，十点要发亲，迟也不过十一点，想想，要抬衣柜、梳妆台，要担挑箱、围桶、脚盆、瓷器、几铺几盖的被子等嫁妆，路上费力还要小心，无疑耽误时间。一上一下的山路，打飞脚不会少于一小时。最迟十二点到家，拜堂成亲。晌午临近，接亲的人急得如热锅上的蚂蚁，你看他，他看你，最后看我，我也想不出好办法。

周玲爹抱了拳走到我们面前，拱手道歉。千年俗成，婚姻岂能儿戏？接亲的人不能接受,愤怒地质问。周玲爹低头不语，勾头赔罪。不行，我们不要你给说法，要新娘。我想前去找麻烦，小月一把拽住，说新亲戚，又你哥的喜事，别把事情闹僵。细想，小月说得对，假若周玲回来了，还有回旋的余地。周玲爹躬身长揖，成了一个罪人，女儿出走，他蒙在鼓里，丢尽了老颜面，又气又恼，斩钉截铁说，周玲回来，生，我绑给你们齐家;死，也埋进你们齐家孤茔野坟。话说到这步，虽义愤填膺，但我们不好起闹，个个摇头叹气，又灰头土脸。

哥扶周玲爹坐在椅子上泪流满面，爹，我不怪你，是我的家庭不好，不能怪周玲，谁都想上进。哥摇了摇头，彻底地放弃了。我同情哥，种田作土，打车修耙，拉琴唱调，哥哪样不行啊？世俗的东西，根深蒂固，无法从女孩心中摒弃。

哥抹着眼泪，苦笑了一下，全把龙门牌的香烟和糖果对着亲朋一抓一抓地撒，嫌慢，干脆又是一捧捧地撒完，发疯似的冲进周玲的房间，从墙壁上取了那把熟悉的二胡，往外飙。急坏了周家亲朋好友，几个身强力壮的表兄堂弟上前抱住哥，没搂住，哥像头疯牛左奔右突，势不可挡。我了解哥，他不会做蠢事，说，让我哥去吧。他想拉一下二胡。亲朋停住，木然地睁眼看着哥不要命地冲出去，我和小月离开鸦雀无声的人群。接亲的人悻悻地回去了。瞬间，周家屋里的场面冷清。怕哥想不开，我和小月一直跟在哥的后面。

哥跑到周家后面翠绿的山坡，坐在一棵郁绿的枞树下，拉起二胡。

我离哥两米远的地方停住，跑得喘了粗气。小月手捂心窝，在呼呼地出气，小脸蛋通红，像身上红灯芯绒一样。我以为哥会像阿炳一样，拉《二泉映月》，借那种调子的氛围，把心中的低沉、悲怆和绝望通通地释放出来。可我惊呆了，哥拉的是自然和明快的那种曲子。小月眼泡红肿，挺担心地对我说，大表哥拉《空山鸟语》，空山不见人，但闻人语响，深山幽谷，流溪潺潺，百鸟嘤啼，意境优美。唉，我长叹一声冷气，哥怎么生出这种心态？又见哥换了一曲《良宵》，更抒情，更清新，更欢快，怡然自得，与爱人共度，气氛吉庆，欢乐，喜悦。闻声，我的眼睛被泪水蒙眬，好像哥被一股玄风卷起，在空中飘飞，翻滚，又一下旋进一个窄小又深不见底的黑洞。

我恍惚，一直木呆。小月边哭边将我推醒。我一下坚强起来，紧紧地拉着小月冰凉的手，她扑进我的怀中号啕大哭，身子不停地颤动。才感觉自己是男子汉，轻轻拍着小月的后背，安抚她，还给她力量，默默地给她擦泪。小月梨花带雨，别有一番怜悯的娇艳。我凝望小月，心痛起来，叮嘱，小月不能哭啊，今天，是我哥的喜事，喜事不能见眼泪。知道，知道，小月抹着眼泪说，哎，小表哥，我忍不住了啊。我看哥那样子，与小月同感，泪流不止，心在滴血。我冲上前，从冰冷的地面拽起拉二胡的哥。

哥，你心里和手里不一致，手拉出的是愉快和欢乐曲子，可你心里是失落、痛苦、无望。哥，你还是拉在家时的调子，让渺茫、悲怆、绝望的情绪从心中发泄。

弟，人生最快乐的是拥有一场婚礼，今天是我的一场喜庆的婚礼。家里的大喜，也是我的大喜，这样喜庆的日子，怎么能拉那些颓靡的消极的低沉的曲子？那你哥不是犯傻？我泪流满面，号哭起来，我再也没什么话劝哥了。

寒风不大，和毛雨一齐飘来，冷气逼人。小月抱紧了身子，跺了跺脚。山上气温更低，寒气如刀削，身体有点受不了。哥站起，又从我怀中挣脱，独自又往山上爬，离我们越来越远。

哥那种大度那种襟怀，释放的气场很震撼。我俯瞰山脚下的平静水库，透过青碧的水面，目睹被哥的气场所引发的水流和漩涡，触发了水底无形的战争，电闪雷鸣之下万马奔腾、刀光剑影。可在周家后山，这个欢腾的场景吸引了周家亲朋和山里的人，一层层地围住哥，听哥二胡独奏。哥从容、优雅地拉起二胡，以大气磅礴的气势演奏黎锦光先生的《香格里拉》，轻盈地抒情，描绘出一幅清新和美好的景象，沐浴晚风，与明月相伴，周围花香弥漫。我知哥又会拉黎先生另二首《玫瑰花开》和《采槟榔》，轻快和欢乐的曲子，在每棵树和每条溪中流淌，在山坳和冷雾中徜徉，恍惚间山坡上的每只鸟儿飞过来围绕哥快乐地欢唱。

陡地，女人们落泪，痛哭号天。男人们惋惜，唏嘘叹气。我闯进惊慌和恐惧的噩梦中，全身发冷，瑟瑟地战栗，过一会儿，血液快要凝固，心跳接近窒息。我一把抓住小月，好像小月能给我温暖，让我体温从零下缓缓地往上回升，冻结的血液慢慢在恢复。

小月，到时，我结婚，新娘子不会走吧？

不会，不会。小月含泪，紧紧地将我抱紧。

小月，新娘不能走啊。新娘一走，我怎么办？我家里怎么办？世世代代的齐家男儿，没有丢过这样的面子。

你放心，新娘永远不会走。小月的话铿锵有力、掷地有声。

我头摇得如鼓，彻底不信，也不想什么生儿育女、传宗接代。

小表哥，相信我，晓霞山的妹子不会不讲情面不讲信任。

小月，真的吗？

321

小月认真地点了点头，真的，你放心。我相信小月，只有小月让我能看到自己的希望。

十一

从那以后，姨娭毑变了，明显精神不如从前。小月去西安读大学，姨娭毑每天叹气，忧忧郁郁。半年后，来过我家一次，哥接她下山的，带些黄花菜，来看娭毑。其实，她想完成一件大事。

老姐妹在一起，唠着，又扯到哥的身上去了。她泪流满面，娭毑安慰她，老姐，事过去了，别折磨自己，这是大武的命，上天早安排好了，姨娭毑还是不能原谅自己。

姨娭毑牵挂小月和我的婚事。听哥说，依姨娭毑的意思，确定好明年为订婚时间，第二年结婚。她还交代娭毑，若她不在了，要娭毑一人做主。

隔几天，娭毑吩咐哥上山看姨娭毑，小月不在。每去一次，哥汇报姨娭毑的情况。姨娭毑腿脚不麻利，小腿浮肿，走路一拐一拐，不爱说话，每天，望着门外的山路恍惚发呆，反应迟钝，一件事问两遍没反应，至三遍，才答一句，还不着边际。看来，这样下去，姨娭毑熬不了多久。

那天，学校放月假，我回到了家。周玲爹亲自下山，第一次来我家。想起哥接亲时周玲爹掷地有声的情形，说话算话的人。听说周玲消失差不多一年，昨天才从水里浮出来，灯芯衣没朽还鲜红，面天而躺，捞上岸，尸体完整，无异味。一般溺水而死的人，沉底几天，自然浮出。即使水底的树杈、柴苑和竹枝挂住，也禁不住长时间吸水浸泡所产生的强大浮力。这怪异，当地人解不清，我也觉得奇巧。我关心的不是周玲入土的事，而是她的死因，以她的良好家风不可能以寻短路的形势来抗婚。得知失足，替周玲可怜，为哥惋惜。后来，娭毑说了几句周玲的好，又安慰一番周玲爹，打发哥请来本姓的和队上说得起话的人与周玲爹说话。娭毑有意安排这场面，为哥那场婚事挽回一点尊严和脸面。至于周玲的骨骸葬在我家的后山祖坟中，她百个不愿，齐家族人也表示反对，没生儿育女，更没有与哥拜堂成亲。可我哥哭着跪着坚持，架不住哥的誓死，最后娭毑首肯。从晓霞山周家起灵柩，葬入我们祖坟的岩鹰岭，我哥在周玲坟茔前立了墓碑，写道：齐武之妻周玲。我一时弄不明白哥的蠢想法，这是明摆着不续弦了。

日子过得飞快，一晃又一年。哥慢慢地从那场结婚的阴影里走出来，可哥从此不拉二胡了。

黄昏时，山上的人跑来我家报丧，姨娭毑享年八十二岁，郁郁而终。闻此噩耗，娭毑伤心落泪，自个儿嚷嚷，老姐，你半年还等不了，你不是害我啊？小文和月丫的事，我连个商量的人也没有。见哥来，娭毑喊哥，大武，姨娭毑为你的事，一直让她老人家操碎心，她的最后一程，不要让她老人留下遗憾。娭毑，晓得，晓得。听说姨娭毑后事队上操办，有条不紊地进行，分工细，周玲爹为都管，我想，周玲爹主事会办得周全，娭毑，等选好入土日期，我就早去两日。娭毑怨哥不懂她的意思，大武啊，我问的是谁给你姨娭毑披麻戴孝？月丫。唉，我说的是孝子孝孙。哥懵懂了，不说话。大武啊，姨娭毑对我家不薄，以姨娭毑当初的想法，你弟早成了她的孙婿。哦，哥心领神会，娭毑你放心，我马上去学校。我正在县五中紧张备考，班主任让我一心冲击高考，怕我分散精力。没法前去为姨娭毑戴孝。

姨娭毑入葬前夜，我在校园的操场独自徘徊，仰望头顶上的月牙，月光稀弱，星星隐去，天空又灰又暗，朦朦胧胧。我揉了揉眼睛，湿漉的泪水从眼眶浸出。想到半山腰的小茅房，从此留下一个瘦弱的孤女，面对生活，将会有许多意想不到的困难和挫折。情不自禁，我对着月亮喊，小月，别担心，一切有我！小月，你听到了吗？

姨娭馳出殡后，哥下山回来。娭馳对哥，说，大武啊，月丫，一个女孩独居山上，遇个偷窃的或心怀歹意的，孤立无助，这叫我牵挂，不如叫月丫搬到我家来。哥迟疑一下，说，娭馳，没办酒席啊，到时，怕人说闲话。娭馳生气，说管人家做什么，口生在人家嘴上，随他们说去。我不到十一岁，跟着你爷爷，不也进了你们齐家吗？哥知娭馳怕煮熟的鸭子飞走，说，好，娭馳想得周全，就依您的，等月丫暑假回来，我带弟去接她，把衣食等要紧的物件搬下山。大武，我这就放心了。

小月在西安读军医大学时来过我家一次，也就是姨娭馳去世的次年。娭馳小疾，床上躺了几天。

小月带着水果进屋，走到娭馳的床头，大声叫着：姨娭馳，我来看您了。

哟，月丫，快过来，让娭馳瞧瞧。小月的声音，如一针兴奋剂注射在娭馳虚弱的体内，她一骨碌地爬起来，盯着小月看。的确良的上衣，圆领，洁白素雅，衬映出倩亮和青春。我在一边看直了眼。小月如出水的芙蓉，面色又白又细嫩，前胸饱满又浑圆的双乳，从薄纱的上衣呼之欲出，臀部细圆，勾勒出婀娜诱人的曲线。小月大方地呼叫，嘻，小表哥，你这样待客？我惊怔，耳根发红，随手拿一把竹椅子递给她，说，坐，我就去泡茶。娭馳端详完小月，细眼发亮，月丫，你这大学娃，真漂亮。许久娭馳不愿移目，愣了会儿，叹了一声，声息微弱。我知，哥那次夭折的婚事，对她打击太大，过去两年了，阴影随时在心中出现，这次，不想再受打击。我倒一杯茶给小月，她双手捧着，用小嘴轻吹热茶。娭馳噆着嘴巴，月丫，刚才叫我什么？小月愣了下，把茶杯放在桌上，热气缭绕。月丫，不对，现在得改口了。

哦，小月悟出，很出堂，亲切地喊了一声，娭——馳。

吧——娭馳拖着长声应道，月丫，叫得真甜。又捏着小月的手，轻轻在小月的手背上抚摸，又示意我走拢来。我心上心下地走过去，不敢靠近小月，娭馳一把拽着我的手摁在小月细腻的手背上，紧紧地想把两只手掌贴在一块，粘成永恒。小月看我被娭馳拖过来，嘻笑，娭馳，您这不是拉郎配？娭馳蜜蜜地笑，说，月丫，你娭馳前年，就要你们订婚，还特意下了一趟山，我是完成你娭馳的遗愿，让你们早成一对。哦，那我听娭馳的。这就好，这就好。不过，娭馳，我不能一厢情愿，你看刚才小表哥都是慢腾腾的，一脸不悦。月丫，你看我不打他，娭馳做样子向我挥了一拳，我闪了下头，弄成个大红脸。小月瞄了我一眼，得意起来，"噗"的一笑。

娭馳趔身对哥说大武，做好准备，通知你的姑妈姑爹舅舅舅母等来我家，说明天，小文和月丫正式举行订婚仪式。娭馳，还没择日？娭馳说，昨天，我在白石街赶集，遇到陈瞎子，他说今天，宜婚，还宜动土，明天是好日子。哥说，那好，娭馳，月丫要不要回去商量一下？娭馳怨哥，你脑筋真不开窍，月丫家没人，同队上去商量？哥自从那场婚礼后，更加谨慎。娭馳，没媒人啊。你弟和月丫自由相好，到时按习俗配一男一女两个媒人。大武，我可不愿像你姨娭馳一样，看不到你弟和月丫订婚和结婚。娭馳，你脑子这么清晰，身体这般健朗，还会看到玄孙。好，我就去准备。哥这样说提醒娭馳该问一声小月。月丫，你没意见吧？小月得体又落落大方，不像以前，羞得两手捂脸。她读大学，见了世面，大方，爽朗，笑得仰起来，娭毑，我没意见。又瞟了我一眼，看我一脸羞赧，不放过。故意说，娭毑，不过，不敢保证小表哥，会不会嫌弃我？

不会，不会的。娭毑看出小月的小心思，替我回答。有了娭毑的撑腰，小月一心想挤兑我，处处想占上风，好像又把小时我欺负她的债，要还回去。

娭毑看小月一眼，心喜起来，说这婚事定下来，明年办喜酒，后年就可带玄孙。娭毑，您让我腆着大肚去上学啊。我也在一旁笑。娭毑觉得不妥，说月丫你说得对，等你毕业找好工作再定。好，听娭毑的。

哥听了小月说的，欢天喜地，请客去了。

翌日晨曦，山上一个人下来捎信，说昨夜大队部接了电话，西安打来的，要小月四五天后赶回学校。

早饭后，小月要上山。我心里一下落空，像没吃饭一样的感觉。娭毑脸色黯淡，心拔凉拔凉，说话微弱无力，月丫，你看这怎么办？客人都请好了。

没事，娭毑，你们就定吧。只要小表哥没意见。

好，月丫，有这句我就放心了。娭毑又笑了起来，翘了嘴巴，要我送小月。又招了招手，我走近娭毑，她给我一副银色的手镯，说，这是给月丫的。

山径静悄悄，两边树林的小鸟快乐鸣啼，阳光欢悦地将我和小月一块儿拥抱。我护送小月上山，她需要在家稍微收场，再回学校。其实，娭毑跟我说过，把小月要紧的食的穿的用的一些书搬下山。小月，这次上山，你告诉我，哪些留哪些要用哪些要带去学校。好叫哥打土车来拖。小表哥，不急，留有东西在，房子才有人气，不会生霉和腐败。心想，道理也有，我不好说什么。小月笑起有点诡异，小表哥，看来你急着把我所有东西搬下山，是不是小时毛病又犯了？我哑然，像木头人。明天，我就属于你，以后，不准欺负我呀，她看着我灿烂地一笑。小月，几时欺负你了？小表哥，从小就欺负我。小月，没有啊。真没有？你呀你呀，记不得了？往事历历在目，扯笋、摘茶、抱树、偷桃等净占我便宜。小月把衣袖挽起，白皙的手臂伸出，说，小表哥，你看看，这是抱树掐我的印子凑近一看，她脉颈上的皮肤滑嫩和细腻，没有一点疤痕，小月故意，尽数我的不是，心里却偷偷地乐着。小月又说，还记得偷桃不，对我图谋不轨。我有点无措，尴尬地使劲摸着颈脖子。心想，小月，你真傻，年少不懂事。此时，我说不过小月。

到了白石车站，小月咯咯大笑，从明天起，该我扬眉吐气了，小表哥。

我向小月欢快地笑，不过，心想着，洞房花烛之夜，如何来他个下马威，收服这匹野马。

小月上了车，戴着银色的手镯伸出窗口，挥了挥手，小表哥，记得给我回信啊！

好，小月，我等你的地址。挥挥手，看着她泪晶晶的，有点不舍。

十二

自从那次，小月再也没来过我家，也没回过晓霞山。有的说小月大学毕业参军了，有的说小月去了广州。小月确实有点狠心，答应好好的给我写信，却四年不曾来信。

一九八四年，我在省城读书。夏天，一个闷热的下午，我在学校的图书室阅读，窗外知了的噪声，越过玻璃，烦烦厌厌的，叮在我耳窝边，吵翻了天。随手翻阅黎家六老爷的书集，证实小月说的一点没错，老六是二十世纪三十年代有势力的"湘中作家"。突然，在手里捧着《黎锦明中篇小说集》的书掉在地上，碰到怪异，书还像人一样站立起来。随之，人就慌浮浮的，心弥漫一种空落和寂寥，走出图书室，四神无主。直到晚上，这感觉一直徘徊。我想，是不是小月早就找了新人今天正喜结良缘？

回家后，我问哥，哥总是说杳无音信。哥对这事敏感，我一问，就触动他什么，吞吞吐吐，好像要把一个秘密继续隐瞒下去。问急了，就嫌烦。弟，你不要再关心月丫了。我不相信小月会那样。晓霞山的人，不管你走到天涯海角，总一根线牵着，哪怕亡在外头，魂也会被这根线拉回来，小月也不能例外。

又等五年，虽有许多好心人跟牵线，也遇见一些优秀的女孩，可我一想到晓霞山，想到小月，任何女人都走不进我的心。快三十岁，哥劝我，弟，别傻，找一个女人结婚吧，不比我们那个时代，人生虽短，只有几场戏，结婚这场不可缺。默然无语，也不反驳，怕触起哥的伤心事。这几年，我去过西安，也到过广州、广西，就是捕捉不到小月的蛛丝马迹。

十五年后，晓霞山因拥有一批足以影响中国文化进程的名人，文道的特色和灵气，造就了省里第一个文艺家深入生活联系村。

当地人积极挖掘和整理，为了让历史文化得以传承，重建寺庙、修缮"黎氏八骏"故居等一系列的文化建设。筹建中林寺的人员，找到我这个山脚下的人，当时很震惊，佩服小月有远见，几十年前说过的话如预言一样显灵。翻阅捐款的名册，没见胡晓月的名字，有不祥的预感。想起小月说过，建中林寺，她要捐资。倾尽了二十年来的积蓄，了却小月的心愿，捐给重建的中林寺。特意说明，若录捐款人名，请写上胡晓月。他们微怔了一下，名字不熟，又不知女人与我啥关系？后来，不约而同一齐笑起，出于尊重出钱人，诚恳向我表态：中林寺廊柱上一定刻上"胡晓月"。

次年，我又上了晓霞山，中林寺正好破土。下面水泥路边的小茅檐被人搬走，换成一栋白墙青瓦的平房，竹篱恣肆地围抱，门框上挂了一块匾"山乡农舍"，招待休憩和观光的游客。我向老板娘打听原来小茅草房的一家人。她说得模糊，很久以前，有婆孙俩住在这。这带人习惯把她孙女叫月丫，不过，也没亲眼见过。我又问月丫现在的情况，她摇了摇头，恰好，生意又忙不过来。悻悻然，我带着不舍离开。

又隔了一年，我还是放不下小月，再次上山，又找老板娘打听，她抬头一掠，你是她什么人？羞涩一笑，眼角微红，掩饰不了心中的相思。呵呵，她捂嘴而笑，你还单身？唉，长叹一声。她摇摇头说，看你像个发财的人，老板啊，不要吊死一棵树上。话一出，知她不是晓霞山的人，向她挤出一丝苦笑，心想，你不理解，刻在心上的情愫岁月磨不掉。她惊讶，望着我的背影，高喉咙大嗓子地嘟囔：唉，现在还有这样的傻男啊，二十一世纪了。

十三

我被他们从英雄纪念碑前拽了回来。

晚饭，文人气氛热烈，品酒吟诗，还随口对对。我一粒米未进，又胡乱地借酒消愁。一杯一口的烈酒，往肚里倒。酒水止痛，又烧心，撕心裂肺地大喊：胡晓月，胡晓月！

睁不开眼，脑子昏昏糊糊，不知谁在劝我。你老弟，就是重情，过去了，就像一阵风。我依旧靠在椅子上眯了一会儿，稍微清醒，发现土生土长又年尊的陈老师坐在我面前，小齐，人逝去了，不能再重来，不如，每年清明上山看她一下，心中有纪念，也不愧于她。陈老师，我过不了这道坎。哎呀，你就是重情，三十多年，未曾婚恋，已对得住月丫了。我直挺挺坐着流泪，声声压抑着苦楚的唏嘘，从我灵魂的深处离析而出的悲痛。哎，小齐，当时，真不晓得月丫是你的小表妹，只听说，有个姓齐的，也是你那屋场的人。当年在印子山水库尾周家提亲时，新娘在发亲的节骨眼时失踪，场景尴尬，新郎本应极度悲伤，可他跑到新娘家的后山拉二胡，拉得畅快淋漓、兴高采烈。震撼了整个晓霞山。只知那个人同月丫是表亲。陈老师，那是我的亲哥啊。

窗外的猫头鹰啼声如诉，看到陈老师有一种无端的叹息掠过他的心头。

哎，小齐，早知月丫是你的小表妹，部队上山时，应通知你。一九八四年七月某日下午，县武装部领着部队首长找到我们菱角村，说，在上个月某日夜间，越兵偷袭边境，打死打伤数名边防战士。胡晓月同志为抢救伤员带领两名护士，前往发生地，不幸踩响了地雷，炸翻在地，人奄奄一息，抬到边防医院，抢救一周，最后医治无效。部队首长还带来月丫的一些遗物，如一只银色的手镯、一件红灯芯绒衣和一本记录的笔记本等，还有几封写给她表哥未发出的信。我心颤抖了一下，可能小月想等边疆平息后，再去寄信，哪晓得……陈老师看我一眼，又说，月丫这妹子，没有亲人。我们帮部队首长找到舅舅张姓那边的后人，打开信封，辨认，不是写给他们的。后来，信连同遗物都存放县档案馆。小齐，要是当时知道你在找月丫，也不会让你三十五年还蒙在鼓里。想起我问哥时,他吞吞吐吐,早知情,有意隐瞒,让我从心底把小月彻底淡化。我恨哥,但又明白哥的苦心,他经历了这种痛,不想让弟重演。我哽咽,不是在哭是在滴血。陈老师,谢谢你告诉我,明天,我就去县档案馆。

饭后,文友跟商学院的实习生上课谈感想。独自溜出,漫无目的,彷徨和落寞。胸口疼痛,一把锋利无情的刀子,一刀一刀,割着剐着,血也在一滴一滴地流出。

月华如几十年前一样柔和,像银瀑一样从笔架峰倾泻而下,渐渐地使竹丛、树木、山溪、中林寺、纪念碑、农舍、水泥道上笼罩一层如幻似梦的朦胧色彩。月影绕出一片宁静和寥寞,被远处的几声知了和蛙鸣悄然撕破,微风摇晃竹叶沙沙在响,流溪回溅淙淙之声。

兀自,一声悠婉的嗓门儿尖细、尾音绵长的呼唤打破这天籁之声。那是喊魂声,晓霞山这一带有喊魂的习俗。婴儿惊吓夜啼,或小孩因白天,钓蛙、摸鱼、掏鸟窝、抓黄鳝,及小打小闹,难免玩儿过了头,倦出点小毛病。娘或婶妯,在半夜三更,一喊一答,把儿子和孙子丢失的魂儿喊回来。

朦胧的山脚下,平坦而光亮的水泥道上,一个小脚女人拄着木拐蹒跚走来,是齐白石的母亲周太君,颤巍巍地喊,璜伢子,你回来了吧。那边的山峰在回应:齐璜回来了。

长塘入口的山道,又一个花额高耸、聪慧的女人,绅士黎松安的妻子黄氏在召唤八个儿子。老大回来吧,老二回来吧,老六回来吧……老八回来吧。黎松安大声回道:老大回来了,老二回来了,老六回来了……老八回来了。

无数贤良又受人爱戴的母亲加入了喊魂的行列,身影绰绰约约,出现在月华洒满的山道上。前清书法家陈琪的娘在喊,举人马瑞图和齐葆吾的娘在喊，民主革命时期的仁人志士胡佑生、张忠廉的娘在喊，报人张平子的娘在喊，画家武石的娘也在喊……山下山上的所有娘，都在呼喊她们的儿子，让他们的游离在外的魂，沿着母亲的呼唤声，跟着深情的月亮，回到晓霞山的怀抱。

月丫，回来啵。

恍惚间，好像姨娭毑，一头如雪的白发，精神矍铄，一脸和蔼，站在昔日小茅房的山道上，拉着绵长的声音在喊道：月丫，回来吧！

我泪流满面，忍不住，拖着长声，情不自禁地扯开嗓子回应，小月，回——来——了！

后记

　　小说主要描写了在白石、晓霞山和花石生活的普通老百姓。这些文章发表于 2005 年—2023 年《湖南日报》《团结报》《羊城晚报》《湖南文学》《辽河》《天津文学》等报纸期刊。

　　感谢为我的小说写过评论的老师。张宁波老师发表于 2007 年第六期《炎黄文学》的《生活色彩的真实演绎》，对《小女孩》《杏儿的梦》《吴满郎中》等小说给予肯定，并提出不足。2021 年刘闻冰老师，用一篇题为《一幅当代乡村生活的优美画卷》的评论给予《冬至》高度赞赏，此文刊登于《湘潭日报》文化版，文中有一句令我感触颇深："如眼前仿佛展现了一幅优美的乡村生活，又仿佛聆听一曲淡淡的伤感的田园牧歌。"罗并乡老师写的《商人本色》，左怀文老师写的《"冬至"，别样的伤愁》，杨荣老师写的《评晓霞山的月》等等评论文章，都在不同刊物上发表，对我今后的创作，给予了很多帮助。

　　感谢一直鼓励我创作的谢宗玉、姜贻斌、聂鑫森老师，也得到过赵燕飞、李健、赵志超、唐亦政、陈金亮、何红玲、阿良、谢枚琼、杨华方、聂鑫汉、李运启、楚荷、赵竹青、刘跃儒、贺文健、蒋鸣鸣、王念斯、韩白圭、鄂德全、肖超亚、武正坤、陈子赤等老师的帮助和指导。小说集子的修改和校对上得到王建军、汪海泉、刘鸽、何帅江、彭三元、杨雪莉、黄浪、史灿平等老师给予的帮助，一一致谢。

小说还存在艺术高度、刻画人物不到位，表达方式肤浅等各种问题，敬请读者谅解。

齐延龄

2024 年 9 月